KB061938

피에로 질르의
고백

피에로 질르의 고백

버새가
노새에게

홍달오 지음

책나무

깊은 우울증에 빠져 허우적댄 지 몇 달이 흘렀다. 끝 모를 어둠 속에서 뭔가 잡을 만한 것을 찾아 손을 휘젓고, 깊은 수렁에서 발을 내저으며 디딜 발판을 찾으려 해도 그런 것은 존재하지 않는다.

앤드류 솔로몬은 우울증의 반대말은 행복이 아니라 활기라고 하였다. 우울증은 그 어둠 속에 사람을 집어삼킨다. 침대 바깥으로 한 발자국을 내딛기도 어렵게 만드는, 끈적 괴물이다. 끝없는 무력감과 자기 혐오감으로 인해서 한 치 앞은커녕 내 발끝조차 보지 못하게 만든다. 미래에 대한 전망은 고사하고, 코끝의 촌음도 지각하지 못하게 된다. 우울증에 빠지면 할 수 있는 일이라야 침대에 누워 자책하거나 자기 연민에 빠져 있는 것이 고작이다.

가까스로 산책을 나서도, 사람들이 그저 유령으로 보인다. '저 사람들은 이 허무한 인생에서 왜 저렇게들 버둥거리며 살까. 맹목적으로. 개미 떼처럼.' 이런 생각이 끊임없이 자신을 괴롭힌다. 이것은 리처드 도킨스나 대니얼 데닛 식으로 이야기하자면, 인간을 자살로 내모는 밈(meme)이라고 할 것이다. 나는 어쩌면 스스로 만들어낸 밈에 갇혀 있는 것일지도 모른다. 삶을 맹목이라고 받아들이면, 그것 자체가 진실이 되어 버린다. 이것이 밈의 파괴적인 측면이다.

나는 이러한 파괴적인 밈, 곧 '삶=맹목'이라는 밈에 저항할 수 없음을 알았다. 그저 그것을 내 안에 품고 살아가기로 했다. 하지만 이 파괴적 힘을 저지하는 또 다른 면역력 있는 밈을 받아들이기로 했다. 그것은, '그럼에도 불구하고 삶은 의미와 가치를 지니고 있다'는 밈이다. 삶이 맹목이라고 해서, 삶이 곧 무의미하다는 뜻은 아니다. 삶이 무의미하다고 이야기하는 것 자체가 하나의 의미이다. 존재하는 것은 이미 의미를 이루고 있다.

그렇다면 가치는? 공공선을 실천한다든지 하는 그런 거창한 이야기를 하고 싶지는 않다. 사는 이상, 어떠한 가치가 최선인지는 자신의 삶 속 행위를 통하여 구현해 나갈 수밖에 없다. 작고 보잘것없는 것이라도, 자기가 최선이라 생각하는 가치를 다만 추구할 수 있을 뿐이다. 그러려면 자신과 충분한 대화를 나누어야 한다.

이것이 우울증이 나한테 준 선물인 것 같다. 우울증은 자신을 돌아보라는 우리 몸의 경고다. 이 경고는 너무나 고통스러워서, 자칫 우리는 그 경고의 메시지를 잘못 해석할 수도 있다. 우울증은 '너는 무가치하다, 너는 이 세상에서 사라져야 한다'고 말하는 듯하다. 하지만 우울증의 메시지는 생명을 집어던지라는 것은 아니다. 쉬면서 자기의 삶을 새로운 베틀로, 새로운 실로 다시 짜라고 하는 경고이자 격려인 것이다.

교수직에서 물러나, 꼼짝 않고 침대에 누워 하염없이 들려오는 나의 목소리에 귀를 기울인다. 내면에서 샘솟는 목소리를…. 그 목소리는 여운이 되어 내 영혼을 깨운다. 그 목소리는 내 자신에게 '수고 많았어, 넌 괜찮은 놈이야.'라고 말하고 있다. 두 줄기 눈물이 두 뺨을 뜨겁

게 가른다. 그 목소리는 또다시 속삭인다. '네가 하고 싶은 일을 하렴.'

'내가 진정 하고 싶은 일은 무엇인가?' 이러한 질문을 던져 보지 않은 것은 아니었다. 하지만 가르치는 일에 쫓기고, 논문 업적에 쫓기고, 결혼 준비에 쫓기면서 이 질문은 먼 훗날로 제쳐 두었다. 이런 질문은 별것 아니라고 자기 합리화를 해 가면서. 또 지금 하는 일이 내가 하고 싶었던 일이라고 자위하면서. 이 자그마한 질문, 이 작은 나비의 날갯짓을 무시한 것이 실로 큰 폭풍이 되어 나를 덮치리라는 것을 그 당시에는 몰랐다.

남들을 가르치는 일을 하면서, 나는 스스로 어릿광대가 되어버린 듯했다. 강의평가는 늘 탑을 유지해야 했다. 그래서 학생들 눈치를 살피기도 했다.

나의 강의는 엔터테인먼트 쇼에 가까웠다. 강의평가는 실제로 잘 나왔다. 그러나 '강의가 재미있어요.'라는 강의평가조차 나에겐 모욕적으로 느껴졌다. 이건 진정한 내 모습이 아니라는 생각만 들었다. 논문도 업적을 위해 억지로 쓰다 보니 질이 낮을 수밖에 없었다. 그래서 번번이 학회지 게재 탈락의 고배를 마시게 되었다. 니체가 말한 시장통의 줄타기 광대처럼, 나는 기업화된 대학에 봉사하는 '최후의 인간'이었고, 결국 줄에서 미끄러져 떨어지고 말았다.

이 낙하로 인한 마음의 골절은 나를 꼼짝 못하게 침대에 붙들어 놓았고, 내가 하고 싶은 것을 다시 생각하게 해주었다. 우울증을 앓으면, 아침이 제일 고통스럽다. 지긋지긋한 하루가 또 시작되었구나, 오늘 하루를 어떻게 버텨 내지, 하는 생각밖에 들지 않는다. 아침노을을 반기지 못하는 사람. 살아 있되 죽은 사람. 나는 이렇듯 아침에 찾아오는 고

통의 순간마다 내 자신에게 되묻기 시작했다. '내가 진정, 진정 하고 싶은 일은 무엇인가?'

그 대답은 예상외로 싱거웠다.

내가 하고 싶은 일은, 그저 '내 자신'에 대해, '내가 하고 싶은 일'에 대해서 쓰는 것이었다. 이 과정에서, 새삼스럽게도, 나의 삶은 다른 사람과 차별되는 독보적인 기억과, 사물이나 인간과의 관계들로 이루어져 있다는 것을 발견하였다. 또한 내가 하고 싶은 일은 결국은 내가 좋아하는 것들, 내가 좋아해 온 것들로 이루어져 있으며, 그 중에서 몇 가지는 내가 이미 하고 있는 일이고 또 내가 할 수 있는 능력을 지니고 있는 것들이었다. 내 내면에 이미 풍성한 내 자신이 있다는 사실의 발견, 그것이야말로 우울증이 나에게 선사한 커다란 선물이다.

나는 이 작은 깨달음을 이야기하고 싶다. 기억의 화석을 캐내어 먼지를 털고 그 의미를 반짝반짝 광내고, 내가 사랑하는 보석과 같은 예술 작품들-내 삶의 이정표인-의 향기를 다시 들이마시고 싶다. 그리고 이 글이 삶에 지친 내 동지들에게 자그마한 등대가 되었으면 하는 바람이다.

2018년 11월 홍달오

차례

1장

순수의 시대

■ 파울 클레(Paul Klee),
「천재의 영혼(Gespenst eines Genies) no. 10」(1922)

어린아이가 의아한 듯 세상을 바라본다.

유소년기의 기억

첫 기억

──────────────── 카사노바는 자기가 태어나자마자 산실의 광경을 봤다고 하고, 화가 달리는 자궁 안에 있었을 때의 일을 기억한다고 했다.

나는 그 정도는 아니다. 내 생애 첫 기억은, 어머니가 내게 젖을 먹일 때 이가 간질간질하여 어머니 젖꼭지를 깨문 일이다. 고통에 찬 어머니의 비명 소리가 귀에 울린다. 나는 그때의 내 심리 상태가 어땠는지 똑똑히 기억하고 있다. 나는 어머니가 수유를 멈추지 않기를 바랐다. 나는 어머니와 헤어지기가 싫었다. 그래서 어머니를 물었다.

나는 어렸을 때부터 분리불안증이 있었는지도 모른다. 우리 아버지는 내가 어렸을 때, 어머니가 일 때문에 일본에 가 있을 때면 밤에 몰래 엄마 파자마를 꺼내 그 냄새를 맡았다고 말씀해 주셨다.

아버지의 그 말을 들었을 때, 나는 마치 연극을 보는 것처럼, 장에서 잠옷을 꺼내 냄새를 맡고 있는 나 자신을 보았다. 그리고 울었다. 그것은 최초의, 타자화된 자기 연민이었다.

達五に - kazuko   달오에게 - 가즈코

紫陽花の葉に   자양화 잎에
噴水の水音がひびく頃   분수의 물소리가 울릴 무렵

おひさま色に輝く金魚に   해님 얼굴로 빛나는 금붕어에게
水草が影を落とす頃   수초가 그늘을 드리울 무렵

ひるねからさめたおまえは   낮잠으로부터 깬 너는
りょう腕でおかあさんを探している   양팔로 어머니를 찾고 있다

- 1979년 7월 4일 어머니의 일기 중에서

어머니와 이야기

——————————— 밤마다 손을 꼭 어머니 어깨와 이
불 사이에 끼워 넣고 잤다. 행복했던 유년 시절을 더욱 빛내 주었던 것
은 이야기들이다. 자기 전에 어머니가 읽어주신 수많은 동화들. 그리고
일본 다이쇼 시대의 단편소설들. 이 이야기들은 내 마음의 젖줄이었다.
   디즈니 동화를 제일 좋아하였는데, 그중에서도 〈단추로 끓인 수프〉와
〈추위를 싫어한 펭귄〉이 아직도 기억에 남는다.

〈단추로 끓인 수프〉는 구두쇠 스크루지 삼촌을 구슬려 맛있는 수프를 끓이게 만드는 데이지의 기지를 재치 있게 그린 이야기이다. 소녀 데이지는 자기가 단추로 맛있는 수프를 끓일 수 있다며 맹물에 단추를 던져 넣는다. 그러고는 스크루지에게 냄새를 좀 맡아 보라고, 맛있는 냄새가 나지 않느냐고 말한다. 이 말을 들은 스크루지는 긴가민가하고, 그 틈을 타 데이지는 그럼 이런 것을 좀 넣어보세요, 하면서 스크루지를 부추긴다. 스크루지는 온갖 양념과 식료품이 가득한 다락방으로 데이지를 데려간다. 데이지는 이렇게 할아버지를 유혹하여 훌륭한 수프를 만들어 내고, 이 수프를 마을 사람들 모두에게 대접한다는 결말이다.

지금 생각하면 데이지의 처세술에 뭔가 마키아벨리적인 구석이 있어 씩 웃음 짓게 된다.

〈추위를 싫어한 펭귄〉은 그야말로 추위를 싫어해서 열대로 떠나는 펭귄의 이야기이다. 이 펭귄은 온갖 시행착오를 겪은 뒤 남국의 파라다이스에 도착한다.

나는 펭귄 파블로가 열대 무인도에서 야자수가 드리워진 그늘 아래 선글라스를 낀 채로 해먹에 누워 주스를 마시는 모습의 삽화가 정말 보기 좋았다.

"멀리, 섬과 나무가 보였습니다. 마침내, 파블로가 그리던 곳을 찾은 것입니다. 다시는 춥지 않을 거여요."

어린 나이, 작은 아파트에서 이 이야기를 읽고 또 읽으며 정신적 자유를 만끽했다. 이 이야기의 영향 때문일까. 나에게 자유는, '하고 싶은 일을 꼭 해야만 하는 것이 아니라, 하기 싫은 일을 절대로 하지 않는 것'에 가까운 개념이 되어 버렸다. 파블로가 '더운 데 가고 싶어서' 그곳에

간 게 아니라, '추위가 싫어서' 남극을 떠난 것처럼.

-읍니다

──────────────────── 다시 뒤적인 옛 동화에서 '-읍니다'라는 표기를 보는 순간, 내 기억은 과거로 빨려 들어간다. 이 표기는 우리나라에서 내 생애 초반 10년 동안 사용되었다. 그래서 이 옛 표기를 보는 순간 나의 뇌는 그 생애 초반 10년의 시냅스 연결 구조를 발화(發火)시키는 것이다. 이 표기를 보면 나는 학교 앞 불량식품 가게의 아폴로 빨대과자, 봄마다 학교 정문 앞에 다라이 가득 병아리를 담아 놓고 파는 아저씨, 돋보기와 연필깎이를 비롯하여 온갖 기능이 하나에 들어있는 필통 등이 환기된다.

'국민학교' 1학년 때 《바른 생활》의 첫 단원은 3·1 운동에 관한 것이었다. 유관순 누나가 만세를 부르고 일제 경찰의 가혹한 고문에 시달리다가 돌아가신 이야기. 이 단원이 끝나자 애들이 몰려와서는, 나한테 유관순 누나를 살려내라고 윽박지르던 기억이 난다. 우리 어머니가 일본 사람이기 때문이었다.

그런 괴롭힘은 꽤 오래 갔던 것으로 안다. 그래서 나는 모든 사람이 나를 싫어한다는 생각을 막연하게 가졌던 것 같다. 어느 날 학교에서 멜로디언을 지급하는데, 나는 받지 못하였다. 그래서 나는 선생님조차도 내가 일본 사람의 아이이기 때문에 싫어하는 거라고 생각하였다. 펑펑 우는 나를 보고, 어머니는 바로 학교에 가서 왜 내 아들에게는 멜로디언을 지급하지 않느냐고 따졌다. 선생님은 멜로디언 공급이 달려서 우선 일부 학생에게만 지급하였다고 얼버무렸다 한다. 어머니는 그날 어딘가에서 최고급 멜로디언을 사가지고 왔다.

얼마간 시간이 흐르고, 아이들의 나에 대한 증오는 어떤 여자애에게로 옮겨갔다. 그 아이는 매우 가난한 집 아이였고, 머리에 이가 있었다. 그 아이의 짝은 아버지가 외교관이었고, 잘사는 집안의 아이였다. 그래서 자기 짝꿍에게 심한 모멸감을 주기 시작했다. 처음에는 "머리에 뭐가 기어 다녀.", "더러워." 이런 수준의 험담을 쏟아붓기 시작하다가, 나중에는 자기 아버지가 고상한 말을 쓰라고 했다면서, "불결해. 악취가 나." 이런 식으로 한자어를 쓰면서 으스대며 욕을 하였다. 아이들은 신이 나서 너도나도 그 아이에게 "불결한 ○○, 머리에 이가 있대요!" 하며 괴롭혔다.

나는 나에 대한 아이들의 괴롭힘이 그 아이를 향하는 것에 안도감을 느꼈다. 하지만 그 아이에게 차마 "불결하다."라고 말할 수는 없었다. 너무나 미안하였기 때문이다. 마치 내가 나에게 들러붙은 증오를 떼어 그녀에게 붙인 것 같아서.

· 성장통

──────────────── 예닐곱 살 무렵, 무릎이 너무나 아팠다. 어머니가 밤마다 열심히 마사지를 해주었다. 나는 관절이 찢기는 고통 속에 숨어있는 간질임을 느꼈다.

어머니는 내게 키가 크려고 그러는 것이다, 라고 말해주었지만, 굳이 말해주지 않아도 그저 본능적으로 느낄 수 있었다. 나는 크고 있었다.

그리고 가장 급격히 늘어나는 무릎 부분이 시리다는 것도 알았다. 이는 생명력이 고통으로 나타난 것이다. 알 수 있었다.

성장통은 곧 그쳤다. 하지만 성장통이 멈추자마자, 나는 이상한 우울감에 사로잡혔다. 일본에 갈 때마다 나한테 그렇게 잘해주시는 외할머니가 돌아가실 수 있다는 사실을 자각하면서 엄청난 슬픔에 잠겼다. 그리고 어머니도 언젠가 돌아가신다는 사실에 내 가슴은 먹먹해졌다. 저항할 수 없는 커다란 힘이 나를 짓누르는 것 같았다. 나는 이 우울감을 내색하지 않으려고 부단히 노력했다.

밤에 그 슬픔이 엄습할 때면 몰래 화장실에 들어가 《파만(パーマン)》이라는 일본 만화책을 읽으며 슬픔이 가시기를 기다렸다.

어느 정도 시간이 지나자 이 죽음에 대한 상념과 우울감은 마법처럼 나에게서 사라졌다. 나는 다시 쾌활해질 수 있었다. 하지만 이때의 나는 이 죽음에 대한 상념이 주기적으로 찾아올 줄은 꿈에도 모르고 있었다.

일본의 외할머니

　●

현상계의 수다스러움.

자두를 보고도 감동할 줄 아는 재능.　　– 앙드레 지드, 《지상의 양식》

자잘함, 그 엄청난 자잘함,

그 자잘함의 힘, 그 자잘함의 무게.

어린 시절 삶에서 우리를 둘러쌌던

그 가없는 풍부함과 자잘한 것들.　　– 필립 로스, 《미국의 목가》

귤의 시대

──────────────── 나의 유년, 순수한 욕망의 시대, 가

질 수 있는 것만을 욕망하였던 시절.

　자기 자신을 벌주거나, 위로한다는 것은 상상할 수도 없었던 시절.

　귤 하나에 감동하였던 시절.

　욕망이 덜 익은 무화과와 같아, 맑고 순수한 꽃이 아직 과육의 육감적

인 향기에 섞이지 못하던 때. 그것에 아직 좀벌의 애벌레가 슬지 못하던 때.

그 순수의 시대.

어머니가 일본 사람이라서 어렸을 때 일 년에 두 번은 꼭 도쿄의 외가에 놀러 갔다. 80년대 초 일본에 간다는 것은 공간을 누비는 것을 넘어, 시간의 지층을 넘나드는 일이었다.

"저기 보렴. 저게 후지산이란다, 달오야."

비행기에서도 후지산이 보였다. 그 기묘하고 장대한 산은 누가 일부러 만들어 놓은 듯, 자연스러운 구석이 없었다.

도쿄 거리를 걷다 보면 자동차의 다양함에 놀란다. 수많은 종류의 차들. 당시 우리나라에서는 승용차라고는 각스러운 국산 차종 몇 가지가 전부였으니 놀랄 수밖에.

난생처음 둥근 곡선의 차를 보고는, 어머니한테 "저기 장난감 차가 있어요!"라고 놀라서 외쳤다. 어머니는 그것이 '포르셰'라고 했다. 포르셰. 이 낯선 발음. 어딘가 외계에서 만들어 가지고 온 차 같았다. 나는 그 발음에 어떤 미래의 오의(奧義)가 묻혀 있다고 생각했다. 그래서 잊지 않으려 입안으로 이 단어를 끊임없이 굴리고 굴려 그 자동차 모양처럼 둥그렇게 만들었다.

나는 한국에 돌아와서 친구들한테 그림을 그려주고 이렇게 곡선의 차가 있고 무지 빠르고 그 차 이름은 "(천기를 누설하는 듯 잠시 숨을 고르고는)포르셰"라고 알려 주었다. 친구들 그 누구도 세상에 그런 차가 있다는 것을 믿지 않았다. 그런 시절이었다. 나는 지금도 길거리에서 가끔 포르셰를 보면, 어렸을 때가 생각나서 흥분이 된다. 그리고 입안에서 버릇처럼 차의 이름을 굴린다. '포르셰!'

도쿄는 골목골목 냄새가 넘쳐흘렀다. 정체 모를 이 냄새, 그것은 다다미의 냄새, 그리고 집안 곳곳마다 모셔놓은 불당에 피워놓은 향 냄새였다.

외가댁은 도쿄의 오이마치(大井町)에 있었다. 외가댁에 가면 불당에 절을 올려야 했다. 놋그릇처럼 생긴 작은 그릇을 앙증맞은 나무막대기로 '땡땡-' 하고 두드린 후 합장한다.

"증조할아버지, 한국에서 손주가 왔어요."

불당에 인사를 드리고 나면, 외할머니는 내 손을 붙잡고 집의 가장 깊은 곳에 있는 다다미방으로 데려다주셨다. 넓고 어두컴컴하고 눅눅한 냄새가 나는 다다미방은 고요하고 엄숙하였다. 장식된 가부키 인형이 눈을 부라리고 있어 섬뜩하였다. 그리고 새끼 악어 박제가 장식대 위에 놓여 있어서 더욱 무서웠다. 할머니는 다다미방의 이불장을 열고 박스에 담긴 귤을 보여주셨다.

"달오, 여기 귤이 있으니 언제든 드셔주세요."

할아버지가 츠키지 시장의 연금회 이사장이었기 때문에, 우리는 항상 최고급의 귤을 먹을 수 있었다. 당시 한국에서는 귤을 맛볼 수는 있었으나 매우 비싸서 자주 먹을 수 없었다.

지금도 그 귤의 빛깔이 선연하다. 달군 듯 홍조가 도는…. 그 과육은 애기 볼처럼 탱탱하고, 과립은 하나하나 손으로 뗄 수 있을 정도로 팽팽하였다. 산미와 단맛이 적절한 조화를 이루는 실로 신묘한 맛이었다.

코타츠에 들어앉아, 그 자리에서 스무 개는 먹어 치울 수 있었다. 그래서 나는 한국으로 돌아갈 때쯤엔 손이 노래졌다.

할머니는 늘 예쁜 봉투에 용돈을 듬뿍 넣어주셨다. 이제 장난감 쇼핑이다! 오이마치역의 백화점 '한큐'에 간다. 거기서 좋아하는 장난감을 듬뿍 산다. 그 당시 일본의 플라스틱 사출 성형의 수준은 놀랄 정도였다. 같은 때 우리나라의 프라모델(조립식이라고 그랬다)은, 그것을 만들고 나면 손과 작품이 본드로 범벅이 되었다. 그러나 일본 상품은 본드나 손톱깎이 없이도 착착 맞아 들어갔다. 진열대에 있는 장난감들을 보며 가슴을 쿵쾅거렸다.

내 동생은 동물과 곤충에 관심이 많아, 한큐백화점 옥상에 있는 애완동물 가게에 자주 갔다. 거기서 별거북이라는, 등딱지에 별 무늬가 있는 비싸고 아름다운 육지 거북이도 구경하고, 장수풍뎅이 알 부화 세트를 사기도 하였다.

외할아버지는 손주들을 너무나 아껴주셨다. 디즈니랜드에 자주 데려다주셨는데, 식당에서 카레를 먹고 있자니 홀의 자동 피아노가 연주되는 것이었다. 그것이 너무 신기해서 한참을 보고 있었던 기억이 난다.

다함께 다이신이라는 백화점에 먹고 싶은 것을 사러 간다. 수많은 양념의 종류가 나를 압도한다. 양념, 이 세상에 그렇게 양념이 많다는 사실을 그때 처음 알았다. 나중에 중학교 역사 시간에 콜럼버스가 인도의 후추를 찾아 대항해를 했다는 이야기를 들었을 때 바로 이 풍요로운 양념 코너가 생각이 났다.

나는 과자 코너에 가서 '오마케(おまけ: 부록이라는 뜻으로, 주로 과자에 붙어 있는 장난감 등을 말한다)'가 있는 과자를 고른다. 집에 가서 오마케

를 뜯어본다. 어떠한 장난감이 나올지 두근두근…. 무라카미 하루키 식으로 말하자면, 작지만 확실한 행복이었다.

할머니는 목욕할 때 욕실 배수구를 타월로 틀어막고, 욕실이 한가득 물로 넘치게 받아주신다. 그리고 "이제 풀이 완성됐으니 수영도 할 수 있겠네."라고 말씀하신다. 그러면 우리는 물장구치며 논다.

이 순수의 시대, 나는 가질 수 있는 것만을 바랐다. 작은 물건들. 작은 행복들. 가질 수 있는 것들. 값으로 매길 수 있는 물건들, 지금 돌이켜보면 그 기억은 값으로 매길 수 없다.

할머니, 할아버지께서 베풀어주신 가없는 사랑. 일본인이면서도 한국의 손주들을 아낌없이 사랑해주셨던. 그 사랑은 눈에 보이고, 심지어 만질 수도 있는 것이었다.

귀국 전날부터 눈물이 앞을 가린다. 자기 전에 어머니한테 속삭인다. "엄마, 할머니하고 헤어지기 싫어요."

다음날, 할머니도 울고 동생과 나도 운다.

"오바아짱, 사요나라."

"달오, 신지, 마따 아소비니 기떼네(달오, 신지, 또 놀러 오렴)."

• 그러자 그 순간이었다. 창밖으로 상반신을 내놓은 예의 그 소녀가 얼어붙은 손을 재빨리 늘어뜨리더니 기세 좋게 흔들어 대는 것이었다. 그러자, 마음을 들뜨게 할 정도로 따뜻한 햇빛의 색채를 머금은 귤이 약 다섯 갠가 여섯 개, 기차를 배웅하러 나온 아이들의 머리 위로 우수수 떨어졌다. 나는 나도 모르게 숨

을 죽였다. 그리고 순간적으로 이 모든 것을 이해할 수 있게 되었다. 아마도 이제 고용살이해야 할 남의 집을 향하여 떠나는 이 소녀는, 품에 소중하게 간직해 놓은 몇 개의 밀감을 창밖으로 던짐으로써, 일부러 길목까지 배웅하러 온 동생들의 노고에 보답을 보내고 있는 것이리라.

석양빛이 띠를 둘러 비추는 마을 어귀의 길목과, 작은 새와 같이 소리를 질러대는 세 명의 아이들과, 그리고 그 위에 어지럽게 흩뿌려진 선연한 밀감의 색채-. 이 모든 것이 기차의 창밖으로, 눈 깜박할 사이도 없이 스쳐 지나갔다. 그러나 나의 마음 위에는, 이 모든 광경이 남김없이 모두 강한 인상으로 남았다. 그리고 그로부터, 어떤 알 수 없는 명랑한 마음이 용솟음치는 것을 의식하였다. 나는 앙연(昂然)하게 머리를 들고, 마치 다른 사람을 보는 것처럼 그 소녀를 주시하였다. 소녀는 언젠가 모르게 다시 내 앞자리로 돌아와 앉아 있었다. 그녀는 변함없이 주근깨투성이의 뺨을 연두색 털실 목도리에 묻고, 커다란 목욕 상자를 무릎에 올려놓고, 손에는 삼등 객차표를 대단한 보물인 양 꼭 쥐고 있다.

나는 이 순간 처음으로 말할 수 없을 정도의 피로와 권태를, 그리고 또한 불가해하고 하등하고 비졸(鄙拙)한 인생을 약간이나마 잊을 수 있었다.

— 아쿠다가와 류노스케, 〈밀감〉, 홍달오 역

아쿠다가와 류노스케, 〈밀감〉

─────────────── 아쿠다가와 류노스케의 〈밀감〉은

애틋한 이야기다. 나는 이 소설을 읽으며 돌아가신 외할머니의 기억을 벼린다. 늘 다정다감하셨던 외할머니.

어머니는 외할머니와 통화하고 끊을 때, 끝인사를 끝없이 하곤 했다. "네, 건강하세요, 고마워요, 조만간 또 연락할게요, 고마워요, 몸조심하시고요, 건강하세요. 자 그럼 또⋯." 이렇게. 그러면 나는 저 수화기 건너편의 외할머니를 직접 보고 있는 것 같았다. 할머니는 딸이랑 전화할 때도 허리를 굽히며 인사를 했을 것이다.

외할머니는 야채 소매상의 딸로, 매우 유복한 가정에서 태어나셨다. 전후(戰後) 할머니의 학교로, 헬렌 켈러가 초청 강연을 왔다고 한다. 1948년인 것 같다. 외할머니는 어머니께 헬렌 켈러에 대한 말씀을 많이 해주셨다고 한다. 전후 재건에 힘쓰고 계셨던 외할머니는 이 우아하고 기품 있고, 장애를 이겨낸 여인에게서 초인적인 열정을 발견했다고 한다.

외할머니는 최고의 살림꾼이셨다. 할머니가 해주는 나베 요리는 일품이었으며, 바느질과 재봉 솜씨는 프로급이었다. 나중에 집 바로 옆에 '스미레코보(すみれ工房)'라는 작은 쇼케이스를 만들어 놓고 직접 만드신 작고 예쁜 물건들을 팔았다. 그냥 취미로 하는 것인데도 입소문을 듣고 동네의 우아한 귀부인들이 사러 왔다.

할머니는 도쿄 공습이 한창일 때, 동북 지방의 센다이로 소개(疏開)하였다가 전쟁이 끝나고 다시 도쿄로 오셨다.

완전히 불에 탄 폐허가 된 도쿄. 외할머니는 망연자실했을 것이다. 그때쯤 우리 친가 쪽 조부모님도 한국전쟁이 시작되기 전까지 극심한 좌우 대립의 틈바구니 속에서 몸살을 앓았을 것이다. 아아. 전쟁의 비참함이란. 호모 사피엔스라는 존재는 얼마나 어리석은지….

외할머니는 52년에 외할아버지와 결혼하셨다. 외할머니 집안은 야채 소매상을 하셨고, 외할아버지는 도매상을 하셨으니 정략적인 결혼에 가까웠다. 53년에는 큰이모인 마사코, 55년에는 우리 어머니인 가즈코, 56년에는 막내아들 아키라를 낳으셨다. 이 아이들 중에서 첫째 딸은 홋카이도로 떠나고, 둘째 딸은 한국으로 시집갈 줄은, 아마 꿈에도 모르셨을 것이다. 막내인 외삼촌은 가업을 이어 츠키지 시장에서 일한다.

외할머니의 부모님, 그러니까 증조부모님께서는 내가 어렸을 때까지 살아계셨다. 어렸을 때 그분 댁에 방문하였는데, 그 집에는 금붕어를 키워서 그분들을 애칭으로 '긴또또 오지이짱, 긴또또 오바아짱'으로 불렀다. 증조외할머니는 너무나 왜소하셨는데, 늘 기모노를 입고 무릎을 꿇고 앉아계셔서 아주 작은 꼭두각시 인형 같았다. 증조외할머니는 늘 웃으시면서 용돈을 주곤 하셨다.

그분도 젊었을 때는 대단하셨다고 한다. 늘 피 튀기는 프로레슬링을 즐겨 보시면서, 입으로는 '징그러, 징그럽다' 그러시면서도 끝까지 다 보셨다고 한다. 참고로 프로레슬러 역도산을 찔러 죽인 사람이 바로 츠키지 시장의 막일꾼이었다고 하는데, 우리 외할아버지가 시장에서 가끔 봤던 사람이라고 한다.

옛날 일본에 놀러 갔을 때 외할머니가 세탁을 하면서 담배를 피우던 모습을 본 적이 있다. 나는 그 고운 할머니가 담배를 피우는 모습에 놀라서 어머니에게 조심스레 이야기를 했다. 어머니는 스트레스 때문에 그런 거니까 다른 사람한테는 말하지 말라고 했다. 특히 할아버지는 전혀 모르시니 할아버지께는 말하지 말라고…. 그렇게 항상 웃고 계시는 친절하기 그지없는 할머니도 내가 알지 못하는 그늘이 있다고 생각하니 마음이 너무나 아팠다. 두 딸은 멀리 타향에 있지, 아들은 매일 새벽에 일을 하니 볼 수 없지, 지금 생각해 보면 얼마나 외로우셨을까 싶다. 자기 어머니를 자주 찾아뵙지 못하는 우리 어머니 심정은 또 오죽했으랴.

외할머니는 다리가 너무나 안 좋으셨다. 다리가 계속 굽으시더니, 60대에는 거의 걸어 다니실 수조차 없었다. 그렇게 다리가 안 좋으신데도 나와 내 동생을 데리고 도쿄만의 '야조(野鳥) 공원'에 간 적이 있었다. 할머니는 자꾸 뒤처지셨다. 나는 일부러 걷는 속도를 늦추어 할머니께 맞추었다. 그런데 저쪽 어딘가에서 휠체어를 탄 장애인들이 단체 관람을 온 것이 보였다. 나는 할머니가 상심할까 봐 조마조마하여 시선을 분산시키려고 그 앞에서 이것저것 재롱을 떨었다. 그때의 할머니께서 지치고 슬픈 표정을 하고 계셨던 것이 기억에 남아 있다.

어머니는 일본에 가면 늘 밤마다 할머니 다리를 주물러 드렸다. 나는 어머니가 할머니 다리를 주무르지 않았으면 좋겠다는 생각을 했다. '자기 어머니가 돌아가시면 그런 추억 하나하나가 얼마나 큰 아픔으로 기억될까.' 이런 생각이 들었기 때문이다.

동생의 사고

●

———————————— 나른한 오후였다. 부모님은 집안에서 낮잠 주무시고, 나와 동생, 동네 친구, 이렇게 셋이서 놀이터에서 놀고 있었다. 우리 셋은 뺑뺑이를 탔다. 동생은 아무것도 모르고 뺑뺑이의 축에 걸려있던 줄을 목걸이처럼 목에 둘렀다. 동네 친구가 뺑뺑이를 돌렸고 줄은 감겨들었다. 동생은 목이 졸려 얼굴이 빨개지다가, 곧 보라색으로 변해 갔다. 입에서 황록색의 거품이 나오기 시작했다. 황급히 뺑뺑이를 멈췄다. 반대로 돌려도 도무지 풀릴 기미가 보이지 않았다.

나는 이 글을 쓰는 지금 순간에도 그 광경을 떠올리면 손이 떨린다. 나는 도저히 어떻게 해야 할지 몰라, 바로 아버지를 깨우러 갔다. 아버지는 부리나케 달려와 바로 손톱으로 그 줄을 잘라 냈고 동생은 가까스로 살았다.

아버지가 가까이 있었기에 망정이지, 정말 아찔한 순간이었다. 나는 이때 사랑하는 동생을 잃을 뻔했다. 아버지는 나더러, 지체하지 않고 잘 달려와서 네가 동생을 살렸다고 칭찬하셨다. 나는 칭찬을 받긴 했지만 너무나 깊은 충격에 말을 이을 수 없었다. 그날 사고 때문에 어머니도 충격을 받고 밤새 우셨다.

영화 '레이'를 보면 소울 음악의 대가 레이 찰스가 어렸을 때 자기 동생을 사고로 잃는 장면이 나온다. 레이 찰스가 노느라 동생을 살피지 못하는 사이, 세탁물을 받아 놓은 양동이에 동생이 빠져서 죽는다. 이 트라우마는 레이 찰스를 평생 괴롭힌다.

만약 나도 이때 동생을 잃었다면 인생이 너무나 힘겨웠을 것이다. 사랑하는 동생이 잘 살아서 자기 몫을 다하는 사람이 된 것만으로도 나는 행복하다.

할아버지와의 추억

낚시

──────────────── 친할아버지와 아버지, 그리고 남동생과 나 넷이서 낚시를 나가는 것은 남자들만의 비의(秘儀)마냥 뭔가 묵직한 바가 있었다. 일고여덟 살 무렵이었던 것 같다. 인천 연안부두에서 배를 빌리고, 대낚이나 얼레낚시를 사고 갯지렁이를 챙겨 배를 타고 바다에 나선다. 배가 부두에서 멀어질수록 컨테이너나 항만 시설이 멀어져 간다. 기분 좋은 바닷바람에 설레기 시작한다. 오늘은 무엇을 낚을 수 있으려나.

나는 늘 다른 사람에게 폐를 끼치기만 하였다. 징그럽다고 갯지렁이도 못 만지고, 낚여 올라온 망둥이 입에 박힌 낚싯바늘을 빼지도 못하였다. 그런 궂은일은 항상 동생이나 아버지 몫이었다. 나는 낚는 것에도 소질이 없고, 그다지 관심도 없었다. 나는 어쩌다 물고기를 낚으면 망둥이나 숭어와 같은 주종(主種)의 물고기가 아니라 순 복어나 게 같은 이상한 것들만 낚여 올라왔다. 다른 사람들이 보면서 신기해할 만큼….

어쨌든 복어는 낚여 올라오는 게 아니라 꿰어 올라왔는데, 그 모습이 너무나 귀여웠다. 하지만 할아버지께서는 전쟁 때 배고파서 복어 먹고 죽은 사람을 봤다고 하시며, 무심하게 그 복어를 다시 바다에 던져 넣으셨다.

아버지는 선상에서 끓여주는 매운탕에 소주 한잔 하는 것을 낙으로 삼아 낚시를 다니셨다. 우리 중에서 할아버지만이 조용히 낚시에 집중하셨다. 할아버지는 망둥이를 되도록 많이 낚아, 집에 가서 할머니더러 손질하라 하시고 그것을 말려서, 안주 삼아 소주를 드시는 것이다. 아니면 단순히 전쟁을 겪으시고 저장 강박증이 생기셔서 그런 것일 게다. 그런 면에서 확실히 할아버지는 아직 현대 세계에 적응하지 못한 농경인이셨다.

어쨌든 그렇게 낚시에 골몰하시는 할아버지 건너편에서 낚시를 하던 나는, 뒤로 낚싯대를 넘기는 동작을 하다가 그만 실수로 할아버지의 민머리를 낚아 버렸다. 할아버지는 눈 하나 깜짝 안 하시고 머리에 박힌 낚싯바늘을 아무렇지도 않게 빼더니, 수건으로 피가 나오는 곳을 지압하며 다시 자기 낚싯대를 주시하는 것이었다. 한 말씀도 안 하시고.

할아버지

─────────────── 할아버지께서는 1989년, 내가 열한 살일 때 돌아가셨다. 어렸을 때부터 지근거리에서 봬 온 분인데도 그분의 목소리가 전혀 기억나지 않는다. 어머니께 여쭤보니,

"당연하지. 그분은 거의 말씀을 안 하셨으니까. 세상과 담을 쌓고 사

셨지."

그런데 신기한 것은 할아버지의 목소리는 전혀 기억이 나지 않지만, 언젠가 나에게 해주셨던 한 일화의 내용과 그때 할아버지가 지으셨던 표정만큼은 또렷이 기억이 난다는 사실이다.

할아버지는 황해도 송화군이 고향이셨다. 할아버지는 한국전쟁 발발 조금 전에, 남자 친척 몇과 배를 빌려 타고 인천으로 피난을 오셨다.

할아버지는 황해도에서 소작농이셨던 것 같다. 황해도 송화군은 농지도 있고 과수원도 있으며, 바다도 있는 곳이라, 할아버지는 일이 되는 것이라면 어디든 찾아다니며 무엇이든 가리지 않고 하셨던 듯하다. 그래서 그런지 할아버지께서는 농사, 밭일뿐만 아니라 낚시, 목공 일 등 못하시는 것이 없었다.

할아버지는 피난 오시면서, 송화군 앞바다에서 배가 뒤집어질까 봐 걱정될 정도로 많은 조기를 잡으셨다고 했다. 아직도 할아버지께서 그 이야기를 하실 때 지으셨던 환희에 찬 표정을 잊을 수가 없다. 평소에는 석고로 만든 가면을 쓰고 계신 듯, 자신의 감정을 표정으로 힘들게 번역하시는 게 역력히 눈에 보이던 당신이었다. 그러나 그 만선의 일화를 들려주실 때만큼은 석고로 만든 가면에 금이 가고, 자신의 가장 행복했던 추억이 곧바로 표정으로 말을 걸어오는 것이다.

할아버지는 그 조기를 인천에서 내다 팔아 쏠쏠히 돈을 챙겼다고 한다. 그리고 나머지 가족들도 모두 무사히 피난을 올 수 있었다.

하지만 곧 한국전쟁이 발발한다. 인천상륙작전 때에는 할머니가 장 보러 나가셨다가 미군 함대의 함포 사격에 노출되지만, 간신히 살아남는다.

휴전. 그러나 자식 일곱 중 셋이 전란의 틈바구니, 그리고 전후의 혼란, 가난 속에서 목숨을 잃는다.

할아버지는 그래서 말씀이 별로 없으셨던 것일까? 이 질박한 농경인에게 전쟁은 너무나 가혹한 시련이었고, 그 비참한 고통으로 인하여 할아버지는 세계를 이해하려는 노력을 포기하였다. 그렇게 마음의 문을 걸어 잠그고, 견고히 구축한 당신만의 세계로 칩거하신다.

할아버지는 우리 가족이 살던 아파트 근처의 공터를, 건물이 들어서기 전까지 잠깐 빌려달라고 하고는, 그곳에 밭을 만드셨다. 가로 세로 50미터쯤 되는 그 공간은 오롯이 할아버지만의 세계였다. 할아버지는 그곳 한가운데에 목공 실력을 한껏 발휘하여 오두막을 만들었다. 할아버지는 늘 그곳에 나가셔서 밭일을 하셨다. 30년 전이었지만, 그래도 도심 가운데에 그런 농토가 있다는 것이 신기한지 동네 사람들도 발걸음을 멈춰 구경을 하곤 하였다. 한여름엔 동네 아이들이 잠자리를 잡으러 잠자리채며 채집통을 들고 놀러 왔다.

저녁때 할아버지께 진지 잡수라고 전하는 것은 늘 내 몫이었다. 아마 나는 그 심부름을 수백 번은 넘게 했을 것이다. 할아버지는 가끔 밭의 새콤한 땅뜨라지를 한 움큼 따 주셨다. 앞발의 힘이 우악스럽고, 몸뚱아리에 털이 있는 땅강아지를 잡아 주시기도 하였다. 나는 할아버지 손을 꼭 붙잡고 모시고 왔다. 그런데도 할아버지에 관한 내 기억은 벙어리이고, 귀머거리이다.

할아버지는 말년에 위암으로 고통받다가 돌아가셨다. 임종이 가까워오자 극한의 고통으로 얼굴이 처참하게 일그러지셨고, 귀가 귓불 아래로부터 위쪽으로 말려 올라갔다. 친척 누군가가 귀가 말려 올라가면 임종이 가까이 온 것이라고 말했다.

할아버지의 유품은 안경, 낡은 나침반, 대나무통, 그리고 대나무 갓대 정도가 전부였다. 그 작은 죽간들에는 뜻 모를 한자와 기호들이 가득 적혀 있었다. 그것들은 육효(六爻), 팔괘(八卦) 등 주역과 관련된 상징들이었다. 할아버지는 자신만의 체계를 가진 독특한 역학자(易學者)이셨던 것 같다. 외부에서 벌어지는 일들로는 세계를 이해할 수 없으니, 작은 오두막 안에서 자신이 이해할 수 있을 법한 세계를 스스로 일구고 계셨던 것이다.

이름

━━━━━━━━━━━━━━━ 할아버지께서 나한테 주신 선물. 평생 나와 함께한 것이 또 하나 있다. 바로 이름이다. 달오. '이를 달(達)'에 '다섯 오(五)'를 쓴다. 지금 한국에 이 이름을 쓰는 사람이 과연 있을까 싶다. 발음이 비슷한 '달호'는 많지만…. 이름에 다섯이라는 수가 들어가는 것도 특이하다.

일본인인 우리 외할아버지는 이 '달오'라는 이름을 무척 좋아하셨다고 한다. 우선 일본에서 첫째 아들 이름에 자주 쓰는 '太郎'의 일본어 발음과 유사하고, 다섯[五]이 중간수이므로 '중용에 이르라'는 뜻이기 때문이어서 그러셨단다 - 그러나 나는 이 세상에서 중용과 가장 거리가 먼 사람이다.

할아버지는 주역과 동양사상에 관심이 많으셨으니 음양오행(陰陽五行)

과 관련하여 이름을 지었을지도 모른다.

내 이름은 작명에 일가견이 있으신 어떤 스님도 좋아하셨다. 진정한 깨달음[悟]에 이르려면 그것에서 마음의 집착[心]도, 말과 언어[口]도 떼어버려야 한다나….

10년쯤 전에 중국 학생들에게 한국어를 가르친 적이 있다. 보드판에 내 이름을 한자로 적으니 학생들이 웅성거리는 것이었다. 왜 그러냐고 물으니 중국에서 다섯 오(五)는 '무예'할 때의 '무(武)'와 발음과 성조가 같단다. 그래서 그들에게 내 이름은 '무술에 달통한 자'의, 매우 남성스러운 것이 되어 버린다 – 그러나 나는 이 세상 남자들 중에서 남성스러움과 가장 거리가 먼 사람이다.

정수론적 관점에서 보면, 5는 소수이다. 0과 1을 제외하면, 최초의 짝수 소수 2와 그 다음 소수 3을 더하면 5이다. 그 전 수 두 개를 더하는 피보나치 수열은 소수에서는 0+1=1, 1+2=3, 2+3=5의 5까지만 성립한다.

특이한 이름을 가진 사람이면, 나와 성과 이름이 같은 사람이 과연 세상에 존재할까, 라는 의문을 당연히 가지게 될 것이다. 그것도 옛날에 나와 같은 이름을 가진 이가 있었을까, 하는 데에 생각이 미치자 찾아보지 않고는 못 배길 정도의 호기심이 일었다. 자료를 뒤져보니, 조선 시대 헌종 대에 사람들을 끌어들여 투전 놀이하다가 감옥에 들어갔다가 방송된 이가 한 명, 고종 때 경희궁 위장(衛將)으로 근무하다 한 달 만에 병을 이유로 그만둔 이가 한 명 있었다. 일제 강점기에는 노동조합원 신분으로 양산에서 일본 경찰서를 습격한 청년이 한 명 있었다. 그들은 나와 같은 이름이었는데, 그것에 대해 어떻게 생각했을까. 그때도 이 이름은 드문 이름이었을까? 그들은 과연 이름에 대한, 나와 같은 자의식이 있었을까? 내가 시간을 초월하여 그들과 한 자리에 있다면 서로 유쾌하게 웃으며 이름에 대한 농담을 하지는 않을까? 이런 생각을 해본다. 나는 단 한 번도 이들을 본 적이 없지만, 그저 이름이 같다는 이유 하나만으로 이들에게 애착이 간다.

명명(命名)
──────────────── 이름 붙이기.

그 이름이 생겨나면 우리는 접미사 '-답다, -거리다, -롭다, -스럽다' 등을 붙일 수 있다. 예컨대 '달오답다, 달오거리다, 달오스럽다' 등등…. 이러한 접미사들은 그 명사가 가리키고 있는 외연에 대해 생각해보게 만든다.

'나답다는 것은 뭘까?'

이름에는 경계가 있지만, 늘 확고하지는 않다. 난 이름의 경계가 파도치는 곳에서 서핑하는 것을 즐긴다.

정체성과 자의식에 대한 우화(寓話)

정체성의 우화

──────────────── 고비 사막 실크로드 한가운데의 어떤 마을에, 노새 한 마리가 태어났다. 다른 노새가 모두 그런 것처럼, 그도 천애 고아였다. 이 노새가 유일하게 알고 있는 것은 자신이 말과 당나귀의 혼혈이라는 사실뿐이었다.

그러나 노새는 이러한 사실에 좌절하지 않고, 매우 열심히 일을 하였다. 그는 자신의 운명을 감수하였다. 그는 상인들이 지어주는 짐을 고맙게 받아들였다. 상인들이 자신의 운명을 좀 더 순탄하게 만들어 줄 것이라 믿었기 때문이다. 상인들도 일 잘하는 이 노새를 아주 아꼈다.

노새는 그날도 무거운 소금짐을 지고 열심히 일을 하였고, 지칠 대로 지친 몸을 이끌고 마구간으로 돌아왔다.

옆 칸의, 이제 일할 기력이 없어 죽을 날만을 기다리고 있는 늙은 버새가 이 성실한 노새에게 물었다.

"자네는 무엇을 바라 이렇게 열심히 일을 하는가?"

이 노새는 말하였다.

"저는 열심히 일해서 저 상인들에게 인정을 받고, 아름다운 암노새를 만나서 아이도 낳고, 행복한 가정을 꾸리고 싶어요."

늙은 버새는 잠시 머리를 떨구고, 심히 걱정하는 투로 말하였다.

"자네의 바람은 잘 알겠네. 하지만 자네는 나를 보고도 느끼는 바가 없는가. 내가 이 나이가 되도록 자식이 없는 것이 신기하게 여겨지지도 않았나 보오. 노새와 버새는 자식을 낳을 수 없다네. 자네의 앞에 기다리고 있는 것은 행복이 아니라네. 나처럼 쓸쓸하게 죽음을 맞아들이는 일뿐이지."

노새는 심한 충격을 받았다. 그는 자신의 운명이 자신의 손에 달려있지 않다는 사실을 깨달아 버린 것이다. 그는 늙은 버새에게 다시 물었다.

"누구입니까? 누가 나를 이렇게 만든 겁니까?"

"자네가 자네의 모든 정성을 바치고 있는 바로 저 상인들이지. 그들은 말과 당나귀, 서로 다른 종을 접붙여서 자신의 목적을 위한 존재를 만들어내었지. 지구력도 있으면서 힘도 센 노새는 그렇게 상인들의 이익만을 위하여 존재하는 것이라네. 만약 자네가 진짜 자신의 운명을 사랑한다면, 지금의 처지를 받아들이는 게 좋을 걸세."

노새는 이 엄청난 부조리를 견딜 수 없었다. 그는 자신의 근원을 알 수 없었지만, 자신의 운명, 그 결과는 뚜렷이 알 수 있었다. 바로 그것은 처절한 고독과 죽음뿐이었다.

결국 노새는 그 자리에 앓아누웠다. 상인들은 일 잘하는 노새를 잃지 않기 위하여 정성껏 돌보았고, 노새는 다시 기운을 차렸다. 그러나 이제 더 이상 이 노새는 순응적 존재가 아니었다. 노새는 이렇게 자신의 운명을 그 자리에 서서 받아들일 게 아니라고 생각하였다. 그는 자신의 운명을 바꾸기로 마음먹었다.

상인들은 이날도 소금을 나르기 위하여 노새를 마구간에서 끌어내었다. 노새는 일부러 힘이 넘치는 척, 마구간의 주변을 힘차게 뛰었다. 상인들은 흐뭇해하며, 이 노새에게 남보다 두 배는 많은 소금짐을 얹었다.

이렇게 실크로드를 향한 여정이 시작되었다. 행렬이 강안(江岸)의 절벽을 돌기 시작할 무렵, 이 노새는 강을 향하여 자신의 몸을 던졌다. 노새는 몇 번이나 절벽의 바위에 부딪힌 뒤 물에 빠졌다.

상인들은 노새의 죽음에는 아랑곳하지 않고, 소금이 물에 녹는 것만을 안타까워하며 발을 굴렀다.

자의식의 우화

──────────────── 달팽이는 겁쟁이였다. 민들레 씨앗의 어슴그러한 자극에도 그는 더듬이를 움츠리기 일쑤였다. 주위의 진딧물이나 무당벌레 할 것 없이 모두, 그를 겁쟁이라고 놀려대었다.

달팽이는 이 모욕을 참을 수 없었다. 그는 언젠가 자신이 용감하다는 것을 보여주리라 다짐하였다.

어느 날, '인간'이란 종의 한 존재가 이 달팽이가 살고 있는 잡초 숲을 날카로운 예초기(刈草機)로 다듬기 시작하였다. 이 과정에서 수많은 벌레들의 허리와 더듬이가 잘렸고, 갑충의 껍질이 잡초와 뒤섞여 회오리처럼 솟구쳤다가 다시 바닥에 곤두박질쳤다. 벌레들은 대재앙의 날이

닥쳤다고 절규하였다.

이때, 칼날 하나가 돌에 튕겨 예초기에서 빠져 나와, 달팽이의 바로 옆에 꽂혔다. 달팽이는 다행스럽게도 몸을 껍질에 숨기고 납작이 엎드려 있었기 때문에, 이 칼날을 간신히 피할 수 있었다.

한바탕 난리가 지나간 뒤, 벌레들은 이 칼날 옆으로 모여들었다. 이제 뭉툭해진 잡초 옆에 우뚝 서 있는 이 칼날을 보고, 논변가인 한 무당벌레가 외쳤다.

"여러분 보십시오, 날카롭게 날이 선 이 칼날을요! 이것은 우리 잡초 숲의 생명을 위협하는 거대한 재앙이었습니다. 이제는 탑처럼 우뚝 선 이 위협의 상징을, 우리는 성심을 다하여 숭배하여야 할 것입니다."

그때, 달팽이는 마치 비웃기라도 하듯이, 예리하기 그지없는 칼날 위를 기어 올라가기 시작했다. 달팽이의 점액은 이 날카로운 칼날에서 자신의 몸을 보호해 주었고, 그는 개선장군처럼 당당하게 칼날의 끝에 섰다. 달팽이는 그 위에서 외쳤다.

"나를 겁쟁이라고 놀렸던 버러지들이여! 나는 수많은 귀중한 생명을 앗아간 이 거대한 재앙을 이렇게 아무렇지도 않게 견뎌낼 수 있다오. 이제 나를 더 이상 겁쟁이라고 부르지 말 것이며, 이따위 칼날을 숭배할 거면 차라리 나를 섬기도록 하시오!"

모여 있던 벌레들은 놀라움을 금할 수 없었다. 자신들의 생명을 수없이 집어삼킨 그 재앙의 칼날 위에 저렇게도 당당하게 서 있을 수 있다니. 그 후로 벌레들은 이 달팽이를 절대 겁쟁이라 놀리지 않았고, 오히려 두려워하게 되었다.

달팽이는 전과는 다른 삶을 살게 되었다. 그는 모든 벌레들에게 경외의 대상이었다. 그는 갈수록 기고만장해졌다. 그는 이제 아무렇지도 않게 인간의 영역에 들어서서 한가로이 일광욕을 즐기기도 하였다.

한 요리사가, 자신의 주인을 위한 찬거리를 생각하고 있던 때에 마침 자신 앞에서 버젓이 햇볕을 쬐고 있는 이 달팽이를 발견하였다. 요리사는 옳다구나 하고 이 달팽이를 집어 들었다. 달팽이는 더듬이를 옴츠거렸고, 자신의 등껍질에 숨으려고 꿈틀거렸다. 그러나 노련한 요리사는 달팽이가 몸을 숨기기 전에 달팽이의 몸을 집었다.

그러고 나서 요리사는 바로 식당으로 들어가, 이 달팽이의 몸에 적당한 압력을 가한 후 그 조직이 단단해진 틈을 타 예리한 칼로 저미기 시작하였다. 달팽이는 이 칼날이 자신의 몸을 해리(解離)시키지 못할 것이라 굳게 믿었다. 자신은 그 무작한 예초기의 칼날에도 당당히 서 있을 수 있는 몸이 아니던가.

그러나 결국 달팽이는 얇게 저며진 채로, 레터스와 함께 예쁘게 장식된 채로 접시에 담기고야 말았다.

음악과의 만남

•

인천에 사는 우리 가족은 가끔 동네 근처 문학산을 오르곤 하였다. 언덕에 가까운 야트막한 산이었지만, 오르다 보면 급한 경사도 있었던 것으로 기억한다. 이 급경사를 우리 아버지는 '세브직 고개'라고 부르곤 하였다. 당시에 내 동생이 고사리손으로 바이올린을 배우고 있었는데 – 당시에 바이올린을 배운다는 것은 대단한 사치였던 기억이 난다. 그것도 소시민의 가정에서 말이다. 그렇게 보면 우리 부모님은 문화와 예술에 대한 대단한 사랑을 보여주셨다 – 바이올린의 기계적 운지법 숙달 교재인 '세브직'의 가혹함에 그 급경사를 오르는 고역을 빗댄 것이었다. 어쨌든 그 세브직 고개를 오르면 예비군 교장으로 쓰이는 다소 너른 공터가 나온다. 그 곳에는 파이프와 널빤지로 만든 훈련용 장애물들이 있었다. 파이프 속에는 작은 새가 둥지를 틀고 있었고, 어린 새들의 지저귐이 파이프를 울려 오르골 분수처럼 솟구쳤다. 나는 그 공터의 고무 타이어를 찢어 얽어 만든 깔판 위에 드러누워서, 바람에 흔들리는 나뭇잎이 만들어내는 속삭임을 하염없이 들었다. 이 유년기, 자연의 소리. 바람을 거스르지 않는 '자연스러운 소리'에 대한 동경, 이것이 나이가 들어도 거칠고 새된 소리보다는 다소 평안하고 느린 음악을 선호하게 된 이유인 듯도 하다.

인공의 음악에 대한 관심은 유년기에는 그다지 크지 않았던 것 같다. 아버지는 전축 마니아였다. 그래서 집안에는 늘 클래식 음악이 흘렀다. 나는 그 복잡하고 난해한 클래식 음악에 그다지 흥미를 느끼지 못하였다.

나는 어머니의 강요에 못 이겨 피아노를 배우기는 했지만 그 기계적인 연습이 너무나 싫었다. 나는 음악에 별다른 소질이 없다고 생각했다. 그래서 피아노는 그만두고, 대신 첼로로 갈아탔는데, 어린 나이에 그 큰 첼로를 다루는 것도 고역이었다.

부모님은 나와 내 동생을 부단히도 음악회에 데리고 다니셨다. 한 달에 한 번은 꼭 갔던 것 같다. 이 음악회도 음악을 들으러 가는 것이라기보다, 연주가 끝나면 '투다리'에서 닭꼬치를 먹을 수 있기 때문이었다. 클래식 음악은 지나치게 복잡하였다. 그것보다는 박남정의 〈사랑의 불시착〉 같은 것을 듣는 것이 나을 텐데…. 나는 어른이 되면 사랑의 불시착 같은 박진감 넘치는 노래를 마음껏 부르리라. 이런 생각만을 하였다,

그러나 그런 음악회 가운데서도 가슴을 두근거리며 기다리는 단 한 곡이 있었다. 연말 항례의 그 곡! 그 위대한 곡의 연주회만큼은 손가락을 꼽으며 기다렸다. 바로 베토벤의 교향곡 9번이었다.

4악장 환희의 송가는 늘 기다려졌다. 예닐곱의 어린 나이에도 그 단순한 선율은 가슴에 와서 박혔다. 첼로와 콘트라베이스가 나지막이 그 선율을 읊조리기 시작하면, 내 가슴은 쿵쾅쿵쾅 뛰기 시작하였다. 그리고

는 연주회장에 한줄기 빛이 내려와 나를 감쌌고, 나는 하염없이 눈물을 흘렸다. 그때는 베토벤이 왜 그런 곡을 작곡했는지도, 귀가 먼 다음에 작곡하였다는 것도 몰랐다. 그저 그 음악이 내게 와서 직접적으로 내 마음의 문을 두드렸을 뿐이다. 아직도 그 기분을 제대로 표현하기 어렵다. 그저, 이 음악을 통해서 내가 세계와 연결되는 기분이었다고나 할까?

그 이후에도 클래식 음악은 다소 먼 곳에 있었다. 동생이 바이올린을 그만두고, 나도 더 이상 음악 수업을 받지 않아 음악과 점점 더 멀어지고 있었다. 그러나 고2 때 한 위대한 선생님을 만나고 클래식 음악에 다시 눈을 뜨게 되었다. 국어 선생님인 조우성 선생님. 그분은 마음에 별을 지닌 분이었다. 자기가 태어난 요람인 인천을 아주 사랑하시는 분이었고, 인천 향토사를 연구하는 민간 학자이자 시인이기도 하였다. 이상을 가진 이, 열정을 가진 분, 나는 이 분에게 홀딱 반하였고, 매일 국어 수업 시간만 기다렸다.

그때 그분이 대중가요만 듣지 말고 베토벤이나 모차르트도 들어보라고 그러셨다. "200년 300년간 같은 곡이 끊임없이 연주되는 것을 보아라, 실로 위대하지 않느냐. 너희는 10년 후 지금의 가요들은 기억조차 못하게 될 것이다!" 그래서 집 안의 테이프와 시디를 뒤적여 보기 시작했다. 다행히도 아버지의 컬렉션이 잘 갖추어져 있었고, 나는 그 중에서 손에 잡히는 대로 베토벤과 모차르트의 시디를 챙겨 방 안에 들어와 재생 버튼을 눌렀다. 바로 그 순간부터였다. 나에게 기적의 선물이 내려온 것은. 이 순간 이후로 나는 달라졌다. 내 자신이 내 자신을 되찾은 마법의 순간이 온 것이다. 그리고 나는 이제는 결코 그 순간 이전으로는 돌아갈 수 없게 되었다.

최초의 죄의식

•

―――――――――――――――― 27년의 세월을 거슬러 올라가 다시
보는 한 장면. 중1 때. 미국 팝 음악, 에어로 스미스와 웸을 좋아하는
한 친구와 학교 앞 레코드 가게에 간다. 테이프가 진열장에 죽 늘어서
있다. 주인은 잡지를 읽고 있다. 친구가 속삭인다.

"야, 에어로 스미스 이거 끝내줘. 주인 잡지 보고 있다. 어서 꺼내서
주머니에 넣어."

"그거 훔치는 거잖아."

친구는 한마디 한마디 강조하면서 닦달한다.

"그거, 그냥, 주머니에, 집어, 넣어."

나는 그렇게 테이프를 훔치고 만다.

그날 하루 종일 열병에 시달리는 듯 초조하고, 정신은 방황한다,

아버지께서 일찍 퇴근하시고 어머니는 집에 안 계셔서, 둘이서 설렁
탕을 먹으러 간다.

"왜 그렇게 못 먹니?"

다음날 등교하여, 애들이 웅성거리는 곳에 간다.
"야, 너 테이프 훔쳤대매, 짜슥 대단한데."
난 어제의 그 친구에게 따진다. 네가 시킨 거잖아.
"그래도 훔친 건 너지."
나는 꼬박 사흘 죄책감에 몸부림치며 밤잠을 이루지 못한다.
나흘째 되는 날, 레코드 샵에 간다. 테이프를 슬그머니 다른 장르의
음반 사이에 껴 놓으려고 한다. 하지만 사람이 많아서 쉽지가 않다. 나
는 그 비닐도 뜯지 않은 테이프를, 무슨 생각인지 몰라도, 그냥 계산대
로 가져간다. 값을 치르자, 아저씨가 의미심장한 눈빛을 던진다.
'너였구나.'
나는 그 사건 이후로 물건을 훔친 적이 한 번도 없다. 그러나 친구가
전수한 그 비열함. 훔치는 것을, 슬쩍 집어 포켓에 넣는 것으로 치환하
는 자기 최면의 어리석음, 물건을 훔치는 것보다 더한 이 악습만은 버
리지 못한다.

외할아버지와 다이쇼 시대

외할아버지와의 마지막 만남

──────────────────── 군에 가기 얼마 전의 일이다. 후루타 벤지(古田 辨治), 외할아버지가 식도암으로 돌아가시기 얼마 전, 우리 가족은 당신을 마지막으로 뵈러 도쿄 시나가와의 자택으로 향했다.

할아버지는 다다미방에 원환의 열차 디오라마를 설치하고, 모형 전차를 열심히 달리게 하고 있었다. 당신이 50여 년간 늘 같은 시간에 출퇴근했던 신바시(新橋)역의 모형도 한쪽에 세팅해 놓고, 전차를 잠깐 세운다. 그리고 잠시 뭔가를 생각하고, 다시 열차를 출발시키는 것이었다. 하염없이. 매우 진지하게 말이다.

그때 외할아버지의 눈을 보았다. 어린아이마냥 행복해하시던 외할아버지의 그 눈.

철도 박물관

———————————————— 열 살쯤 되었을 무렵, 외할아버지와 동생, 나 셋이서 가부키쵸였나, 아키하바라였나 정확히 기억나지 않지만 철도 교통박물관을 간 적이 있다.

외할아버지는 자서전 제목을 《다이쇼 로망》이라고 지을 정도로, 자신이 다이쇼 시대에 청춘을 보낸 사람인 것을 자랑스러워하셨다. '다이쇼 데모크라시'라는 말이 있다. 다이쇼 천황 시대의 일본은 한껏 자유로운 분위기였나 보다.

댄디한 모던보이였던 할아버지는 근대 문명의 냄새가 풍기는 것은 모두 좋아하였다. 직장이 긴자에 있었기 때문에 전형적인 '긴부라(긴자를 어슬렁거리는 댄디)'셨고, 그 긴자의 스낵에서 위스키를 즐겨 마셨다 한다. 가족들 하나하나 취향에 맞춘 디저트를, 당신이 고집하는 단골집에서만 사오셨을 정도로 맛에 까다로우셨다.

철도 박물관에서 할아버지는 아이였던 우리보다 더 아이 같았다. 터널도 있고 산도 있고 바다도 있는 철도 디오라마를 보면서 연신 감탄을 연발하는 것이었다. 할아버지의 그 해맑게 웃던 표정.

외할아버지의 눈

———————————————— 외할아버지는 자신의 친어머니를 한 번도 본 적이 없다. 아름다운 계모의 손에서 자랐다. 그의 아버지도 친아버지가 아니었다고 한다. 그러니까 외할아버지는 엄밀히 말하면 죽은 당신의 어머니와 다른 남자 사이에서 탄생한 사생아였다. 증조할

아버지는 야채 도매상을 하셨는데, 그 가게 일을 돕던 점원과 증조할머니가 사랑에 빠져 우리 외할아버지를 낳은 것이다. 외할아버지는 이 사실을 사춘기 때에 우연히 알게 되었나 보다. 할아버지는 충격으로 가출도 하고, 온갖 문제를 일으키고 다녔다 한다. 그래도 끝까지 주변 사람들에게 이 사실을 숨겼기에, 나중에 할아버지가 돌아가시고 나서야 모두가 알게 되었다.

내가 기억하는 우리 외할아버지는 대인이었다. 가족을 위해서는 희생을 아끼지 않았고, 품이 넓은 메트로폴리탄이었다. 이는 그가 다이쇼 시대에 자랐다는 자의식이 강하게 작용하였기 때문인 것 같다.

나중에 이야기하겠지만, 70년대 당시 일본은 고도 성장기였고, 츠키지에서 큰 사업을 하시는 우리 할아버지도 돈을 상당히 많이 버셨다. 그즈음 자기 둘째 딸이 웬 가난한 한국 사람과 결혼하겠다고 하니 얼마나 황당하셨을까?

외할아버지는 조선어 학자로 유명한 칸노 히로오미(우리 어머니는 아시아 아프리카어 학원에서 이 사람에게 한국어를 배운 일이 있다) 교수에게 편지를 보내 자문한다. "이 결혼이 성립할 수 있겠느냐?"고. 답은, "한국 사람은 사기꾼이 많아 믿을 수가 없습니다. 절대 결혼시키지 마십시오."였다고 한다.

그래도 우리 어머니와 아버지는 의지를 굽히지 않았다. 외할아버지는 결국 큰 용단을 내린다. 결혼을 허락하기로.

하지만 우리 친가에서 결혼 허락을 주저했나 보다. 70년대다. 아무래도 일본에 대한 인식이 좋지 않았던 때였으니까. 주저할 수밖에.

외할아버지는 당황했을 것이다. 당시 일본과 우리나라의 경제 수준

차이는 대단하였다. 게다가 우리 두 집안의 경제적, 문화적 차이도 엄연히 존재하고 있었다. 나 같았으면, '감히? 너희가?' 이런 심정이었을 것 같다. 하지만 외할아버지는 사랑하는 딸의 행복을 위하여, 사업가 기질을 발휘하여 꾀를 하나 내신다.

당신께서는 하네다공항 면세점에서 산토리 위스키를 대량으로 구매한다.

"이 위스키를 김포공항에서 다시 저에게 주시기만 하면 됩니다."

할아버지는 승객들에게 웃돈을 얹어주면서, 이렇게 위스키를 한 병씩 승객들에게 맡긴 다음, 김포공항에서 수거한다. 그리고 친할아버지와 우리 친가 쪽 친척들이 모두 모인 자리에서 이 향기로운 최고급 양주를 한 병씩 돌린다.

우리 친할아버지의 위신이 높아진다. 당시 우리 친척들은 찢어지게 가난해서 양주 같은 건 구경도 못하던 때였다.

이렇게 해서 친척들이 우리 외가를 칭찬하게 되었고, 결국 아버지와 어머니는 결혼에 성공하게 된다. (하지만 안타깝게도, 우리 어머니는 결혼하고 나서 '다문화 이민 여성'으로서 고생을 혹독히 하게 된다. 아버지와 어머니가 어떻게 만나고 우리 어머니가 어떤 분이고 어떤 삶을 사셨는지는 나중에 쓰겠다.)

이렇게 할아버지께는 어떤 민족적 편견이 없으셨다. 제2차 세계 대전 때에도 도대체 왜 전쟁을 하는지 이해를 못하셨던 것 같다. 운전병으로 차출되어 갔으나 만날 구타를 당해서 결국 비행장에 프로펠러 돌리는 일을 하게 되었다고 한다. 그때 군에서 저급의 잇쇼빈 사케를 마시는 게 습관이 되어서, 당신께선 돈을 많이 벌어도 일생 동안 싸구려 사케를 뜨겁게 데워 드셨다. 그래서 결국 식도암에 걸리게 되셨지만.

나는 할아버지와 단 둘이 있었던 적이 별로 없지만, 에노시마에 놀러 갔을 때 그럴 기회가 있었다. 에노시마는 가마쿠라에서 에노덴이라는 작고 귀여운 노면 전차를 타고 가면 나오는 태평양에 면한 작은 섬이다. 에노덴은 파스텔 톤으로 칠해진 레고로 만든 것 같은 아기자기한 일본의 취락을 이리저리 통과하다가, 갑자기 드넓은 태평양이 한눈에 펼쳐지는 선로로 진입한다.

에노시마에 도착하면 길고 긴 에스컬레이터가 있다. 그것을 타고 전망대에 올라가면 요트가 점점이 떠 있는 태평양이 보인다. 시원한 바닷바람이 두 뺨을 간질인다. 그 정상에서 나는 할아버지와 단 둘이 서 있었다. 할아버지는 구름과 파도가 그어놓은 수평선을 숙연하게 바라보고 계셨다. 추억에 잠긴 듯 슬픈 눈이었다.

나중에 고바야시 잇사(小林一茶)의 하이쿠를 접하였을 때, 나는 다시 그때로 돌아가 할아버지 곁에 서서 그 눈의 의미를 읽어낼 수 있었다. 고바야시 잇사도 세 살 때 어머니를 잃고 계모 손에서 자랐다.

亡き母や海見る度に見る度に
죽은 어머니여
바다를 볼 때마다 볼 때마다

다이쇼 시대 문학가,
미야자와 켄지

──────────── 할아버지는 다이쇼 시대 출생인 것
에 대한 큰 자부심을 가지고 계셨다. 어머니는 고마자와 대학의 문학부
출신으로, 역시 다이쇼 시대의 문학을 사랑하였다.

우리 어머니는 순수한 글, 밝고 건전한 이야기를 좋아한다. 예를 들
어 다자이 오사무의 〈달려라 메로스〉, 마리 퀴리의 전기라든지, 안네
프랑크의 일기라든지, 헬렌 켈러 같은 사람들의 글과 전기, 권정생의
몽실언니 같은 글들을 좋아한다. 그러나 미시마 유키오나 가와바타 야
스나리 등은 질색한다.

일본 문학 중에서는 특히 다이쇼 시대 활약했던 작가들, 그러니까 미
야자와 켄지나 아쿠다가와 류노스케 같은 작가들을 하도 좋아해서, 어
렸을 때 베갯머리에서도 자주 그 이야기들을 들려주셨다.

나는 어머니가 "오늘 밤에는 〈첼로 켜는 고슈〉를 들려줄게."라고 말하
면 그 순간부터 설레어 가슴이 쿵쾅쿵쾅 뛰면서, 잠자기 전 시간을 목
을 빼고 기다리게 되는 것이었다.

〈첼로 켜는 고슈〉는 작가인 미야자와 켄지의 법화경적인 사상이 잘
드러나는 글이다. 뭇 생명들이 오해와 갈등을 극복하고 서로 화합하고
사랑하게 되는 이야기. 학창 시절 나는 일본어 사전의 도움을 받으며,
또 어머니가 들려주시던 이야기에 대한 기억을 되살려가며 틈틈이 이
소설을 번역하였던 기억이 난다. 지금 다시 그 번역을 뒤적여 본다. 나
는 그중에서 뻐꾸기가 나오는 장면이 가장 즐겁다. 다음 나의 번역을
싣는다.

(전략)

"음악을 배우고 싶습니다." 뻐꾸기가 능청스럽게 말했습니다. 고슈가 웃으며,

"음악이라고? 너의 노래라고 하는 것은 '뻐꾹, 뻐꾹' 하는 것뿐이 잖아."

그러자 갑자기 뻐꾸기가 정색을 하더니,

"예, 그렇습니다. 하지만 그게 보기보단 참으로 어려운 것이거든요." 라고 말했습니다.

"어려울 게 뭐 있겠어? 너희들은 뻐꾹뻐꾹 많이 울어 보았기 때문에 아무것도 아닐 것 아니야."

"하지만 그게 어려운 겁니다. 예를 들어 '뻐꾹', 이렇게 부르는 것과 '뻐꾹', 이렇게 부르는 건 들어도 들어도 다르지 않아요?"

"똑같은 것 같은데?"

"그럼 당신은 알지 못하는 겁니다. 우리들끼리는 '뻐꾹'이라는 소리는 일만 번 외쳐도 일만 번 다 다릅니다."

"훌륭하구나. 그런데 그렇게 잘 알고 있으면 내가 머무르고 있는 이곳에 찾아올 필요도 없잖아?"

"하지만 저는 도레미파를 정확하게 부르고 싶습니다."

"도레미파가 뻐꾸기 따위한테 무슨 소용이람."

"에에, 외국에 가기 전에 평가 한번 부탁드리려구요."

"외국은 또 무슨 소용이람."

"선생 제발 도레미파 좀 가르쳐 주십시오. 저는 뒤에서 따라 부르겠습니다."

"시끄럽구나. 그럼 세 번만 연주해줄 테니 끝나면 돌아가거라."

고슈는 첼로를 올려놓고 줄을 맞춘 후 도레미파솔라시도를 연주하였습니다. 그러자 뻐꾸기는 허둥대며 날개를 파닥파닥거렸습니다.

"아닙니다. 아닙니다. 그렇게 하는 것이 아닙니다."

"시끄럽구나. 그럼 네가 한번 해 봐라."

"잘 보십시오. 이렇게 하는 것입니다."

뻐꾸기는 몸을 앞으로 숙여 잠깐 목을 가다듬더니, "뻐-꾹" 하고 한번 울었습니다.

"뭐야, 그게 도레미파란 말이냐? 그렇다면 너희에게는 도레미파도, 베토벤의 제6교향곡도 모두 같은 게로구나."

"그건 아닙니다."

"뭐가 아니란 말이냐."

"어려운 건 이것을 여러 번 반복할 때 나타나는 것입니다."

"그러니까 이렇게 하라는 말이냐?" 고슈는 또 첼로를 집어 들고, 이번에는 여러 번 계속하여 연주를 하였습니다. 그러자 뻐꾸기도 기뻐하면서 뻐꾹 뻐꾹 뻐꾹 뻐꾹 따라서 노래 불렀습니다. 그것도 또 열심히 몸을 숙여가며 연주를 따라 언제까지라도 노래를 부를 태세였습니다. 고슈는 이제 손이 아파와서,

"이 봐, 이제 그만 해도 되지 않겠느냐." 하며 연주를 그만두었습니다. 그러자 뻐꾸기는 실망한 듯 눈을 내리깔고 "뻐꾹 뻐꾹 뻐꾸꾸꾸꾸꾸…" 하며 울음을 멈추었습니다.

고슈는 이제 완전히 귀찮아져서,

"이 봐, 이제 용무가 끝났으면 돌아가 봐라."라고 말했습니다.

"한 번만 더 연주해 주십시오. 당신에게는 좋게 들리나 본데 아직 음이 조금 어긋나 있습니다."

"뭐라고. 내가 네 따위 녀석에게 가르침이나 받아야 하겠느냐. 빨리 가버려라. 이 새 놈아."

"제발 한 번만 부탁드립니다. 제발…" 뻐꾸기는 머리를 몇 번이나 조아리며 이야기했습니다.

"그럼 이번 한 번뿐이야." 고슈는 활을 켤 준비를 했습니다. 뻐꾸기는 '쿡' 하고 숨을 고르고 나서,

"그럼 될 수 있는 대로 길게 부탁드립니다, 제발."이라고 말하고 또 한 번 숨을 골랐습니다.

"정말 성가신 녀석이군." 고슈는 쓴웃음을 한 번 짓더니 연주를 시작하였습니다.

그러자 뻐꾸기는 정말로 진지해져서 "뻐꾹뻐꾹 뻐꾹뻐꾹" 하고 몸을 숙여 필사적으로 노래 부르는 것이었습니다. 고슈는 처음에는 짜증이 났었지만 어느 정도 계속 연주하고 있으려니 뭔가 이제는 뻐꾸기 쪽이 진짜로 도레미파를 제대로 연주하고 있구나 하는 생각이 들기 시작했습니다.

(중략: 연주가 미숙했던 고슈는 우여곡절 끝에 여러 동물의 도움을 받아 연주회를 성황리에 마친다. 고슈가 앙코르 연주도 무사히 끝낸 그 행복한 밤)

그날 저녁 늦게 고슈는 자기 집으로 돌아왔습니다. 그리고 또 물을 벌컥벌컥 마셨습니다. 그리고 나선 창을 열고 언젠가 뻐꾸기가 날아갔다고 생각되는 먼 하늘을 바라보며 이렇게 말했습니다.

"아아 뻐꾸기야, 그때는 정말로 미안했단다. 실은 그때 나는 너에게

화를 내었던 것이 아니었는데…."

뻐꾸기의 죽음

—————————————— 나는 고등학교를 졸업하고, 한참 염세주의에 물들어 있었던 것 같다. 늘 옆구리에 쇼펜하우어의 책을 끼고 살았다. 나는 겉으로는 쾌활하게 생활했지만, 무의식은 죽음에 대한 강박으로의 액셀을 밟고 있었다. 그러니까 나를 괴롭히는 이 처참한 우울증의 씨앗이 이미 20년 전 마음에 싹을 틔웠다는 사실을, 나는 지금에서야 지각하는 것이다. 나는 군에 가기 전, 미야자와 켄지의 소설을, 이렇게 죽음에 관한 우화로 바꾸고 말았다. 그리고 이 우화를 쓴 지 얼마 되지 않았을 때, 외할아버지께서 돌아가셨다.

이탈리아 움브리아 평원의 아시시(Assisi). 성 프란체스코의 전설이 아직도 그 고색창연한 돌길 사이사이에 스며 있는 이 작은 도시에, 어느 외국 뻐꾸기가 유학을 왔다. 그는 일본의 이와테현(縣) 모리오카에서 온 뻐꾸기로, 오페라를 공부하기 위하여 이 먼 곳까지 날아온 것이다. 사실 이 뻐꾸기는 저 '첼로 켜는 고슈'에게 음정이 틀리다고 면박을 주다 쫓겨난 새로, 그때 어찌나 유리창에 심하게 부딪혔던지 아직까지 머리에 혹이 불거져 있었다.

그는 이곳에서 오페라를 배우다가, 노래를 잘하는 어떠한 암컷 뻐꾸기를 만났다. 그녀의 조상은 이곳 아시시에서 저 옛날 프란체스코 수도사로부터 법열의 노래를 전수받은 뻐꾸기였다. 이 둘은 만나자마자 서로의 인연을 직감하였고, 결국 부부가 되었다. 그들은 자신의 자식을 꼭 유명한 오페라 가수로 만들겠다는 일념에 사로잡혀 있었다. 그들은 보통의 뻐꾸기처럼 박새 등의 평범한 새의 둥지에 알을 낳지는 않겠다고 다짐했다. 아마 뻐꾸기로서는 최초로 조기교육의 필요성을 느꼈던 존재일 것이다.

산란기가 가까워오자 그들은 어떤 조류수집가의 집에 몰래 숨어 들어갔다. 그리고 화려한 아리아를 마음껏 뽐내며 부르는, 노래 잘하기로 소문난 어떤 홀아비 카나리아를 찾아가 자초지종을 설명하였다. 카나리아는 이를 듣고 고민을 하다가 결국은 승낙하고 자신의 둥지에 뻐꾸기가 알을 낳도록 허락하였다. 늙어서 이제 자식을 낳을 수 없는 이 카나리아는 대신 제자를 키우는 데에 자신의 인생을 바쳐야겠다고 마음을 먹은 것이다. 홀아비는 이 알을 정성껏 품었고 곧 새끼가 태어났다.

카나리아의 주인인 조류수집가는 기가 찼다. 수컷 혼자밖에 없는 둥지에 새끼가 태어나다니. 그것도 카나리아보다 몸집이 세 배 이상은 커질 것이 틀림없는 뻐꾸기의 새끼가 말이다! 주인은 놀라서 이 뻐꾸기를 버리려고 하였지만, 카나리아의 저항이 거센 것을 보고는 곧 포기하고 말았다. 주인은 "이것이 무슨 조화냐" 하면서 마냥 신기해하였고, 그냥 뻐꾸기를 둥지에 놓아두고 지켜보기로 하였다.

과연 혈통 좋은 뻐꾸기의 자손인지라, 이 뻐꾸기는 대단한 음악성을 발휘하였다. 그는 카나리아의 그 청아한 음색의 노래를 완벽하게 따라 부를 수 있을 뿐만 아니라 그 자신이 마음대로 곡조를 바꾸어 부를 수도 있었다. 그는 작곡가로서의 재능도 발휘하였던 것이다.

카나리아의 주인은 이러한 뻐꾸기를 신기해하였다. 그러나 그는 곧 이 뻐꾸기로 돈을 벌 생각을 하였다. 결국 뻐꾸기는 마치 인간세상에서의 어린 브람스처럼, 주점의 술 취한 사람들 앞에서 노래를 하게 되었다.

이 주인은 하루 7시간 동안 노래를 부르게 하여, 이 뻐꾸기를 혹사시켰다. 또한 주인은 뻐꾸기가 그렇게도 사랑하는 스승 카나리아를 늙었다는 이유로 탄광에 팔아버리고 말았다. 카나리아는 공기에 민감하여 탄광에서 그 위험을 알릴 때에 쓰이기 때문이다. 뻐꾸기는 이렇게 카나리아가 팔려간 것이, 노래를 잘 부르는 자신 때문에 스승이 필요 없어진 탓이라 여기고 매우 괴로워하였다.

뻐꾸기는 갈수록 자신의 노래에 환멸을 느꼈다. 그는 노래를 부르고는 있지만, 그건 자신의 영혼을 담은 노래가 아니었다.

이렇게 하루하루 지옥 같은 나날을 보내던 뻐꾸기는 어느 날 취객이 새장을 건드려 그것이 떨어져 문이 열린 틈을 타 도망가 버렸다. 도망친 뻐꾸기는 몇 날 며칠을 두고 고민하였다. 과연 남을 위하여 죽자사자 노래 부르는 것이 무슨 소용이 있는가. 그는 노래를 멈추고 이리저리 방황하였다. 그는 도대체 무엇을 해야 할지 몰랐다.

그는 주린 배를 채우기 위해 성 프란체스코 광장에 갔다. 그곳에서 비둘기의 틈에 섞여 관광객이 뿌리는 먹이를 게걸스레 주워 먹었다. 그러다가 그는 우연히 성당 안에 들어갔고, 지오토(Giotto)가 그린 〈작은 새에게 설교하는 성 프란체스코〉란 그림을 보게 되었다.

그 그림을 보는 순간, 뻐꾸기는 그림 속 프란체스코가 자신에게 설교하고 있는 것이라고 느꼈다. 인자한 표정의 프란체스코는 이 순간, 그누구도 아닌 바로 자신에게 노래를 불러주고 있었다.

그의 눈앞에 황홀경이 펼쳐졌다. 뻐꾸기는 모든 번뇌를 잊고, 환상 속에서 그 찬란한 음악을 들었다. 뻐꾸기는 그 앞에서 감격의 눈물을 흘리더니, 결국 정신을 잃고 말았다.

다시 일어난 그는 삶의 의의를 되찾고 작곡에 모든 힘을 쏟아붓기 시작하였다. 그는 작곡에 몰두할수록, 자신이 해야 할 바는 자기 내면을 표현하는 것뿐이라는 생각이 들기 시작하였다. 그리고 음악의 내적 질서에 더욱 많은 관심을 쏟게 되었다. 그는 오로지 자신의 내면의 소리에 귀를 기울였다.

그는 아시시 성당 꼭대기의, 십자가 등 온갖 성구(聖具)를 처박아 둔 아무도 없는 다락방에 자리를 잡고 자신의 음악에 합당한 악기를 만들기 시작했다. 그는 다락방에 있는 놋쇠며 나뭇조각 등을 이용하여 자신의 오르겔을 만들었다. 이 오르겔은 성 프란체스코의 노랫소리 같은 천상의 소리를 내었다.

뻐꾸기는 이 다락방에서 꼼짝도 하지 않은 채 작곡만 하고 있었다. 그가 작곡하는 곡은 마치 바흐의 푸가처럼, 그렇게 매우 견고한 구성력을 갖춘 음악이었다. 이 뻐꾸기는 어느새 자신도 모르게 이러한 구성적인 음악에 있어서 일가를 이루게 되었다.

뻐꾸기는 갈수록 자기 자신의 내면으로 침잠하였다. 그리고 그 속에서 현실세계와는 전혀 무관한 '음의 유희'를 즐기고 있었다. 그는 이 세계, 자신이 창조해낸 이 세계 안에서 지고의 행복을 발견하였다. 금강석처럼 견고하고 엄밀한, 어떻게 보면 숨이 막힐 정도로 한 치의 오차도 없는 형식의 토대 위에서 그는 진정 자유를 느꼈다.

하지만 뻐꾸기가 심연으로 파고들수록 그는 또한 고립되어 갔다. 뻐꾸기는 자신의 몸을 돌보지 않고 밤을 새워 작곡을 하였다.

어느 날 이 뻐꾸기는 자신이 '찾던 바(RICERCAR: 리체르카르는 푸가의 다른 이름이기도 하지만, 이탈리아어로 찾는다는 뜻도 있음)'의 음악, 그 주제를 발견하였다. 그는 이 주제를 사용하여 음악을 '구성'하여 나가기 시작하였다. 그가 생각해 낸 음악은 무한을 향한 동경을 간직한 것이었다. 이는 전조(轉調)를 통한 3성의 카논으로, 가장 높은 성부는 어떤 한 주제의 변주를 연주하는 반면, 아래 두 성부는 제2주제에 기초하는 카논적 화성으로 구성하였다. 듣는 사람의 바로 코앞에서 전조하는 곡으로, 종지부가 다시 곡 전체의 맨 앞과 부드럽게 맞물리는 구성이었다. 이는 곧 무한히 상승하는 카논인 것이다.

"전조가 상승할수록 프란체스코의 영광은 높아지리." 뻐꾸기는 읊조렸다.

뻐꾸기는 이렇듯 완성된 곡을 자신의 오르겔로 연주하기 시작하였다. 장엄한 주제가 펼쳐지고, 그 음조가 갈수록 상승하기 시작하더니, 클라이맥스에 다다르기 시작하였다. 이때, 무서운 재앙이 아시시를 덮쳤다. 지진이 일어난 것이다. 지진으로 인하여 다락방에 켜놓은 촛대가 쓰러졌으며 곧 화마가 방을 덮치기 시작하였다.

뻐꾸기는 전혀 아랑곳하지 않는다. 그는 이미 법열의 상태에 도달하여 있었다.

그를 멈출 수 있는 것은 단 하나, 종지(終止)의 페르마타, 그 표지(標識)밖에 없다.

그러나 그가 작곡한 이 무한 카논에는 페르마타가 존재하지 않았다.

2장

군 시 절

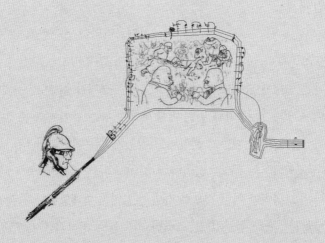

■ 홍달오, 무제

쇼스타코비치가 연주하는 바순에서는
그의 교향곡 9번 바순 솔로 주제가 흘러나오고,
전투와 살육에 아랑곳없이 성찬을 즐기는 자본가들을 뒤로하고
상이군인은 절뚝이며 종말(페르마타)을 향하여 간다.
타임(Time)지에 실린 쇼스타코비치의 초상과
게오르게 그로스(George Grosz)의 작품을 콜라주하였다.

입대와 입원

· 입대

─────────────────── 페르마타가 존재하지 않는 영원한
다 카포(Da Capo)와 같은 생활은 군대에서 펼쳐졌다.

나는 군대에 죽어도 가기 싫었다. 나는 군대가 싫었다. 무엇보다, 사
람이 싫었다. 누군가와 같이 부대껴야 한다는 것이 죽도록 싫었다. 나
는 늘 혼자 있고 싶었고 혼자이고 싶었기 때문이다. 게다가 총이 너무
나 무서웠다. 총을 쏘기 싫었다.

나는 보병이나 이런 것으로 가면 선임에게 학대당하다가 자살하게 될
것 같다는 생각이 들었다. 그러면 의문사로 처리되겠지, 이런 생각에
몸서리쳤다. 나는 나약한 인간이었다.

그런데 어떤 선배가 위생병으로 가면 편하다고 하는 말을 우연히 주
워들었다. 나는 1학년을 마치고 휴학한 뒤 위생병 지원 교육을 해주는
간호 학원에 다녔다. 붕대를 휘감고, 흉부압박상지거상법이니, 욕창
예방법이니, 이런 것을 교육받은 뒤 국군 창동병원에서 시험을 봤다.

합격!

그리고 99년 2월 군대에 갔다. 2월 말경 숙영 훈련을 나갔는데, 우리 조는 텐트를 차가운 물웅덩이 위에 치는 바람에 내 몸이 모두 젖었다. 어쩔 줄 모르고 끙끙거리다가 밤에 깼는데, 몸이 불덩이 같았다. 의무병이 있는 텐트에 갔는데 그들이 내 체온을 보더니 깜짝 놀라 바로 해열제를 먹이고 링거를 꽂았다. 다들 아마추어 의무병들인지라, 링거를 제대로 혈관에 놓지 못하여 팔뚝이 마치 빵처럼 부풀어 올랐다.

결국 다음날 나는 국군논산병원으로 실려 갔다.

군대와 쇼팽, 농담처럼

──────────────── 이틀을 꼬박 혼절해 있다가 군병원 중환자실에서 눈을 떴다. 왼쪽 팔에 링거 병이 꽂혀 있었다. 심한 폐렴으로 중환자실에 입원하게 된 것이다.

집으로 전화를 하니 할머니께서 전화를 받았다. 어머니께서 직장에서 바로 오셨다. 아버지도 오셨다. 아버지께서 괴로워하시는 모습을 보고 하염없이 울었다.

나는 그 후로도 한 사흘 정도 혼몽(昏懜) 상태에 빠져 있었다. 40도를 오르내리는 고열 때문에 헛것이 보였다. 그런데 어느 아침, 정신이 혼미한 상태에서 눈을 뜨니 쇼팽의 녹턴 op.27-2의 멜로디가 흘러나오고 있었다. 어떤 간호 장교가 라디오를 틀어 놓은 것이다.

아름다운 금실로 짜인 최고급 모로코 융단 같은 쇼팽의 완벽한 곡. 그 왼손 리듬과 완전히 싱크로되어 링거액이 챔버 안으로 또옥- 똑 하고 떨어지고 있었다. 쇼팽의 녹턴이 내 몸 안으로 들어온다고 느꼈다. 황금의 음악 물결이…. 이 순간이 영원하면 얼마나 좋을까. 하지만 곧 정신을 잃고 또 잠에 빠져들었다. 나는 군병원에 무려 한 달간 입원해 있었다.

군대에서 쇼팽과 관련된 황당한 일화가 또 하나 있다. 퇴원 후 훈련소로 복귀하였는데, 어느 날 정신 교육을 하였다. 군대 내에서 생기는 여러 문제들에 대해서 어떻게 대처해야 하나, 그런 것들을 교육하는 시간이었던 것 같다. 교관이 비디오를 하나 틀어주었다.

구본승이라는 탤런트가 주인공이었는데, 아무래도 그가 연예 사병으로 있을 때 찍은 것 같다. 비디오에서 그는 내성적인 고학력 대학생으로, 군대에 와서 고문관이 되는 역할로 나온다. 그 내용은 이런 것이었다.

주인공이 자대 배치를 받는 첫날, 선임병이 더플백에 있는 물건을 쏟아 보라고 명령한다. 주인공이 지시대로 하자, 어떤 책이 툭 하고 떨어진다. 놀랍게도 그건 쇼팽의 악보였다. 선임병이 "이게 뭐야? 초핀(Chopin)?" 그러자 주인공이 "아닙니다. 쇼팽입니다."라고 선임의 말을 정정해준다. 그러자 선임병은 "네가 지금 유식하다고 유세 떠는 거냐?" 그러면서 주인공을 괴롭히기 시작한다. 그 괴롭힘이 한 달 두 달 넘어가며 점점 심해지자 주인공은 결국 보초를 서다가 선임병과 내무반 사람을 다 쏴 죽이고 탈영하는, 그런 내용의 비디오였다. 쇼팽 때문에 사람이 죽는 교육 영화라니! 마치 부조리극을 보고 있는 듯하였다.

그런데 나는 그 농담 같은 비디오를 보고 간담이 서늘하였다. 내 더플백에도 쇼팽의 악보가 들어 있었기 때문이다. 나는 자대 배치 전에 악보를 버리려고 하였으나, 그 다음 날부터 행군이 시작되고 돌아와서는 개인정비를 하느라 그것을 까맣게 잊고 말았다.

자대 배치를 받는 첫날, 나도 위병소에서 대기할 때 더플백 검사를 받았다. 그들의 목적은 신병의 전투식량이며 담배 등을 빼앗아 챙기는 것이었다. 그런데 아뿔싸. 툭, 하고 문제의 그 쇼팽 악보가 떨어졌다. 선임병이 물었다.

"이게 뭐여? 초핀이 뭐여?"

나는 각 잡은 자세로, 큰 소리로 대답했다. "네 초핀이라고, 스페인 음악가입니다."

이렇게 위기를 모면하고, 나는 적어도 쇼팽 때문에 죽지는 않아도 되었다. 그 군비디오가 나한테는 정말로 하나의 구원이었던 셈이다.

여담으로, 쇼팽은 스페인에서는 실제로 초핀이라고 발음한다. 그가 스페인 사람은 아니었지만, 어쩌랴.

병원

———————————————— 군병원 회복실에서 근무하면서 깨달은 바가 있다. 고통 앞에서는 만인이 평등하다는 것. 별 세 개짜리도, 작대기 하나짜리도 아픔에는 속절없음을. 고통 앞에서는.

선(禪)

· 선종

──────────────── 산소가 부족하면 숨을 헐떡이며 어디 작은 틈이라도 없나 찾게 된다. 자유가 부족한 곳에서도 마찬가지로 어떤 '숨틈'을 찾는다.

군에서 나에게 그 숨틈은 불교 경전에 있었다. 아함경, 묘법연화경, 육조대사법보단경, 벽암록 같은 경전들을 통해 조금의 자유를 들이마실 수 있었다.

특히 선불교의 알쏭달쏭한 문답들과 게송이 보여주는 세계, 압도적인 자기 긍정과 견성성불(見性成佛)의 묘리에, 나는 깨닫는 바가 있었다. 선종에서는 스승과 제자의 인연을 중요하게 생각하고, 어떤 깨달음의 순간을 시적으로 표현하는 문화가 있다. 즉 이야기(서사)와 시(서정)가 함께하는 세계이다. 나는 그 세계에 깊이 빠져들었다.

선사의 깨달음에는 개성이 있다. 임제 선사는 마피아 보스 같고, 효봉 선사는 초현실주의 문학가를 떠올리게 한다. 내가 좋아하는 남전 보원은 촌로를 보는 듯하다. 남전 보원 선사[1]의 화두.

선사께서 돌아가실 때쯤 되어, 수좌 스님이 물었다.

"화상께서 입적하신 뒤에 어디로 돌아가시렵니까?"

"산 밑 마을 한 마리 물소가 되려네."

효봉 학눌 선사의 오도송도 기억에 남는다.

海底燕巢鹿抱卵　　바다 밑 제비 둥지에 사슴이 알을 품고
火中蛛室魚煎茶　　불 속 거미집에 물고기 차 달이네

꿈만 같다.

바다 밑 제비 둥지에
사슴이 알을 품는 동화

──────────── 옛날 아주 옛날, 불 속 거미집에 물고기가 차 달이던 시절, 예쁜 수사슴 한 마리가 살았습니다.

어느 날 사슴이 숲을 나와 해변을 어슬렁거리고 있었습니다. 그때 사슴은 괴상하게 생긴 동물 하나를 보았습니다. 그는 해변에서 늘어지게 하품을 하고 있었는데, 덩치는 산만 하고 목은 부풀어 올랐으며 앞발은 지느러미처럼 생긴 이상한 모습이었습니다. 이 동물은 수컷 바다사자

───────────────────────────────

1　남전 보원 선사의 선문답 중에는 '남전참묘(南泉斬猫)'와 같은 무시무시한 것도 있기는 하다.

로, 서열에서 밀려나 암컷 바다사자를 찾아 홀로 해변을 어슬렁거리고 있었던 것입니다.

"얘야, 예쁜 동물아, 너는 거기서 뭘 하고 있니?"

사슴은 두려워서 뒷걸음질 쳤습니다.

"얘야, 이리 오렴. 이런 건 처음 보지?"

바다사자는 사슴에게 알록달록한 조개며 고둥 등을 보여주며 유혹하기 시작했습니다.

"넌 바다에 가본 적이 없지? 바다에는 이런 거 말고도 환상적인 산호밭과, 그곳에서 보석과 같은 물고기들이 춤을 추는 광경을 볼 수 있단다."

사슴은 그 광경을 상상하며 꿈꾸는 듯한 표정을 지었는데 미처 바다사자가 슬금슬금 다가오는 것을 보지 못하였습니다. 그렇게 사슴은 바다사자의 거구에 눌린 상태로 겁탈을 당하였던 것입니다.

사슴은 죽어가며 꿈을 꾸었습니다. 녹야원(鹿野苑)의 정경입니다. 두 사슴 떼가 모여 있습니다. 한 어미 사슴이 국왕에게 자기의 아이를 살려달라고 애걸합니다. 국왕은 이웃 사슴 떼의 수장에게 이 사실을 말합니다. 수장은 어미의 모정이 갸륵하다며 자신이 대신 먹히겠다고 말합니다. 국왕은 크게 감명 받아 사슴들을 해방시킵니다.

사슴들은 큰 잔치를 벌입니다. 그가 장대에 오릅니다. 능숙한 솜씨로 저글링을 합니다. 구경꾼들이 소리를 지릅니다. 누군가 장대 밑 나무 장작에 불을 붓습니다.

쓸려오는 파도가 사슴을 쥐어 잡아 바다로 데려갑니다.

죽은 사슴의 몸에 날치 떼들이 다글다글 달라붙어 알을 낳습니다.

• …날개가 있어서 새와 같고, 그 성질이 밝은 데를 좋아하여…

– 《자산어보》

…밤에만 날아다니며

그 소리는 난계(선인이 타고 다닌다는 새)와 같다… – 《산해경》

…영봉이 나는 날치를 먹고 죽은 후

이백년이 지나 다시 살아났다고 했다… – 《습유기》

불 속 거미집에
물고기가 차 달이는 동화

─────────────── 날고 있다. 이 날치는 날고 있다.

어떻게 날 수 있었을까? 날개가 유난히 크기 때문일까? 날개를 펄럭이는 힘이 다른 날치보다 센 것일까?

이도 저도 아니라면 바람이 지나는 그 위에 날개를 얹는 솜씨가 기가 막혀서?

그러나 새들이 뭍에서 그런 것처럼, 언젠가는 이 날치도 다시 수면 위로 미끄러져 내릴 것이 분명하다. 이렇게 되고 보니 물음이 사뭇 달라진다.

'과연 난다는 것은 무엇일까?'

날치는 아가미로 물을 치어 보내지 않고, 대신 시원한 밤바람을 뿜어 지내고 있다.

가수알바람이 날치의 은빛 뺨을 스친다.

달빛이 날치의 등줄기를 비춘다.

날치는 한 자루 칼이 되어 밤하늘을 마름질한다.

촘촘히 박힌 하늘의 별이 황금향의 빛 분말을 한가득 뿌리고, 바다는 이것을 고이 가루받이 한다. 둘은 바람을 촉매로 수정(受精)하여 파도의 은빛 비늘을 만든다.

날치는 느꼈다.

별이 빛나는 우주도,

미풍이 스치는 이 하늘도,

은빛 파도의 물결치는 바다도,

죽음도,

삶도,

내가 날고 있는 이 순간 모두 하나가 되었다는 사실을.

저 수평선도 이 순간에는 경계 짓기의 윤곽이 아니라, 그저 한 세계의 무늬이자 주름일 뿐.

이제 날치가 날아다니는 세계 그 어디에도 등고선을 긋지 못하리.

나는 2001년 4월, 전역하였다.

전역 후, 할머니의 마지막 순간들

봉쇄를 겪고 난 후⋯. 난 이제 알아요, 인간은 무엇이든 먹을 수 있다는 사실을요. 사람들은 심지어 흙도 먹었어요. 부서지고 불에 탄 바다예프 식량 창고가 있던 자리의 흙이 시장에서 팔렸어요. 특히 해바라기 기름이 스며든 흙이나 불에 탄 잼이 뒤섞인 흙이 고급품으로 여겨졌지요. 어느 것이든 다 비쌌어요. 우리 엄마는 가장 싼 흙, 즉 청어가 보관된 나무통이 있던 자리의 흙을 살 수 있었죠. 그 흙에서는 희미하게 소금 냄새가 풍기긴 했어요. 그 안에 소금은 없었지만요. 오직 청어 냄새만 났답니다.

꽃이며⋯. 어린 풀들을 보며 즐거워하는 것⋯. 마냥 즐거워하는 것⋯. 그런 것을 금방 배우지는 못했어요⋯.

전쟁이 끝나고 수십 년이 지나서야⋯.

- 스베틀라나 알렉시예비치, 《마지막 목격자들》 중
아냐 그루비나의 열두 살 때의 전쟁 회고

———————————— "아아, 달다."

왜 우리 할머니는 매운 음식도 달다고 하실까. 어린 나이에는 그것이 늘 궁금했다.

할머니는 마음씨가 고운 분이셨다. 가족끼리 화목하게 지내는 것만을 바라는 소박한 심성의 여인.

물엿을 넣지 않은, 전혀 달지 않으면서도 정말 달았던 양념게장의 레시피를 자랑하셨던 분.

할머니는 서랍을 늘 '빼람'이라고 하셨다. 명사 '사람'이 동사 '살다'에 명사파생접사 '암'이 붙은 것이라면, '빼다'에 '암'이 결합한 것이 아닌가 싶은, 그런 단어⋯. 황해도 사투리다.

할머니께 인천상륙작전 때 겪으신 일을 들은 적이 있다. 그때 인천의 송월동에 사셨는데, 국군과 미군이 상륙 작전을 펼친 월미도 바로 옆 동네였다.

장을 보러 나갔는데, 포탄이 빗발치듯 떨어진다. 슈욱슈욱 하고 공간을 가르는 포탄소리가 소름끼친다. 들어본 적 없는 굉음으로 고막이 찢겨 나갈 것 같다. 마치 폭발 소리가 몸을 채워 터뜨릴 것만 같다. 비명을 지르지만 자신의 비명 소리가 폭발음에 묻혀 들리지 않는다. 당신께서는 도로 옆의 하수도 쪽으로 몸을 피한다. 포격이 그친다. 나와 보니 장터는 아비규환의 아수라장이다. 사람들이 여기저기 쓰러져 있다. 새까맣게 탄 시체들, 여기저기 흩어져 있는 살덩이들⋯.

허리 아래가 잘려나간 수박 장수가 피범벅이 되어, 상반신만으로 기면서, 피와 내장이 뒤섞인 터진 수박 조각을 양손으로 끌어 모으고 있었다. 할머니가 수박 장수 얼굴을 보니 귀신과 같이 웃고 있었다고, 몸서리치며 말씀하신다.

전역하고 돌아오니 할머니께서는 더 이상 일어나 계실 수 없었다. 할머니는 병원 침대처럼 반으로 접혀 높이를 조절할 수 있는 베드에 누워 계셨다. 어머니가 할머니를 돌아가실 때까지 정성껏 돌보셨다.

나는 군에서 위생병이었기 때문에, 소독 세트를 사서 가끔 할머니의 욕창을 치료해 드렸다.

할머니는 어머니가 없을 때,

"달오야, 커피 한 잔만 타 주겠니."라고 조심스럽게 부탁을 하셨다. 병원에서는 단 것을 자주 드리면 안 된다고 해서, 어머니께서 커피를 금하였기 때문에, 나한테 몰래 부탁하신 것이다.

그 후로 나는 할머니께서 부탁하지 않아도 가끔 몰래 커피를 타 드렸다. 그때마다 어린아이처럼 좋아하시며,

"아아, 달다." 하셨다.

할머니께서 돌아가시고 며칠 지나지 않았을 때, 근처 동네 미용실에 머리를 자르러 갔다.

미용실 아줌마가 말했다.

"할머니 돌아가실 때까지 제가 손님 집에 가서 할머니 머리 잘라 드렸어요."

거울에 비친 내 모습이 흐려졌다.

증언들

수용소 문학

─────────────────────── 나는 전역 후 자유를 처절히 박탈
당한 인간의 경험을 다룬 작품들에 큰 매력을 느끼기 시작하였다. 홀
로코스트 관련 문학이나 다큐멘터리, 전쟁 영화를 틈이 날 때마다 닥
치는 대로 챙겨보았다. 그 생생한 공포들을 접하면서 나는 고통 받은
자들에 대한 큰 연민과 함께, 지금 자유롭고 안전하다는 사실에 묘한
안심감을 느끼고는 가슴을 쓸어내리는 것이다. 하지만 반대로, 이 작
품들이 증언하고 있는 인간의 야만성과 폭력성으로 인해서 나는 인간
이 얼마나 구제 불능의 존재인지 여실히 느끼고는 또 절망감에 빠지곤
하는 것이었다.

　나는 이러한 수용소 문학, 증언 문학 가운데서도 프리모 레비, 솔제
니친, 엘리 위젤, 도스토예프스키, 알렉시예비치, 헤르타 뮐러, 밀란
쿤데라 등의 작품에서 압도적인 감동을 받았다.

나치, 스페인과 이탈리아의 파시즘, 마녀사냥 당시의 종교, 아프리카 국가들에서 벌어지는 인종청소, 종교적 근본주의에 기반을 둔 테러리즘 등은 모두 공통점이 있다. 그것은 바로 '자기가 옳다는 확신'을 지니고 있다는 것이다. 이 확신은 이성에 기반을 둔 것이 아니다. 대개는 어렸을 때부터 주입된 뿌리 깊은 증오심 때문이다.

가장 이상적인 것은, '인간'이라는 보편 가치 안에 민족이니 종교니, 인종이니 성이니 하는 테두리를 따로 치지 않는 것이다. 하지만 어렸을 때부터 이러한 테두리를 부지불식간에 주입받는 '문화권'이 분명 존재한다.

문화적 다원주의는 당연히 존중되어야 한다. 그러나 다른 문화를 공격하고, 자기 자신만 옳다고 주장하는 문화 역시 존중되어야 할까?

우선적으로 목표로 해야 할 가치들이 존재한다. 그것은 온 인류의 평화와 공존이다.

프리모 레비

──────────────── 어떤 사람들은 프리모 레비가 그렇게 악독한 수용소 생활을 견디고 살아남았으면서도 그깟 어머니가 중풍에 걸린 것 때문에 자살할 수 있느냐고 힐난한다.

스타이런은 《보이는 어둠》에서, 프리모 레비가 자살하자, 그의 작품에 열렬히 환호하던 비평가들이 모여서는 그의 행동을 이해할 수 없다면서 마치 모욕이라도 받은 양 쑤군댔다고 한다. 이러한 자들은 프리모 레비의 작품도, 삶도 이해하지 못한 자들이다.

아우슈비츠 생존자들은 해방과 동시에 두 번째 고난을 마주해야 했을 것이다. 그들은 돌아갈 집이 없었고, 가족은 대부분 죽거나 행방불명이었으며, 아무도 도와주는 이 없는 곳에서 혼자 다시 삶을 재건해야 했다.

수용소에서는 대항할 적이 있었겠지만, 돌아와서는 황폐화된 내면을 마주하며 삶을 재건해야 했다. 이런 고통들, 우리는 체험하지 못한 것들에 대하여 너무나 쉽게 이야기한다.

· 알렉시예비치

──────────────── 프리모 레비나 엘리 위젤이 조용하고 절제된 피아노 솔로라면, 스베틀라나 알렉시예비치는 아비규환의, 현대 교향악 지휘자이다.

그의 책을 읽다보면 평범한 사람들이 전쟁의 소용돌이에서 겪은 끔찍한 경험담에 진저리가 처진다. 그리고 인간의 잔학성과 어리석음에 고개가 절로 내저어진다.

전쟁과 폭력은 정말 끔찍하다. 현대의 전쟁은 군인에게만 피해를 입히는 것이 아니기 때문에 더욱 끔찍하다. 스티븐 핑커는《우리 본성의 선한 천사》라는 방대한 책을 통하여 이 인류의 역사에서 폭력이 점점 줄어들고 있다는 객관적 데이터를 제시하고 있다. 그러나 지금 인류가 지닌 가공할 대량살상 무기들은 잘못된 단 한 번의 판단으로 인류를 멸망의 길로 이끌 수 있다. 인류의 폭력 사태가 줄어든다는 통계가 보여주는 것이 사실일지라도, 한 번의 반전으로 인해 무위로 돌아갈 여지가 충분하다.

인간의 본성은 본래 잔인한 걸까. 늘 드는 생각이다.

나치의 잔인성은 체계적이고 이성적이었다. 훈족의 잔인성은 야만적이었고. 그러나 둘 모두 자기가 하는 일이 옳다는 굳은 신념들을 지니고 있었다. 이 확신. 나는 사람들이 이러한 '확신'을, '확신을 가지고 받아들인다'는 것을 도무지 받아들일 수 없다.

헤르타 뮐러, 숨그네

─────────── 헤르타 뮐러는 아우슈비츠나 다하우, 부헨발트의 이야기가 아니라, 그 수많은 수용소 중에서도 별다른 주목을 받지 못하였던 '소외된 수용소', 그리고 유대인이 아니라 동성애자라는, '소외된 수감자'들에 대한 이야기를 쓴다. 루마니아에서 동성애자라는 이유로 끔찍한 수용소에 끌려가야만 했던 청년의 이야기. 이 이야기는 끔찍한 고통마저 서정적으로 다루고 있기에, 그 고통이 어떨 땐 숭고한 아름다움으로 비쳐지기도 한다. 우울증처럼, 어떠한 고통은 은유로밖에 달리 표현할 수 없다. 헤르타 뮐러도 바로 그런 생각을 했던 것이 아닐까. 그러나 어떠한 고통은 은유로도 표현할 수 없다. 그래서 헤르타 뮐러는 한걸음 더 나아가서, 그 고통을 독일어 특유의 배의법(配意法)을 사용하여 신조어로서 명명하기도 한다. 다음처럼.

Atemschaukel 숨그네

Hungerengel 배고픈천사

Herzschaugel 심장삽

Kartoffelmensch 감자인간

Blechkuss 양철키스

Wangebrot 볼빵

'숨그네'라는 것은 수용소의 거칠고 힘겨운 노동 때문에 숨이 널뛰듯 요동쳐서 헉헉거리는 것을 말한다. 'Hasoweh'라는 단어도 나오는데, '토끼'를 뜻하는 'Hase'와 '향수'를 뜻하는 'Heimweh(이 단어도 Heim+Weh 로 나눌 수 있는데, 직역하자면 '집아픔'이라는 뜻이다)'를 합쳐서 만든 것이다. 우리말로는 '토끼 얼굴을 한 향수' 정도로 번역할 수 있을 텐데, 이는 수용소 생활을 하는 동안 늘 배고픔에 시달리고 비굴해져서 죄수의 얼굴이 토끼처럼 변해가는 과정을 묘사한 것이다.

진짜 죄인이 아니라, 사람들에게 함부로 단죄된 죄인이 형벌을 받는 다는 것은 일종의 난센스일 수밖에 없다. 이러한 난센스의 향연이 펼쳐 졌던 드넓은 무대를 지녔던 장소가 있다. 바로 시베리아에 엄청난 규모 의 굴라크를 운영하였던 구소련이다.

공산주의 비판

• 공산주의 유머에 대하여

——————————— 공산주의 시대가 남긴 유물 몇 가지가 있다. 그 중 하나가 공산주의 식 유머다. 나는 이것이 가장 마음에 와 닿는다. 어떤 여자가 고기를 사러 정육점에 들렀다. 고기가 없었다. 그래서 그녀는 건너편 빵 가게로 갔다. 거기에도 빵이 없었다. 그녀는 저 건너편 정육점에도 고기가 없고, 이 빵가게에도 빵이 없다고 푸념하였다. 그러자 빵가게 주인이 말하기를,

"네, 이 가게에는 고기가 없고, 저 가게는 빵이 없지요."

• 공산주의

——————————— 만약 당신이 공산주의 치하에서 부주의한 말 한 마디를 했다고 해보자. 예를 들어 여자 친구가 열렬한 스탈린주의자이다. 그런데 그 여자 친구랑 개인적인 다툼이 생겨서 그저

그녀를 약 올리기 위해 편지 끝에다 "트로츠키 만세!"라는 말을 썼다면?

공산주의 사회에서는 이것이 시베리아 굴라크에 끌려갈 만큼 큰 죄였다. 이런 일이 생기면, 그 사람은 즉시 어떤 무대 같은 곳에 끌려가서, 자신의 죄를 낱낱이 고백하고, 자아비판을 해야 했다. 그러한 촌극을 벌여서, 자기 시스템의 죄악에 비장미를 더하는 것. 그것이 공산주의의 장기였다. 문화 대혁명을 보라. 지식인들에게 삼각 모자를 씌운 채 행진을 시키고, 홍위병들이 그 행렬에 침을 뱉고 머리를 자르고 몽둥이찜질을 가하는 그 장엄한 쇼. 어리석음이 조직을 갖추기 시작하면 매우 무섭다.

《거장과 마르가리타》와 《수용소 군도》 사이

———————————— 어떤 면에서 볼 때 공산주의는 난센스이기도 했다.

아까 극장에 끌려가서 자신의 죄가 무엇인지를 '상상해서' 자아비판을 해야 하는 경우를 다시 떠올려 보자. 이 비상식적인 상황을, 작가는 어떻게 묘사하려고 할까?

불가코프는 《거장과 마르가리타》에서 이것을 초현실주의적으로 묘사했다.

솔제니친은 《수용소 군도》에서 차가운 관찰자와 수집가, 분석가의 입장, 즉 극사실주의로 묘사했다.

극사실주의와 초현실주의가 만나는 공간. 공산주의. 그러나 비단 공산주의만 그러할 것인가. 과연 자본주의는 그렇지 않은가?

쇼스타코비치론 – 성스러운 바보

•
성스러운 바보(Holy fool) –
유로디비 작곡가 쇼스타코비치

─────────────── 쇼스타코비치를 처음 접한 것은 고
등학교 때였다. 당시 EBS《번스타인의 청소년 음악회》에서 그의 5번 교
향곡 〈혁명〉을 설명하는 것을 듣고 처음으로 관심을 가졌던 것으로 기
억한다. 번스타인은 교향곡의 4악장을 극찬하였다. 난 이 교향곡의 다
른 악장도 듣고 싶었다. 그러나 인천에서는 큰 레코드숍에 가도 그 CD
를 구하기가 어려웠다. 아무래도 공산권 국가의 작곡가이기 때문이 아
닐까 싶었다. 그의 작품을 광범위하게 접할 수 있었던 것은 2005년 유
튜브 등 동영상 스트리밍 서비스가 활성화되기 시작하면서다.

　나는 그의 CD 한 장을 사기 위해서 인천에서 용산의 신XX 레코드까
지 다녔던 시절을 생각하며 격세지감을 느낀다. 그러나 각 시대의 장단
점이 있다. 중고등학교 때는 귀한 음반을 사기 위해서 몇 개월 동안 용
돈도 모으고, 힘들게 정보를 구해서 먼 거리의 레코드숍에 다녀오는 것

도 마다하지 않았다. 설레는 마음으로 돌아오는 전철 안에서 CD 포장지를 벗기고 영어로 된 부클릿을 끙끙대며 읽었다. 그래도 마냥 좋았다. 플레이어 안에 CD를 넣고 첫 음이 흘러나올 때의 그 전율을 생각하면 지금도 가슴이 찌릿찌릿하다.

지금은 동영상 서비스로 악보를 보면서 음악을 청취할 수 있는 정말 '편한' 시대이다. 그러나 역시 음악에 대한 경외심이라고나 할까, 그 음악을 귀하게 느끼지는 못하게 된 것 같다.

하지만 이러한 동영상 서비스 등으로 인하여 쇼스타코비치의 방대한 음악 작품을 들을 수 있게 된 건 분명 행운이다. 이 시기에 나는 그의 교향곡과 현악 사중주를 중심으로 그의 작품들을 듣기 시작하였다. 다음은 그 시기에 작성한 쇼스타코비치 음악 세계에 대한 논평이다.

들어가며 ──────────── 1948년. 소련의 중앙위원회 본부에서 유명한 음악가와 음악학자의 회의가 열렸다. 의장인 안드레이 즈다노프는 쇼스타코비치가 앉아있는 청중석에서 이런 연설을 한다.

"우리는 소비에트 음악에서 겉으로 보면 숨겨져 있는 아주 첨예한 두 흐름들의 투쟁을 지켜보고 있습니다. 하나의 흐름은 고전적인 유산의 막대한 역할을 인정하는 건강하고 진보적인 원칙입니다. 또 다른 흐름의 하나는 소비에트 예술에 낯선 형식주의의 흐름입니다. 이 흐름은 고전적인 유산을 거부하고 새로운 것에 매달립니다. 그리고 민중의 음악, 민중에 봉사하는 것을 거부합니다. 소비에트 작곡가들의 음악적이고 정치적인 귀에는 아주 예민해야 합니다. 당신들의 과제는 소비에트 음악을 창조하는 일입니다."

그는 계속하여 쇼스타코비치의 오페라 〈맥베드 부인〉에 대한 중앙위원회의 견해를 참석자들에게 확인시킨다.

"이 음악은 시끄럽고 수다스럽고 신음하고 헐떡이고….."

당으로 하여금 이런 비판을 받고 난 이후, 쇼스타코비치는 레닌그라드 음악원, 모스크바 음악원에서 해고당한다. 이후 스탈린이 죽을 때까지 쇼스타코비치는 극빈의 생활을 하게 된다.

즈다노프 형식주의 비판의 화살을 정면으로 맞을 수밖에 없었던 바로 이 상황에, 몇 발짝 뒤의 청중석에서 분루를 삼키고 있었을 희대의 작곡가 쇼스타코비치.

지금부터의 이야기는 정치의 거센 조류에 이리저리 휩쓸려 다니면서도 자신의 예술을 뜨겁게 새기어 나간 바로 이 작곡가의 참된 모습을 뒤쫓고자 하는 것이다.

정치와 음악 ──────── 정치와 음악은 분리되어 있는 것인가, 아닌가? 우선 예술이 정치의 부속물이라고 생각하는 입장을 살펴보면, 이는 음악이 정치적 목적을 위한 도구에 불과하다고 강변한다. 이는 음악이 인간의 심성에 영향을 미친다는 것을 전제하는데, 바로 이러한 음악의 정치 도구설은 에토스론(論)에 그 기반을 두고 있다. 그렇기 때문에 음악의 자율적, 내면적인 가치는 간과된다.

쇼스타코비치 당대의 소비에트에서는 이런 음악도구설의 강력한 영향 하에, 수많은 음악가들이 핍박을 받아야 했다. 특히 쇼스타코비치의 음악은 발표될 때마다 "소비에트 정신의 완벽한 구현"이라는 칭송부터 "형식주의에 불과"하다는 맹비난에 이르기까지 늘 화제의 중심에 서 있었다. 당은 쇼스타코비치의 음악을 '당에 봉사했는가, 아닌가'의 유일한 기준을 세워, 결국 '당에 도움이 되는 음악'과 '당에 도움이 되지 않는 음악'으로 단정하여 평가하였다. 이 예술가의 작품은 결국 당에 의하여 그 가치가 멋대로 재단되어 버렸다.

그러나 쇼스타코비치는 예술의 자율적 가치를 믿는 사람이었다. 음악가, 더 나아가서 예술가는 정치적 목적으로부터 완전히 자유로워야 한다고 믿었다. 사실, 쇼스타코비치에게 예술이란 지상 최고의 것, 신성불가침의 것이었다. 예술은 그 어느 것보다도 우위에 있는 사항으로, 정치가 이 예술에 대하여 입김을 불어 넣는 행위를 참을 수 없었다.

이에 대한 증명은, 그가 고골리의 신화에 열렬히 집착했던 것에서 찾을 수 있다. 사람들이 고골리의 무덤을 팠을 때, 그 관에는 시체가 없었다. 물론 나중에 그 근처의 어느 집 마당에서 목이 잘린 채 다시 발견되기는 하였지만, 쇼스타코비치에게 고골리는 죽어서도 자유를 찾아 떠난 예술가의 상징이었다. 쇼스타코비치도 고골리처럼 예술이라는 이름으로 자유롭고 싶었던 것이 아닐까.

이러한 생각에는 치명적 아이러니가 포함되어 있었다. 그의 예술적 천성에서 비롯된 위대성과 바보스러움이 공존하고 있었던 것이다.

성스러운 바보, 쇼스타코비치 ——————— 쇼스타코비치가 예술의 지상가치를 신봉하였다는 사실은 위에서도 말한 바 있다. 이는 위대한 정신의 발로로 칭송되어야 할 것이기는 하지만, 또한 여러 맹점을 안고 있는 것이기도 하였다. 쇼스타코비치, 그는 도무지 예술 이외의 것은 알려고 하지 않았다.

일례로, 그의 분노가 어디를 향하고 있었는지를 살펴보자. 그의 분노는 사실 온전히 스탈린 개인으로 귀결되는 성격의 것이었다. 쇼스타코비치는 스탈린을 맹렬히 미워하였다. 쇼스타코비치는 자신의 상황이 예술가로서 겪을 수 있는 최악의 것이며, 이는 온전히 스탈린에게서 비롯된 것으로 생각하였다. 그러나 이는 시대를 잘못 파악한 것에서 비롯된 엄살이다. 당대 600명이 넘는 예술가들이 수용소에 갔다. 이것에 비하면 쇼스타코비치에 대한 처분은 관대한 편이었다.

쇼스타코비치는 자신의 불행이 스탈린이 아니라 스탈린 시대에 있었다는 것을 알아야 했다. 그의 불행은 한 개인의 독단으로 생긴 것이 아니었다. 그럼에도 불구하고 쇼스타코비치는 스탈린을 히틀러와 똑같은 인물로 취급했다. 히틀러와 스탈린을 같은 범주로 취급해 버린 데는, 역사적 특수성과 아무 상관없는, 그냥 보편적으로 보았을 때 '폭력이란 다 똑같은 것'이라 여기는 유아적 역사의식이 그 기저에 있었다. 쇼스타코비치는 반유대주의를 경계하는 집안에 태어나 유대인을 위한 서시(序詩)를 작곡할 정도로 반유대주의를 경멸하였다. 이런 개인사로 인하여, 나치가 3만 4천여 명의 유대인을 키예프 계곡에서 학살한 것이나 스탈린이 대숙청기간 동안 300만 명을 죽인 것이나 별 다를 바 없다고 여긴 것이다.

그러나 사실 본질적 측면에서 쇼스타코비치를 억압하였던 것은 관료주의의 폭력이었다. 사회주의 리얼리즘의 초석을 놓은 이는 그론스키였지, 스탈린이 아니었다.

시대적 질곡에 대한 그의 이러한 오해에도 불구하고, 그가 예술적으로 최고 수준의 곡을 일관되게 만들어 낼 수 있었던 이유는 무엇일까? 여기서 필자는 그 이유로 바로 그의 유로디비(yurodivy)를 지적하려 한다.

유로디비 작곡가 – 쇼스타코비치 ─────────── 보통 유로
디비란 러시아 사람의 종교적 현상으로, 신중한 소비에트 학자들도 조
심스럽게 이를 '국민성'이라는 모호한 단어로 규정하였다. 보통 역사적
문화적 함축성을 가진 이 단어는 다른 나라의 단어로 대치하기가 참으
로 어렵다고 한다.

유로디비는 다른 사람들이 전혀 모르고 있는 것을 보고 들을 수 있는
재능을 가지고 있다. 그러나 그는 의도적으로 역설적인 방법, 암호로
그의 통찰에 관하여 세상에 이야기한다. 유로디비는 무정부주의자이자
개인주의자로서, 공적인 역할을 하기 위해서 상식적으로 가지지 않을
수 없는 행동의 도덕적 법칙을 깨뜨리고 관습을 조롱하는 사람이다. 그
러나 자신에게는 엄격한 한계, 규칙 그리고 금기를 정해 놓고 있다. 유
로디비의 기질은 보통 타고 나지만 자유의사로도 얻을 수 있었다. 교육
수준이 높은 사람들이 지적 비판이나 혹은 항거의 형태로 유로디비들이
되었다.

쇼스타코비치도 이렇듯 유로디비가 되었다. 유로디비의 길로 들어서
자 쇼스타코비치는 그가 말한 것에 대한 모든 책임을 포기했다. 그 무
엇도, 가장 숭고하고 아름다운 말들도 그것이 뜻하고 있는 듯이 보이는
바를 의미하지 않았다. 잘 알려져 있는 진리의 선언은 조롱거리가 되었
고 반대로 조롱은 때때로 비극적인 진리를 내포했다.

쇼스타코비치는 '유로디비'를 가면으로도 이용했다. 전혀 의미 없는
가곡처럼 보이는 오라토리오 〈without envoi〉에서 그는 메시지를 찾도

록 교묘한 장치를 쓰기도 하였다.

바로 유로디비가, 그가 공포에서 살아남을 수 있었던 유일한 방법이었을 것이다. 체제에 대한 냉소를 유지하는 가운데, 또한 공포에 대한 방어막을 구축하는 것이다. 쇼스타코비치는 무자비하게 파멸된 메이예르홀트와 같은 운명을 겪고 싶지 않았다. 그는 유로비디비라는 이름 아래에서 자신의 예술과 신변의 안위를 동시에 확보하려고 노력하였던 것이다. 그리고 이는 절반의 성공을 거둔다.

마치며 ——————— '예술과 정치는 과연 어떤 관계를 맺고 있는가'에 대하여, 쇼스타코비치만큼 여러 가지 시사를 던져주는 예는 없을 것이다. 당대의 정치적 상황에 예술가는 어떻게 처신해야만 했는가를 극적인 형태로 보여준다.

쇼스타코비치의 시대는 표면적으로는 정치가 예술의 우위에 있었다. 그것도 집요한 공격적 양태로 말이다.

이 시대에 예술가들은 질식할 것만 같은 공포감에 짓눌려 살았다. 체제에 대한 직접적 비판은 바로 자신의 생명을 아무렇지 않게 저잣거리에 걸어 놓는 것과 다를 바 없었다. 이런 상황에서, 쇼스타코비치는 바로 유로디비가 되었다. 또는 그런 가면을 썼다. 이 냉소의 유로디비는 정치에 대해서는 불성실했지만, 예술에 한해서만큼은 정반대였다. 쇼스타코비치, 그는 그 시대에 할 수 있었던 것을, 그저 해낸, 성스러운 바보였던 것이다.

노예의 시대

암흑 속을 날고 서성이는 짐승들이, 잠든 화가의 이성을 괴롭게 한다.

마르키 드 사드

•

나는 나의 모든 열정과 모든 악덕을 다 경험해 보았으면 좋
겠다.
- 앙드레 지드, 《지상의 양식》

사드는 작품을 결정짓지 않는다. 수많은 그의 저작은 이해를
위한 도구인 것이다. 르네 샤르는 사드의 작품세계에서 '레볼
루션'이라는 단어를 혁명이 아니라 천문학자들이 사용하는 의
미, '공전'으로 이해해야 한다는 것을 확인하였다. 사드에게 있
어 인간이란 고정된 천체가 아니다. 인간은 계속 움직이며, 서
로 동등하지 않다. 사드는 인간의 천체가 정상적인 실생활로부
터 멀리 동떨어진, 노래하는 무위의 태양들의 회귀선 쪽으로
기울어져 있음을 경축한다. 그는 인간의 비사회화를 축하하면
서 어미 곰이 핥아놓은(버릇 들여놓은) 부분을 서서히 버리라고
가르친다.
- 오에 겐자부로, 《체인지링》에 언급된 르네 샤르의 사드론

노예 시절

—————————————— 전역 이후에 나를 사로잡은 또 하나의 문학가는 사드 후작이었다. 그의 과격한 자유주의와 성적 방종이 별 이유 없이 썩 마음에 들었다. 그는 사디스트로 알려진 변태성욕자이기도 하였다. 그는 변태였지만, 물론 모든 변태가 사드인 것은 아니다. 《소돔 120일》, 《쥐스틴》, 《규방철학》은 오랫동안 금서였고, 그 사실이 나를 자극하였다. 당시의 나는 금지되어 있는 모든 것에 상당한 매력을 느끼고 있었다. 모든 도덕을 회의하고, 도덕주의를 혐오하였다. 연인이라는 이유로 서로를 구속하는 것에 대해 격렬한 반감을 가졌다. 결혼은 관계를 억압하는 것이라 여겼다. 강력한 개인이 되기를 갈망하였으며, 남들이 그렇다고 하면 일단 아니라고 딴지를 부렸다. 월드컵 때나 스포츠 이벤트에 사람들이 열광하는 것을 보고 진저리를 쳤다. 대화 자리에서는 내면의 가치를 추구하지 않는 사람들과 이야기를 하고 있다는 생각에 빨리 그 자리를 벗어나고픈 생각뿐이었다.

전복적 가치를 신봉하였던 성향이 있었으니 어찌 보면 사드에 빠지는 것은 자연스러운 일일지도 모르겠다. 그러나 나는 사드의 본질을 알지 못하고 다만 그 겉보기의 악행을 흉내 내는 데에 급급하였다. 위악(僞惡)으로 점철된 삶. 술과 식탐, 색욕으로 건강과 인간관계가 망가졌다. 가장 사랑하는 사람에게까지 커다란 상처를 입히고 말았다. 정말로 어리석은, 내 스스로 초래한 지옥의 나날이었다.

사실 그러한 데카당스는 권태로부터 싹튼 것이었다. 권태는, 자기가 자기 삶의 주인이 되지 못하였을 때 발생한다.

나는 내가 진정 하고 싶은 공부가 뭔지 모르는 상태에서 '당연하다는 듯' 국어학을 선택하는 실수를 저질렀다. 자학교의 대학원에 진학하였으니 조교를 하는 것은 수순이었다. 그렇게 대학원에 입학하였으나 군대와 같이 서열을 중시하는 대학의 풍토에 숨이 막혔다.

나는 위계질서를 정말로 싫어하였다. 선배라는 사람들, 교수라는 사람들은 다만 나보다 몇 년 일찍 학교에 갔을 뿐이니, 명령하기보다는 후배를 이끌어주어야 한다는 생각이 들었다. 대학은 모든 구성원이 평등한 곳이니까. 그러나 현실은 그렇지 못하였다.

하지만 무엇보다도 괴로운 것은, 전공 공부에 매력을 느끼지 못하였다는 사실이었다. 조사가 단어인지 아닌지, 이중주어가 어쩌고 하는 것이 왜 중요한지 몰랐다. 이 학문에는 논리와 형식, 관념만이 있고, '몸'이 없었다. 뭔가 살아있는 학문을 하는 것 같지 않았다. 게다가 나는 분석적 뇌가 매우 취약하였다.

학회에 가면 서로 모여 담화를 하고 뒤풀이를 하고, 인간관계 네트워크를 형성하는 것이 훨씬 중요하였다. 대인공포증이 있는 나는 이것이 참으로 고역이었다.

아마 이러한 스트레스와 불안이 부지불식간에 영향을 주었을 것이다. 나는 어느 날, 여자 친구와 대판 싸우고 새벽 2시에, 서울 어떤 대로 중앙분리대의 가로등을 오른손 주먹으로 치고 또 쳤다. 손이 으스러져 피투성이가 된 채로, 나는 편의점에 들어가서 500밀리리터 스미노프 보드카를 사 원샷하고, 그대로 편의점 앞 보도에 쓰러져 잠이 들었다.

일어나 보니 손등에 손수건이 감겨 있었다.

누구였을까?

나는 아직도 그이가 응급차를 부르지 않은 것이 고맙다.

수치심과 자기 혐오감

―――――――――――――― 나의 대학원생 시절은, 백주대낮
에 발가벗고 있는 것보다 더한, 수치스러운 때였다. 눈을 돌리고, 지워
버리고 싶은 기억들. 참으로 비루하고 추악한 행위. 변명으로 덧칠하여
저 창고에 던져 넣고 살아가고 싶은 마음이 굴뚝같지만, 그래서는 결국
이 글 전체가 그 어떠한 의미도 갖지 못할 것이다.

나의 수치심은 결국은 자기중심주의와 성(性)에 대한 왜곡된 인식으로
인하여 발생하였다.

선천적으로, 혹은 기질적으로, 감정의 통제가 잘 안 되는 체질에 더
하여, 알코올 남용으로 인하여 그런 욕망의 널뛰기가 결국 롤러코스팅
으로 비화하는 것이었다. 그리고 욕망의 좌절과 실패로 인하여 자살에
대한 강박이 생기기 시작하였다. 나는 당시 여자 친구에게 늘 죽고 싶
다는 이야기를 하였다. 죽음에 대한 도착적 강박은, 이로부터 오랜 세
월이 되어서야 간신히 잦아들었다.

어쨌든 나는 당시 정말 어찌할 줄을 몰랐다. 나의 이러한 기벽과 도착
증을 다른 사람에게는 절대 말하고 싶지 않았다. 다른 사람이 나의 비
밀을 안다는 생각만으로 나는 벌거벗고 무대에 선 것만 같은 수치심을
느꼈다. 그때 정신의학의 도움을 받았으면 얼마나 좋았을까, 하는 후회
를 너무나 많이 한다.

정신적인 것에 관하여, 사람들이 놓치는 것이 있다. 노력으로 극복
가능하다는 신념이 바로 그것이다. 그것이야말로 가장 버려야 할 신념
이다. 정신은 곧 뇌의 작용으로 인하여 발생하는 것이다. 뇌는 육체이
다. 그러니 이는 육체 치료의 관점에서 접근하여야 할 필요가 있다. 암

을 도려내야 하는 것처럼, 잘못된 욕망의 롤러코스팅도 치료할 필요가 있고, 또한 치료가 가능한 것이다. 우리나라는 정신과에 다닌다고 하면 그 사람은 의지가 약하다고 생각한다. 그래서 치료를 꺼린다. 우리나라가 자살률이 높은 것은 이런 편견도 분명 한 몫을 할 것이다. 그러니 나와 같은 고민을 하는 분들, 널뛰는 성욕과 그로 인한 절망감으로 고생하시는 분들은, 주저하지 말고 병원에 가시기 바란다.

어쨌든 나는 이러한 자기 통제의 실패로 인하여 나락으로 떨어졌다. 그때 지도교수님과 여러 선배 등 주변 사람들이 도와주지 않았다면 나는 아마 다시는 재기를 하지 못하였을 것이다.

불행한 일이지만 비결은 너무 자명하다.
조금이라도 악습에 뿌리를 내린 방탕아라면
성욕과 살해욕이 얼마나 깊은 관계를 가지는지
잘 알고 있을 것이다.
죽음과 친숙해지려면 죽음과 방탕을 결합시키는 일보다
더 나은 방법이 없다.   - 사드

잠깐만, 다시 사드 조금만 더

──────────────── 나는 사드의 겉보기가 아니라, 그 본질을 알고 그를 초극하고 싶었다. 그를 비판함으로써 나는 한 단계 앞으로 나아가고 싶었던 것이다.

사드는 엄청난 강박을 가지고 있는 사람이었다. 그가 감옥에 갇혀 있

을 때 하루 열 번이 넘는 자위행위를 했다고 하며, 그것을 또 일일이 기록했다고 한다.

또한 숫자에 대한 집착이 대단하였다 하는데, 그건 그의 《소돔 120》일에도 드러난다.

4명의 바람둥이, 8명의 포주, 8명의 소녀, 8명의 소년, 16명의 요리사, 30일간의 이성애, 30일간의 동성애, 30일간의 분변애호증, 30일간의 살인 등. 이렇게 《소돔 120》은 4의 배수로 쌓아올린 금자탑으로, 정확하게 숫자로 통제된 작품이다. 이성과 광기의 공존. 섬뜩하다.

나치를 연상케 한다. 나치 독일은 체계를 세워 홀로코스트를 진행하였다. 600만 명을 죽이려면 시스템이 필요하다. 이렇게 광기가 체계를 갖추면 묵시록의 세계가 펼쳐진다. 난 파솔리니가 그의 영화 〈살로〉에서 주인공들을 파시스트로 설정한 것을 봤을 때 '옳거니!' 무릎을 쳤다.

노예 시절의 독서

> 그리고 이러한 마음은 자기와 닮은 실재 대상을 찾을 수 없어서 어쩔 수 없이 허구를 먹고 사는 것이다. — 루소, 《고백록》 중에서

노예 시대의 독서와 문화 활동

──────────────── 대학원 시절, 자기 노예의 시대, 독서와 예술 작품 감상만이 나의 위안이었다. 스탕달, 플로베르, 발자크, 졸라와 같은 프랑스 작가의 소설, 그리고 미셸 우엘벡이나 존 쿳시, 필립 로스, 아룬다티 로이, 오에 겐자부로 등을 즐겨 읽었다. 플로베르의 《통상관념 사전》이라는 책은 적은 분량의 책이지만 나는 이 형식이 매우 재밌다고 생각하였다. 그래서 홍달오 판 '고정관념 사전'으로 패러디하기도 하였다.

얀 마텔의 《파이이야기》도 참 좋아하였다. 반전도 반전이지만, 나는 그 소설에서 주인공이 별이 비치는 밤 구명정 밑으로 지나가는 물고기 떼를 묘사하는 장면이 참 좋았다. 지금도 자기 전에 그 광경을 머릿속

에 자주 떠올린다. 환상적이다.

하지만 가장 열광한 것은 도스토예프스키였다. 나는 그의 《악령》을 당시 세 번 연속으로 읽었고, 지금도 반년에 한 번씩은 꼭 읽는다. 스타브로긴은 나에게는 가장 매혹적인 인물이다. 도스토예프스키가 묘사하는 인간의 적나라한 모습은 충격 그 자체이다.

비소설은 주로 철학을 읽었다. 니체를 다시 읽었고, 베르그송이나 발터 벤야민 등의 책을 읽었다.

화집도 꽤 많이 샀다. 타센 출판사의 화집은 나에게는 구원과도 같았다. 그 가격에 이런 책을 살 수 있다니! 정말 많은 화집을 샀는데, 특히 이 시절 나를 사로잡은 화가는 앙투안 와토, 팔대산인과 파울 클레, 윌튼 포드, 샤르댕, 휘슬러, 렘브란트, 막스 에른스트 등이었다.

클래식 음악을 청취하는 것은 차차 줄어들었지만, 피아노 연습량은 늘어갔다. 당시 나는 베토벤의 후기 피아노 소나타와 바흐의 〈푸가의 기법〉, 라벨의 〈쿠프랭의 무덤〉, 드뷔시의 〈전주곡〉에 미쳐 있었다.

나는 서울 시내의 헌책방과 서점들을 순례하는 시간이 가장 행복하였다. 그곳에서만큼은 편안함을 느낄 수 있었다. 책의 제목들을 훑는 것만으로도 치유가 되는 느낌이었다. 나는 강박적으로 책을 사고, 화집을 수집하였다. 엘리아스 카네티의 소설 《현혹》의 페터킨 교수처럼, 모든 책들을 머릿속에 집어넣고 싶었다. 내 원룸은 책으로 가득 차 잠잘 공간도 부족할 정도였다. 나는 내 방에서 낮잠을 자다가 깨면, 비몽사몽간에, 책장에 쏟아질 듯 가득 차 있는 책들을 훑어보며 결국 저것들이 나를 집어삼킬 것이라는 생각을 하였다. 그리고 집에 불이 나면 어떤 책을 먼저 들고튀어야 할까, 그러한 생각으로, 생각의 불똥이 튀는 것이었다.

이 모든 것들을 일일이 다 제시하다가는 글이 길을 잃게 될 것이다. 그래서 이 시대 나한테 가장 큰 영향을 준 몇 가지의 글, 음악, 미술 작품만을 그려볼까 한다. 이 작품들은 나의 내면에서 서로 영향을 주고받으며 얽혀 있으므로, 글 역시 따로 정연하게 분류하여 쓰기보다는 이러한 작품들이 연관되는 맥락을 자유연상을 통하여 자연스럽게 얽고 싶다.

플로베르, 《통상관념 사전》의 패러디

──────────────────── 플로베르의 《통상관념 사전》은 통쾌한 풍자가 많이 들어있다. 단어의 개념을 플로베르가 풍자와 비판을 섞어 재규정하고 있다.

나는 대학원 시절, 이 플로베르의 형식을 패러디하는 글을 쓰며 무한한 재미를 느꼈다. 그 심리적인 쾌감은 이 글의 형식이 지니는 다음의 성격에서 비롯된다.

1) 남들의 어리석음을 자유롭게 풍자할 수 있다.

2) 두려움 없이 '성급한 일반화의 오류'를 마음껏 사용할 수 있다.

3) 내 어리석음을 남들의 어리석음으로 가장하고, 그 내 어리석음을 조롱할 수 있다.

자, 이 플로베르의 《통상관념 사전》을 나는 '고정관념 사전'으로 바꿔서 다음처럼 여러 단어들을 내 나름으로 정의해 보았다.

비평 문학과의 결혼. 신랑 신부의 불행한 랑데부. 하룻밤의 잘못됨에 따른 막대한 책임의식. 또는 그 결혼식에 참석한 까칠한 하객들. 또는 그 까칠한 하객을 분노케 하는 지루한 주례사의 대독자(代讀者).

일본 악당들이 사는 나라.

한국¹ 도덕군자들이 사는 나라.

한국² 맹목적 평화주의자들이 사는 나라.

한국³ 백의민족이 사는 나라.

한국⁴ 단일민족의 나라.

라벨 '볼레로'의 작곡가. 그 외의 곡을 아는 사람 드묾. 절대 "붙이는 거 아닌가요?"라고 반문하지 말 것.

검사 기성세대들이 아무 이유 없이 공경하고, 신세대들이 아무 이유 없이 경멸하는 존재들.

바흐 주저 없이 "저는 바흐를 좋아해요."라고 말할 것. 다만, 그 이상은 아무 말도 하지 말아야 한다. "사실 그의 교향곡은 일품이죠." 등의 실수를 하기 십상이다.

정치가 악당과 동의어.

혁명 한국에서는 그것을 조롱하는 것이 확률상 안전하다.

연예인 자칭, 타칭의 명실공히 공인 집단. 그러나 공인이 정확히 누구를 지칭하는 것인지는 아무도 모른다.

베토벤 피아노를 여러 번 부순, 헤어스타일에 신경 쓰지 않는 괴팍한 성격의 소유자로, 매독으로 죽은 작곡가. 트럭이 뒤로 갈 때 나오는 후진음, 〈엘리제를 위하여〉라는, "띠리디리 디리리리리~(♬)" 하는 그 곡의 작곡가.

상아탑 거기 들어가 있는 사람들은 조롱의 대상이 된다. 아무도 출입하는 사람을 보지 못하였다.

한글 조금 유식한 사람들은 "세종대왕이 한글을 만들었다"라고 말하는 일단의 사람들에게, "사실은 집현전 학자들이 만든 것이다"라고 말하며 깔보기를 은근히 즐긴다.

한자 알아두면 나쁘지 않다. 2급 이상 따 놓으면, 이력서의 '활자적 아우성'에 조그만 소음 하나를 더 보탤 수 있다.

괴상한 한자 '상쾌하다'의 '爽(상)'은 가위표가 네 개나 들어 있어 전혀 상쾌해 보이지 않는다. '우산 산(傘)'은 우산에 사람이 넷이나 들어가 있다. 좁아, 좁아!

귀여운 한자 '술통 유(卣)' 자는 딱 봐도 라벨이 붙은 와인 병을 연상케 한다.

선진국 한국은 선진국을 향하여 끊임없이 사랑의 화살을 쏘아대는 큐피트다. 그러나 큐피트가 짝눈이라 그런지, 또는 그쪽에서 피해서 그러는지는 몰라도, 어쨌든 여기서 아무리 쏜다 하여도 그 쪽은 좀체 맞아주지를 않는다.

한글날 다른 무엇보다도, 휴일이냐 아니냐가 관건이다. 만약 당신이 휴일이어야 한다는 쪽을 지지한다면, "러시아 어느 대학 한국어과에서는 한글날에 쉰다"라는 정보를 꼭 이용할 것. 의외로 효과가 있다.

쇼스타코비치 공산주의자들이 미치도록 좋아하는 음악.

카논 파헬벨이 작곡한 좋은 곡.

파헬벨 '카논'이란 좋은 곡을 작곡한 작곡가.

파헬벨의 '카논' 좋은 곡.

족보 있는 양반 가문의 후손 틀림없이 많은 이가 거짓말을 하고 있다.

모차르트 음악의 '영원한' 신동.

피아노 재벌 2세쯤 된다면 자연스럽게 다룰 줄 알게 되는 악기.

솔로 부대 일상에서는 공기(共起)할 수 없는 단어들이 기묘한 결합을 일으키는 거대한 실험장. ex) 공격적 위안, 자조 어린 질투, 소란스러운 평정 등등…

보신탕 만약 남자들끼리 문화적 맥락에서의 '보신탕'에 대하여 이야기를 나누게 된다면, 어느새 브리짓 바르도의 풍만한 가슴에 대하여 이야기하고 있는 자신을 발견하게 될지도 모른다.

예비역¹ 우리나라의 진정한 트루바두르(음유시인)이자 환상 문학가들. 확인 불가능한 환상기담의 무한 창조자이자 재담꾼.

예비역² 전 세계 군인이 한국의 예비군과 같다면. 세계평화가 달성될 것이다. 그들에게는 전쟁조차 귀찮기 때문이다.

단 외계인이 쳐들어온다면 속수무책일 것이다.

혈액형 자신의 Rh 타입까지 알아놓는 것이 좋다. 이제 사람들이 점점 ABO 타입만으로는 사람의 성격진단에 무리가 있다는 것을 알게 되고 있으니 말이다.

클래식 음악회 남들이 박수칠 때 같이 치는 것이 안전하다.

신문과 선거 '그나마 나은 것'을 찾아야 하는 번거로운 수고.

휴대폰 "생활의 중심", "세상의 변두리에서 '통화권 이탈'을 외치다."

속물근성 일단은 맹렬하게 비난할 것. 이는 일종의 마법적 효과가 있다. 남의 속물근성을 비난하면 비난할수록 자기 자신은 그것에서 벗어나는 것 같은 묘한 심리적 쾌감과 효능이 있다.

동물 무는 것들이 있으니 조심할 것.

식물 지구를 지킨다.

오페라 프랑스어, 심지어 독일어로 작곡된 것도 있다!

소설 시보다 쓰기 쉽다.

시 소설보다 쓰기 쉽다.

수필 시, 소설보다는 쓰기 쉽다.

인터넷 또 하나의 삶.

SNS 또 하나의 삶 속에 또 다른 삶.

대한민국 남자는 입대 영장을 받았을 때 처음으로 그것의 위력을 지각한다.

코카콜라 미국에서는 세제로 쓰인다. '코크'라고 발음하면 뭔가 있어 보인다.

미국 어떤 사람들은 미국의 달이 한국의 달보다 둥글다고 생각한다. 콜라를 코크라고 부르는 종족들이 사는 나라.

브라질 호나우도(Rolaldo), 호나우딩요(Ronaldinho), 히바우도(Rivaldo), 호마리우(Romario), 호베르투 카를로스(Roberto Carlos) 등 축구 게임에서 돈을 많이 주어야 영입할 수 있는 레전드 축구선수들이 사는 나라. 이제 [R]이 [ㅎ]로 발음되는 것에 익숙해질 만하다. 그러나 [L]이 [우]로 발음되는 현상을 이해하는 것은 아직 벅차다.

실존 장엄한 톤으로 이야기할 것.

미학 아름다움을 연구 대상으로 하여도 그 자체는 전혀 아름답지 않은 학문. 바로 그, '역설의 미학'.

까뮈 '카무스'라고 발음하지 않도록 주의할 것.

대학원 집행유예.

교수¹ 일단은 조롱할 것. 그 앞에서는 조롱하지 말 것.

교수² 자기를 교수라고 소개하기 위해 필요한 직업.

학자 일단은 조롱할 것. 그러나 조심할 것. 간혹 가다 그 속에 교수가 있다.

드라마 매우 매우 훌륭한 연애 지침서. 일상에서는 그런 훌륭한 지침서를 써 먹을 수 있는 상황이 좀처럼 발생하지 않는다는 사실이 안타까울 뿐이다.

신데렐라 중국의 전족풍습과 연관시켜 가며, 인간의 보편적 미의식 속에 '작은 발 콤플렉스'가 있다고 주장해 보라. 사람들이 우러러 볼지도 모른다. 프로이트, 융 등의 학자를 들먹이는 것과 원형이론을 곁들이기를 추천함.

군 입대 니체의 '영원회귀 사상'을 부정하고 싶어지는 가장 커다란 이유.

그림동화(Grimm 동화) '그림'이라고 발음하면 독일문화에 대한 심대한 이해를 가졌다는 인상을 줄 수 있다. 혀가 짧아 발음이 잘 안된다면 '그림 형제의 동화'라고 이야기하는 편법을 쓰기를 강력하게 추천한다.

니체 까칠교의 교주. '두드려라, 열릴 것이다?' – "Nein(아니다)!!!", "열어주게 만들라!!!"

바그너 사탄.

질서 한국에서는 어길수록 이득이다. 그러나 공식석상에서 이런 견해를 피력하지는 말 것.

룰 한국에서는 지킬수록 손해이다. 역시 그저 마음에 담아두라.

뭉크 이럴 수가!!! '사춘기'라는 작품도 있다!!!

미국의 음모 그것을 밝히기 위해 촘스키가 고군분투하고 있다.

폭스 멀더라는 특수요원도 한때 애썼다.

프로코피에프 작품이야 어쨌든 간에, 스탈린과 같은 날에 죽었다는 것을 강조하라. 씁쓸한 미소를 지으며, "참 질긴 악연이야. 스탈린이 천국에 가 있으면 프로코피에프는 아마도 그냥 지옥행 티켓을 끊어 버릴 걸?" 하고 말하라. 이 순간만큼은 당신도 '넓고 얕은 지식 대화가'!!!

살리에리 모차르트를 죽였다. 어쨌든 후대에 이르러서는 오히려 그가 모차르트에게 죽임을 당했다.

L.H.O.O.Q 뒤샹은 모나리자에게서 '썩소(썩은 미소)'를 보았던 것이다.

라이너 마리아 릴케 '마리아'라는 이름이지만 남자이다. 로댕의 비서였다는 사실을 인용하면 박식하다는 소리를 들을 수 있다.

에밀 졸라 세잔느의 초등학교 동창. 그 덕을 많이 봤다.

폴 세잔느 에밀 졸라의 초등학교 동창. 걔 때문에 손해를 많이 봤다.

지휘자 편해 보이는 직업. 왠지 단원에 비하여 봉급도 더 받는다.

SEX 중학교 선생님은 이 단어의 명사적 용법밖에 가르쳐 주지 않는다. 그래도 학생들은 다 알고 있다. 형제가 있다면 그들의 사전을 뒤져보라. 이 단어에 빨간 줄이 그어져 있을지도 모른다.

목캔디 맥주를 엄청나게 시원하게 마실 수 있게 해 준다.

쇼펜하우어 한국에서 태어나지 않았기에 망정이지…. 표본실의 청개구리 만약 당신이 국문학도라면, 가른 개구리 배에서 모락모락 김이 나는 것이 의심스러워도 그저 침묵하여야 한다. 문학적 형상화란 그저 위대한 것이기 때문이다!

천재 요샌 명사가 아니라 감탄사로 많이 쓰인다. 천재 중에는 간혹 게으름뱅이가 있지만 게으름뱅이 중에는 천재가 없다.

E. T. A. 호프만 '이. 티. 에이. 호프만'이라고 발음하지 말고 '에.테.아. 호프만'이라고 발음할 것. 그래야 교양인 취급을 받는다. 같은 맥락에서 TGB는 '떼제베'로, BMW는 '베엠베'라고 불러주는 센스. **손** 여러 가지 일을 할 수 있다. 일부의 남자(극히 일부)에게는 평생의 반려자(?)가 되기도 한다.

물음표 괄호 안에 단독으로 쓰일 때에는, 보통 독자가 웃어주기를 은근히 바라는 작가의 심리적 기제가 숨어있다. ex) 일부의 남자에게는 평생의 반려자(?)가 되기도 한다, 등등…

베를리오즈 미친 척하지 않는 진짜 미친 놈.

볼테르 니체 가라사대, "볼테르는 볼테르 이후에 무언가를 썼던 모든 자들의 반대이다." 밀란 쿤데라의 소설에서는 무교양한 사람을 가리켜 '볼테르를 볼트를 발명한 사람으로 알고 있는 자'라고 한다. 볼테르를 사랑한다고 말하라. 루소를 좋아한다고 말하는 사람보다 정신적으로 우월해 보인다.

유대인 '성과 속' 양면 모두의 문제아들. 천재와 사제, 상인들밖에 보지 못하였다.

주요한, '불노리' 불장난.

김동인 인형조종술의 대가. 소설은 잘 조종하지 못하였다.

인간만사 새옹지마 약자의 논리.

Übermensch(초인) 천재, 또는 성인, 또는 영웅. 아니면 색다른 영장류.

스크랴빈 쇼팽의 아류.

프리마돈나(prima donna) 한글 맞춤법 제5장 띄어쓰기 규정의 필요성이 절감되는 순간. 최초 사용자의 미적용으로 인하여 아직도 프리 마돈나(free madonna)로 알고 있는 사람들이 있다.

앙리 마티스 틀림없이 성격이 야수와 같았을 것이다.

2002 월드컵 한국에서만 열렸다.

독설 가시 돋친 말. 어떤 사람에게는 약이 되기도 한다. 가시에 찔리는 것 자체보다는 파상풍에 더 유의할 것.

눈 직접 치워보면, 시인들이 말하는 것과는 달리, 그다지 호감 가는 물리적 속성을 가지고 있는 것이 아니라는 사실을 발견할 수 있다.

정언명법 독일인, 노교수, 기독교도의 화법. 따라서 기독교도인 독일인 노교수, 칸트가 그렇게 잘 구사하였던 것.

칸트 그의 말은 추호의 의심도 없이, '진리'이다.

루터 추호의 의심도 없이 '경건하다'.

체 게바라 티셔츠 모델.

스탕달 이성을 유혹하기 위한 목적으로 《연애론》을 구입하지 말 것. 틀림 없이 후회한다.

스탕달 신드롬 "벨라스케스의 〈라스 메니나스〉를 보고 스탕달 신드롬에 걸렸어요"라고 이야기해 보라. 돈 많고 교양 있는 사람에게 호감을 줄지도 모른다.

안티크리스트 남들보다 서른세 살 젊다 우길 수 있다.

언어의 기원 포르 르와이얄 학파가 그 논의를 금지시켰다. (자기네들이 뭔데-) '낑낑설'이니 '끙끙설'이니, 밤하늘의 별보다 많은 수의 가설이 있다. 따라서 여러분이 '섹스 도중 의사소통의 필요성에 의하여 생겨났다'고 자신 있게 주장해도, 여러 가설들의 소음에 자연히 묻혀버릴 것이다.

훈민정음 한식집의 벽지로 많이 이용된다.

멘델스존 곱상한 곡만 작곡하였다.
음악가 중 가장 이름이 길지만(Felix Mendelssohn Bartholdy), 35세로 단명 하였다.

드뷔시 그의 음악이 신비스러운 까닭은 순전히 온음계 탓이다.

단순작업 어느 순간까지는 자신이 그에 맞추어 진화하고 있음을 느낀다. 그러나 어느 정도 시간이 지나면 총체적으로 급격히 퇴화하고 있는 자신을 발견한다.

운명 가오싱젠(高行健)에 따르면, '사람들은 그것이 더 이상 필요치 않은 경우에만 운명에 대해 이야기한다'고 함.

공감 공감할 수 있어야 가치 있는 것이다.

이해 이해할 수 있어야 가치 있는 것이다.

애증 Nietzsche contra Wagner(니체 vs. 바그너).

대중 이에 관해 말할 때, 당신은 그것에 속하지 않는 척 할 것.

혼혈아의 비애 Ecce Hetero!!!

철학 최고급, 또는 최저급의 철학자에게 이것은 일종의 생활이다. 이류와 아류들에게는 이것이 직업이다.

여자 남자들은 여자를 '소유할 수 있다'고 생각한다. 가장 큰 착각.

단일민족 신화. 대한민국 국민의 신앙.

포르노그래피 중독자 주력 손의 반대 손으로 마우스를 다루는 것에 익숙한 종족.

凹凸 한자가 왜 상형문자인지 알게 해 주는 글자.

여행 여행 때문에 죽고 못 사는 척 하라. 자유주의자이고 활동적인 사람처럼 보인다. "사실 한국에 더 좋은 곳이 많아요"라고 말하는 걸 잊지 말 것. 그러면 애국적으로도 보일 수 있다.

진리 개수 1. 참된 것은 없다(0개이다).

　　　－ 극점이자 대척점. 불가지론.

　　　2. 참된 것은 하나이다.

　　　－ 기독교, 이슬람교, 유대교의 논리. 유일자야말로 진리. '인간은 만물의 척도이다'

3. 참된 것은 두 개다.

– 중국의 역학(易學) 중 음양의 조화. 이원론.

4. 참된 것은 세 개다.

– 피타고라스 학파, 우리나라 삼세 판, 헤겔의 정-반-합(正-反-合).

5. 참된 것은 네 개이다.

– 임제선사의 사료간. '부정의 긍정'–'긍정의 부정'–'부정의 부정'–'긍정의 긍정'

6. 참된 것은 4028443209⋯432123455개이다

– 이 세계는 존재만큼의 진리가 있다. 다원주의. '인간은 만물의 척도이다' 확대판.

7. 참된 것은 ∞개이다.

– 불가지론의 다른 형태, 다원주의의 확대된 형태.

8. 참된 것은 0개이다.

– 극점이자 대척점, 차라투스트라의 하산.

태극기 국민을 숭고하게 만든다. 태극기가 중국의 철학사상을 표상하고 있음을 아는 이는 얼마 되지 않는다. 외국에서 열리는 스포츠 대회에서 대한민국 국기가 틀리게 펄럭이는 일이 자주 벌어진다. 아마 우리나라 사람 중에서도 브라질 국기를 자세히 그릴 수 있는 사람은 별로 없을 것이다.

클라라 슈만 그녀의 남편인 로베르트 슈만, 그녀의 아버지인 비크, 그녀의 남편의 제자인 브람스에 의해 알려진, 최초로 드러내 놓고 암보하여 연주한 '여류' 피아니스트.

쇼팽, 환상즉흥곡 쇼팽은 이 곡을 버렸다. 청중이 이 곡을 주웠다.

회의주의자 한국에 매우 드물다. 그 드문 회의주의자들조차 대개는 회의주의 자체를 회의하는 사람들이기 십상이다.

마르키 드 사드 사디스트(sadist)라는 말의 어원이 된 작가. 모두 그를 변태라고만 알고 있다. 그러나 보라. 지금의 변태 가운데에 사드만 한 자유주의자가 있는지를!

자책골(축구에서) 예전에는 자살골이라는 무시무시한 이름으로 불렸다. 대개 넣은 사람은 자신을 심하게 자책한다.

오야코동(親子丼) 닭고기와 계란으로 만드는 일본의 덮밥요리. 사변적인 형이상학자들의 점심으로는 권하고 싶지 않다.

키네틱 아트 대체로 아이들이 지구상에 태어나 요람 안에서 보게 되는 최초의 예술 형식.

견해차 같은 곡, 쇼팽의 소나타 2번을 두고, 당대의 최고 작곡가이자 음악평론가인 로베르트 슈만은 그의 음악신보에서 '제멋대로인 4명의 아이들을 한데 묶어 놓은 듯 언밸런스의 극치'라고 하였고, 밀란 쿤데라는 '깊은 서정성을 가진 3악장 장송행진곡 뒤에는 이렇듯 4악장의 무조성에 가까운 짧은 삽입 악장이 들어가야 한다'면서 균형의 극치로 보았다. 누구의 말이 옳은가.

구스타프 클림트 누구나 좋아하지만 한두 작품밖에 모른다들.

페북 보이는 것을 그저 보는 것. 보려는 것은 좀체 보이지 않는 것.

막장드라마 막장드라마에 대해 비판하는 사람들의 이야기. 처음에 신랄하게 비판하지만 어찌어찌하다가 그래도 보게 된다는 것으로 귀결됨. "기승전그래도보게됨" 구조.

전공 영어 강의 칸막이가 없는 짬짜면. 전공과 영어 두 마리 토끼 중 어느 하나 잡지 못하고 이 둘을 그저 너르고 메마른 대지에 방목하는 꼴. 자연스레 학점도 방목.

역사 50년 뒤 후손들 역사책에, 학생들 수업 시간에 고개 박고 휴대 전화 하는 모습 사진으로 실리고 그 밑에 "반세기 전 우리 조상들은 지루한 학교 교육에 저항하고자 열심히 SNS 전선에서 투쟁을 모의하였다."라고 실릴지도 모름. 김구를 테러리스트라고 하는 사람들도 있다는데 뭘.

스마트폰 "스마트폰이 스마트하면 뭐해. 그걸 쓰는 사람이 스마트하지 않은데!!!"라고 말하면 왠지 스마트해 보임.

청혼 대개 남자가 하는 것. 결혼 뒤에도 지속적으로 상대에게 자원을 투자할 용의가 있다는 걸, 비실용적인 물품(꽃, 반지 등)을 동원해 '짐짓', '에둘러' 표현하는 것. 자신의 유전자를 대물림할 가능성을, 안간힘을 다해 확보하고자 하는 투쟁의 과정 중 한 관문.

결혼 자신의 유전자를 대물림하고자 하는 투쟁의 과정 중 한 관문.

결혼 생활 투쟁.

대학 등록금 맬서스 인구론에 의하면 '자원은 산술급수적으로 늘어나는 데 비하여 인구는 기하급수적으로 증가한다.' 등록금 인상 체감론, '인구는 산술급수적으로 줄고 있는데도 불구하고 왜 등록금은 기하급수적으로 증가하느냐 썩을~'

바닷가재 바닷가재라 부르면 껍질 있는 비린내 나는 절지동물이지만, 로브스터라 부르면 신기하게도 버터 냄새가 남.

일본 인구의 50퍼센트는 변태, 나머지 50퍼센트는 극우인 나라.

셀카 뻗는 것과 장소가 중요함. 팔을 있는 대로 뻗는 것도 모자라 셀카봉이 등장. 장소는 큰 거울이 있는 깨끗하고 호젓한 화장실(아니, 뤠스트룸이라고 해야 고상하지)이 좋음. 팔을 뻗는 것과 호젓한 휴식 장소(rest room)가 필요한 건 오징어 등 연체류 속성이기도 함.

계몽주의 조롱하면 현대적으로 보인다.

민주주의 조롱하면 진보적으로 보인다.

공산주의 조롱하면 민주적으로 보인다.

합리주의 조롱하면 세련돼 보인다.

○○주의 그러니 일단 조롱할 것.

중독 알코올 중독, 니코틴 중독, 마약 중독 등으로 시작해서 지금은 도박 중독, 게임 중독, 섹스 중독 등으로 확장되었음. 심지어 지금은 인간 중독 이라는 말도 나왔으니, 사람들이 갈수록 중독에 중독되고 있음.

견과류 뇌에 좋음. 마카다미아는 때로 항공기를 회항시키는 효능이 있음. 그렇게 '막 하다, 미안~' 하는 수가 있음. 미안 ㅠㅠ

서울 부동산 가격 절대 떨어지지 않는다.

서울 부동산 가격(유주택자) 절대 떨어지지 말아야 한다.

클럽과 연인 나는 되지만 너는 안 돼!!!

프로이트 심리학 당신은 지금 배가 고픈가? 당신은 생후 5개월 구순기에 충분히 모유 수유를 못 받은 상황에서 당신 아버지와 눈이 마주쳤고, 그 이후로 내면에 오이디푸스 콤플렉스가 형성된 탓이다.

스키너 행동주의 심리학 당신은 지금 배가 고픈가? 그렇다면 당신은 먹을 것이다.

아들러 심리학 당신은 지금 배가 고픈가? 내게 3년의 시간을 주고 당신을 양육한다면 이런 상황에서 배고프단 얘기 못하게 만들 수 있다.

진화심리학 당신은 지금 배가 고픈가? 인간은 수렵채집기부터 늘 배가 고팠다.

허세 남자의 공작 깃털.

군대 현재 추세라면 300년 후에는 2박 3일 다녀오고 230만원 받아오게 될 수도 있음.

구글 번역기 '철수는 영희에게 해달을 소개해 주었다.'를 번역기로 돌리면, 벨로루시어로는 'БОБ БЫЎ УВЕДЗЕНЫ ЭМІ МАРСКАЯ ВЫДРА' 이걸 다시 한국어로 번역하면 '밥은 에이미 바다 수달을 도입'이 되고, 또 이걸 아랍어로 하면 'قدم بوب ثعالب البحر إيمي', 또 이걸 다시 한국어로 번역하면 '밥 발 바다 에이미 수달'이 된다. 문장을 계속 세탁하면 단어가 되어 버리는 것일까.

상품 대우법 상품을 존대함으로써 간접적으로 청자를 대우하는, 최신의 대우법. ex) "이 와인은 참 향기로우시구요.", "커피 나오셨습니다.", "만원이세요." 등등… 알바생들 말에 따르면 이 상품 대우법을 쓰지 않으면 손님들이 기분 나빠한다고 함.

접두사 '개-' 원래는 부정적 의미의 명사에 붙어 '정도가 심함'을 나타냈으나 지금은 '개예쁘다' '개멋있다', '개쩐다'처럼 긍정적인 심리 형용사, 심지어 '개뺑치다', '개사랑하다' 등 동사에 붙어 정도부사처럼 쓰이고 있음.

과학이 보는 인문학 '인간에 대한 사랑'을 이야기하는 관념적이기 그지없는 학문. 실험 근거 없이 추측을 사실처럼 말하는 '지적이는' 사람들.
과학과 인문학은 대척에 있음.

인문학이 보는 과학 딱딱하고 어렵다. 과학자들이 원자폭탄을 만들었다.
인문학과 과학은 물과 기름이다.

인문학과 과학 사실 서로가 서로를 잘 모른다.

난 이 고정관념 사전을 쓰면서 스트레스가 꽤 풀리는 걸 느꼈다. 글쓰기에는 진짜 치유 효과가 있다!

이 시대, 내가 사랑한 예술작품들

구원의 음악
– 베토벤의 후기 음악

———————————————— 난 늘 니체의 '낙타의 정신–사자의 정신–어린아이의 정신'이 대표하는 표본을 베토벤의 작풍이라고 생각해 왔다. 스승 하이든풍의 곡을 쓰던 초기의 베토벤, 모든 것을 물어뜯으려는 듯 질풍노도의 음악을 쏟아냈던 중기의 베토벤, 새로운 양식을 장난감처럼 가지고 노는 후기의 베토벤 등.

이것이 그저 나의 주관적인 생각임이 확실해진 건, 베토벤의 후기 곡들에 심취하고부터이다. 베토벤의 말년의 곡들은 너무나 복잡하면서도 심오하고, 또 모순에 가득 차 있어서 그것을 어린아이의 정신과 연관시키는 것은 역시 무리이다.

베토벤 후기 양식을 아도르노나 에드워드 사이드는 '말년의 양식'이라는 용어로 재규정하였다. 에드워드 사이드는 베토벤의 후기 음악이 죽음을 숙고하는 이의 고요한 원숙함이 아닌, 비타협, 난관, 해결되지 않은 모순을 보여준다고 적절하게 기술하였다.

나는 피아노를 대학에 합격하자마자 배우기 시작하였다. 혼자서 쇼팽의 녹턴 6번, 어린이 정경, 베토벤의 월광 소나타 1악장 등을 연습해 보았는데, 1주일 만에 깨칠 수 있었다. 부모님은 놀라셨지만, 사실 이 행위는 피아노를 친다기보다는 악보를 번역하는 것에 가까웠다. 고등학교 때부터 클래식 음악을 악보와 함께 감상했기 때문에, 악보의 기호를 소리로 대응하는 기술을 이미 체득했던 것이다.

나는 조금 더 잘치고 싶은 욕심이 생겨서 어머님 친구 분 중에 학원을 하는 선생님께 피아노를 배웠다. 그분은 테크닉을 훈련시키셨고 내가 좋아하는 곡을 마음껏 칠 수 있게 해 주셨다. 그 시절은 내게 정말 행복한 기억으로 남아있다.

그렇게 피아노를 배우다 군에 입대하면서 끝났다. 나는 그 이후로는 순전히 내가 좋아하는 곡을 혼자서 연습하였다. 이 자기 예속의 시대 (2004년-2010년)에는 특히 베토벤의 후기 피아노 소나타를 열심히 연습하였다. 베토벤의 후기 피아노 소나타는 27번부터 32번까지를 일컫는다. 이 곡들은 들을 때보다, 쳐볼 때 더 잘 알 수 있다. 그 황당하고 난감한 성격을.

그 난감함에도 불구하고, 이 곡이 나한테 지니는 의미는 각별하다. 이 곡들이 지닌 불안정성과 파괴적 성격 속에서 대조적으로 드러나는 느린 악장의 평화는 나를 위로해 주었다.

그의 후기 피아노 소나타를 들을 때마다 렘브란트의 〈갈릴리 호수 풍랑 속의 그리스도〉라는 그림이 떠오른다. 거친 풍랑 속에서 선원들은 배가 뒤집히지 않도록 분투를 하고 있다. 예수는 배의 중심점에 있다.

그곳은 편안한 어둠에 잠겨 있는, 태풍의 눈과 같은 고요한 장소이다. 어떤 이는 예수를 다그친다. "당신 때문에 배에 탔는데 이게 웬 난리란 말이요."라고 말하는 듯하다. 어떤 이는 그 난리 통에서도 조용히 기도를 올리고 있다. 빨간 옷을 입은 사내는 토하려는 듯 바다 쪽으로 머리를 내밀고 있다. 어떤 이는 부질없이 그 파괴적 노도에 맞서 삼각돛대를 바로 잡으려 한다. 이 혼돈 속에서 모자를 쓴 이가 밧줄을 잡고 캔버스 이쪽에 의아한 눈길을 던지고 있다. 질르의 눈, 바로 그것이다. 이이가 바로 렘브란트 그 자신이다. 인생의 혼란과 종교적 평화의 틈바구니 속에서 갈팡질팡하는 눈. 베토벤의 후기 작품도 이러한 광경과 닮았다.

그의 피아노 소나타 28번은 명상적인 화음의 느린 악장으로 시작된다. 벌써 이것부터 상궤에서 벗어나 있다. 그리고 2악장에서는 별안간 행진곡이 등장하는데, 실질적인 행진은 전혀 연상되지 않는 곡이다. 곡 중간부에서는 향수 어린 멜로디가 나오지만 엉뚱하게도 대위법 진행으로 되어 있다. 그리고 심연에서 솟아오른 수련처럼, 간주와 같은 짧고 느린 악장이 나온다. 그 수련은 검은색이다. 뒤이어 첫 번째 멜로디가 마치 기억의 잔상처럼 짧게 제시되고는, 축제를 연상시키는 피날레로 이어진다. 이 피날레에도 푸가가 섞여 있다. 정말 뒤죽박죽이라고 말할 수밖에 없다. 에드워드 사이드가 베토벤 말년의 곡들을 '지리멸렬하다' 고 말한 것이 이해된다.

29번 함머클라비어는 베토벤이 우수한 성능의 영국제 브로드우드 피아노를 선물 받고 그 악기의 한계를 끌어내려고 쓴, 실험적 작품이다. 이 장중한 곡을 모두 분석할 수 없어 아쉽다. 나는 3악장 아다지오 소스

테누토-이 악장만 연주에 18분이 넘게 걸린다-에서 심오함의 극치를 느낀다. 베토벤은 이 곡을 누구한테 들려주려고 쓰지는 않은 것 같다. 악기의 한계를 시험하는 곡치고는 내면적이고 사색적이다. 실제로 이 곡은 너무나 난해하여, 몇 십 년 뒤에 리스트가 이 곡을 레퍼토리로 올리고 나서야 사람들에게 받아들여지기 시작했다.

난 이 곡의 제3악장만 5년 넘게 연습을 하였으므로, 그에 대해 어느 정도 말할 자격은 있을 것이다. 3악장은 숭엄(崇嚴)하다. 그의 종교적 대작 〈장엄미사〉의 피아노 버전이랄까. 깊은 고뇌의 울림 속에서 구원에 대한 갈망이 모습을 드러낸다. 그러한 갈망은 히스테릭한 면모로 치닫다가는, 다시 고요한 체념의 울림으로 돌아간다.

제30번은 1, 2악장과 3악장이 비대칭적인 곡이다. 1, 2악장은 3악장의 변주곡을 위한 전주곡에 가깝다. 이 곡의 3악장은 후의 마지막 소나타 2악장의 Arietta와 맥이 닿는다. 변주가 시작되다가 돌발적인 푸가가 나온 뒤에, 주제 선율이 조금씩 분열하다가 후반부의 긴 트릴을 배경으로 날아오르며, 이는 마치 천상의 세계로 우리를 인도하는 듯하다. 하이라이트가 가장 끝에 위치하는 구조. 인생의 마지막 순간에 폭죽을 터뜨리듯.

제31번의 1악장은 모차르트풍의 아름다운 멜로디로 시작한다. 2악장은 장난스러운 스케르초이다. 여기까지는 별로 특이한 점이 없다. 그러다 3악장에서는 비통한 멜로디의 느린 악장이 시작되는데, 특이하게도 여기에 레치타티보를 넣었다. 레치타티보, 베토벤은 청중에게 뭔가 말을 걸고 싶었던 것일까. 이 3악장부터 피날레까지 서로 분리 불가능할 정도로 서로 엮여 있다. 3악장 느린 멜로디가 끝나고 나면 생뚱맞게 푸가가 나오며, 이 푸가 이후에 또다시 느린 악장이 메아리처럼 울려 퍼진다. 그리고는 앞의 푸가 멜로디를 뒤집은 듯한 새로운 푸가가 등장하는데 그 리듬은 마치 배반포 세포처럼 비대칭적이다. 이 푸가가 끝난 뒤 1악장의 멜로디를 회상하는 듯한 화음이 환영처럼 등장한 뒤, 몰아치듯이 곡이 끝난다. 들을 때마다 고개가 갸웃거려지는 곡이다.

이제 그의 마지막 피아노곡이다. 이 곡도 상식을 뛰어넘는 것임은 말할 나위가 없다. 이 곡은 공간을 따로 할애하여야 한다. 경의를 바치는 의미에서.

베토벤 op.111

──────────────── 베토벤 op.111을 듣고 있노라면, 역시 죽음을 앞에 둔 만년의 베토벤, 그 고뇌와 이를 극복하려는 초월적인 베토벤의 모습이 떠오른다. 수많은 작가들이 이 마지막 소나타에 대한 각종 찬사를 쏟아내었다. 그 파란만장한 인생의 '마지막 소나타'라는 의미와 함께 곡이 가지고 있는 숭고한 아름다움이, 작가들로 하여금 자신의 인생을 돌아보게 만든 것 같다.

베토벤 후기 피아노 소나타의 변주곡(특히 작품 109의 3악장과 111의 2악장 '아리에타') 악장은 후기 소나타 중에서도 꽃 중의 꽃이다. 그가 말년에 와서 변주곡에 애착을 드러낸 까닭은 무엇일까?

그것은 바로 이 형식이 청년 시기 이후 늘 그를 사로잡고 있었던, '어떻게 인간성을 음악으로 그려낼 것인가'라는 고민을 음악적으로 형상화하기에 최적이기 때문이었다.

　상상력을 발휘하여 만년의 베토벤이 되어 보자.
　난청으로 거의 귀머거리가 되었다. 이 난청은 작은 소리는 아예 들리지 않지만 큰 소리는 갑자기 크게 들린다. 사람들에게 '조금만 크게 말씀해 주시겠소.'라고 하고, 너무 작아서 '조금만 더 크게….'라고 요청하면 갑자기 대드는 듯한 고함소리가 들리게 되는 것이다. 매독 치료 과정에서 얻게 된 납중독으로 인한 히스테리적 신경증에 더하여, 이러한 난청은 베토벤을 반쯤 미치게 만들었다. 사랑하는 조카를 차지하기 위한 오랜 소송과 그 조카의 자살 소동으로 인하여 베토벤은 죄책감과 분노에 시달린다. 건강은 걷잡을 수 없이 악화되어 황달로 인해 흰자위가 노랗게 되고, 배에 복수가 찬다. 밤에 포도주를 마시지 않으면 잠을 이룰 수 없다. 그래서 알코올 의존증에 걸리고, 이는 건강을 더욱 악화시킨다. 그럼에도, 아직 작곡하고 싶은 곡, 아니 작곡해야만 할 곡들이 너무나 많다. 이것이 만년 베토벤의 상황이었다.
　이 만년의 시기 그의 음악적 화두는, 어떻게 하면 인간을 담은 음악을 그려낼 수 있을까, 이 복잡하고 미묘한 인간의 변화무쌍한 모습과 감정들을, 어떻게 음악에 담아낼 수 있을까, 그러한 형식이 과연 이 세상에 존재할 수 있을까. 그리고 나 베토벤은 그러한 곡을 작곡해야만 하는 것일까 등이었던 듯하다.
　베토벤은 침상에서 작곡을 하며, 그의 마지막 현악 사중주곡 악보 한 귀퉁이에 다음과 같은 질문을 써넣는다.

'그래야만 하는가?(Muss es sein?)'

'그래야만 한다!(Es muss sein!)' 이것이 그의 대답이었다.

건반 음악에 있어서의 그의 창조성은 이미 소나타 형식에서 최고도로 집약되어 있었다. 그는 이러한 소나타 형식의 규모를 극한으로 확대시키기도 하였고(소나타 29번 〈함머클라비어〉를 보라), 변형되는 푸가를 이용하기도 하였다(소나타 31번).

그러나 이것만으로는 미진하였다. 그는 결국 변주곡 형식에서 답을 찾아낸다.

그 전까지의 변주곡이란 거의 대부분 기교의 나열에 불과한 것이 많았다. 물론 바흐의 위대한 샤콘느와 골드베르크 변주곡 등은 예외이긴 하지만. 그는 이러한 형식에서, 음악의 유기적 발전 과정을 그려낼 수 있음을 파악하였다. 한 가지의 주제가 변화무쌍하게 변화하는 과정을 그려내는 것. 그 주제는 마치 인생과 같은 우여곡절을 겪는 것이다. 그곳에는 고난과 극복, 비탄과 환희, 사랑…. 결국 삶이라는 걸 적절히 담아낼 수 있는 가능성이 있었다.

그렇다! 잘만 작곡한다면야, 그 곡은 살아 숨쉬는 '생명체'가 되는 것이다!

하지만 중요한 건 바로 '잘' 작곡해야 한다는 사실이었다.

다른 작곡가들이었다면 실패하였을 것이다. 그러나 그 누구도 아닌 바로 베토벤이 아니었던가. 그는 그의 소나타 32번에서 이러한 음악의 유기체적 발전의 가능성을 훌륭하게 실현하였던 것이다. 그 음악의 주제는 단순하지만 명상적이고 내면적이었다. 그러한 추상적 주제를 그는 탄력 있게 만들기도 하고 조밀하게 만들기도 하고 흩뿌리기도 하고 빛에 태우기도 하고 프리즘에 통과시키기도 하고 종국에는 날개를 달아 천상으로 띄워 보내기도 하였다.

그렇다. 그의 아리에타는 음악이자 삶이다.

나의 이러한 견해를, 한슬릭이었다면 강하게 비판하였을 것이다. 그에게 있어 음악이 삶과 연관을 가져야 할 필연성이란 그 어디에도 존재하지 않는다.

그럼에도 불구하고 나는 말하고 싶다.

위대하고 압도적인 아름다움은 때로 사람들에게 착각과 환상을 불러일으키는 것이라고. 우리는 그 위대한 착각을 다만 겸허히 받아들이기만 하면 된다고.

그렇게, 토마스 만이 이야기한 "Himmels Blau(푸른 하늘: 토마스 만이 베토벤의 아리에타를 이렇게 부름)"는 우리 머리 위에 찬연히 드리워 있다.

바흐 〈음악의 헌정〉, 현장에서

──────────────── 이 시절 베토벤의 후기 음악과 함께 나를 사로잡은, '말년의 바흐'!

베토벤이 인간적 고뇌를 극복하려는 끝없는 의지로 나에게 위안을 주었다면, 바흐는 그 압도적인 존재 그 자체로서 나에게 커다란 빛줄기와 같았다.

특히 그의 마지막 두 곡인 〈음악의 헌정〉과 〈푸가의 기법〉은 한 개인이 이룬 업적을 넘어, 인류가 쌓은 금자탑이라 할 수 있다.

상상을 통하여, 그의 마지막 곡 〈음악의 헌정〉이 잉태된 시대와 장소로 가 본다.

"이건 조율을 다시 해야겠소이다."

궁정 악장 필립 엠마누엘 바흐는 한 피아노를 가리켰다.

이 섬세한 악기들은 질버만이라는 명장이 만든 함머클라비어로, 음의 강약을 조절할 수 있다는 측면에서 실로 혁신적인 건반악기이다. 정성스러운 상감으로 화려하게 장식되어 있는 이 함머클라비어를 그의 주군 프리드리히 대왕은 무려 여섯 대나 구입하였다. 그 자신이 계몽군주로서, 음악에 대한 교양만큼은 이 유럽에서 최고라는 것을 온 유럽에 선언하고 싶었기 때문이다. 실제로 프리드리히 대왕은 수준급의 플루티스트이기도 하였다.

그러나 악기가 아무리 좋아도 그것은 연주될 때에 의미가 있다. 이 악기의 성능을 제대로 평가하려면 클라비어의 성능을 그 한계 너머까지 끌어내어 연주할 수 있는 클라비어의 명수가 필요했다. 바로 지금 꼼꼼히 질버만의 클라비어를 조율하고 검토하고 있는 이 카를 필립 엠마누엘 바흐도 〈올바른 클라비어 연주법에 대한 시론〉 등을 쓴 바 있어, 가히 건반 음악의 비르투오소(명수)라 불릴 만했지만, 최고라고 부를 수는 없었다.

당대 최고의 건반 주자라⋯. 그건 이론의 여지가 없었다. 그는 바로 그의 아버지, 대 요한 세바스티안 바흐였다. 그가 살아있는 한, 결코 전설은 끝나지 않을 것이다.

그는 6년 전에도 이 질버만의 클라비어를 연주한 적이 있었다. 그때 바흐는 그 장난감 같은 클라비어를 연주하여 보고 코웃음을 치며, 혹평을 아끼지 않은 바 있었다.

아버지의 성격을 잘 알고 있는 궁정악장 아들 바흐는, 이번에도 국왕의 면전 앞에서 클라비어를 혹평하여 자신의 상황을 난감하게 만들면 어쩔까 매우 걱정하고 있었다. 하지만 지금의 이 질버만 클라비어는 그렇게 만만한 물건이 아니었다. 해머로 작동하는 이 건반 악기는 강약 조절이 가능하고 음색이 낭랑하며 음량이 커서, 그 성능으로 보자면 앞으로의 건반음악계를 휩쓸기에 충분하였다. 아들 바흐는 자기의 아버지가 이 클라비어를 왕 앞에서 멋들어지게 연주하는 광경을 상상하며 흐뭇하게 미소를 지었다.

"여기 이쪽의 촛대를 저 클라비어의 뒤쪽으로 반원형으로 배치해 놓아라."

그는 사동에게 지시하였다.

그가 이렇게 조명에 신경을 쓰는 것은 자기보다 열세 살밖에 많지 않은 새어머니 안나 막달레나가 보낸 편지의 내용 때문이었다.

"네 아버지는 지금 안질을 앓고 계셔서 시력이 많이 안 좋단다. 당뇨기가 있어서 자주 어지러워하시고…."

아버지께서 컨디션이 안 좋은 상태에서 연주를 하시면 아무래도 큰 사달이 날 것 같았다. 대왕께서는 한시바삐 노 바흐를 초청하고 싶어 안달하고 계셨지만, 연주회 도중 아버지가 쓰러지기라도 하면 큰일이다. 그래서 아들 바흐는 아버지께서 최소한의 휴식이라도 갖고 컨디션을 최고로 끌어올렸으면 하는 바람에서 궁정 근처의 깨끗한 여관을 물색하여 예약해 놓았던 것이다.

아들 바흐는 그 고약한 새어머니가 추신에 적어놓은 당부가 마음이

걸렸다.

"네 아버지께서 너를 위해 그렇게 어려운 걸음을 하시니, 너는 네 고용주에게 그에 합당한 보수를 하사하도록 신경을 쓰는 것이 최소한의 도리일 것이다."

정말 짜증나는 여편네였다. 그는 아버지 건강이 안 좋으니 돌아가시기 전까지 당신의 돈과 재능을 한 방울 남김없이 쥐어짜내려는 것이다. 이런 생각을 하니 분노가 치밀어 올랐다.

그때였다. 문밖에서 웅성거리는 소리가 들리더니, 문이 열리고 '그분'이 납시었다.

"전하, 이곳에 어인 일이시옵니까."

대왕이라 불리는 사람치고는 수수한 검은 옷을 입은 국왕이 열에 들뜬 얼굴로 말하였다.

"방금 성 출입 인사의 명단을 받았다네. 자, 여기 이걸 보게."

궁정악장은 서류를 건네받았다.

"아, 소인의 아버님께서 몇 시간 전에 포츠담에 도착하셨군요. 제가 여관에 가서 아버지를 찾아뵙겠습니다. 다녀오도록 윤허하여 주시옵소서."

"악장! 그럴 필요가 있겠나. 짐이 그토록 존경하는 대 바흐가 오셨는데 누추한 여관에서 지내시게 할 수는 없는 일일세."

국왕은 옆에 있는 시종에게 말했다.

"지금 빨리 가장 편한 사륜마차를 보내어 마이스터를 모시고 오게나. 빨리!"

"하지만 전하, 아버님께서는 내일 저녁으로 일정을 알고 계시기에…."

"아닐세. 여기서 최고급 식사와 포도주로 여독을 풀고 쉬시는 게 나을 걸세."

아들 바흐는 예술을 사랑하는 국왕이 아버지를 쉬게 하기는커녕 달달 볶을 것을 알기에, 가슴이 바짝바짝 타들어갔다. 그런 사정을 국왕은 아는지 모르는지, 신나는 목소리로 여기저기 지시를 하는 것이었다.

"자, 대신들, 왕실 직속 기자들을 불러들이고, 짐의 작가들도 불러들이게. 그리고 각국의 대사들도 빠짐없이! 아, 이럴 때 볼테르가 있으면 얼마나 좋았겠나. 자, 빨리빨리!"

이날을 위하여 프리드리히 대왕은 계몽군주답게 왕실 홍보에 적극적인 기자들과 작가들을 왕궁에 초대하여 두었다. 이는 대왕이 큰돈은 들여 마련한 질버만 피아노의 성능을 작가들이 찬탄해 주기를 바라는 욕심이 있었기 때문이다.

이제 대신들이며 시종, 사동들이 뿔뿔이 흩어지고, 왕도 접견실로 가고, 아들 바흐만이 홀로 이 질버만 피아노 사이에 서 있었다. 그는 무릎을 꿇었다.

"신이시여. 제발 오늘이 무사히 끝나기를. 아버지께 가호를!"

얼마간의 시간이 지나고, 날도 어둑어둑해질 무렵, 노 바흐의 접견 준비가 끝났다.

노 바흐는 옷매무새를 돌볼 시간도 없이 여관에서 갑자기 끌려온 것 같았다. 지팡이에 의지하여 힘겹게 발걸음을 옮기는 아버지의 모습을 보고 아들은 죄스러운 마음에 고개를 돌렸다.

프리드리히 대왕이 먼저 마이스터에게 다가가 그 투박한 손을 꼭 붙잡고 부드럽게 말했다.

"마이스터시여, 이제야 당신을 뵙게 되는구려. 악장이 우리 악단을 잘 돌보아 지금은 유럽 최고가 되었소. 당신 아들의 음악은 꽤 급진적이면서도 흥미롭다오."

"대왕이시여, 어리석은 제 아들을 이리 잘 돌보아 주셔서 감개무량하옵니다. 제가 환대에 보답하지 못할까 저어되옵나이다."

대왕은 호탕하게 웃었다.

"짐은 당신의 크리스마스 오라토리오, 브란덴부르크 협주곡이나 칸타타, 모음곡들을 듣고 연주하며 자란 세대입니다. 짐에게 당신은 전설이오. 전설을 눈앞에서 본다는 것만으로도 행운 아니겠소."

"참으로 과찬의 말씀이시옵니다."

노 바흐는 이렇게 말하며 눈으로 아들을 찾지만 시력이 좋지 않아 잘 보이지 않는다.

"자, 짐이 라이프치히의 오르간 장인 고트프리트 질버만의 새로운 클라비어를 몇 대 구입하였다오. 우리 시대의 건반 음악이 이 악기로 인하여 더욱 꽃을 피울 것으로 기대해도 좋을지, 마이스터의 고견을 듣고 싶다오. 꼭 연주를 부탁합니다."

프리드리히 대왕은 몸소 바흐의 손을 이끌고 화려한 질버만의 클라비어가 놓여 있는 한 응접실로 인도한다.

바흐는 발을 끌면서 힘겹게 질버만의 피아노에 앉는다.

수많은 신사 숙녀들이 호기심에 가득 찬 눈으로 이 노 거장의 움직임

하나하나를 쫓는다. 바흐는 악기 앞에 앉아 눈을 지그시 감고 잠시 고개를 숙여 묵념을 한다. 독실한 루터교 신자인 바흐는 신의 영광을 구하고 있는 것이다. 정적이 흐르는 가운데, 청중석 사이에서 침이 꼴까닥 넘어가는 소리가 들린다.

바흐는 우아한 손짓으로 D음을 조용히 두드린다. 그리고 뒤이어 높은 A음, 3도 낮추어 F에서 다시 D음으로….

그는 이 단순한 음들을 제시하고, 뒤이어 그에 따르는 모방 선율을 제시하며, 이들을 교묘하게 얽어 아름다운 푸가를 연주하기 시작하였다. 이 신묘한 연주에 청중들 사이에서 감탄이 일었다. 이렇게 하여 각 3성부, 4성부의 푸가의 연주를 마쳤다.

청중들 사이에서 열광적인 박수와 환호가 터져 나왔다. 그간 많은 연주를 들어왔지만 이렇게 아름다우면서도 심오한 연주는 그 누구도 들어보지 못하였던 것이다. 이렇듯 단순한 실마리를 엮어 페르시아 융단과 같은 화려한 즉흥 연주를 할 수 있다니, 이는 한 마디로 신의 묘기라 말할 수밖에 없었다.

흥분한 대왕은 바흐를 이끌어 다른 피아노가 있는 방으로 갔다. 여기에서도 바흐는 아까의 주제를 이번에는 최신 유행의 갈랑트 양식으로 연주하였다. 또 여항에서 유행하는 쿼들리벳의 멜로디를 끼워 넣기도 하여 귀부인들의 어깨를 들썩이게 만들기도 하였다.

대왕은 이 노 대가에게 칭찬을 아끼지 않았다. 이때 노 바흐가 하나의 제안을 하였다.

"전하, 전하께서도 플루트의 명인임을 잘 알고 있사옵니다. 저에게 주제를 하나 하사해 주시면, 그것으로 즉흥연주를 해보이겠나이다."

"그것 영광입니다. 마이스터시여. 보잘 것 없는 실력이지만 한 소절 연주해 보이겠소."

대왕은 클라비어 앞에 가서 더듬더듬 음을 몇 개 연주하기 시작하였다. 음악의 아마추어답게, 반음계가 섞여 있는 형편없는 주제로, 변주하기에는 상당히 무리가 있는 곡이었다.

바흐는 대왕이 곡을 마치자 열렬히 호응하고, 다시 클라비어 앞에 앉았다.

그는 그 대왕의 주제를 처음에는 그대로 연주하고, 그 다음 변주에서는 역행으로, 그 다음에는 반진행으로 자유자재로 연주하였다. 그리고 5성의 푸가를 만들었다. 바흐는 그렇게 꽤 오랜 시간 변주를 계속하다가, 화려하고 장대한 화음으로 즉흥 연주를 마무리하였다.

홀이 떠나갈 정도의 박수 소리가 휘몰아쳤다. 그러나 바흐는 속으로 이 연주가 마뜩치 않았다. 한계를 넘어선 연주를 할 수 없었기 때문이다. 그는 연주 도중, 욕심이 나서 6성 푸가를 시도해보고 싶었던 것이다. 그러나 그렇게 복잡한 음악은 최상의 컨디션이 아니면 불가능하였다. 다른 사람들이 그렇게 바흐의 연주를 칭송하고 있지만, 바흐는 별로 만족스럽지 않았다.

바흐는 그 자리에서 대왕께 제안한다. "전하께서 하사한 주제는 발전 가능성이 무궁무진합니다. 더욱 발전시켜 악보로 만들어 헌정하고자 합니다. 전하, 윤허해 주십시오."

문인들은 이날 바흐의 신적인 클라비어 연주에 대한 칭송을 늘어놓는다. 그 어디에도 질버만의 클라비어 성능이 어떻다거나 하는 기사는 찾아볼 수 없었다.

이렇게 해서 바흐의 마지막 곡 〈음악의 헌정〉이 탄생한다. 이 곡은 시작과 끝이 맞물려 있는 무한 카논 등, 바흐의 신기에 가까운 작곡 솜씨가 반영된 명작이다. 바흐는 악보를 대왕에게 헌정하며 다음의 헌정사를 써 넣는다.

그지없이 인자하신 국왕 폐하. 미천한 소인은 폐하의 위엄 있는 손으로 직접 지으신 선율의 가장 고귀한 부분으로 만든 이 '음악의 헌정'을 바칩니다. 소인이 일전에 포츠담에 머물렀을 때 쳄발로로 푸가를 시연할 주제를 폐하께서 주셨는데 그것을 가지고 전하 앞에서 연주한 일이 생각나옵니다. …당시 소인은 충분한 준비가 되지 않았기 때문에 폐하께서 하사한 그 멋진 주제에 걸맞은 연주를 할 수 없었습니다. 그래서 폐하께서 주신 주제를 다시 완벽하게 다듬어서 이 세상에 알리기로 마음먹었습니다. (이하 생략)

폐하의 충직한 시종, 작곡자 바흐로부터
− 라이프치히, 1747년 7월 7일

음악의 매혹
– 라벨에게 보내는 서한

──────────────── 베토벤과 바흐가 나를 고양시켰다면, 라벨과 드뷔시는 나를 매혹시켰다.

여러 말 필요 없다. 나는 라벨빠, 라벨덕후이다. 다음은 내가 보낸 팬레터다!

경애하는 라벨 선생께

안녕하세요.

파리의 댄디이자 바스크인의 형제이기도 하였던 당신이 세상을 떠난 지도 이제 벌써 68년이 지났군요. 제가 당신의 곡에 푹 빠져 지낸 것도 약 10여 년, 이제는 나의 별것 아닌 호기심으로 당신을 괴롭혀도 될 것 같다는 생각이 들기에 펜을 듭니다.

아마 제가 중학생 때였을 겁니다. 음악 수업시간에 당신의 〈볼레로〉를 들었을 때, 충격을 금치 못하였습니다. 반복적인 멜로디는 세헤라자데의 《천일야화》에 나오는 매혹적인 주술처럼 육감적이기 그지없었으며, 그 리듬은 마음 구석구석에 차오른 유전(油田)을 퍼 올리는 것처럼 박력이 있었습니다. 그 곡은 이국의 정경을 고스란히 나의 눈앞에 드러내 보였으며, 나는 그 순간 행복의 극을 맛보았습니다.

그런데 음악선생님은 중간에 당신의 곡을 꺼버렸습니다. 저는 환상에서 깨어난 것처럼 몸을 잠시 떨었습니다. 그리고 다음 순간 짜증이 치밀어 올랐지요. 나는 당신 볼레로의 결말을 듣고 싶었던 것입니다. 이 롤러코스터와 같은 극치감의 끝이 어디였을까. 이 곡은 과연 어떻게 끝날 것인지, 그렇게 궁금했던 것입니다. 저는 음악선생님께 그 테이프를 빌려달라고 하였지요. 하지만 다른 수업에 쓴다고 빌려주지 않았습니다. 저는 어머니를 졸라 돈을 타내어 용산까지 가서 LP판을 샀습니다. 원리상 LP판 홈이 바늘을 다루어 음을 내는 것이지만, 하도 많이 들어서 LP의 바늘이 다시 판의 홈을 긁었습니다. 그렇게, 판이 망가져 더이상 못들을 정도로 당신의 음악을 들었더랬지요. 아, 당신 곡의 결말은 기가 막힌 것이었습니다. 천천히 쌓아올린 금자탑을 한순간 무너뜨리는 그 도발적 결말이라니요. 그것은 오르가슴의 순간처럼, 완벽한 현훈(眩暈)감을 동반하였습니다. black-out. 순간 눈앞이 아찔해지는 그런 굉장한 끝이었습니다. 영국에서 섹스 도중에 가장 들을 만한 음악으로 당신의 곡이 2위를 차지했다지요. 충분히 이해가 갑니다. 그런 결말은 당신의 전매특허가 되었지요. 저 통속적인 〈라 발스〉나, 〈어릿광대의 아침노래(Alborada del Grazioso)〉의 결말도 이와 비슷하지요. 어떤 경우에든지, 하이라이트의 뒤에 오는 이런 급작한 결말은 평범한 작곡가가 시도했다면 매우 어색하였을 겁니다. 당신이었으니까 그렇게 완벽하게 성공할 수 있었지요.

이렇게 말하고 보니, 당신은 언제나 '평범함'과는 거리가 멀었던 것 같아요. 당신의 이름을 만천하에 알린 그 화제작, 〈물의 희롱〉도 그래요. 이 〈물의 희롱〉을 썼을 때, 참 많은 오해를 받았지요. 특히 드뷔시의 이마쥬 1집, 〈물의 반영〉에서 힌트를 얻은 것이 아닌가 하는 말이 정말 많이 떠돌았습니다. 그러나 당신이 나중에 밝힌 바 있듯, 드뷔시는 〈물의 반영〉을 훨씬 시간이 지난 뒤에 썼죠. 영향관계를 따진다면 드뷔시가 당신의 영향을 받았을 겁니다. 여기서 당신과 드뷔시의 이른바 '물'에 관한 이마쥬를 다루는 방법에 대한 결정적인 차이를 언급해야겠군요. 제가 느끼는 것이지만, 드뷔시의 〈물의 반영〉은, 촉각적인 성격입니다. 물의 반영을 듣고 있으면 마치 자신이 물속에서 그에 휩쓸리고, 휘둘려 올라갔다 다시 침강하는 부침의 모습이 느껴집니다. 샘물이 솟을 때 그 물덩이가 몸에 닿는 느낌이랄까요. 그러나 당신의 〈물의 희롱〉은 아닙니다. 당신의 것은 완전히 시각적입니다. 흩뿌려지는 물방울의 모습. 물방울이 유리에 잘게 부딪혀 깨지는 광경, 그리고 분수에 흩뿌리는 빛이 무지개를 만들어 내는 모습 등. 드뷔시의 곡과 당신의 곡은 이렇듯 차원이 다르더군요.

네, 그러고 보니까, 이 〈물의 희롱〉 말고도, 당신은 참으로 부당하게도 선배 작곡가 드뷔시와 집요하게 비교 당했지요. 둘은 작곡 스타일도 전혀 다르거니와, 그 지향하는 바도 대척에 가까운 데도 불구하고, 평론가들에게 '인상주의 음악'의 대표격으로 '지정' 당하였습니다. 둘이 차이가 있다면, 드뷔시는 '난 인상주의자가 아니라, 상징주의자이다'라고 끝까지 거부한 것에 비하여, 당신은 '그래, 짖을 테면 짖어라'라고 반응한 것 정도라 할까요. 어쨌든 음악사상의 명칭이 우리 후대에서는 미술사에 준하여 이루어졌다는 사실이 불합리한 면이기도 합니다. 물론 라벨 선생은 그런 것에 관심 없으실 테지만요.

제가 생각하기에 분명 당신을 드뷔시와 연관시키는 것은, '바흐-헨델', '하이든-모차르트', '브람스-바그너', '브루크너-말러'처럼 당대 작곡가의 쌍벽을 만드는 습관에서 비롯되었을 겁니다. 항상 호사가들은 그렇게 짝지어서 이해하려는 버릇이 있으니까요. 이렇게 말하고 보니, 또 우연하게도 당신의 작품 성향이 신기하게 두 가지로 대별되는군요. 하나는 뚜렷한 외연, 엷은 텍스처와 확고한 형식을 가지고 있는 의고전주의적 작품과, 문학적 상상력과 그로테스크한 환영에서 비롯된 낭만주의적인 작품으로요. 앞은 〈쿠프랭의 무덤〉과 〈소나티네〉가 해당되겠고, 뒤는 〈밤의 가스파르〉로 대변되겠군요. 뭐 〈라 발스〉처럼 둘 사이의 경계에 있는 것도 있겠지만, 그래도 이 두 가지가 기본이라고 생각됩니다.

자, 이제는 다시 작품 이야기를 해야겠어요. 당신의 초기 작품에서 볼 때, 가장 대중적인 곡은 아무래도 〈죽은 황녀를 위한 파바느(Pavane pour une infante defunte)〉이겠지요. 이 곡은 카라얀 지휘의 관현악곡으로 먼저 들어 보았는데, 황녀가 금빛 찬란한 드레스를 바닥에 끌고 다니는 모습이랄까, 그런데 좀 서글픈 생각이 드는 그러한 곡이었습니다. 하지만 선생께선 저 제목이 단지 '발음이 좋아서' 지은 것이라고 했다지요. 참 알쏭달쏭한 일입니다. 너무 통속적이어서 당신께선 별로 좋아하지 않았던 모양이지요. 샤브리에의 곡을 닮았다고 자조하고 계시니까요. 하지만 그럼에도 불구하고 관현악으로 편곡하신 걸 보니 곡을 꽤 아끼기도 하셨던 모양입니다.

〈거울〉은 다른 곡은 몰라도, 〈알보라다 델 그라치오소(어릿광대의 아침 노래)〉 하나만큼은 정말로 끝내주지요. 당신은 모르시겠지만, 후에 당대의 피아니스트 스비아토슬라브 리히터가 인터뷰 도중 이런 말을 했습니다. "스페인 음악이요? 알보라다 한 곡이면 됩니다."

이 곡은 바스크 지방인이었던 어머니의 영향을 받았던 게 아닐는지요. 약동하는 리듬에 불꽃 튀기는 3도의 글리산도가 곡을 누비는 참 아슬아슬하면서도 흥미롭기 그지없는 곡이었습니다. 이미 이쯤에서 당신의 기교는 극점에 도달하였지요.

그래요. 당신은 언제나 기교의 제약을 즐겼습니다. 숙련된 서커스단원은 저글링을 할 때 눈을 가립니다. 그것에 더하여 이번에는 한 손으로 한다든가 하여 자신에게 제약을 하나둘씩 더 추가하죠. 보통사람이라면 실패할 것이나, 천재는 성공합니다. 바로 그러한 곡이 〈밤의 가스파르〉이지요. 발라키레프 씨가 당신의 부아를 돋웠나요. 발라키레프보다 어려운 곡을 쓰겠다는 각오가 이 곡을 탄생시켰지요. 베르트랑의 기괴한 시에 영감을 받았다는 이 곡은 사실 낭만주의에 가깝다고 생각합니다. 옹딘(물의 요정)에서 다시 한 번 등장한 물 이미지는 방울처럼 울립니다. 스카르보(악마)에서의 저음부 연타와 갑자기 폭발하는 불규칙 음형은 나타났다 사라지고 희롱하는 작은 악마의 모습을 잘 그려낸 것 같아요. 특히 단 2도의 화음 진행은 섬뜩한 악마의 초리를 보는 것 같았습니다.

너무 피아노 음악 이야기만 했나요. 관현악곡 이야기를 하겠습니다. 당신의 관현악법이야말로 현대 관현악의 기초가 되었지요. 특히 무소르그스키의 〈전람회의 그림〉에 대한 당신의 편곡판은 아직도 현대 관현악단이 많이 채택하고 있는 텍스트입니다. 그만큼 당신은 관현악단이 창출하는 소노리티에 관한 완벽한 이해를 가지고 계셨지요.

역시 관현악곡을 언급하자면 스페인 랩소디를 짚고 넘어가야겠군요. 프렐류드, 말라게냐, 하바네라, 페리아로 이루어진 이 곡은 스페인의 정조가 잘 드러나 있습니다. 이 곡의 하바네라는 당신이 어렸을 때 쓴 작품을 다시 도입한 것이지요. 선생께선 〈자전 소묘〉에서 이 곡이야말로 후대의 자신을 능가할 여러 요소를 가지고 있는 것이라고 말하였습니다. 그런데 제가 볼 때에는, 이 스페인 랩소디에서 앞의 세 곡은 페리 아를 위한 도입이자 전주라고 감히 말하고 싶습니다.

페리아! 이것은 스페인에서도 그라나다라든가 알함브라 궁전처럼, 이 슬람의 정조를 간직하고 있는 곡이었습니다. 저는 이 곡을 듣고 놀랐습 니다. 〈알리바바와 40인의 도적〉 같은 데서나 나올 법한 떠들썩한 아랍 풍의 시장이 고스란히 재현되어 있었으니까요. 13세기 맘루크 왕조의 찬연한 번영의 거리를 내 스스로 질주하고 있는 느낌이랄까요. 그 떠들 썩한 축제의 장이 눈앞에 펼쳐지는 그 감동이라니요.

관현악곡의 백미는 역시 〈라 발스〉일 겁니다. 예전에(저한텐 예전이지 만, 당신에게는 먼 훗날이지요) 미국 뉴욕 필하모닉을 이끄는 레너드 번스 타인의 〈청소년을 위한 음악회〉에서 이 라 발스를 처음 들었지요. 그때 번스타인은 이 곡을 침이 마르게 칭찬하였지요. 하지만 제가 볼 때는, 이 곡은 청소년에게 들려주기에는 약간의 음탕한 구석이 있는 것도 사 실입니다. 첫 도입 부분의 낮은 음의 유니즌은 수많은 사교계 여인들이 있는 하렘의 발을 걷는 것과 같은 묘한 성적 기대감을 불러일으키니까 요. 그리고 그 터질 듯한 하이라이트의 음형을 어떻게 감당하란 말씀입 니까. 불어로 라 발스는 왈츠의 뜻이지요. 당신의 왈츠는 모든 청중을 하나로 뒤섞어 버립니다. 또 그런 현기증 속에서 마지막에 곡은 한바탕 일그러진 후 막을 내리는 것이지요. 당신의 특기 아니겠습니까.

이제 끝으로 당신의 위대한 협주곡 두 곡을 이야기해야겠습니다. 피 아노 협주곡의 장르는 당신의 선대에도 엄청나게 많은, 정말 하늘의 별 과 같을 정도로 많은 명곡들이 작곡되었습니다. 하지만 아무도 당신의 〈왼손을 위한 협주곡〉과 같은 단독의 경지를 이루지는 못하였죠. 저 유명한 철학자 루드비히 비트겐슈타인의 형 폴이 이 곡을 의뢰했을 때 당신은 과연 어떠한 심정이었을까요. 스트라빈스키조차 말이 안 된다며 포기한 일인데요. 그렇습니다. 피아노는 한 손으로 연주하면 피아노다운 맛을 잃어버립니다. 당신은 그걸 알고 있었지만, 그러한 제약이 당신에게 도전 의식을 불러일으켰을 겁니다.

'왼손만으로 연주하는 피아노를 위한 협주곡이라…. 뭐 이전에 발라키레프보다 어려운 곡도 써봤고, 똑같은 멜로디와 악기의 음색 변화만으로 작곡한 볼레로도 있었는데 까짓것 못할 것이 뭐가 있느냐' 하는 승부사의 기질이 발동하셨겠죠. 하지만 이러한 승부사의 기질은 기적적인 작품을 세상에 내놓습니다.

선생께선 이 왼손을 위한 협주곡이 'musae mixtatie'라고 말하셨습니다. 쉽게 이야기하여 음악의 종합 선물세트처럼, 온갖 요소가 적재적소에 배치되어 있습니다. 1, 2, 3 악장이 연결되어 있고 카덴차도 직접 정성스레 써 넣으셨죠. 하이라이트는 역시 이 3악장의 카덴차일 겁니다. 분수처럼 흩어지는 음형에 더하여, 그 무엇과도 바꿀 수 없는 세련된 아름다움의 멜로디…. 들을수록 찬탄을 금할 수 없었습니다.

이렇게 선생께 많은 이야기를 하였습니다. 이제 줄여야겠네요. 당신은 철저한 절차탁마의 의지를 갖춘, 정말 프로페셔널한 예술가상으로 제 머리 속에 남아 있습니다. 대충대충 청중의 귀를 속이려는 음악을 작곡하는 인간들과는 질적으로 다르지요. 한마디로 현대의 안이한 딜레탕티즘에 대한 반성의 지침으로 선생의 음악은 빛을 발할 것이라 생각합니다. 그러나 그 전에, 그 음악의 아름다움으로 이미 찬연한 빛을 발하고 있지만요.

당신의 과작(寡作) 취향, 그럼에도 불구하고 단 한 곡도 그 수준에 있어서 빠지는 것이 없을 정도로 질 높은 곡을 쓴 사실을 보건대, 당신은 아마도 자신의 작품에 대한 자기검열이 철저했다고 생각됩니다. 라벨 선생의 〈자전 소묘〉는 자신의 예술에 관하여 객관적이고도 치밀한 평을 한 것으로, 지금도 내 머리맡에 놓여 있습니다. 이는 마치 성경과도 같이 나에게는 소중합니다.

그리고 당신의 〈자전 소묘〉와 함께 내 책상에 놓여 있는 것은 당신이 고양이와 함께 찍은 사진들입니다. 당신은 독신이셨고, 고양이를 무척 아껴 많은 고양이를 길렀죠. 사실 탁마의 치밀함과 자기검열의 철저함을 볼 때, 당신도 고양이가 매시간 몸을 핥는 것처럼, 그런 자기 점검의 성격을 가졌다고 생각됩니다. 그것이 이런 전무후무의 완벽한 음악을 만들어 낸 것이기도 하고요.

말이 길었습니다. 선생께서 서거하신 지 이제 70년이 가까이 됩니다. 그래도 당신의 음악은 제 곁에서 살아 숨 쉽니다. 음악이 음악 이상이기를 기대하던 청중들에게, 음악이 음악 이상일 수는 없다는 것을 일깨워 줌과 동시에 그 아름다움을 극한까지 보여주었던 당신의 존재가 고맙습니다. 안녕히 계세요.

드뷔시 논고(論考)

1 ───────────── 팽이가 돈다. 그 위를 기는 달팽이 한 마리. 팽이의 구심력은 달팽이를 중심으로 끌어들인다. 그러나 원심력은 달팽이를 단숨에 바깥으로 밀어내려 한다. 달팽이는 그 회전하는 팽이

위에 자신의 몸을 붙들어 놓고, 그렇게 팽이와 함께 돌면서도 자기만의
페이스로, 꿋꿋하고 느릿느릿하게 자신의 행보를 지속한다. 팽이의 중
심을 벗어나고 있지만, 팽이의 바깥으로 내팽개치지도 않을 만큼, 굳세
고 묵묵하게.

드뷔시의 시대는 정치·사회적으로도 그랬지만, 예술적으로도 격변
의 시기였다. 그가 태어나기 5년 전인 1857년에 보들레르의 〈악의 꽃〉
이 출판되었으며, 인상주의 미술가들의 '낙선전'은 그가 태어난 지 1년
후인 1863년에 개최된다. 음악계의 이단아 에릭 사티 역시 그보다 4살
연하로, 1866년에 태어나 드뷔시와 비슷한 시기에 활동하며 서로 큰 영
향을 주고받는다. 모리스 라벨도 마찬가지!

쇤베르크는 드뷔시보다 10년 정도 늦게 태어나지만, 드뷔시의 말년
에는 이미 12음 기법의 무조 음악을 확립하기에 이르러 그도 그 영향을
무시할 수 없게 된다. 이렇듯 드뷔시는 보수와 전위가 뒤엉켜 정신없이
회전하는 팽이, 그 역동적인 예술 환경의 한복판에 있었던 것이다.

드뷔시는 어렸을 때부터 이러한 파리의 풍부하기 그지없는 문화적 유
산들을 흠뻑 향유할 수 있었다. 뛰어난 피아노 실력을 눈여겨본 차이코
프스키의 후견인 폰 메크 부인이 그를 피아노 주자로 발탁한 일 역시 드
뷔시에게는 큰 특혜였을 것이다.

그는 10세의 나이에 파리 국립음악원에 입학 허가를 받을 정도로 조
숙한 음악 실력을 지닌 천재였다. 그런데 학구적이고 보수적인 음악원
의 숨 막히는 규범을 참지 못하고 부단히도 반항하였던 모양이다. 보수
파인 뒤랑 선생의 화성학 수업에서는 상을 한 번도 타지 못했지만 자유
롭고 즉흥적인 바지유 선생의 피아노 반주 과목에서는 늘 1등상을 받았

던 걸 보면 알 수 있다.

이런 드뷔시의 반항심이나 고독한 성격을 반영하는 일화가 있다. 드뷔시는 10살 무렵 코흘리개 친구들이 싸구려 사탕을 빠는 걸 보고, '나는 니들과 달라. 초콜릿을 먹을 거다!'라고 비웃으며, 무려 1년 동안 엄마가 준 용돈을 모아 최고급 수제 초콜릿을 사서는, 조용히, 혼자 먹었다고 한다. 물론 이 일화는 그 출처가 의심스럽지만, 드뷔시의 비타협적이고 반항적인 태도를 부각시키려는 지인들의 의도가 엿보이는 이야기이기도 하다. 이밖에도 드뷔시는 피아노 앞에 앉으면 다른 사람이 이해할 수 없는 불협화음을 연달아 연주하였다거나 하는, 전통에 대한 반항심을 강조하는 일화들이 많다.

그러나 이러한 피상적인 이야기, 과장된 일화만으로는 드뷔시라는 달팽이가 왜 꾸준히 팽이 바깥으로 벗어나려 했는지를 설명할 수 없을 것이다. 도대체 어떠한 중심성이 그를 답답하게 만들었기에 끊임없이 그것에서 탈피하고자 하였던 것일까?

이쯤에서 바로 당대 드뷔시의 상황을, 한번 눈을 감고 상상해 보는 것도 나쁘지 않을 것이다. 드뷔시가 살았던 벨 에포크(황금시대)의 파리로 가보자. 먼저, 당시 파리를 거닐면 가장 많이 들을 수 있는 음악은 무엇이었을까?

그건 바로 바그너, 바그너, 바그너….

당시 파리의 아케이드를 산책하는 부르주아들은 모두 바그너의 한 소절을 흥얼거리고 있었다고 할 정도로 그의 음악이 대유행이었다고 한다.

드뷔시도 한때 이 바그너에 열광하였던 듯하다. 개인적인 서신이나 후에 작곡된 음악에 인용된 바그너의 악절 등을 보았을 때, 그가 얼마나 바그너의 영향을 많이 받았는지를 미루어 짐작할 수 있다.

바그너의 음악극에서는 유도 동기(Leit motif)의 선율이 상념이나 작중의 인물 등을 표상하면서 끊임없이 반복, 변형, 재생산된다. 감수성이 풍부한 드뷔시도 이러한 '독일적' 맥락의 거창한 스토리텔링에 마음을 빼앗긴 것이 분명하다.

바그너의 악극은 북독일적인 민족정신—독일의 전설이나 민담 등—에 그 뿌리를 두고 있다. 지금의 《반지의 제왕》처럼, 주인공의 고난과 극복이라는 것을 아주 원대하고 거창한 '선/악'의 구도 속에서 그려낸다. 이러한 바그너의 음악, 결국 그것은 본질적으로 '블록버스터 음악'인 것이다. 바그너의 음악에는 대서사시적인 북유럽의 사가(Saga)와 궤를 같이 하는, 거창한 스토리텔링이 주를 이룬다. 극중의 주인공은 인간의 영역을 초월하고자 하는 영웅들이다. 이 영웅은 고난을 겪고, 그것을 극복한다. 그 고난이 가혹하면 가혹할수록, 그것의 극복은 더욱 큰 카타르시스를 부른다. 음악은 이러한 고난 극복 구도의 스토리텔링을 부각시키는 도구로 이용된다.

바그너가 '음악은 극에 봉사하여야 한다'고 말한 것이 바로 이러한 맥락에서 비롯된 것이다. 바그너에게 중요한 것은 음악보다 스토리텔링이었다. 바그너가 자신의 악극을 바이로이트에서만 공연하고자 한 것도, 바이로이트라는 공간 자체가 그의 음악극이 표상하는 스토리텔링의 일부를 이루기 때문이었다. 이처럼 음악이 극에 봉사하는 시종이라면, 다시, 이런 질문이 가능할 것이다.

"음악은 대체 무엇이란 말인가? 나아가, 음악은 도대체 무엇이 되어야 한다는 말인가?"

2 ──────── 드뷔시는 아직 작곡가로서의 개성을 충분히 발휘하기도 전에, 바로 이러한 절절한 질문들에 맞닥뜨렸다. 드뷔시는 음악이 바그너적인 스토리텔링의 압박으로부터 벗어나야 한다고 여긴 듯하다.

그렇다면 음악사에 있어서 스토리텔링은 어떠한 전통을 지니고 있을까.

본격적으로 '독일적'이라 부를 수 있는 음악, 스토리텔링을 중시하는 경향의 음악은 베토벤으로부터 비롯된다. 음악학자들이 보통 표제음악의 효시로 꼽는 것이 베토벤의 제6번 교향곡 〈전원〉이다. 청력이 악화된 베토벤이 하일리겐슈타트로 요양을 떠나, 그곳에서 자살까지 생각하고 유서를 작성하지만, 결국 이를 극복하고 쓴 작품이 바로 이 〈전원〉인데, 악장마다 표제가 붙어있다. 이 음악에 대하여 베토벤 자신은 '회화가 아니라 감정이다'라고 설명하였다. 다시 말하면 〈전원〉은 자연 세계 자체를 음으로 묘사한 것이 아니라, 이 자연 세계에 대한 작곡가의 감정을 추상적인 음악적 이미지로 담아냈다는 뜻이다. 따라서 이 음악은 그 자체로 스토리텔링이라고 부를 만한 것이 존재하지 않는다. 그러나 제4악장의 휘몰아치는 매서운 폭풍우가 지나간 뒤에 들려오는 제5악장의 황홀한 목가에서 '고난의 극복과 인간성의 승리'라는 선명하기 그지없는 '이야기'를 발견하지 못할 사람이 그 어디에 있겠는가.

베토벤의 내러티브 추구 경향은 제9번 합창에서 두드러진다. 4악장에서 작곡가의 목소리를 대변하는 첼로와 콘트라베이스의 레치타티보는, '1, 2, 3악장의 회고적 선율'을 'Nein!!!(no!!!)'이라 말하며 단호하게 거부한다. 그리고 곧바로 작곡가 자신의 흥얼거림, 첼로 파트를 통하여 그 유명한 4악장 '환희의 송가'를 나지막이 부르기 시작하며, 그 선율은 뒤이어 현악기와 금관악기가 총 가세하여 하나의 팡파르가 된다. 여기에 더하여 베토벤은 이 4악장에 실러의 시를 직접적으로 인용한다. 또한 온 인류가 형제애의 이상을 추구하여야 한다는 이 원대한 텍스트의 효과를 살리기 위하여 4중창에 대규모 합창단까지 동원하여 압도적인 음악적 효과―스토리텔링의 효과―를 노린다. 베토벤은 이 음악을 통하여, 두 마리 토끼를 잡으려 한 것이다. 청중을 매혹시킴과 동시에, 청중을 설득하는 것. 그리고 그것은 보기 좋게 성공을 거둔다.

여기에서 눈치 챈 사람도 있겠지만, 이것은 묘하게도 헤겔의 변증법을 연상시킨다. 헤겔은 테제와 안티테제, 그리고 그것의 변증법적 지양으로 절대정신에 이르는 끊임없는 역사적 진보의 모델을 내세운 바 있는데, 바로 베토벤의 9번 교향곡이 이에 절묘하게 들어맞는 것이다. 베토벤의 음악은 기본적으로 이러한 독일 정신에 바탕을 둔, 긴 시간 동안 끊임없이 반복되며 지양되는 정―반(正―反)의 투쟁을 구현한다.

편의상 이를 변증법적 스토리텔링이라 부르고자 하는데, 이는 아이러니하게도 프랑스인 낭만주의 작곡가 베를리오즈에 의하여 한 차례 전기를 맞이한다. 그가 〈환상교향곡〉에서 한 여인을 표상하기 위하여 할당한 고정 관념(idee fix)이 그 기폭제가 되는데, 이 고정 악상은 매악장마다 색다른 모습으로 등장하면서도 곡 전체를 관통한다. 이 고정 악상은 우여곡절을 겪으며 곡 전체에 강한 스토리성(性)을 부여한다.

바그너의 유도동기(Leit motif) 역시 이러한 베를리오즈의 고정 악상에 빚을 지고 있다. 그러나 바그너의 악극은 청중이 압도당할 정도의 웅대한 규모를 자랑하며, 한 개인의 내면적 고통, 극복이 아니라 독일 민족 전체의 운명을 논한다. 베를리오즈의 고정 악상이 베르테르의 독백이라면, 바그너의 유도 동기는 길가메시의 웅변인 것이다. 바그너의 악극을 들으면 우리는 한 민족의 역사적 운명 앞에 홀로 서 있는 것 같은, 숭고한 전율을 맛보게 된다. 바로 이러한 강한 역사성(歷史性)을 지닌 스토리텔링, 그리고 그러한 스토리텔링을 강하게 부각시키는 웅장하면서도 섬세한 오케스트레이션, 이것이 바로 이 바그너라는 작곡가의 전매특허였다.

이러한 영향은 당대와 후배 음악가들, 그리고 드뷔시에게도 막대한 영향을 미친다. 드뷔시는 감응력이 뛰어나고 섬세했으며, 보로딘을 비롯한 러시아 음악에서 집시 음악까지, 주변의 음악을 편견 없이 골고루 받아들인 개방적인 예술가였으므로, 바그너 음악의 매력에 빠져들었던 것은 오히려 당연하다고 하겠다. 하지만 그는 골수까지 파리지앵이었고, '에스프리(esprit)의 덩어리'라 불러도 될 만큼 프랑스 정신이 투철한 사람이었다. 학창시절 내내 바그너에 열광하였던 드뷔시는 이내 바그너의 북독일적인 거대한 서사, 스토리텔링에 지치고 만다. 그는 1899년을 전후하여 결국 바그너에 결별을 고한다.

그렇다면 바그너의 중심성으로부터 드뷔시를 멀어지게 만든, 바로 그 '에스프리'란 것은 과연 무엇이란 말인가. 드뷔시의 행보를 따라가며 살펴보자.

3 ——————————— 드뷔시에게 있어서 1888년과 1889년은 그의 대오각성을 이끈, 각별한 해였다.

그때까지 그는 변변한 작품 하나 쓰지 못한 신출내기 작곡가에 불과했다. 1888, 1889년 두 차례에 걸쳐 그는 바그너 음악의 성지인 바이로이트로 '성지 순례'를 떠난다. 하지만 웬걸, 이 여행은 그렇게 흠모하던 바그너의 악극에 대하여 피로감과 중압감을 느끼는 계기가 되어버리고 만다.

드뷔시는 관현악과 성악이 끊임없이 전개되고 번다하게 음악과 시를 몇 번이나 교조적으로 설파하는 바그너의 음악에 큰 피로감을 느낀 것이다. 그는 이 여행을 계기로 '바그너에 의해서(d'après W.)'가 아니라, '바그너를 넘어서 (après W.)' 나아가야 한다고, 자신의 음악적 방향에 대한 숙고를 시작한다.

그렇다면 이 안티 바그너(anti Wagner)의 입지를 다지는 기반은 어디였을까. 다행히도 드뷔시는 이미 그의 천재성을 꽃피울 수 있을 만한 풍부하고 두터운 문화적 부엽토에 뿌리를 두고 있었다. 그 자신 프랑스의 파리라는 찬란한 문화 거점의 한복판에 있었던 것이다. 당시의 파리는 문학, 미술, 음악 등 어느 한 분야 빠질 것 없이 천재들이 득시글거리는 도시였다.

우선 그에게 찬란한 영감을 던져 준 것은 상징주의 시인들이었다. 특히 말라르메가 드뷔시에게 끼친 영향은 심원하였다. 말라르메가 〈문학의 진전에 대하여〉에서 언급한 그의 시작론(詩作論)은, 그대로 드뷔시의 작곡론이라고 불러도 무방할 정도이다.

대상을 지명해 둡니다. 이것은 시에서 얻을 수 있는 즐거움의 4분의 3을 없애는 것입니다. 즐거움은 조금씩 찾아가는 데에서 생기기 때문입니다. 대상을 암시합니다. 여기에서 진정한 꿈이 탄생됩니다. 그것은 상징을 성립시키는 비법을 완벽하게 구사하는 것입니다. 어떤 '영혼의 상태'를 나타내기 위해서 하나의 대상을 조금씩 환기시키거나, 반대로 하나의 대상을 선택하여 해독함으로써 '영혼의 상태'를 이끌어내는 것입니다.

바그너가 명확한 스토리텔링으로서 자신의 음악을 청중에게 '주입'하여, 청중이 그것을 수동적으로 받아들이고 납득할 수밖에 없게 만드는 방식에 대항하여 드뷔시는, 암시와 환기를 통하여 청중이 능동적으로 환상을 재구성할 수 있는 음악을 만들기 시작한다.

노골적인 스토리텔링과 서사적 웅변에 대항하여, 암시와 환상으로 가득찬 시적인 음악 언어를 대립시키기 시작한 것이다. 그렇게 하여 등장한 괄목할 만한 곡이 〈목신의 오후에의 전주곡〉이다. 이 곡은 말라르메의 〈반수신[牧神]의 오후〉에 기초하여 작곡한 곡으로, 초연 때 팸플릿에 드뷔시는 다음과 같은 글을 붙였다.

이 전주곡은 스테판 말라르메의 아름다운 시를 극히 자유롭게 회화화(繪畵化)한 것이다. 그렇다고 시 전체를 총괄적으로 채색한 것은 아니다. 그것은 일련의 배경이며 목신의 갖가지 욕망과 꿈이 오후의 열기 속을 헤매고 있다. 그리고 겁을 먹고 달아나는 님프, 나이아드를 뒤쫓다 지쳐서 목신은 또 잠이 든다. 평범한 자연 속에서 모든 것이 내 것이 된다는, 결국은 실현될 것이라는 꿈에 부풀어서.

이 글은 드뷔시의 작곡 정신을 잘 대변한다. 바그너의 악극은 기승전

결의 스토리라인이 뚜렷하다. 인과 관계의 사슬이 끝없이 이어진다. 그러나 드뷔시의 〈목신의 오후〉는 그저 맥락 없는 일련의 환상들이 차례로 펼쳐질 뿐이다. 바그너 악극에서 시간은 기억에 구속된다. 그러나 드뷔시의 이 '목신'에서 시간은 환상과 함께 조각난다. 바그너 악극은 청중에게 기억을 강요한다. 그러나 드뷔시는 청중에게 순간을 향유하라고 말한다. 다시 드뷔시의 말을 들어보자.

　사물을 반 정도만 이야기하여, 그 꿈에 내 꿈을 접목시켜 주는 시인. 때와 장소도 한정되지 않는 등장인물을 구상하고, 클라이맥스를 머리에서 누르지 않고 그 이상의 예술을 가지는 것. 작품의 완성을 자신에게 맡겨주는 시인….

바로 이것이다. 드뷔시는 사물을 다 이야기하고자 하지 않았다. 그래서 그의 유일한 오페라인 〈펠레아스와 멜리장드〉 역시, 건축학적 유기성을 보이는 스토리를 지니지 않고, 그저 자유로운 환상이 나열-병치되어 나간다. 보들레르가 《파리의 우울》 서문에서 자신의 작품이 곧 모두 머리이자 꼬리이기 때문에, 어디에서 잘라 읽어도 된다고 하였는데, 바로 이 〈펠레아스와 멜리장드〉도 그러한 성격을 지니고 있다.
　이러한 '맥락 없음', '순간성', '평면성'의 특징들. 그렇다. 이는 인상주의 미술의 특징이기도 하다.
　인상주의 미술이라, 그래….
　잠시 음악의 길을 벗어나 다른 분야를 기웃거리는 것도 지금 시점에서는 그다지 나쁘지 않으리라.

4 —————————————— 드뷔시의 음악은 늘 인상주의 미술과 결부되어 왔다. 분명 인상주의 미술이 보여주는 흐릿한 윤곽, 밝은 색채의 톤을 강조하는 화풍은 드뷔시의 화성이 보여주는 오묘한 음악적 이미지와 많은 공통점을 보인다.

하지만 인상주의 미술의 목표는 시시각각 변하는 '자연'의 모습을 '있는 그대로' 그려내는 것이었다. 이 '있는 그대로'라는 것이 사물의 객관성과 작가의 주관성 영역을 수시로 넘나들기 때문에 인상주의 내부에서도 격론을 일으킨 듯하지만, 드뷔시의 음악적 관심은 전혀 그러한 '자연의 직접적 묘사'에 있지 않았다. 인상주의 미술 운동은 드뷔시에게 직접적으로 영향을 미치지는 않은 것이다.

그러나 포괄적인 측면에서 보았을 때, 인상주의 미술에 영감을 준 원천들이 바로 드뷔시의 음악에도 영향을 미쳤음은 확실하다.

1889년은 파리 만국박람회가 개최된 해이다. 바그너에 대한 반감으로 드뷔시가 반-바그너의 음악적 목표를 확고히 하였을 무렵, 자신을 예술적으로 자극할 수 있는 이벤트가 파리 한복판에서 열렸던 것이다. 수많은 식민지를 거느리고 있었던 프랑스는 식민지에서 다양한 볼거리를 차출하여 왔다. 그 중에서 인도네시아의 가믈란 음악을 접한 것이 드뷔시에게는 커다란 자극이 되었다. 가믈란 음악은 징이나 종 등 주로 타악기의 합주로 되어 있고, 동양 음계인 온음 음계·5음 음계가 겹겹이 쌓여나가 독특한 화성적 울림을 이루는, 매우 정교한 음악이다.

드뷔시는 이 가믈란 음악을 듣고 충격을 받았다. 유럽의 전통 음악이 기능 화성, 장조·단조의 조성을 바탕으로 한 일종의 '중심성'을 지니고 있음에 반하여, 이 5음 음계의 음악은 어떠한 음에서 출발하든지 일정한 간격을 유지하는 '탈중심성'을 가지고 있었던 것이다. 드뷔시는 바로 이러한 동양의 이국적인 음계와 화성의 구조로부터, 새로운 음악에의 원천을 발견할 수 있었다.

드뷔시가 1889년에 얻은 소득은 음악 분야에 국한되지 않았다. 그는 세련된 이국 취향을 지니고 있었고, 이는 그를 곧바로 일본의 판화 우키요에(浮世繪)에 흠뻑 빠지게 만들었다. 우키요에는 이미 1851년 런던 박람회 때에 출품되어 세간의 관심을 끌었고, 파리에서는 1865년 브라크몽이 원래는 도자기의 포장지로 쓰였던 우키요에를 동료 화가들에게 소개하기 시작하면서 선풍적인 인기를 끌기 시작하였다. 비슷한 시기 고흐의 '탕기 할아범'이란 초상화에서는 배경 가득 우키요에가 모사되어 있다.

인상주의 화가들이 이 우키요에에 열광한 이유는 무엇일까. 당시의 미술계는 관학파, 젠체하는 보수주의적 화풍이 득세하던 시절이었다. 화가는 살롱전에 입선해야만 겨우 그림을 팔 수 있었고, 따라서 신진 화가는 좋든 싫든 간에 아카데믹한 그림을 그릴 수 있어야 했다. 이 아카데믹한 그림이란 결국 무엇인가. 바로 신화화(神話畵)나 역사화(歷史畵) 장르의 작품이 그것이었다.

신화나 역사는 모두 강한 내러티브적 성격을 지니고 있다. 그림이 그 자체의 아름다움으로 존재하기 이전에, 어떠한 스토리를 표상하고 있는 것이다. 일군의 인상주의 미술가들은, 바로 이러한 질식할 듯한 스토리성에 대한 커다란 반발을 느끼고 있었다. 구스타브 쿠르베는 "천사는 보이지 않으므로 그리지 않는다!"라고 선언했는데, 바로 관학파 작가들이 자신의 작업실에서 상상을 통하여 캔버스에 이야기를 적어 내려가는 것에 대한 일갈이었다.

따라서 신진 화가들이 우키요에를 보았을 때, 순간을 잘라낸 듯한 그 맥락 없음, 색채의 투명성, 순수한 평면성, 혁명적인 구도 등에 넋을 빼앗긴 것은 당연하였다. 실제로 인상주의 미술가들은 곧바로 이 우키요에를 자신의 작품에 직간접적으로 반영하기 시작한다.

우키요에가 인상주의 미술가들의 작품에서 찬란하게 결실을 맺었음은, 1881-82년에 그려진 마네의 마지막 걸작 〈폴리베르제르 술집〉에서 확연히 드러난다.

폴리베르제르 술집의 여종업원인 쉬종은, 그 누구도 아닌 바로 우리를 뚫어져라 쳐다보고 있다. 그 허무한 눈동자, 생기 없는 표정을 보면 그녀가 작품 내부의 인물들과도, 그리고 우리와도 소통하지 않음을 알 수 있다. 대조적으로 그녀를 둘러싼 샴페인병 등 각종의 술병이나 과일 등은 정교하게 배치된 채로 찬란한 색감을 내뿜고 있어서, 그 여종업원의 눈빛과 표정에 대한 '해석'을 더욱 난처하게 만든다. 그렇다. 이 그림은 그녀에 대한 우리의 해석을 거부한다.

쉬종의 뒷면에 있는 커다란 거울에 비친 세상은 물리적으로 가능한 세계가 아니다. 쉬종이 바라보고 있는 거울에 비친 '나'는 원래 위치에서 오른쪽으로 훨씬 비껴나 있다. 그리고 거울 속의 군중은 원근감 없이 그저 평면적으로 펼쳐져 있을 뿐이다. 이 그림은 허무한 현실 그 자체임과 동시에, 환상이기도 하다. 이렇게 마네는 우키요에의 도가니에 당대 파리의 현실을 욱여넣어 녹인 다음에는 그것을 황금의 꿈으로 만들어내는 연금술사였다.

마네가 표현하고자 시도한 이 맥락 없음, 평면성, 구도의 혁명성, 스

토리텔링의 거부. 드뷔시가 그의 음악에서 나타내고자 한 것도 바로 이
것이었다. 드뷔시를 인상주의 미술과 직접적으로 연관시키는 것은 무
리지만, 분명히 그 원천을 공유하고 있음은 부인할 수 없는 사실이다.

5 ──────── 드뷔시의 관현악을 위한 3개의 교향적 소묘
(교향시가 아니다) 〈바다〉는 인상주의 미술에 영감을 준 원천들이 또한 어
떻게 드뷔시의 음악에도 영향을 주었는지 그 공통점을 살필 수 있는 곡
이기에 매우 흥미롭다.

드뷔시의 〈바다〉는 호쿠사이의 판화 〈가나가와의 파도〉에서 영감을
받아 작곡하였다고 전해진다.

호쿠사이의 〈가나가와의 파도〉는 작은 조각배를 덮치는 파도는 문어
의 팔처럼 살아 움직이는 유기체로 묘사되어 있다. 간단한 선묘와 단
순한 음영을 통하여 파도의 움직임, 그 뉘앙스를 절묘하게 포착해낸
이 그림을 보고 드뷔시도 하나의 '음악적 이미지'를 상기하였음에 틀림
없다.

앞서 보았듯이 드뷔시에게는 '음악적 이미지'가 절실할 뿐, 스토리는
전혀 필요하지 않았다. 그러니 바다의 역동적인 움직임처럼 그에 적합
한 대상이 어디에 있었겠는가. 이런 그의 생각은 지휘자 앙드레 메사제
에게 적어 보낸 서신에서도 확인된다.

상기네르 섬들의 아름다운 바다, 파도의 유희, 바람이 바다를
춤추게 하네.

'바다, 파도, 바람.'

모두 유체(流體), 움직임을 지니고 끊임없이 유동하는 대상들이다.

음악이란 무엇인가. 붙잡을 수 없는, 음의 움직임이다. '바다'야말로 이러한 순간적인 움직임의 집체, 드뷔시에게는 결국 음악 그 자체였던 것이다.

다시 뒤랑에게 보내는 드뷔시의 서신을 보자.

이 음악은 비물질적이며 따라서 네 개의 발로(때로는 세 발로) 걷는 건장한 교향곡처럼 취급할 수 없는 특수한 점을 가지고 있습니다. 난 음악은 그 본질상 엄격하고 전통적인 형식 속에 들어가서 흘러가는 것은 아니라고 믿고 있습니다. 음악은 색과 리듬을 가진 시간으로 되어 있습니다….

드뷔시가 이 편지에서 말한 '비물질성'이란 곧 '비고체성(非固體性)'을 말한다. 바흐의 푸가의 주제, 모차르트나 베토벤의 소나타 주제, 바그너의 고정 악상 등, 악곡을 유기적으로 묶어놓는 고집적인 선율을 거부한다는 뜻이다.

그는 유기적인, 구축성을 지닌 음악 자체를 거부하고 있다. 순간적으로 나타났다가 사라지는 음, 색채와 리듬의 유희만이 존재한다. 그리고 이러한 음의 유희적 특성은 찬란한 오케스트레이션을 통하여 다만 '암시'되고 있을 뿐이다.

이 암시는 청중이 순간에 집중하고, 자신의 경험 구조에 등재되어 있는 바다의 한 특성을 환기하도록 만든다. 순간성, 이 덧없는 순간성이 오히려 청자를 능동적으로 음악에 참여하게 한다.

결국 드뷔시가 추구하였던 프랑스적 에스프리란 다름 아닌 이 '자유의 향기'였던 것이다.

6 ——————— '바그너'라는 강한 중심에는 북독일의 민족주의적인 스토리텔링이 존재하였고, 이는 전 유럽을 집어삼킨 거대한 블랙홀이었다. 드뷔시가 이 블랙홀의 중심을 탈출하는 한 줄기의 빛, 그 진정한 '프랑스적인 에스프리'를 담은 음악적 개성을 확립해나가는 과정은, 달팽이가 기어가는 것처럼 더딘, 그리고 그 더딤이를 곤두세우고 새로운 방향의 바람 냄새를 맡아나가야 하는 지난한 암중모색의 과정이었다. 이러한 힘든 과정을 거쳐 드뷔시는 30세가 되어서야 비로소 자신의 개성이 듬뿍 담긴 음악을 작곡할 수 있었다.

그가 안티-바그너의 길을 걷기로 작정하였을 때, 과연 새로운 음악의 방향을 제시할 수 있을지 그 자신도 확신할 수 없었을 것이다. 하지만 다행히도 당대의 파리는 찬란한 문화적 토양을 지니고 있었다. 또한 믿을 수 없는 '개방성'이 그 문화적 특징이었다. 파리의 신진 예술가들은 서로의 예술 업적에 대한 강한 통섭 의식을 지니고 있었다. 문학가와 미술가, 음악가가 경쟁적으로 서로의 예술적 업적을 자기의 예술 세계에 접목하고자 시도하였다.

또한 어두운 식민주의의 업보, 각국에서 쏟아져 들어오는 이국적 문화들, 우키요에나 가믈란 음악, 재즈와 같은 다채롭고 황홀한 예술 작품들, 파리의 아케이드와 홍등가, 카바레, 서커스로 대변되는 서브 컬처, 대중문화와 키치적 예술들, 드뷔시는 이 모든 문화적 토양의 영양

분을 게걸스럽게 빨아들여 이를 체화하고 다시 자신의 음악으로 창조해 냈다. 청중이 능동적으로 하나의 음악적 순간에 참여하고 그것을 향유할 수 있는, 진정으로 세련된 음악을 말이다. 바로 프랑스적 에스프리, 자유를 느끼게 하는….

19세기 말에서 20세기 초라는 정신없이 회전하는 팽이 위의 느린 한마리 달팽이는 이렇듯 꾸준히 자신만의 색깔을 업고 음악적 자유를 향하여 기어갔던 것이다.

그러나 이것이 음악사의 아이러니일까. 후대의 작곡가들 중 이 드뷔시의 '스토리텔링으로부터의 자유', '화성적 자유'로부터 자유로운 작곡가가 존재하지 않게 된 것이다.

드뷔시라는 또 다른 중심성에서 탈출하기 위해서는, 쇤베르크가 등장해 팽이 자체를 부숴버릴 때까지 기다리지 않으면 안 되었다.

파리의 아케이드

파리의 아케이드

———————————————— 발터 벤야민의 미완의 대작. 미완,
연결되지 않은 것들.

하지만 그 조각구름 사이를 상상력이 뛰어다니도록 만든다.

오스만식 도시 개조, 보들레르의 파리, 만국박람회….

비가 오는 날, 한 청년이 우산을 옆에 낀 채 비를 맞으며 산책을 하고
있다.

파리를 산책하는, 에릭 사티

———————————————— 에릭 사티의 일화 하나.

비가 억수 같이 쏟아지던 어느 날, 미요가 길거리에서 우산을 옆에 낀
채 비를 맞고 오는 그를 만나게 되었다. 왜 그러느냐고 물었더니, 우산
을 젖게 하기에는 그것이 너무 아까워서라고 대답했다고 한다.

그의 사후 그의 방에서 수십 개의 우산이 발견되었다.

에릭 사티의 〈vexation〉이라는 곡이 있다.

에릭 사티는 이 한 페이지짜리 곡 악보 머리에 "신비로운 페이지"라 적어 놓고, 이런 연주 지시를 덧붙여 놓았다.

"연주자에게, 이 동기를 840회 연속으로 연주하시오. 미리 준비를 하고 절대적인 침묵 속에서 미동도 없이 연주하시오."

어떻게 침묵 속에서 미동을 않고 연주를 하라는 건지 의아하지만….

존 케이지는 실제로 뉴욕에서 1963년 이곡을 스무 시간에 걸쳐 연주했는데, 전곡을 다 들은 사람은 앤디 워홀뿐이었다고 한다.

〈vexation〉은 수수께끼투성이인 곡인데,

나름 그 질문에 대하여 내린 잠정적 결론(결국은 또 다른 질문이겠지만)을 적어보자면 다음과 같다.

1) 사티가 이 곡을 840번 반복하라고 한 이유에 대하여, 그리고 테마에서 G#음만 제외되어 있는 것에 대하여

- 이 두 질문은 한 묶음으로 봐야 할 것 같다. 840은 1부터 10까지의 숫자 중에서 유일하게 9로만 약분되지 않는다. 그리고 테마의 G#음은 C음으로부터 9번째 음이다. 유일한 공백음이 유일하게 약분되지 않는 숫자와 연관이 있다는 것은 다만 우연의 일치일까?

- 840번의 최면적 반복의 의미. 사티는 '지루함'에 대하여 굉장히 신비롭고 심오한 것이라 언급했다고 한다. 실제로 최면술은 주기성,

반복을 통하여 피최면자에게 환상의 씨앗을 심는다. 이 vexations
도 그러한 의미가 있지는 않았을까.

2) 음악에서 소통과 소외의 의미에 대하여
- 이 곡은 소통과 소외의 의미를 일깨워주는 곡인 듯하다. 테마에서
  소외된 G#음은 이 테마를 적용한 화음들의 음률에서는 동참하고
  있다. 소외와 소통의 줄다리기를 연상케 한다.
- 이 곡은 거의 동일한 음률 위에서 화음의 전위(轉位: 자리바꿈)가
  일어나고 있다. 만물이 유전한다는 것의 가장 심플한 상징은 아닐
  는지.
- 예술가는 대부분 사람들의 몰이해 속에서 고통을 겪는다. 사티는
  매우 이단적인 작곡가였고, 자신의 음악적 의미를 깨닫는 사람은
  극소수에 불과하였다. 사티는 지음(知音)의 다이아스포라들에게
  이 곡을 바치지는 않았을까.

3) 존 케이지의 전곡 연주의 의미
- 존 케이지는 이 곡이 지니고 있는 이러한 소통과 소외의 의미를 잘
  알고 있었던 것 같다. 4분 33초와 같은 극단적인 곡을 쓴 그는, 사
  티가 말하고자 한 바를 즉각적으로 알아챘을지도 모른다. 그래서
  그는 이 곡을 무려 스무 시간 동안 연주한다.
- 이 곡이 소통의 의미를 지닐 수 있다는 것은, 9시간에 걸쳐 연주한
  한 일본 연주자의 동영상에서도 확인할 수 있다. 그 시간 동안 새
  가 우는 소리, 공사장의 소리, 연주장에 들어와 폰카를 찍는 청중,

응원하는 청중 등 이 연주 자체가 열려 있었다.

- 선불교의 가장 큰 가르침은 말이 필요 없는, 마음과 마음의 직접적 소통이다. 이를 불립문자(不立文字), 교외별전(敎外別傳), 이심전심(以心傳心)이라고 한다. 붓다는 설법 중 청중에게 한 송이 꽃을 들어 보여준다. 마하 가섭만이 붓다의 뜻을 알고 미소를 짓는다. 바로 이러한 염화미소(拈華微笑)의 경지. 존 케이지의 연주회에서 앤디 워홀만이 스무 시간의 연주를 끝까지 들었다.

- 이 곡의 제목이 'vexations(번뇌, 고뇌)'라는 것도, 삶의 고해(苦海)를 말한 불교와 통하는 점이 있는 듯하다.

파리, 드뷔시와 와토

──────────── 드뷔시의 곡 중에서 내가 제일 좋아하는 피아노곡은 〈기쁨의 섬〉이다.

〈기쁨의 섬〉의 '섬'은 키테라섬이다. 그 장소를 알 수 있는 이유는, 드뷔시가 그 곡을 작곡할 때 앙투안 와토의 〈키테라섬의 순례〉란 그림을 보고 감동을 받아 이 곡을 작곡했다고 말했기 때문이다.

이 곡은 뱃전에 부서지는 황금빛 포말을 연상시키는 감각적인 트릴로 시작한다. 그리고 중간부의 아름답고 서정적인 선율, 관능적인 화음을 받쳐주는 선이 굵은 아치의 아르페지오는 사랑의 섬에 도달하는 연인의 육감적인 사랑의 기대를 표현하는 듯하다.

화음은 종국에는 폭발하는데, 이 폭발은 비너스 상 앞에서 사랑이 맺어진 연인의 가슴 벅찬 감동 상태를 묘사하는 것 같다. 드뷔시는 와토에게서 관능을 읽었고, 그것을 음악으로 번역한다.

서른일곱에 폐병으로 죽은 앙투안 와토.

운명의 어릿광대

• **앙투안 와토**

──────────────── 진정한 천재. 세 가지 색의 색연필로 그린 그의 데생을 보고 있으면 그가 인간에 대한 뛰어난 관찰력, 그리고 완벽에 가까운 능수능란한 기교를 지녔음을 알 수 있다.

와토의 〈키테라섬의 순례〉 역시 드뷔시의 곡처럼, 상쾌한 미풍이 캔버스를 휩싸고 있는 그림이다. 전설의 키테라섬에는 비너스 상이 있고, 그 사랑의 신상 앞에서 젊은 남녀는 사랑을 속삭인다. 이 연회가 끝나면 젊은 연인들은 환락의 밤을 보내기 위해 거리로 돌아갈 것이다.

드뷔시의 〈기쁨의 섬〉을 일종의 뱃노래로 볼 수도 있을 것 같다. 키테라섬으로 출항할 때의 설레는 기분과, 석양을 받으며 돌아올 때의 환락. 즉 절제와 폭발이라는 이런 구조는, 쇼팽의 절대 명곡 〈뱃노래(barcarolle)〉를 참조하였다는 생각이 든다. 어쨌든 드뷔시는 이 그림을 왼쪽에서 오른쪽으로 읽어 갔나 보다. 화면 맨 오른쪽 신상 앞에서 사랑의 열락이 완성되고 있으니까. 조각가 로댕도 이쪽으로 읽었다. 반대로 오른쪽에서부터 읽으면 사랑이 바람처럼 사라지는 것으로 읽혀 그 덧없음을 나타낼 수도 있다.

키테라섬은 윤중도일까. 고립된 장소에 다녀온다는 것. 테두리로 둘러쳐진 경계선 안의, 꿈의 장소. 예술 역시 형식을 빌려 사랑의 장소를 고립시킨다. 완벽이란 완벽하지 않은 것들로부터 고립될 때 탄생하니까.

고립이라는 것. 고립으로 인해서 탄생하는 고독과, 고독으로 잉태되는 고립에 대해서.

앙투안 와토, 〈피에로 질르〉

──────────────── 새하얀 옷을 입은 피에로, 분장을 모두 거둔 뽀얀 얼굴, 우스꽝스런 연붉은 리본을 구두에 맨 한 청년이 우수에 젖은 얼굴로 캔버스 이쪽을 바라보고 있다.

단추 16개를 촘촘히 잠그고, 옷은 깨끗하고 주름 또한 빈틈없이 결대로 있다. 표정을 보면 눈에 초점이 없다.

화면 하단에는 정체 모를 인물들과 한 마리의 당나귀가 있다. 그 당나귀도 이 그림을 보는 사람의 눈을 뚫어져라 쳐다보고 있다. 하지만 이 초식동물의 눈은 초점이 없는 듯 보인다. 초점이 없다기보다, 흰자위가 없으므로, 어디를 보고 있는지 모른다.

나는 한창 우울 증세로 고생할 때, 한겨울의 동물원을 간 적이 있다. 회색 늑대나 호랑이 같은 맹수들과는 눈을 맞출 수가 있었다. 그들의 고요한 눈은, 분명 무슨 메시지를 담고 있는 듯 보였다. "난 언제든지 너를 공격할 수 있어. 어디 내게서 등을 보여 봐."와 같은….

그러나 사슴 같은 초식동물의 눈에서는 그 어떠한 메시지도 읽어낼 수 없었다. 공허함, 허무 등. 그 눈은 그저 나의 우울한 심정을 튕겨 내고 있었을 뿐이다.

그래서일까. 길들여진 초식동물들을 대하는 인간에게 양가감정이 엿보이는 것은…. 당나귀나 말, 낙타 같은 동물은 인간에게 순응하고 복종한다. 그들은 얼마나 순수하면서, 또한 미련한가. 그 눈은 얼마나 영롱한가. 그러면서도 또 얼마나 텅 비어 있는가. 아무것도 모르면서 인간에게 끌려 다니는 동물들.

피에로 질르 역시 그런 길들여진 동물과 같은 눈을 하고 있다. 순수하지만 텅 빈 시선으로 이쪽을 보고 있다. 어릿광대 노릇을 하면서 운명의 어릿광대가 되어버린 사람의 눈. 화장을 지워도 어릿광대인 사람의 눈.

처음에는 좋아서 시작한다. 사람들이 나에게 재미있다고 해 주고, 박수를 친다. 그러나 어리석음에 장단을 맞추다가 결국 그런 어릿광대짓이 내면화되어 버린다. 나도 강의를 하면서 학생들의 눈높이에 맞춘다는 이유로 온갖 쇼를 펼쳤다. 학생들의 수준에 맞춘다는 것, 자신의 내면을 잃어간다는 것. 결국 어리석게 끌려 다니는 자신의 모습에 엄청난 환멸감을 느끼게 되고, 나는 강의 공포증에 걸려 버렸다. 그때 본 질르의 모습, 그 모습은 거울에 비친 나의 모습과 비슷하였다. 어쩌다 이렇게 되었지, 의아해하는 그 눈.

와토의 〈피에로 질르〉는 삶에 짓눌린 순수한 영혼에 바치는 그림으로 읽힐 수 있다. '바로 그러한 사람들에게만'. 다자이 오사무는 〈인간실격〉에서 이렇게 말했다.

"그는 저와 형태는 달랐지만 역시 인간의 삶에서 완전히 유리되어 갈피를 못 잡고 있다는 점에서는 분명히 동류였습니다. 그가 의식하지 못한 채 익살꾼 노릇을 하고 있다는 것. 게다가 익살꾼의 비참함을 전혀 깨닫지 못하고 있다는 것이 저하고는 본질적으로 다른 점이었습니다."

치유의 시대

펼쳐진 경전들에 둘러싸여 신적인 깨달음에 이른 아우구스티누스.
그러나 그 깨우침은 만들어진 도그마일지도 모른다.
그의 뒤에서 작은 강아지가 햇볕을 받으며 신의 빛,
진리를 아무 선입견 없이 그저 바라보고 있다.

다른 세계와의 만남

발상의 전환

──────────────── 2005년-2010년은 방대한 양의 책
을 읽고 또한 여러 예술 작품을 폭넓게 향유할 수 있었다는 측면에서는
풍요로운 시기였다고 할 수 있다. 그러나 나는, 앞서 말했듯 도대체 전
공에는 애착이 가지 않았다. 고고학, 또는 고생물학처럼, 만질 수 있는
무엇인가를 다룰 수 있는 학문을 할 걸, 하고 얼마나 후회를 했는지 모
른다. 그러나 이제 다른 것을 하기에도 너무 늦은 것 같았다. 그런데 이
때 내 자신의 상황에 대해서 이런 생각이 들었다.

'너는 얼마나 오만한가. 이 언어학이라고 하는 학문을 넌 대체 얼마나
공부를 했다고 그 깊이를 함부로 논하느냐. 일단 최선을 다해서 지금
네가 하고 있는 학문을 공부하고 난 다음, 다른 길을 찾도록 해라.'

이렇게 나는 우선 박사학위를 받을 때까지라도 최선을 다하여 이 공
부를 하기로 하였다. 일단 이러한 결심을 하고 나자 이상하게도 마음이
편해지고 의욕이 솟았다.

나에게는 무엇보다도 박사학위 논제를 선정하는 데 있어서 발상의 전
환이 필요하였다. 그 발상의 전환은 전혀 예기치 못한 만남으로부터 비
롯되었다. 바로 '몸'과의 만남이다.

●　　내가 혼자 걸어서 여행하던 때만큼 그렇게 많이 생각하고, 그
렇게 충만한 존재감을 느끼며, 그렇게 뿌듯하게 살고, 그렇게
완벽히 내 자신이었던 적은 결코 없었다. 걸을 때는 무엇인가
가 내 생각에 생기를 돋워주고 활기를 불어넣는다. 꼼짝 않고
있으면 거의 생각도 할 수 없다. 내 정신을 움직이기 위해서는
내 육체가 움직이지 않으면 안 된다. 내가 걸으면서 얻는 전원
의 전망과 잇달아 펼쳐지는 유쾌한 경치와 깨끗한 야외의 대기
와 넘치는 건강, 주막에서의 자유, 내가 구속당하는 것을 느끼
게 하는 또 내 처지를 상기시키는 일체의 것을 잊어버리는 것.
이 모든 것이 내 영혼을 해방시키고 더욱 대담하게 생각할 용
기를 주고, 말하자면 나를 만유(萬有)의 광대무변(廣大無邊) 속
에 던져 넣어, 나는 아무런 구속도 두려움도 없이 내 멋대로 우
주의 모든 것들을 결합하고 선택하며 소유한다. 나는 자연 전
체를 내 마음대로 향유하는 것이다. 내 마음은 이 대상에서 저
대상으로 이리저리 옮겨 다니면서 마음에 드는 것과 일체를 이
루고, 매혹적인 이미지들에 둘러싸이고, 감미로운 감정에 도취
된다.
　　　　　　　　　　　　　　　　　　　　　　　－ 루소, 《고백록》

'몸'과의 만남

───────────── 알코올과 자살에 대한 강박에 찌들
고, 외부적으로는 무너진 사회적 평판으로 인하여 참으로 인간답지 못
한 생활을 하고 있었다.

나는 내 삶을 뼈대부터 다시 세울 필요가 있었다. 술을 끊었고, 운동
을 시작하였다. 운동이라고 해봤자 동작역에서부터 신반포를 거쳐 고
속터미널까지 이르는 산책로를 매일 두세 번씩 왕복하는 것이었지만,
건강을 다시 찾는 데 매우 큰 도움이 되었다.

몸을 움직이니 생각이 긍정적으로 변화하였다. 고대 그리스인의 '건
강한 몸에 건강한 정신이 깃든다.'는 말은 정말 진리 중의 진리이다. 그
도 그럴 것이, 우리의 뇌는 역시 고도의 사고 작용 그 자체를 위하여 생
긴 것이 아니라, 정교한 운동 통제 능력의 필요에 의해서 뇌가 팽창하
고, 사고는 그 팽창한 뇌의 부산물로 탄생하였을 것이기 때문이다.

나는 산책을 하면서 이 몸이 지니고 있는 특성에 눈을 뜨기 시작하였
다. 그리고 정신 작용을 발생시키는 '뇌'라는 신체 기관에 큰 관심이 생
기기 시작하였다.

그 질문은 인간이 뇌를 팽창시키는 방향으로 진화를 추진한 이유는
무엇일까, 언어는 뇌의 어떠한 영역에서 어떠한 기제로 처리될까, 우리
의 신체와 언어의 의미가 주고받는 영향은 무엇일까, 하는 질문으로 자
연히 확대되기 시작하였다.

그래서 나는 우선 뇌과학에 대한 교양서적을 섭렵하였다. 에릭 캔델
이나 가자니가, 코흐, 제럴드 에델만 등의 책은 큰 도움이 되었다. 어
느 정도 지식이 갖추어지고 난 다음에는 신경생리학과 신경해부학, 신

경과학의 원리(에릭 캔델 외) 등 대학 교재를 훑었다.

이 중에서 제럴드 에델만의 《신경과학과 마음의 세계》는 그의 '언어와 의미'에 대한 심원한 분석이 돋보이는 책이다. 나는 이 책을 접하고, 신경 연결망의 선택과 퇴화가 언어 의미에 미치는 영향에 대한 아이디어를 얻을 수 있었다.

이와 더불어 인간의 인지와 경험이 언어적으로 구조화되는 과정, 그리고 은유에 대한 관심이 생기기 시작하였다. 그 중에서도, 우리의 일상에서 자주 쓰여 우리가 미처 은유라고 인식하지도 못하는 은유, 문학가들은 '사은유'로 취급하는 개념적 은유들에 대한 관심이 싹텄다. 특히 시간의 은유 표현에 대한 관심이 커졌는데, 공간 개념을 근원 영역으로 한 시간 표현에 대한 연구를 박사 학위의 테마로 삼기로 하였다.

이 시기는 강사로서 외국인에게 한국어를 강의하는 가운데에 열심히 학위 논문을 작성하는, 바쁘면서도 알차고 즐거운 시기였다.

이렇게 하여 2011년 박사학위를 받고, 나는 대학 교양학부의 강의전담교수로 임용된다. 실로 순풍에 돛단 것과 같은, 행운의 연속이었다. 그러나 나는 또다시 정체 모를 불안에 시달리다가, 결국에 7년 뒤에 무너지고 만다. 도대체 무슨 일이 있었던 것일까? 이 괴로운 붕괴의 과정을 설명하기 전에, 우선 이 치유의 시기, 내가 접한 과학의 아름다움에 대한 이야기를 꼭 해야 할 것 같다.

과학의 아름다움

다윈의 진화론

——————————————— 과학은 나와는 거리가 멀다고 생각하였다. 문과생으로서 수학이나 과학과 같은 분석적 사고에 취약하기도 했을 뿐만 아니라, 그다지 관심을 느끼지도 못하였기 때문이다. 과학은 '재미가 없는 것'이라는 고정관념이 아예 머릿속에 뿌리박혀 있었던 것 같다.

그런데 하루는 고등학교 때 읽다가 던져버린 다윈의 《종의 기원》을 다시 집어 들었고, 나는 이 책을 읽고 한 일주일 정도는 마음이 설레어서 발을 동동 굴렀다. "아, 이런 세계가 있다니!"

다윈의 논리는 치밀하였다. 다짜고짜 비둘기를 기르는 사람들 이야기가 나온다. 거기에서 다양한 비둘기가 어떻게 인간에 의하여 개량되는지를 이야기한다. 이를 통해서, 독자들은 생명체가 놀랄 정도로 빠른 시간 안에 변화할 수 있다는 것을 깨닫게 된다. 다윈은 이 비둘기의 인공선택을 자연에 확대 적용시켜, 자연선택 이론을 주장한다. 다윈은 자신의 이론을 나 같은 우중에게 납득시키기 위하여, 참으로 적절한 우회로를 택하였다.

다윈은 맬서스의 인구론을 언급하며, 산술급수적으로 증가하는 식량과 기하급수적으로 증가하는 인구로 인하여 경쟁이 발생한다는 것을 말한다. 그리고 이러한 생존경쟁이 자연에서도 일어나고, 자연에서는 환경에 적응하는 자가 생존하고 번식해 나갈 것임을 주장한다.

그리고 지구의 나이가 4400년에 불과하다는 성서학자들의 주장은 찰스 라이엘의 《지질학 원리》 등 당대 최신의 지질학 이론들을 통하여 반박한다.

다윈의 진화론이 충분히 훌륭한 과학 이론인 이유는, 그것이 반증 가능하기 때문이다. 진화론은 포괄적이기는 하지만 그 개별 사례에서 이론의 정당성을 충분히 확보할 수 있다. 우리는 진화론의 거짓을 밝히기 위해서, 단 하나의 반대 사례만을 제시하면 된다. 예를 들어 삼엽충만 나오는 지층에서 토끼와 같은 복잡한 포유류 화석을 발견한다거나 하면 '게임 끝'인 것이다. 그러나 아직 그러한 사례는 발견되지 않았다.

뇌과학과의 만남

———————————————— 진화론에 대한 관심은 다시 뇌에 대한 관심으로 연결되었다. 인간 진화의 가장 큰 독특성은 끊임없는 뇌의 팽창이었다. 물론 절대적인 질량이 아니고 신체에 대비한 상대적 질량으로 따져서 말이다. 인간을 인간답게 만드는 것은 신피질의 발달과 연관된다. 그리고 피니어스 게이지 사건에서 보듯이 전두엽이 손상되

면 인간은 공감능력을 상실하게 된다. 현대 과학에서는 이 전두엽에 '거울 뉴런'이 존재한다는 것을 밝혀내었다. 수많은 서사와 드라마 등이 바로 이 '전두엽을 잡아라'를 모토로 하고 있다.

뇌의 보상 회로와 관련된 도파민과 같은 호르몬은 사랑의 감정이나 중독 등과 연관되며, 세로토닌이 줄어들면 우울증을 유발한다는 것도 밝혀졌다.

에릭 캔델의 책을 읽으며, 이제는 시냅스 단위에서 기억의 메커니즘을 구명해내는 단계까지 뇌과학이 발달하였다는 것을 알고는 놀랐다. 에릭 캔델은 연체류인 군소의 연구를 통하여, 그 시냅스 종말에 세로토닌을 주입하면 시냅스 스파인(종말 단추)의 크기가 부풀어 오른다는 사실을 밝혀내었다. 나아가 세로토닌을 2-3주에 걸쳐 장기적으로 주입하면, CREB회로가 유전자를 켜 시냅스 종말 단추의 가지치기가 일어난다는 것도 입증했다. 그는 이 연구로 2003년 노벨상을 받는다. 생각해보면 정말 놀랍다. 우리의 학습 메커니즘이 시냅스의 특정 연결 회로가 부풀어 오르거나 가지치기를 하는 방식이라니! 이는 마치 우리가 관심있는 지역으로 향하는 오솔길이 트럭이 다닐 수 있는 4차선 도로로 확장되거나, 아니면 새로운 도로가 생겨나는 것과 마찬가지라는 의미이다. 얼마나 신기한가. 따라서 말 그대로, 우리의 개성이 다른 것은 결국 우리 뇌의 모양이 각각 다르기 때문이다. 그러니 뇌섹남, 뇌섹녀라는 말은 결코 허튼 소리가 아니다.

이런 뇌과학과의 만남은, 나 자신의 정신을 '육체'의 관점에서 보게 해주었다. 나는 이때부터 데카르트적 심신이원론을 버렸다.

과학이 준 교훈들

———————————— 뇌과학에 대한 관심은 점점 과학 전반에 대한 관심으로 확대되었다. 파인만의 유명한 물리학 개론서 '빨간 책'을 통하여 고전물리학과 상대성이론, 양자역학의 개괄적인 내용을 파악하였다. 움직이는 물체는 시간이 느려진다는 특수 상대성이론의 간결함, 그리고 중력장 내에서 시공간이 곡률을 지니게 된다는 일반 상대성이론의 우아함- 이런 과학 이론들을 보면서 엄청난 아름다움을 느꼈다. 이 우주의 미시적인 물질부터 거시적 물체에 이르기까지 적용되는 보편적인 이론을 구축한다는 사실, 이것에 끊임없이 도전한다는 사실로 인하여 과학자들에게 무한한 경외심을 느꼈다. 뉴턴이 중력의 법칙을 수학적으로 밝힌 뒤 에드먼드 핼리는 혜성의 운동을 예측할 수 있었다. 당시 영국 국민들은 혜성이 다시 지구에 나타났을 때 어떤 신비의 과정을 목도한 것이 아니라, 과학의 승리를 확인하였을 뿐이다. 그때 조선에서 혜성이 나타났다면 아마 왕이 실정을 하고 있다는 상소가 빗발쳤을 것이다. 이것이 과학의 힘이다.

그러나 과학의 진정한 위대성은, 자기중심주의, 인간중심주의를 탈피할 수 있게 해준다는 데 있다. 중세시기에는 우주가 바티칸을 중심으로 돈다고 해도 누구도 이의를 제기할 수 없었다. 그러나 지금은 지구가 태양 주위를 돈다는 것을 진리로 받아들인다. 관찰과 증거 앞에서 겸허히 자신의 생각을 수정할 수 있어야 한다는 것. 그것이 바로 과학이 우리에게 주는 교훈이다.

또한 과학은 질문을 날카롭게 만들어준다. 과학적 질문은 반증이 가능한 형태로 제안되어야 한다. 질문은 늘 구체적이어야 한다. 구체적인 질문은 생산성이 있는 대답을 내놓을 수 있게 해준다.

칼 포퍼는 우리는 진리에 다가가는 것보다, 오류를 줄일 수 있을 뿐이라고 이야기하였다. 과학은 우리가 거창한 진리를 자기 멋대로 설정하고 사람들을 호도하는 것에 반대한다.

이러한 것들이 과학을 공부하면서 얻은 교훈이다. 나도 이렇듯 과학을 접하면서, 내 전공 논문의 방향성도 많이 바뀌게 되었다.

5장

교수 시절

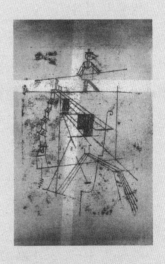

■ 파울 클레(Paul Klee),
「줄타기 곡예사(Seiltänzer)」(1923)

기나긴 장대를 든 광대가 아슬히 높은 곳에 놓인 줄을 타고 있다.

교수의 실상

피해망상의 시작

———————————————— 교수가 됐다. 좋았느냐고? 한 3주 간은 좋았다.

학교가 대기업에 인수되고, 대학은 기업화되었다. 그 첨병이 내가 근무한 학교였다.

첫 교수직의 직함은 '강의전담교수'였다. 교수이면서, 교수가 아닌 자리였다. 교양수업을 전담하면서, 똑같이 일하고 보수는 학과 '정식' 교수의 절반도 안 되었다. 그리고 2년마다 재임용 심사를 한다. 그러니 계약직인 셈이다.

그러다 2014년에는 전임교원으로 신분이 격상되었다. 그러나 '별정제 전임교원'이라는 신분으로, 역시 불평등한 상황은 여전하였다. 2년 단위 재계약도 똑같았다. 하지만 학교에서는 돈을 좀 덜 들이고도 '전임교원'을 확보할 수 있어서, 일간지들이 선정하는 대학 평가에 도움이 될 수 있었다. 꼼수인 셈이다. 이것이 우리나라 대학의 한 단면이다.

어쨌든 나는 2년마다 재임용 심사로 인해서 스트레스를 받기 시작하였는데, 그 기준이 높아서는 절대 아니었다. 나 같은 성격은 내부에서 우러나오는 동기를 중요시하기 때문에, '못 하면 잘린다'는 식의 징벌적이고 외부적인 재임용 계약 조건이 되풀이된다는 사실 자체가 매우 큰 스트레스였다.

강의실에서는 학생들을 자극하고 싶었다. 학생들이 좋은 질문을 던지기를 바랐다. 나는 학생들을 자극하기 위하여 모든 수단을 총동원하였다. 학생들의 눈높이에 맞추려고 열심히 강의를 준비하였고, 실제로 늘 강의평가는 탑을 유지하였다. 그러나 어느 순간, 내가 마치 앙투안 와토의 '질르'처럼, 어릿광대가 되었음을 자각하게 되었다. 나는 학생들이 잘못을 저질렀을 때 따끔히 혼낼 수도 있어야 했는데, 도무지 귀찮고, 또 강의평가 눈치가 보여 그러지를 못하였다. 내 강의의 표면적인 부분만을 가지고 '홍 교수의 강의는 재밌다.'라는 평가를 받는 것, 이것이 어느 순간부터 나한테는 못 견딜 정도로 모욕적으로 느껴졌다.

그리고 나는 좋은 논문을 쓰고 싶었다. 좋은 논문을! 하지만 학교에서는 논문의 양이 학자적 자질의 유일한 판별 기준이었다. 나는 잠깐 일본 서적을 번역하였는데, 주변 사람들이 그것을 '미친 짓'이라고 부르는 것을 듣고 그냥 집어 치우기도 하였다. 거기에 더하여 외국 저널에 논문을 실어야 한다는 스트레스가 나를 옥죄기 시작하였다. 주변에서 모두 외국 저널에 도전을 하니, 나도 해야만 할 것 같았다.

이렇게 나는 경쟁 사회 속에서 무능하기 짝이 없는 한 사람으로서, 뭐랄까, 그레고리 잠자처럼 한 마리 벌레가 된 듯한 느낌이었다.

그때부터 모든 것이 피해망상으로 연결되었다. 학생들의 강의평가는

짜증을 불러일으켰고, 동료 교수들과의 관계도 불쾌함만 가중시킬 뿐
이었다. 나는 어찌할 바를 몰랐다. 의지할 것은 단 하나밖에 없었다.
바로 술이었다.

강박, 비버의 이야기
————————————————— 미칠 것 같다.

저 소리⋯. (물 흐르는 소리)

저 소리가 안 들렸으면 좋겠다.

저 소리가 안 들리게 하려면 어떻게 해야 하나.

저기로 가 보자. (비버는 물이 흘러 들어오는 풀장 한쪽 구석으로 간다)

소리가 여기서 나는구나. (비버는 물이 쏟아져 들어오는 곳을 쳐다본다)

저 구멍을 막아야 해. (비버는 두리번거린다)

어떤 형태가 떠오른다. (비버의 머릿속에 나무의 이미지가 환상처럼 떠오
른다)

그 물건을 찾아야 돼. (비버는 정신없이 환상 속의 나무를 찾는다)

아무리 찾아도 없구나.

머릿속에 떠오른 이 형태를 잡아보자. (비버는 손으로 허공을 휘젓는다)

아무리 해도 꼼짝 않는구나.

그럼 이 형태를 깎아보자. (비버는 무엇인가를 깎는 시늉을 한다)

아무리 해도 깎아지지 않는구나.

미칠 것 같다. (물 흐르는 소리가 아직도 들린다)

아, 저기 저것! (비버는 나뭇가지의 환상을 본다. 그리고 다시 풀장 구석으

로 간다)

이걸 옮겨서 저 구멍을 막자. (비버는 허상의 나뭇가지를 옮기려고 애쓴다)

저 소리, 저 소리…. (물이 계속 쏟아진다)

저 소리, 아아…. (비버는 안절부절 못하며 풀장의 이쪽 구석 저쪽 구석을 돌아다닌다)

동물원에서만 자란, 댐이란 것을 한 번도 본 적이 없는 비버에게 물소리를 들려주면. 미친 듯한 불안에 사로잡힌다고 한다. 비버는 허둥대면서 가상의 나무를 갉아대고 그것을 운반하여 물이 흐르는 곳을 막으려한다. 허상의 댐을 만드는 것이다.

알코올

•알코올에 빠지다

──────────────────── 백화점 지하 식품 코너로 진입하는 회전문을 통과할 때쯤 벌써 내 머릿속에서는 떠들썩한 아랍 시장의 풍경을 묘사한 라벨의 곡 〈Feria〉가 울리기 시작한다. 오보에가 연주하고 바이올린 피치카토가 돋우는 신나는 리듬에 맞추어 폴짝폴짝 와인 코너로 내달린다.

진열장 가득한 와인을 보니, 온몸이, 땀구멍이 하나하나까지 벌렁벌렁 일어난다. 아마 이 순간 fMRI로 내 머리를 촬영한다면 기대감을 관장하는 뇌역(腦域)에서 한바탕 불꽃놀이가 벌어지는 광경이 펼쳐질 것이다.

오늘은 월급날이다. 그러나 신중해야 한다.

와인 매니저들은 고수들이다. 내가 2만 원대의 와인을 사고 싶다고 하면, 2만 원 후반대의 와인과 3만 원대의 와인을 같이 보여준다. 나는 3만 원대 와인이 할인율이 큰 것을 알게 되고, 그렇게 그걸 집어 들게 되는 것이다.

하지만 오늘은 월급날이고, 그런 평범한 와인들로 실랑이를 벌이고 싶지는 않다. 사람들 흘러 다니는 복도에 전시된 평범한 와인, 난 오늘만큼은 그런 수부라의 와인이 아니라 도무스 아우레아의 와인을 맛보고 싶다. 한 달에 한 번쯤 부려보는 사치. 내 자신을 위한 격려라고 해둘까.

나는 매니저에게 '샤또뇌프 뒤 파프'나 '꼬뜨 로띠'를 좀 보고 싶다고 말한다.

매니저 표정이 밝아진다.

"이쪽으로 오시지요."

매니저는 매장 가장 깊숙한 곳, 고급 와인을 보관하는 셀러로 나를 인도한다.

장중한 유리문이 열리는 순간, 바흐의 〈B단조 미사〉가 귀에 울린다.

매니저는 꼬뜨 로띠와 샤또뇌프 뒤 파프를 몇 병 꺼낸다.

'꼬뜨 로띠'는 프랑스 남부 지방의 와인이다. '꼬뜨 로띠', '구워진 땅', 얼마나 찬연하게 볕이 내리쬐어 땅을 달구면 지명에 그런 이름이 붙었을까.

이 안쪽의 장엄한 와인 셀러를 볼 때마다 둔황 막고굴이 연상된다. 셀러 가득한 명품 와인들이 나를 거의 발작 직전의 흥분 상태로 몰아간다. 나는 양손에 각각 다른 꼬띠를 들고 게걸스럽게 에티켓(라벨)을 살핀다. 매니저가 혀 짧은 소리로 말한다.

"손님, 여기 이 꼬뜨 로띠는 정말 맛이 깊으시구요, 손에 들고 계신 그 꼬띠 로띠는 이것보다는 좀 연하세요."

나는 고민한다. 아마 내가 논문을 가지고 이 정도로 고민하였으면 대학자가 되어 있으리라. 나는 고민한다….

세상 힘들었던 고민이 끝나고, 고가의 꼬뜨 로띠 한 병을 구입하기로 마음을 먹는다.

"손님, 부르고뉴도 세일하시는데 한번 보지 않으실래요?"

부르고뉴라는 단어를 듣자마자, 내 머릿속을 울렸던 유쾌한 〈Feria〉가 뚝 그치고, 바로 드뷔시의 전주곡 〈bruyères(히스)〉가 떠오르면서 재스민 꽃향기가 비강을 두드린다.

"네, 한번 볼까요."

매니저는 나를 부르고뉴 코너로 이끈다.

"여기 이 부르고뉴 와인은 꽃향기가 기가 막히시구요…."

내 오른손에 잘 포장된 와인 세 병이 들려 있다.

나는 뭔가 그 매니저에게 속은 느낌이다. 아, 그 매니저의 혀 짧은 발음, 아니 그 '상품 대우법'에 놀아난 것은 아닐까?

'이 와인은 향이 깊으시다고? 한국에 물건을 높이는 대우법이 존재하였던가?'

생각해 보니, 우리말에서 청자에게 부착되어 있는 물건을 높이는 경우는 존재한다.

'안경이 참 멋지시네요.'처럼.

상품을 높여서 청자를 높인다는 건 고도자본주의 사회의 새로운 어법인 것 같다. '이 물건은 이미 네가 살 거니까 너에게 귀속된 소유물로 쳐줄게.' 이런 심산이겠지!

뭐 어떠랴. 이제 내게는 꼬뜨 로띠 한 병, 보느 로마네 한 병, 샤또뇌프 뒤 파프 한 병이 있고, 어쨌든 지금 난 코르크 개봉의 황금 기대감을 듬뿍 지닌 부자다.

한 병을 딴다. 좋은 술은 청명상하도(淸明上河圖). 향기의 두루마리를 펼치면 화창한 날 카이펑의 자단목 가게 앞에 서게 된다.

다짐한다.

천-처언-히. 아껴 마셔야지.

숙취

─────────────── 어제 산 와인이 모두 비어 있다.

화장실에서 변기 잡고 토하고 나와서는 욱여오는 머리를 부여잡고, 끊임없이 죄어오고 끝없이 회전하는 공간에 둘러싸여 비참한 감정에 시달린다.

이 세상 모든 것이 음모인 것 같다는 생각을 한다.

효모는 1만 년 이전에 인류가 이용해 온 세상에서 가장 오래된 '가축'이란다. 효모는 당을 먹고 나서는, 이산화탄소를 싸고 알코올을 눈다. 술이 발견된 지 1만 년이 지났는데, 아직까지 숙취가 발생하는 술을 마셔야 하다니, 이는 음모임에 틀림이 없다.

세계의 천재라는 아인슈타인(Einstein)이라는 이름이 하나의 돌멩이(Ein[一]+Stein[石])라는 것도 음모인 것 같다. 아마 빠르게 움직이는 물체의 시간이 느려진다는 특수 상대성 이론도 쌩 그짓말일지 모른다.

가학성애자 Sade를 한국어 자판에 대응시키면 ㄴㅁㅇㄷ이다. '노모야동'인 것이다. 이것도 음모다. 케네디가 브란덴부르크 문 앞에서 한 연설, "Ich bin Ein Berliner."도 음모다 - Berliner라는 단어는 '베를린 사람'이라는 뜻도 있지만 '젤리 도넛'이라는 의미도 있다.

내 삶 자체가 음모다. 어제의 실수가 슬며시 고개를 쳐들고, 나는 베개에 얼굴을 파묻는다. 머리가 지끈지끈하다.

미국 중앙정보부는 숙취 해소제를 이미 발명했을 것이다. 그것을 공개하지 않는 것은 음모다. 제길.

"오, 그는 가끔씩 '술휴일'을 즐긴답니다."

"Oh, he occasionally takes an alcoholiday."

         - 오스카 와일드

중독

———————————————— 대부분의 알코올 중독자는 자신이 중독에 빠졌다는 사실을 부인한다. 나도 마찬가지였다. 언제든지 술을 끊을 수 있다, 하고 이야기하고 다니면서 언제나 술을 마셨고, 양을 조절할 수 있다, 하면서 늘 주량을 넘어 인사불성이 될 때까지 마시고, 아직 몸에 문제가 없다, 하면서 매일 아침 설사와 과민성 대장증후군, 숙취에 시달렸다.

정말 나라는 인간은 얼마나 어리석고 구제불능이었던가. 매일 아침 일어나면, '이러다 죽지…' 하는 생각밖에 들지 않았다.

술이 위험한 이유는, 그것이 뇌에 직접 작용하기 때문이다. 술은 진정제로서, 우리 뇌의 억제성 뉴런을 억제한다고 한다. 그래서 흥분되는 것처럼 느껴진다.

나 같은 경우에는 흥분을 맛보기 위해서라기보다, 낮 동안의 자잘한 스트레스를 진정시키고 안락감과 만족감에 빠지기 위해 술을 마셨다. 술이 한 잔 두 잔 들어가면 기분이 좋아져서 글을 썼다. 우주의 결을 따라 펜이 움직인다고 느낀다. 이건 내가 쓰는 게 아니라 신이 내 손을 빌려 글을 쓰는 것만 같다. 그러나 일어나서 보면 그것은 글이라기보다는 잉크 얼룩이 빚어내는 섬망에 불과하였다.

낮에는 손이 떨리고 가끔 말이 헛나왔다. 진전섬망증과 건망증이 나에게 치명타를 입혔다. 반복되는 단기 기억 상실과 집중력의 상실로 인하여 엄청난 피해를 겪었다. 논문을 쓰는 직업을 가진 학자였는데도, 단 한 문장을 쓰는 데에 매우 큰 고생을 하였다.

지금 이 글도, 알코올 남용과 극심한 우울증을 극복하고 회복 단계에서 쓰는 것이다. 엄청난 집중을 해야 겨우 한두 줄을 쓸 수 있을 뿐이다. 내 글조각들이 시간선이 뒤죽박죽이고, 논리적인 정합성이 없다는 것을 독자는 눈치 챘을 것이다. 나는 지금 다 떨어진 치약 짜내듯 정신을 고통스럽게 쥐어짜고 있다. 내 기억을 뒤지고 그것을 붙잡는 것만으로도 힘에 부친다. 시간이 지나고 완전히 회복하여 글을 쓰고 싶기도 하지만, 그러면 이 글의 긴장감이 사라져 버릴 것 같다. 그렇기 때문에 최선을 다하여 기억을 붙잡고 있는 것이다.

선은 선대로, 악은 악대로

천사의 강림

──────────────── 2016년 11월 12일, 운명의 날이다.
이날은 잊으려야 잊을 수 없는 날이다. 이날의 첫 시작은 매우 끔찍하
였다. 강남버스터미널행 버스를 기다리고 있는데, 웬 한복을 입은 여자
가 집회에 참여하려고 서울행 버스를 기다리고 있었다. 그런데 혼잣말
로, 아니 혼잣말도 아닌 것이, 누구에게나 다 들릴 만한 큰 소리로, 차
마 입에 담을 수 없는 욕설을 하고 있는 것이었다. 자세히 보니 나이는
50대 후반에, 아주 천박한 짙은 화장을 하고 한복 여기저기에 이상한
반짝 거리는 장신구를 한, 뭐랄까 가짜 무당처럼 생긴 여인이었다. 나
는 그녀와 같은 버스를 타지 말게 해 달라고 빌었지만 결국 그녀 뒷자리
에 앉게 되었다. 그런데 앉아서도 계속 혼잣말로 욕설을 하니까, 어떤
아주머니가 듣기 싫다고 제발 그만하라고 하였더니 또 그녀에게 엄청난
욕설을 퍼붓는 것이었다. 그러면서 "저년 저거 지 아들하고 붙어먹었을
거야."라고 큰 소리로 고함을 쳤다. 사람들은 경악을 금치 못하고, 결

국 버스를 경찰서에 세우라느니 하며 한바탕 난리가 났다. 운전기사 아저씨가 그 가짜 무당에게 다시 한번 떠들면 경찰서에 간다고 으름장을 놓고 나서야 겨우 일단락이 되었다.

나는 뭐랄까, 이 21세기 백주대낮에 이렇듯 순수하고 당당하게 미친 사람이 있다는 사실이, 마치 거짓말처럼 느껴졌다. 아아, 하필이면 맞선을 보는 날에 이런 추하고 징그러운 인간을 마주치다니!

나는 맞선 장소로 나가면서 계속 그 여인을 생각하며, 불쾌한 감정을 억누를 수 없었다. 맞선이고 뭐고 집에 그냥 다시 가고 싶었다. 그러나 이미 맞선 장소에 도착한 뒤였다.

그렇게 S를 만났다.

단아하면서도 웃는 모습이 아름다운 천사. 그녀는 그렇게 내게 왔다. 참으로 아이러니한 일이었다. 세상에서 가장 추악한 사람을 보고 나서 이렇게 가장 아름다운 여인을 만나게 되다니. 나는 그녀에게 첫눈에 반했다. 그렇게 우리는 교제를 시작하였다.

자아의 분리

──────────────── 그녀는 나의 연인이면서, 딸이면서, 누이면서, 어머니이기도 했다. 그녀는 나의 모든 것이었다. 나는 그녀를 진심으로 아꼈다. 그녀를 위해서는 나의 목숨도 줄 수 있었다. 그렇게 나는 그녀와 약혼을 했다.

그녀만이 내 삶의 유일한 목적이었다. 그래서 나는 더욱 열심히 일을 하기 시작하였다. 강의도 열심히 하고, 논문도 열심히 썼다. 표면적 자아는 갈수록 그녀를 닮아가서 선해졌다. 사랑의 의미도 알게 되었다.

그러나 불안 역시 커져 갔다. 내 내면의 어딘가가 뚝 하고 부러져서 한 부분이 떨어져 나왔고, 이 떨어져 나온 자아는 방황하기 시작하였다.

언젠가부터 내가 그녀를 만나는 날 봤던 그 추하고 악했던 아줌마의 형상이 나를 괴롭히기 시작하였다. 그 악마 같은 여자가 나에게 저주를 퍼붓는 듯했다.

실제로 그 강박으로 인해, 나는 정신이 이상해지기 시작하였다. 나의 인격 중에서 선한 부분과 악한 부분이 칼로 잘라 나뉘는 느낌이 들었다.

약혼녀를 만날 때만이 나는 나 자신으로 온전히 있을 수 있었다. 나는 사랑하는 그녀와 가정을 이룰 생각으로 꿈에 부풀어 있었다.

S와 나는 가끔 함께 춤을 추었다. 그녀는 아웃렛으로 쇼핑을 하러 갈 때 귀엽게 어깨춤을 추었다. 사랑스럽기 그지없는 여인이었다. 그녀는 나의 모든 것이었다.

그녀는 샤르댕의 그림, 어린아이에게 철필로 행간을 짚으며 책 읽는 법을 가르치는 〈젊은 여교사〉라는 그림의 그 소녀와 판박이였다. 지고 지순한 여인. 그녀 앞에서는 나도 선한 사람이 될 수 있었다.

그러나 혼자가 되면 불안감과 책임감이 온몸을 짓눌렀다. 나는 이러한 행운을 감당할 능력이 없는 사람이고, 그것을 누릴 자격도 없는 사람이라는 묘한 자책감이 들기 시작했다.

나는 그녀를 위해 모든 것을 해주고 싶었다. 그리고 결혼식을 준비하기 위해, 재임용 평가에 대비한 논문을 빨리 작성해놓고 싶었다.

이 당시 나는 문학가들이 '사은유'라고 부르는 일상의 개념적 은유에 관심을 가지고 논문을 쓰고 있었다. 특히 시간에 관한 은유, 마음에 관한 은유를 대상으로 한 논문들이었다.

'시간이 들다'

'마음에 들다'

이런 은유들은 사람들이 더 이상 은유인지 모르면서 쓰는 은유들이다. 이 은유들은 우리 뇌에 고착되어 있다. 뇌에서 뇌로 거듭 살아나가는 밈(meme)인 것이다. 그러니 이런 은유들이야말로 '살아있는 은유'이다.

나는 이러한 살아있는 은유들의 표현 그 자체보다, 이 은유들이 인간의 인지와 관계 맺는 방식에 많은 관심이 있었다. 그래서 인지언어학적 방법론으로 이 은유들의 성격을 밝혀보자 하는 야심을 가지고 있다. 하지만 은유의 의미를 밝히는 것은 매우 어려운 일이다. 나는 은유의 미로에서 헤어 나오지 못하였다. 하나의 실마리를 잡으면 곧바로 예외들이 창을 들고 일어선다. 그 예외들의 공격을 방어하고 나면 진지에서 내부 반란이 일어난다. 나는 그러한 공방전 속에 갇혀서 정신이 이상해지기 시작하였다.

그리고 이렇게 논문을 많이 쓰고 투고도 많이 했는데, 학회에 제출만 하면 번번이 탈락의 고배를 마시게 되는 것이었다. 나는 전에는 한 번도 논문이 탈락한 일이 없었다. 탈락한 논문을 재투고하고 손보고 또 재투고하여도 연이은 실패…. 무슨 귀신이 달라붙은 것 같았다. 나는 그 무당이 계속 생각이 났다. 그 무당 귀신이 나를 쫓아다니면서 불행을 불어넣고 있는 것이 아닐까. 이런 강박에 시달렸다. 나는 그 무당을 찾아가 내 손으로 목을 졸라 죽이고 싶었다. 아마 그녀가 다시 내 앞에 나타났다면 진실로 나는 무슨 짓을 했을지도 모른다.

술만이 유일한 치료제였다. 나는 다시 술에 손을 대기 시작했다. 이제는 내 스스로 그 양을 조절할 수 없었다. 약혼녀에게 잘 자라고 인사를 하고는, 그대로 블랙 아웃할 때까지 술을 들이붓는 것이었다.

이렇게 중독에 빠져서, 섬망증과 더불어 가벼운 실어증도 나타나기 시작했다. 천만다행히도 이 증세가 심각해지기 시작한 것은 기말고사 때였다. 나는 불안감으로 인하여 학생들에게도 다소 퉁명한 태도를 보이기 시작했고, 인간관계가 삐걱거리기 시작하였다. 나는 이렇게 무너져가고 있었다. 이제 단 10분도 어떠한 주제에 집중하지 못하는 일이 발생하게 됐다. 그때는 그것이 무서운 질병의 전조라는 것을 인식하지 못하였다. 그리고 결혼을 10일 앞둔 날, 나는 쓰러지고 말았다. 그분이 나에게 찾아온 것이다. 아이러니하게도, 그 질병은 은유로 표현할 수밖에 없다. 바로 우울증이다.

우울증

• 그녀는 하염없이 울고 있다, 인생을 살아왔기에!

그리고 지금도 살고 있기에! 하지만 그녀가 특히 한탄하는 건,

그녀의 무릎까지 떨게 하는 건,

아, 슬프다! 내일도 살아야 하기에!

내일도 모레도 그리고 언제까지나! - 우리들처럼!

- 보들레르, 〈가면〉 중에서

우울증

——————————————— 나는 우울증을 앓으면서, 우울증을
표현하는 데에도 많은 은유들이 사용된다는 사실을 알았다. 처칠은 그
것을 '검은 개'라고 하였으며, 많은 우울증 환자들은 '추락한다', '끝없는
어둠' 등의 은유 표현을 사용한다. 나도 이 우울증을 '정신의 실금 상태'
라고 표현하기도 하였다. 그러나 이러한 표현도 우울증의 한 단면만을
보여줄 뿐, 그것은 그러한 표현들이 감히 닿지 못하는 곳에 존재하는

아픔이다.

우울증을 겪어 보지 못한 사람은 그 증상을 폄하하기 일쑤이다. 우울증과 우울감을 혼동하기 때문이다. 우울감이 '카페에서 저 창 너머로 내리는 눈을 보고 있는 것'이라면, 우울증은 '눈보라를 맞으며 바깥에 서 있는 것'이다. 차원이 다르다.

우울증은 무력감이다. 삶에 대한 통제력과 통제감을 전부 잃어버리는 것이다. 이 세상을 살아갈 가치와 의미를 상실하는 무시무시한 질병이다. 특히 아침에는 너무나 고통스러워서, 오늘 하루 다시 눈을 떴다는 사실에 대하여 저주를 퍼붓게 된다. 이러한 우울증의 감정 상태를, 어느 정도 호전된 지금의 시점에서 회고적으로 기술하는 것은 정확하지 못할 것이다. 따라서 우울증이 극심하였을 때 기록해 둔 일기의 단편을, 그것이 집중력의 결여와 산만함으로 인하여 조리에 맞지 않더라도, 조금이라도 싣는 편이 낫겠다. 그것이 더 큰 진실을 말할 것이기에.

우울증에서 빠져나가기는,
루빅큐브와 같다.
엔트로피를 줄이는 것이다.
혼돈에 질서를 부여한다는 것이다.
그렇게 하여 같은 색이 모이고,
그 같은 색이
다른 같은 색과 모서리를 맞대는 것.
그런데 그것이 무슨 의미가 있을까.
도대체 제정신이라는 것이.

절망적이다.

어떻든 간에 삶은 변하지 않을 것이기 때문이다.

그것보다, 내가 변하지 않을 것이기 때문이다.

내가 변하지 않기 때문이다.

마음은 스치고 지나간다.

죽음을 스치고 지나갈 수는 없다.

국립중앙박물관에서

신안 해저 발굴 유물을 봤다.

수많은 작은 병, 도자기, 동전들….

이걸 모두 싣고 중국과 일본을 오갔단다.

저 작은 병들…. 간장을 담았을 그것들.

후추. 향목.

인생에서 무엇인가 더 바랄 것이 있었던 이들.

이 사치스런 물건을 그렇게 개미떼처럼 옮기고 다녔다니….

삶에 대한 이 부질없는 집착들.

또 그것을 전시하는 이 부질없음.

그리고 부질없음을 부질없다 하는 나의 이 부질없음.

태양은 나를 위해 떠오르지 않는다.

그리고 당신들을 '위해서도' 떠오르지 않는다.

그저 떠오를 뿐이다.

태양이 없으면 나는 존재할 수 없다.

당신들도 존재할 수 없다.
태양은 우리를 신경 쓰지 않는다.

인간, 맹목적 인생에 환상적 목적을 설정하는 그 장치,
그 장치를 뇌에 장착시킨 생물.
인간의 진화, 뇌의 진화.

우울은 검은색이 아니다 흰색이다.
우울은 어둠이 아니라 빛이다.
그래서 조중 상태의 네르발은 〈오렐리아〉에서 태양이 식었다
고 했던 것이다.

죽는 것은 가장 쉬운 방법이다.
죽어도 삶이 끝나지 않는다는 것이 가장 큰 문제이다.
죽어도 삶이 끝나지 않는다는 것은, 나에 관한 정보가 사람들
의 뇌 속에 살아 있기 때문이다.
그러니 죽는 것도 실패할 수밖에 없다.
태어나지 않았다면 기억될 일도 없었을 텐데.

어제 동물원에서 본 미어캣, 반복 행동을 하는 춤추는 코끼
리, 나를 바라보는 회색 늑대와 호랑이, 고독한 에뮤, 고함
원숭이….
그들은 삶에 대해 의구심을 품지 않는다.

나는 삶에 대해 의구심을 품는다.

수면제….
잠에 이르는 미로의 빠른 해답.
삶에 대한 의욕 상실…. 무엇을 해야 할까. 두려움, 두려움….

XX자트정 20mg
리보XX정 0.5mg
뇌를 짓누르는 것 같고, 잠을 짓이기는 것 같다.

우울증으로 인해서 나의 뇌가 재구조화 되었을까?
나는 변화하는가? 인간이란 무엇일까?
삶에서 가장 필요 없는 질문은, '왜?'라는 질문이 아닐까?
슈만의 'Warum?'이라는 곡처럼
그저 의아함만이 나비 인편(鱗片)마냥 묻어나온다.

무엇인가를 하고 싶다, 라는 생각이 들지 않는 것.
무엇인가를 안 하고 싶다, 라는 생각조차 들지 않는 것.

　이 단편적 문장들은 내가 극심한 우울증 상태에 놓여 있을 때 쓴 것
몇 개를 발췌한 것이다. 지금 보아도 정신이 갈피를 잡지 못하고 있음
을 알 수 있다. 절망에 절어 있다. 감히 구원을 바라지 못할 만큼. 내면
의 또 다른 자아가 이러한 절망이 절대 치유될 수 없을 것이라고 속삭이

는 것이 보인다.

도피할 곳은 죽음밖에 없는 것처럼 느껴진다. 나는 동작대교를 지나면서, 오른쪽의 차선으로 뛰어들까, 왼쪽의 한강으로 뛰어들까, 아찔한 감정에 사로잡혔다. 하지만 나는 오른쪽으로 뛰어들면 또 다른 사람이 죄책감으로 고통을 받게 될 것이고, 왼쪽으로 뛰어들면 한강물을 덮은 두꺼운 얼음이 내 피로 더럽혀질까 두려워 꼼짝을 못하였다.

나는 다리 한복판에 서서 어쩔 줄 모르고 오들오들 떨며 서럽게 울었다.

• 쿠르베, 쓰러진 말

──────────────────── 이 시기 국립중앙박물관 예르미타시 박물관전에서 쿠르베의 그림을 보았다. 〈죽은 말이 있는 풍경〉이라는 그림이다.

나는 그 말이 죽은 말이 아닌, 죽어가는 말로 보였다. 고통에 신음하며 숨을 몰아쉬고 있는 것으로 보였다.

폭풍우 치는 날, 어떤 사내는 이 백마의 엉덩이에 끊임없이 채찍을 휘몰아치고, 옆구리에 연신 박차를 가하며 내달렸다.

말은 가시덩굴에 온몸을 찔려가며 질주한다. 그리고 탈진하여 쓰러진다.

그러나 사내는 이 불쌍한 말을 아무렇지도 않은 듯 내버리고 어둠 속으로 내뺀다.

자기 말이 아니라는 듯.

자기 일이 아니라는 듯.

금화가 가득 든 보따리를 메고 어둔 숲 속으로 도망친다.

사회적 자아, 외면적 자아, 순백의.

그리고 그 자아를 소진하고 도망가는 어둠의 자아.

말에 대하여

——————————————— 니체는 채찍질 당하는 말의 목을
부여잡고 울부짖다가 졸도하였다고 한다.

거품을 입에 문 말. 그 말의 눈.

멜랑콜리아

——————————————— 그리고 보니 라스 폰 트리에 감독
의 〈멜랑콜리아〉에서도 말이 쓰러지는 장면이 나온다. 우울증에 걸린
주인공은 다리를 건너려 하지 않는 말의 엉덩이를 채찍으로 후려갈긴
다. 그리고 말은 그 자리에 주저앉고 만다.

라스 폰 트리에, 우울

──────────── 라스 폰 트리에의 작품은 멜랑콜리
가 짙게 배어 있다. 라스 폰 트리에는 우울증을 달고 산다 한다.

언젠가 스타이런은 그의 우울증 회고록《보이는 어둠》에서, 이 병에
대해 '움푹 패인 땅'을 연상시키는 디프레션(depression)이라는 용어를 붙
인 것이 부적절하다고 지적하고 있다. 이러한 용어가 우울증이 지닌 장
엄한 고통을 제대로 표현하지 못한다는 것이다. 나도 우울증에 걸리기
전까지는 그것이 단순히 기분이 조금 다운되는 정도라고 생각하였다.
하지만 '나에게 있어' 우울증이란 끝없는 자기 부정과 세계에 대한 부
정, 인생의 맹목에 대한 확신, 유령과 같은 타인들에 대한 경멸을 의미
하였다. 우울증을 '나의 우울증'이라 표현할 수밖에 없는 것은, 그것이
천 개, 만 개, 사람마다 다 다른 얼굴을 갖고 있기 때문이다.

라스 폰 트리에 감독의 〈멜랑콜리아〉를 보고서 '바로 이것이다'라는
생각을 하였다. 영화 마지막에 멜랑콜리아라는 혹성이 지구에 부딪히
기 전, '진성 우울환자'인 쥐스틴은 그 죽음을 초연하게 받아들인다. 쥐
스틴의 행동을 낭만주의적이라 보는 이도 있다. 그러나 내가 볼 땐 사
실주의에 가깝다. 우울증 환자의 관점에서 이를 보면, 이러한 방식이
가장 바라는 죽음의 형식이다. 우울증의 최번성기에는, 죽기조차 귀찮
은 공허함을 느낀다. 다만 사라지고 싶다. 그런 상황에서 손 하나 까딱
안 해도 이 우주가 죽음을 선사해 주겠다는데, 초연하지 못할 까닭이
무엇이란 말인가.

그토록 죽음이 가까운 시간 엄마는 거기서 해방감을 느꼈고,
모든 것을 다시 살아볼 마음이 내켰을 것임이 틀림없다.
아무도, 아무도 엄마의 죽음을 슬퍼할 권리는 없는 것이다.
그리고 나도 또한 모든 것을 다시 살아볼 수 있을 것 같다는
생각이 들었다.
— 알베르 카뮈, 〈이방인〉

자살의 가능성은 우리가 고통 받고 있는 세계에서 무한한 위안
이 된다…. 우리가 지닌 것 중에서 자살보다 큰 재산이 있을까?
— E. M. 시오랑, 〈쇠락의 소사〉

자살에 대한 생각이 많은 이들을 밤의 암흑 속에서 살아남게
한다.
— 니체

죽음과 자살

내가 죽음에 대하여 새로운 생각을
하게 된 것은 인생의 두 번째 위기를 간신히 넘긴, 바로 얼마 전의 일이
다. 나는 죽음에 대한 새로운 은유로 뼈를 세우고 난 뒤 그것에 피를 흘
려 넣고 살을 바르기로 하였다.

죽음에 대하여 명랑하면 안 되는 걸까?
나는 삶은 행복하고 즐거워야 하는데 죽음은 왜 그렇지 않아야 하는
지 늘 의문이었다.
죽음을 경험한 사람이 아무도 없다. 죽은 이도 말이 없다. 그러니 죽음

에 대한, 죽어보지 못한 다른 사람의 이야기를 믿어야 할 까닭이 없다.

삶의 의미를 자기가 구축하는 거라면, 죽음의 의미를 내가 규정한다고 안 될 것이 무엇인가.

나는 죽음이, 달이 사라진 바다이기를 원한다.

우울증의 절정기 때에는, '죽음'이라는 바이러스가 내 삶을 숙주로 삼아 번성하였다. 나는 죽음에 대하여 수동적이었다.

하지만, 이 '나'라는 존재가 '죽음'을 숙주로 삼을 수는 없는 것일까? 죽음을 양분으로 삼아 내 삶을 더욱 풍성하게 만들 수는 없을까?

내 삶의 박차를 죽음으로 삼기.

나는 죽음을 기다리지 않고, 스스로 그것에 다가설 수 있는 권리가 있다. 이 권리는 누구도 박탈할 수 없다. 나는 스스로 존엄한 삶을 살기 어렵다는 판단이 들 경우, 언제든지 자살할 용의가 있다. 그리고 그러한 권리를 가지고 있다는 사실 덕분에, 나는 이렇게 내가 하고 싶은 이야기, 세간에 받아들여지기에는 아직 요원한 이야기를 거리낌 없이 할 수 있는 것이다.

자살에 대해서도, 만약 그것을 선택하게 된다 하더라도 비참하게 숨어서 죽고 싶지도 않다. 편안한 마음으로, 안락하게, 축복을 받으며 죽고 싶다.

죽음의 연안이 가까이 있다는 것. 파도가 멈춘 달이 없는 바다, 별이 섞인 바다에서 언제든지 헤엄칠 수 있다는 것. 이것만큼 내 삶을 강하게 추진시키는 아이디어는 없다.

죽음에 대하여 명랑하고, 죽음을 배경으로 해야만 삶이 도드라진다는 것. 지드의 다음 말처럼.

"매 순간이, 이를테면 지극히 캄캄한 죽음의 배경 위에 또렷
이 드러나지 않고서는 그런 기막힌 광채를 발하지 못하리라는
것을 그대는 깨닫지 못하는가?"

6장

우화(羽化)의 시대

- 파울 클레(Paul Klee),
「새 천사(Angelus Novus)」(1920)

"눈을 부릅뜬 천사가 바람에 날려 멀어져 가며 역사를 바라본다."
– 발터 벤야민

핏줄기의 상류에서

자기를 찾기,
아니, 자기를 세우기

─────────── "어머니, 차라리 저를 낳지 말지 그러셨어요."

얼마나 괴로우셨을까?

나는 어머니가 정성껏 간호를 해 주셔서 이제 우울증으로부터 많이 벗어났다. 63세의 노모가 서른아홉의 아들을 수발하는 것, 이것은 아들로서 면목이 없는 일이다.

하지만 10년간의 독거 생활을 청산하고 어머니와 함께 살면서 많은 이야기를 나누고 가족의 사랑을 다시 느낄 수 있게 된 것은 나한텐 참으로 다행한 일이다. 어머니가 나를 낳지 않으셨어도, 이 세계는 아무런 영향을 받지 않았을 것이다.

하지만 내가 이 세상에 존재한다는 그 이유 하나 때문에 결국 우주의 역사는 달라진다. 그건 우리의 존재가 짊어지어야 하는 숙명이다.

그 책임을 무겁게 느끼며, 나는 이제 미래의 내 직분을 생각한다.

자아

──────────────── 내 생애 전반부의 자아상은 지금껏 독자들도 보아왔듯이, '자기 부정'에 근거한 것이었다. 나는 내 생애에서 자주 부딪히는 두 자아를 조화시키지 못한 채 방치해 놓고 살아왔다. 어렸을 때에는 한국인으로서의 자아를 부정하였다. 그렇다고 일본인으로서의 자아를 받아들인 것도 아니다. 이제 나는 한국과 일본 양측의 자아를 모두 받아들이고, 긍정하고 조화시키며, 내면에 속한 '한국인 vs. 일본인'의 대립을 지양하고자 한다. 그렇다고 '한국인 & 일본인'의 내면적 혼합을 지향하느냐 하면, 그것도 아니다. 우리는 모두 인류에 속한 자들로서, 한국인 일본인을 넘어 평화를 지향해야 할 의무가 있다.

많은 사람들이 잘 모르지만, 사실 그러한 노력을 끊임없이 기울여 왔던 선각자들이 있다. 나도 남은 인생은 그들의 평화 지향 운동에 동참하고 싶다. 그 단초로 삼기 위해서는, 일생을 그러한 자세로 살아오셨던 분, 내 가장 가까이 계신 어머니의 이야기로 거슬러 올라가야 한다.

어머니

──────────────── 나는 내가 탄생하게 된 인과 관계의 사슬 속에 '인연'뿐만이 아니라 어떠한 '사물'이 연관된다는 사실에 큰 감명을 받는다.

어머니께서 한국에 오시게 된 계기는, 《첩해신어(捷解新語)》라는 문헌에서 커다란 영향을 받은 데 있다. 여기서 어머니의 역사를 간략하게 이야기해야겠다.

어머니는 외할아버지 후루타 벤지와 외할머니 후루타 스미코 사이의 2년 1남의 둘째로 태어났다. 어머니는 지금도 그렇지만, 이상주의적 경향이 있으셨다. 어렸을 때에는 공상 속에서 사는 듯한 모습 때문에 아이들한테 놀림을 많이 받았다고 한다. 그래서 학교에 가기 싫다고 떼를 쓰거나, 실제로 학교를 빼먹기 일쑤였다고 한다.

그런 어머니가 적극적인 모습으로 일변하게 된 계기는 어느 가정교사와의 만남 덕분이었다. 가정교사는 어머니의 성향을 잘 알아, 학교 공부뿐만 아니라 다양한 일본 문학을 많이 소개해 주고, 음악에 대한 소양을 키워주었다. 이로 인해서 어머니는 주체적인 사람으로 거듭난다.

어머니는 고등학교 때 방학마다 아시아-아프리카어 학원에 다니며 조선어 회화를 배웠다. 그때 조선어 연구의 권위자 칸노 히로오미 교수에게 수학하였다.

어머니는 이렇게 언어학에 관심을 가지게 되었고, 고마자와 대학교의 국어국문학과에 입학하게 되었다. 그때 1학년 일본어사 전공 수업 시간에, 《첩해신어》라는 텍스트를 접하게 된다. 《첩해신어》란 조선시대 선린우호를 위해 '통신사'로 일본에 파견되었던 역관들을 위한 일본어 학습서이다. 《첩해신어》의 저자는 진주 사람 '강우성'으로, 임진왜란 때 일본으로 납치되었다가 10년 후 한국으로 쇄환(刷還)되어 온 분이다.

어머니는 1학년 전공 시간에 《첩해신어》를 보고서는 전율을 느꼈다고 한다. 일본의 고어 옆에 적혀 있는 옛 한글의 아름다움에 매료되었고,

일본어 문장에 대응하는 한국어 문장을 독해하면서, 한국어가 일본어와 놀랄 만큼 유사하다는 사실에 큰 흥미를 느꼈다고 한다. 이렇게 어머니는 《첩해신어》에 매료되어 한국에 반드시 오겠다는 생각을 하셨다. 그러다 어느 날 그러한 기회가 찾아왔다.

어머니는 고마자와 대학교에서 사이클부 동아리 활동을 하셨다. 그즈음 한국 정부에서, 일본 전국의 대학 사이클부에게 한국의 전국 도로 일주를 제안하였던 모양이다. 어머니는 그렇게 한국을 누비는 자전거 투어에 초청되었다. 그때 XX일보의 견습 기자로 고마자와 대학 사이클부의 민박을 잡아주는 역할을 하셨던 분이 우리 아버지였다. 그렇게 두 분이 만나 사랑에 빠지셨고 결혼에 이르셨다.

나의 탄생에 어떤 고리로서 《첩해신어》라는 '물질적 매개'가 있다는 사실은 나를 상당히 들뜨게 만든다. 인연과 존재는 완벽한 우연에 의해 성립한다는 사실을 일깨워주기 때문이다.

이러한 이유로 나도 《첩해신어》와 그 저자인 강우성에 대하여 늘 큰 관심을 가졌다. 나는 어머니와 달리 이 텍스트의 언어학적 측면보다, 그 저자인 강우성의 삶에 대하여 더욱 커다란 관심을 가지고 있다. 나는 그분이 어떠한 삶을 사셨고, 일본에 납치되어서는 어떠한 일을 하셨을까, 그런 것들이 너무나 궁금하다. 그러나 이분의 삶에 대해서는 그 단편밖에 들여다볼 수가 없다.

자료를 아무리 찾아보아도 강우성이 어떻게 납치되었는지, 납치되어서는 어떠한 생활을 하였는지 전혀 알 수가 없다. 나는 강항의 《간양록》, 신유한의 《해유록》, 임진왜란 피로인(被虜人)에 대한 여러 자료 등을 연구하였고, 최선을 다하여 강우성의 삶을 상상하여 소설을 써보았다.

이 글은 완전한 창작물로서, 역사적 사실을 재구하는 것보다는 강우성이라는 포로의 삶을 통하여 내 자아를 좇고자 쓴 것이다. 그래도 가능한 한 역사적 사실에 충실하고자 하였다. 물론 소설인 까닭에 구체적인 역사적 사실과 관련 없는 이야기도 삽입되어 있다. 예를 들어서 왜인의 조선인 '코 베기'는 정유재란 남원성 전투부터라고 알려져 있지만, 나는 이 잔인한 '코 베기'를 이 이야기에 한 에피소드로서 삽입하였다. 그리고 강우성은 도쿠가와 이에야스 측에서 세키가하라 전투를 관전하였다는 기록이 있는데, 어떠한 다이묘에게 포로로 잡혀 있었는지는 밝혀진 바가 없다. 조사한 바에 의하면 가토 기요마사, 구로다 나가마사, 호소카와 타다오키 등이 후보에 오른다. 나는 강우성이 호소카와 타다오키의 밑에서 포로로 잡혀 있다고 서술하였다. 이 호소카와 타다오키는 매우 흥미로운 인물이다. 그래서 내 소설의 등장인물로 삼았다.

· 아버지

─────────────── 여덟 살 때쯤인가, 아버지께서는 당신이 죽으면 이 베토벤의 곡을 들려달라고 하셨다. 글쎄, 5번 다단조였던가.

아버지께서 동의하실지 모르겠지만, 나는 살면서 아버지만큼 염세적인 분을 본 일이 없다.

손창섭의 소설과, 화가 팔대산인과 슈베르트의 4중주 〈죽음과 소녀〉를 사랑하신다. 이 셋은 공통점이 있다. 은둔, 염세, 고독. 나도 이 작품들을 매우 좋아한다. 부전자전이랄까.

아버지는 어렸을 때 연탄가스 중독으로 인해 중요한 입시에 탈락하셨다고 한다. 우리 아버지의 고정 레퍼토리다. 연탄가스 중독.

찢어지게 가난한 집안이어서, 아버지는 고등학교 때 점심시간에 수돗물을 마셨다. 당신의 형, 즉 나의 큰아버지는 동거녀를 쏘고 자살하셨다고 한다. 밑의 여동생은 다락방에서 죽었다.

늘 죽음에 대하여 생각하는 나의 경향은 이쪽, 친가 쪽 영향일지도 모르겠다.

큰아버지의 죽음

——————————————— 큰아버지의 죽음에 대해서는 잘 알지 못한다. 내가 태어나기도 전에 돌아가셨으니. 하지만 찢어지게 가난한 집안에서 유일하게 서울의 대학, 그것도 명문 사학에 진학하였고, 경찰이 되었다가 자신의 동거녀를 쏘고 자살했다고 한다.

도대체 왜 그런 행동을 하셨을까? 그가 앓던 절망은 어떤 것이었을까? 나는 심각하게 우울증을 앓았을 때, 혹시 나처럼 큰아버지도 우울증을 앓았던 게 아니었을까 하는 생각을 했다. 적절하게 치료만 잘 받았어도 그 우울증이 자신의 생명을 버리는 일까지는 진행되지 않았을지도 모른다. 이런 생각을 하니 마음속에서 또 한없는 연민이 일었다. 그래서 일종의 진혼의 의미랄까, 안타까운 감정을 담아 한 번도 본 적 없는 큰아버지께 바치는 소설을 한번 써 보았다. 다음 두 편의 소설은 차례로 어머니쪽, 그리고 아버지쪽 상류를 무의식적으로 탐색하며 쓴 소설이다.

소의 창에 드리운 어린아이의 춤

　•

　一 ──────────── "어이, 거기 조센진 꼬마 녀석, 이리 오라!"

이마에서 정수리까지는 면도칼로 바짝 밀고, 뒷머리는 올려 묶은 왜인 병사 하나가 어떤 소년을 강압적으로 선두 쪽으로 끌고 갔다. 왜인은 소년을 어떤 항아리 쪽으로 이끌었다. 그리고는 항아리를 덮은 나무 뚜껑을 열었다.

소금으로 꽉 찬 항아리. 소금에 붉은 빛이 돌았다. 왜인은 손가락으로 그 소금을 헤치고, 검붉은 핏덩이를 하나 꺼내 소년에게 들이밀었다. 소년은 외마디 비명을 질렀다.

그것은 사람의 코였다. 왜놈들이 자신의 공적을 증명하기 위해 우리 조선인 동포의 코를 잘라 소금에 절여 항아리에 담가 놓은 것이다.

왜인은 날카로운 비수 하나를 꺼내들었다. 그리고 배 한 구석에 엎어져 있는 소녀를 가리켰다. 그 소녀는 하얀 소복차림에, 흙투성이 맨발로, 엎어진 채 꼼짝 않고 있었다. 며칠 간 추위와 배고픔, 왜놈들의 윤간에 시달리다가 이제 막 숨이 끊긴 것이다. 왜놈은 손에 든 비수로 자기 코를 가리킨 다음, 코를 베는 시늉을 하였다. 그리고 소년에게 비수를 겨눈 다음, 다시 소녀를 가리켰다. 왜인은 소년에게 죽은 소녀의 코를 베라고 강요하고 있었다.

"싫어요, 못해요!"

소년은 한국어로 이렇게 말하며 몸을 웅크리고 머리를 싸맸다. 왜인은 소년에게 다가갔다.

"이 자식이 뭐라고? 다시 말해 봐!"

이번에 소년은 일본어로 대답하였다.

"싫습니다! 못한다고요!"

"뭐라고? 이 자식이!"

왜인은 소년의 댕기머리를 잡아채고 목에 칼을 대었다. 조선인의 생사여탈권은 왜인에게 있었다. 조그마한 반항으로도 뎅정 목이 날아갈 수 있었다. 일촉즉발의 상황이었다. 그때 체구가 우람한 한 사내아이가 앞으로 나섰다. 턱선이 잘 발달해 있었고, 얼굴은 빛에 타서 가무잡잡했으며, 팔뚝의 근육이 불거졌다. 그는 왜인 앞으로 다가가서 손을 내밀었다.

"칼 주소. 내가 베겠소."

그는 칼을 어서 달라는 듯한 손짓을 했다. 왜인은 웃으면서,

"그래, 가져가라 이놈아."라고 말하고는 그 우람한 사내아이 앞으로 다가갔다.

"요놈이 감히!"

왜인 병사는 우람한 사내아이에게 달려들어 번개처럼 비수로 뺨을 그

었다. 뺨에 붉은 선이 잠깐 생기나 싶더니, 곧 주루룩 피가 흘러내렸다. 사내아이의 눈에 살기가 어렸다.

이 광경을 아까부터 지켜보고 있던 왜인 장수가 있었다. 화려한 갑옷과 투구를 갖춘 것을 보니, 신분이 높은 장교 같았다. 그는 부하인 그왜인 병사를 엄하게 질책했다.

"칸페에, 그만 하게. 저 녀석들은 고향의 다이묘들에게 바쳐야 할 노예들인데 한 놈이라도 성히 보내야 할 거 아닌가. 하다못해 노예로 팔아 몇 문(文: 당시 일본의 화폐 단위)이라도 남겨야지. 잊지 말게. 저 놈들은 그냥 물건이 아니고, 값진 재산이라네. 알겠는가?"

왜인 병사는 몸을 빳빳이 세우고 "네, 알겠습니다!"라고 답했다. 그신분이 높은 왜인 장수가 지시하였다.

"저 여자애 시체는 그냥 바다에 던져 버려라!"

二 ─────── "참으로 고마워. 자네도 진주 사람인 겐가?"

"맞소. 진주 갖바치의 자식이오. 당신은 보니 학문 좀 하는 집안의 자제 같아 보이는구려."

"난 몰락한 중인 가문의 자손이라네. 이렇게 다 같이 포로로 잡혀 왜놈 땅에 잡혀 가는 마당에 양반 상놈이 어딨을까."

"참, 통성명이나 합시다 그려. 나는 김판석이라 하오."

"나는 강우성이라 한다."

그때 아까의 그 왜놈 장수가 나타났다. 그는 강우성 앞에 섰다.

"어이, 조센진. 일본어는 언제 어디서 배웠나?"

강우성은 부자연스러운 일본 억양으로, 조심스레 더듬더듬 말하기 시작했다.

"여기…, 잡힌 뒤…, 일본인…, 보고…, 말하기…, 따라한다."

"호오, 그럼 조선에서 일본어를 배우지는 않았다는 말이구나."

"그렇다…."

왜인 장수는 흥미가 동하는지, 강우성 앞에 털썩 양반다리로 앉았다. 자기 부하더러 뭔가 지시를 하였다. 부하가 지필묵을 가져왔다.

"네 이름을 써 보거라."

강우성은 한자로 자기 이름을 썼다. 왜인의 눈이 빛났다.

"네 나이와, 네가 지금까지 배운 것들도 한 번 써 보아라."

"나이 12세. 소학, 논어, 동몽선습."

왜인은 만족한 듯한 얼굴로 일어섰다. 그리고 허리춤에 찬 주먹밥을 강우성에게 던졌다.

조선인 포로에게는 이틀에 밥 한 끼밖에 주지를 않아, 그들은 늘 굶주림에 시달렸다. 강우성은 주먹밥을 보자 위장이 꼬이는 아픔을 느꼈다. 너무나 배가 고파서, 음식의 냄새만 맡아도 위가 요동치는 것이었다. 강우성은 주먹밥을 두 손에 받든 채, 감사 표시를 하려고 일어섰다. 그러나 왜인 장수는 벌써 선실로 들어가 버린 후였다.

"어이, 판석이, 내 이 주먹밥 나눠 먹세. 아까는 고마웠네."

"아니 일본어는 어디서 배웠수? 신통방통한 형님일세."

"웬 형님?"

"아까 12세라 쓰지 않았수, 내가 그 정도 한자는 알아. 난 열한 살이거든. 앞으로 형님으로 모시지요."

"실없기는….'
"그나저나, 거 빨리 주먹밥이나 좀 주쇼, 형님."

三 ────────── 배는 며칠이나 걸려 나가사키에 도착했
다. 나가사키는 노예를 가득 실은 수많은 배들로 북적였다. 이 배들은
날씨를 살펴 곧 다른 곳으로 떠나려 하고 있었다. 이 시점에서 노예의
분류와 배치가 다시 이루어졌다. 이질을 앓거나 몸이 아픈 사람은 연안
으로 데려가서 창으로 찔러 죽이고 시체는 불에 태웠다. 도공이나 활자
공 등 기술이 있는 사람은 최고의 대우를 받았다. 그들은 으리으리한
배로 옮겨 태워졌다. 여자들은 나이와 외모, 신분에 따라 분류했다. 얼
굴이 반듯한 양갓집 규수는 다이묘의 첩으로 보낼 예정이었다. 그들 역
시 식량이 가득한 배로 옮겨 태웠다. 곱고 어린 상민이나 천인의 계집
들은 하급 무사의 노리개로 삼고, 나머지는 하녀로 보내려고, 각각 다
른 배로 배치하였다.

그런 과정에서, 이쪽 배에서는 여남은 여자들을 다른 배에 옮겨 태웠
고, 다른 배에서는 5-10세 정도의 젊은 남아들을 이쪽 배로 몰아 태웠
다. 이제 이 선박은 어린아이들로 발 디딜 틈이 없었다. 이 중 몇이나
살아남을 수 있을까.

아이들이 훌쩍이기 시작했다. 한 아이가 "엄마-"하고 울음을 터뜨리
자 아이들이 일제히 울기 시작했다. 왜인 병사가 창을 거꾸로 들어 아
이들의 머리를 무차별로 때리기 시작했다. 그래도 울음소리가 그치지
않자, 조총을 장전하여 하늘로 쐈다. 천둥번개 같은 소리에 놀라, 아이
들은 뚝 울음을 그쳤다. 코 훌쩍이는 소리만 들렸다.

그런데 그 가운데 눈물 한 방울 흘리지 않고 저 나가사키의 연안을 똑바로 쳐다보고 있는 아이가 하나 있었다. 다섯이나 여섯 살쯤 되었을까. 그는 이 모든 것이 아무렇지도 않은 듯, 오히려 새로운 세상에 나간다는 것이 즐겁다는 듯, 묘한 미소를 짓고 있었다.

이 아이는 용모도 남달랐다. 여자아이처럼 날렵한 얼굴 윤곽에, 연한 눈썹, 그리고 새하얀 얼굴, 가늘고 기다란 손. 여자아이라고 해도 믿을 수 있을 것 같았다. 이 아이는 울고 있는 새까만 코흘리개들 사이에서, 고고한 표정으로 조용히 앉아 있었다.

밤이 찾아왔다. 보름 달빛이 교교하였다.

여자 같은, 얼굴이 새하얀 아이가 섶을 끌러 자그마한 피리를 꺼냈다.

소년은 조용히 피리를 불었다.

달빛과 피리 선율이, 사람들의 눈물에 섞여 그들의 얼굴을 반짝반짝 슬픔으로 물들이고 있었다. 아이들은 두고 온 고향을, 왜인들은 곧 돌아갈 고향을 그리며 서로 눈물을 흘렸다.

왜인 장수가 한숨을 내쉬며 한탄 섞인 소회를 내뱉었다.

"참으로 신묘한 솜씨로다. 조선에는 저렇게 관을 올리지 않은 아이들도 격조 높은 음악을 연주할 줄 아는구나. 히데요시의 망상을 알 만하다. 우리는 절대 조선을 이기지 못할 것이다."

슬픈 선율이 울려 퍼지는 가운데 강우성과 김판석은 소리를 죽였다.

"자네, 저 아이가 누군지 아는가?"

"형님, 확실히는 모르겠지만 제가 사천으로 아버지 씨름 대회에 함께 갔을 때 저 아이가 제 아비와 함께 씨름장에서 엿을 팔고 있는 걸 본 듯

합니다요. 얼굴이 하도 고와서 남자아인지 여자아인지 궁금해 아버지께 여쭤본 적이 있지요. 그래서 기억이 남은 것 같아요."

"참으로 안된 일이다. 예닐곱으로밖에 보이지 않고, 저렇게 여린데 어디 타향의 노예살이를 버틸 수 있을지…. 하긴 우리가 남 걱정할 팔자가 아니지만… ."

"그렇습니다. 기회를 보아 왜놈들이 작업을 할 때 저 아이에게 말을 좀 붙여봐야겠습니다."

"그러자꾸나."

四 ────────── 항해하기에 적합하지 않은 궂은 날씨가 계속되고 있었다. 어느 날, 천둥번개가 치며 비가 세차게 쏟아졌다. 이날 오전, 저 수평선을 뚫고, 기괴한 모양의 선박 하나가 나타났다.

그 커다란 검은 배는 그 표면에 옻칠이 되어 있는지, 반짝반짝 윤이 났다. 왜선과는 비교도 할 수 없는 커다란 삼각돛과 그 돛에 그려진 기묘한 십자형의 표시가 위압적이었다. 배의 옆쪽으로는 함포가 늘어서 있었다. 귀신들이나 타고 다닐 법한 배, 이것은 포르투갈의 노예선이었다.

이 검은 배는 나가사키 항구에 배를 대었다. 그리고 여러 척의 나룻배를 나눠 타고 노예 상인들이 각각의 왜선으로 올라가기 시작하였다. 흥정이 시작되었다.

포르투갈 상인과 왜인 사이에는 몇 가지의 불문율이 있었다. 우선 노예 상인은 배에 올라 왜인 장수에게 예를 갖추어 상납품을 올려야 했다. 이 배의 장수는 피술[血酒], 즉 포도주를 요구하였다. 그리고 또 하나의 불문율. 노예 상인은 노예를 거래하되, 왜인 장수가 점찍은 포로

들은 절대로 건드려서는 안 되었다. 이는 질 좋은 노예는 왜인 장수를 거느린 다이묘에게 바치는 진상품이기도 하였기 때문이다. 따라서 노예 상인들은 왜인 장수가 점찍은 기예나 학식이 있는 포로들은 넘볼 수가 없었다.

왜인 장수는 잠시 볼 일이 있어 뭍에 올라야 했다. 그는 부하에게, 강우성과 그 피리 불던 아이는 절대 넘기지 말라고 명령해 두었다.

포르투갈 상인이 배에 올랐다. 커다란 키와 우람한 체구, 끝으로부터 말아 올린 수염에 아이들은 기겁을 하였다. 연한 갈색 머리는 곱슬곱슬하였고 눈은 파랬으며, 풀어진 옷섶 안으로 붉은 가슴털이 보였다. 검은 색 옷에 커다란 금목걸이, 허리에 찬 검. 한 아이가 외쳤다.

"도깨비다! 엄마가 이야기해준 도깨비다!"

아이들이 또 일제히 울기 시작했다. 포르투갈 상인은 익숙한 일이라는 듯이, 이 울음소리를 무시하고, 선두에 접이식 의자와 책상을 폈다. 그리고 아이들을 열 지어 자신 앞에 서게 만들고, 그렇게 아이들을 차례차례 살피기 시작했다. 두개골의 모양을 알아내려는 듯 머리를 만지고, 입을 열어 치아와 치열을 살폈다. 생식기와 항문도 보고, 값을 매겼다. 그리고 왜인 병사와 흥정을 하였다.

"이 아이는 2.5스쿠도를 드리겠소."

"아니, 터무니없는 가격이잖소. 일전에는 그 두 배를 주었잖습니까."

포르투갈 노예 상인은 칸페에와 이야기를 하면서 여자아이처럼 생긴 그 하얀 아이를 흘깃흘깃 쳐다보고 있었다.

"노예 수가 많아지면 값이 내려가는 것은 당연하오. 그것이 수요와 공급의 법칙이지. 가격을 올리고 싶으면 당신들이 포로를 많이 잡지 않으면 되지 않겠소."

"알았소. 그럼 2.5스쿠도로 합시다. 자, 다음, 너, 이리 올라와."

왜인 병사가 한 아이를 끌어올리려 하자, 포르투갈 노예상인이 그를 저지하였다.

"잠깐만, 그 전에, 저기 저 예쁘장한 아이는 여자아이요?"

포르투갈 상인이 푸른 눈을 빛내며 입맛을 다셨다.

"아니요, 남자아이요. 저 아인 절대 꿈도 꾸지 마시오. 다이묘께 진상할 녀석이라오."

포르투갈 상인은 못내 아쉬운 듯 입으로 쩝쩝 소리를 냈다.

"하, 고것 참 맛있게 생겼는데….”

그 다음 아이는 김판석이었다. 포르투갈 상인은 김판석의 팔뚝과 허벅지를 만져보더니 깜짝 놀랐다.

"허, 고 녀석 참 실하네. 이 녀석은 3스쿠도를 내리다."

그때였다. 김판석은 노기등등한 눈빛으로 포르투갈 상인을 쏘아보았다. 포르투갈 상인이 입을 벌리려고 억지로 턱을 잡자, 되레 입을 악다물었다. 포르투갈 상인은 아이의 입을 벌리려고 양손으로 턱을 꽉 조였다.

"어딜 감히, 이 자식이!"

포르투갈 상인은 판석의 반항에 화가 머리끝까지 나, 허리춤에 찬 사벨을 꺼내어 김판석을 찌르려고 하였다. 왜인 병사가 상인을 막았다.

"포로의 생사여탈권은 우리가 가지고 있소. 횡포 부리지 마시오."

"자, 그럼 3스쿠도를 내면, 저 아이는 내 것이 되지. 그럼 죽이든 말든 상관 안 하실 거 아니요. 자, 여기 3스쿠도 받으시오."

"그럼, 5스쿠도를 받겠소. 당신이 아이의 목을 치는 즐거움에 대한 값을 더 받아야겠소이다."

"허, 거 참 치사하구만. 그럼 5스쿠도 내리다. 저 아이를 데려오시오."

이 모든 대화는 일본어로 구사되고 있었다. 포르투갈 상인도 나가사키에 꽤 오래 상주해서인지 유창한 일본어를 하고 있었다. 강우성은 지금껏 왜인들의 대화를 유심히 관찰해 왔다. 왜인의 말과 우리말은 문법 구조는 유사한 듯했다. 단어가 있고, 문법적 기능을 하는 조사와 어미가 있는 것은 유사하였다. 어미를 통하여 시제를 표현하거나 존대를 하는 것 등도 공통점이었다. 하지만 어미가 활용되는 규칙은 조금 다른 듯했다. 강우성은 이러한 유사성과 차이점을 유심히 관찰하였다. 일본어의 패턴을 조금씩 이해하기 시작하였고, 지금껏 어깨 너머로 들은 왜인 병사들의 대화로 인하여 그 뜻을 파악하는 것은 이제 무리가 없었다. 다만 회화를 하기에는 아직 힘에 부쳤다. 하지만 어느새 호형호제하는 사이가 되어 버린 판석이 팔려가는 것을 두고 볼 수만은 없었다. 강우성은 승부수를 띄워보기로 했다. 큰맘을 먹고, 자기와 안면을 터 친분을 쌓아놓은 왜인 병사 칸페에에게 소리쳤다.

"칸페에 씨, 장수께서⋯. 저 아이⋯. 팔지 말라고 했습니다."

"그게 무슨 소리야? 내가 아까 분명히 들었다. 너하고 저 허연 애만 팔지 말라고."

"아닙니다. 이따 장수님 오시면 확인하실 수 있을 겁니다. 거짓말이면⋯. 제가⋯."

강우성은 '책임'이라는 일본말을 몰라 자기의 가슴에 손을 댄 후, 자기 목을 자르는 시늉을 하였다.

포르투갈 상인은 놀랐다.

"저 녀석은 일본 아이요?"

"아니요, 저 녀석은 우리가 대화하는 것만 듣고도 보름 만에 저 정도 일본어를 하게 됐소. 조선에는 기예와 학식이 있는 놈들이 많다오."

"호오. 그것 참 대단하구려. 저런 녀석이 정말 탐이 나는 녀석들인데…."

왜인 장수는 강우성에게 협박하듯이 말을 했다.

"네 말이 정말이렷다!"

"네…. 맞습니다. 저 아이를 팔지 말랬는데 팔았다가 칸페에 상이 혼나는 거, 싫습니다."

칸페에는 곰곰이 생각해 보고 그것도 맞는 말이라는 생각이 들었다. 아이를 팔아도 그 돈은 장수에게 돌아가는 것이다. 만약 판석을 팔지 말라는 강우성의 말이 사실이라면, 팔았다가는 매우 혼이 날 것이다. 하지만 팔지 않아도, 일본 본토 내에서도 노예는 얼마든지 팔 수 있다. 이런 계산에 미치자, 칸페에는 역시 판석이도 넘기지 말아야겠다고 마음을 먹었다.

"이 녀석도 팔지 않겠소이다."

포르투갈 상인은 씩씩거렸다.

"도대체 흥정이 되어야 말이지!"

상인은 분이 풀리지 않는지, 판석의 따귀를 여러 차례 세게 갈겼다. 판석은 그 큰 털복숭이 손이 왕복하는 것에 맞추어, 좌우로 휘청휘청대다가 결국 나가 떨어졌다. 강우성은 판석을 부축하여 선미 쪽으로 데려갔다.

이제 배에는 대여섯 명의 어린아이들만 남았다. 인신매매는 끝났다. 노예상인은 아쉬운 듯 그 여자아이 같은 소년을 보며 입맛을 쩝쩝 다셨다. 상인은 칸페에게 다가가 귓속말을 하였다.

"저기 저 어린애, 나한테 달라는 이야긴 안 하겠소. 내가 이걸 드릴 테니 저 아이 한 번만 데리고 놀게 해 주시오."

포르투갈 상인은 허리춤에 찬 작은 가죽 주머니의 끈을 풀고 진주 하나를 꺼내보였다.

"칸페에 상, 이건 구라파산 최고급 진주요. 부인께 가져다드리면 아주 좋아할 거요. 내 정성이외다. 넣어 두시고, 그저 나한테 선실을 몇 분만 빌려주시면 좋겠소."

칸페에는 진주가 탐이 났다. 농사꾼으로서, 직업 군인도 아닌데 이 타향까지 끌려와 보상 없는 전쟁에 동원되는 것에 진력이 난 터였다. 이 정도 부수입이라도 챙겨야 가족에게 체면이라도 설 것이 아닌가. 이 진주는 너무나 아름답구나. 고향의 노모에게 드리면 얼마나 좋아하실까. 칸페에는 승낙을 하였다. 그는 하얀 얼굴의 소년에게로 다가갔다.

"어이 조센징, 따라오너라."

칸페에는 여린 가지와 같은 아이의 팔을 우악스럽게 휘잡고는 그를 선실로 밀어 넣었다.

선실 안으로 소년이 들어서자, 포르투갈 상인은 징그러운 웃음으로 그를 맞이하였다. 그는 덫에 걸린 토끼처럼 두려워하는 눈빛의 하얀 소년에게, 동그란 사탕 하나를 건넸다.

"이 달콤한 걸 한 번 먹어보렴. 천사가 눈앞에 나타날 거다."

포르투갈 상인은 마치 이렇게 먹는 것이라는 양, 자기가 먼저 사탕 하나를 입에 넣고 우물거렸다. 그리고 나머지 하나를 아이에게 건넸다. 아이는 사탕을 받아들고, 얼굴을 찡그렸다. 예전에 설사로 고생할 때 어머니가 고약한 냄새의 환약을 억지로 먹인 기억이 있기 때문이다. 아이는 할 수 없이 그것을 입으로 가져갔다. 아이는 어안이 벙벙하였다. 아이는 살면서 이제껏 이렇게 황홀한 환약을 먹어본 일이 없었다. 뭔가 달콤한 향기가 뇌를 적시는 것 같았다. 머리가 아찔하였다. 상인이 징그럽게 웃으며 말했다.

"이게 너한테 조금은 도움이 될 거다. 아픔도 조금은 경감시켜 줄 테고."

상인은 가죽 허리띠를 풀었다. 아이는 몸을 움츠렸다. 그럼 그렇지. 날 때리려는 거였구나. 울 아버지가 술만 마시면 나를 개잡듯이 팬 것처럼. 하지만 그는 허리띠로 아이의 손을 묶는 것에 그쳤다. 그리고 선실 한구석 짚자리에 아이를 엎드리도록 하였다.

아이는 영문을 몰랐지만 시키는 대로 했다. 아이는 상인이 자신의 바지를 벗겨 발까지 내리는 것을 느꼈다. 아이는 고개를 돌려 상인의 얼굴을 봤다. 터질 듯한 욕망으로 얼굴이 일그러진 그 흉측한 모습은, 예전에 뒷산을 뛰놀다가 발에 채인 귀면와(鬼面瓦)의 그것과 똑같았다.

"조금만 참아라, 금방 끝나니까."

찢어질 듯한 통증. 포르투갈 상인의 거친 움직임에 따라 미칠 듯한 통증이 파도치듯 몰려왔다. 아이는 비명을 질렀다. 상인은 아이의 머리를 잡고 짚 속으로 묻어버렸다.

그렇게 천인공노할 겁간이 끝나고, 상인은 만족한 듯이 큰 소리로 웃으며 자리를 떴다.

아이는 옷을 주섬주섬 주워 입고, 자리로 돌아갔다. 아이는 수치심에 온몸을 떨었다. 몸을 웅크리고 팔로 무릎을 안은 채 한없이 울었다. 강우성과 김판석은 대충 어떤 일이 있었는지 짐작만 할 뿐, 저 선실 안에서 정확히 어떤 사건이 있었는지는 알 수가 없었다. 다만 아이의 모습으로 보아 상인이 심각한 나쁜 짓을 한 것 같다고 짐작할 수 있을 뿐이었다.

육지로 일을 보러 나갔던 왜인 장수가 돌아왔다. 왜인 장수는 노예를 팔아넘긴 돈을 확인하였다. 아직 바람이 세차게 불고 있었다. 아이들은 서로 옹기종기 모여 앉아 서로의 몸을 덥히려고 하였지만, 역부족이었다. 아이들 모두 오들오들 떨고 있었다.

왜인 장수는 다이묘에게 한시도 지체하지 말라는 전갈을 받은 터였다. 그는 선원들에게 항해를 속개할 것을 명했다.

그때였다. 분주한 틈을 타, 울고 있던 하얀 얼굴의 아이가 물속으로 첨벙 뛰어 들었다. 순식간의 일이었다. 왜인 장수는 허우적거리는 아이의 얼굴을 확인하였다.

"저 녀석 저거 피리 불던 놈 아니냐. 진상하려던 놈인데 참으로 아깝구나. 허나 어쩔 수 없다. 가자!"

김판석은 이 장면을 두고만 볼 수 없었다. 그는 차디찬 바다로 뛰어들었다. 판석은 억센 팔로 헤엄쳐 가, 조류에 떠밀려 가는 하얀 아이의 팔을 간신히 붙잡았다. 칸페에는 무슨 생각이 들었는지, 몽둥이를 밧줄에 묶어 휩쓸려 가는 애들에게 던졌다.

"칸페에, 뭐하는 짓이냐!"

"저 두 아이는 여기 애들 합친 것보다 더 값이 나가는 녀석들입니다.

빨리 끌어내면 되죠, 뭐!"

장수는 어이가 없다는 듯한 표정을 지었으나, 곧 다른 선원에게 배를 아이들 쪽으로 댈 것을 지시하였다. 그렇게 두 아이를 무사히 물에서 꺼내었다. 장수는 한숨을 내쉬었다.

"이젠 저따위 농군도 상관 말을 안 들어 처먹는구나! 이 지랄 맞은 전쟁이 뭔지!"

五 ——————— 배는 시모노세키를 통과하여 세토 내해로 진입하였다. 좌우로 섬들과 연안이 보였다. 일본은 여러 큰 섬으로 되어 있고 그 사이로 바다가 강처럼 이어져 있는 나라로구나. 강우성은 신기해하였다.

하얀 아이는 물에 빠진 후 혹독한 감기에 걸려 며칠간 생과 사의 경계를 왔다 갔다 하였다. 판석은 그 하얀 아이가 왠지 모르게 애틋하고 마음에 걸렸다. 아이를 꼭 안아서 몸을 덥혀 주었으며, 자기의 주먹밥을 나누어 주기도 하였다.

강우성은 왜인 장수와 자주 시 문답을 하였는데, 그럴 때마다 받는 말린 정어리며 육포 같은 것을 가지고 와서 판석과 하얀 아이와 나누어 먹었다. 이렇게 아이는 강우성과 김판석의 극진한 간호로 건강을 되찾게 되었다. 아이가 어느 정도 정신을 차리자 판석은 호기심에 못 이겨 하얀 아이에게 물었다.

"자네 혹시 사천 장터의 엿장수 아들이 아니던가?"

아이는 부끄러운 듯 얼굴을 붉히며 말을 했다. 그 모습이 천생 여자아이로밖에 보이지 않았다.

"어찌 아셨소?"

"아, 내가 울 아버지 씨름 대회 나갔을 때 엿장수 옆에서 피리를 부는 자네를 본 적이 있지. 역시 맞았구만!"

판석은 어깨를 으쓱하며 우성을 쳐다보았다. 우성이 물었다.

"이름은 무엇이오? 나이는?"

"전 손말금이라 하옵니다. 나이는 열 살이구요."

우성과 판석은 이렇게 곱고 어리게 보이는 소년이 자기와 몇 살 차이 나지 않는다는 것을 알고는 깜짝 놀랐다. 판석은 애써 놀람을 감추며 말했다.

"나는 판석이라 하고, 이쪽은 우성이 형님이오. 우리는 진주 사람이오. 진주성에 있다가 왜놈들한테 잡혀 왔지. 그나저나 자네는 어찌 그 어린 나이에도 피리를 그리 잘 부오? 정말 신의 솜씨요."

"제 아비가 그냥 밥을 벌어먹으려고 저를 막 굴려 이렇게 된 건데요, 뭘. 아재도 저처럼 매일 엉덩이에 불이 나도록 맞고 입술이 부르트랴 연습하면 나처럼 된다오."

"자네도 나처럼 천출인가 보구면. 하루 벌어 하루 먹고 살기도 힘든…."

"여부가 있나요. 전 이렇게 잡혀 온 게 차라리 복이란 생각도 듭디다. 저 양놈한테 욕을 보기 전까지는 말이에요."

판석과 우성은 그 이야기가 나오자 한마디도 덧붙이지 못하고 그저 양 미간을 찌푸릴 수밖에 없었다.

"하여튼 이렇게 고국의 두 분 덕분에 목숨은 건졌으니, 예를 다해 두 분을 형님으로 뫼시겠습니다. 정말 고맙습니다, 형님들."

판석의 얼굴에 웃음꽃이 피었다. 판석은 말금을 본 첫 순간부터 묘한 감정을 느꼈다. 그것은 애틋한 감정과 연모의 정이 섞인 것이었다. 이제 말금이 이렇게 활기를 되찾는 것을 보고 판석은 뿌듯함을 느꼈다.

"그나저나 형님들, 저희는 이제 어떻게 되는 걸까요? 왜인들은 귀신 같은 야만인이라 그러던데, 우리가 살아남을 수 있을까요?"

강우성이 말을 받았다.

"어디 인간 사는 데가 그렇게 다를 리가 있겠느냐. 그곳도 사람 사는 곳일 터, 처신을 바르게 하고 마음을 굳게 먹으면 살지 못할 까닭이 없다."

판석이 말했다.

"형님, 그런데 우리 아비가 그러던데, 이 난이 일어나기 전에도 왜구들이 우리나라에 와서는 마을을 쑥대밭으로 만들고 그랬다데요. 완전히 짐승들이라고요."

"우리 아버지께서는 대마도주와 종종 서한을 왕래한 적이 있으셨다. 그것에 따르면, 일본은 지금 전국이 사분오열되어 칼을 찬 무장들이 서로를 못 잡아먹어 안달이라 그러더라. 그렇게 일본이 어지러우면 왜구들이 설쳐대고, 이렇게 풍신수길이라는 자가 일본을 통일하니 이제는 정식으로 우리나라를 습격해오는 것이다. 그러니 일본은 문(文)보다 무(武)가 강한 나라라 할 것인데, 이 무장이라는 자들도 이제 통일을 위해서는 문(文)도 필요하다는 것을 알게 될 것이다. 그리고 일본은 상업이 발달해 있지만 상대적으로 장인은 무기를 만드는 사람 말고는 별로 기예가 뛰어나지 않은 것 같다. 그러니 우리가 살아남으려면 뭔가 조금이라도 학문을 더 배워두거나, 기술을 닦지 않으면 안 될 것 같다."

판석과 말금은 혀를 내둘렀다.

"제가 형님을 봤을 때부터 총명하신 건 알고 있었지만 이 정도인 줄은 몰랐습니다. 형님과 함께라면 어딜 가도 안심할 수 있을 것 같습니다."

말금도 말을 보탰다.

"정말이여요. 저희 동네 양반은 만날 기생을 끼고 놀기만 하다가 왜놈들 쳐들어오니 도망가기 바쁘던데, 형님 같은 양반도 있군요."

"나도 양반은 아니고 몰락한 중인 출신이다. 우리나라 양반들은 서로 당쟁에 몰두하느라 백성이 어떻게 되든 나 몰라라 하니…. 조선이 이번 난으로 멸망하더라도 사실 이상할 건 하나도 없다. 어쨌든 우리는 지금부터 정신을 바짝 차리고 어떻게든 살 방법을 강구하여야 한다. 우리 동포끼리 힘을 뭉치면 그래도 살아남을 가능성은 높아질 것이다. 여기서만큼은 싸우지 말아야 한다."

두 동생은 어린 참새처럼 입을 모으고 알겠다고 했다. 강우성은 두 동생에게 용기를 북돋기 위해 그렇게 말은 했지만, 사실 한치 앞을 모르는 것은 그도 마찬가지였다. 강우성은 자기도 모르게 한숨을 내쉬며 둘에게 당부했다.

"우리가 어떻게든 살아남으려면 어느 때 무슨 일이 일어나는지 신속하게 알아야 한다. 우리는 왜놈의 땅에 있으니, 왜놈의 정보를 빨리 알기 위해서는 왜놈의 말을 잘 익혀두는 것이 중요하다. 그래서 내가 틈이 나는 대로 그들의 말을 잘 익혀두는 것이다. 만약 조선의 배가 어디에 와 있다, 라는 말을 왜놈말로 들었다고 해 보아라. 그러면 정보를 입수하기가 더 편할 테고, 따라서 탈출하기가 한결 편하지 않겠느냐. 그리고 사람이라면 누구나 외지인이라도 자기 나라 말을 쓰는 사람은 호감을 가지고 보게 되어 있단다. 그러니 우리는 왜놈 말을 쓰지 않겠다고 고집하지 말고, 이를 열심히 배워 두어야 한다. 알겠느냐."

어린 두 참새는 감탄의 눈으로 우성을 보며, 알겠다며 고개를 끄덕였다.

六 ──────── 며칠 동안의 항해 끝에 배는 대판(大阪, 오사카)에 닿았다. 여기에서도 노예무역은 성행하고 있었다. 논마지기라도 가지고 있는 사람은 싼 값에 노동력을 구입할 수 있는 절호의 기회였다. 장애가 있어서 결혼을 하지 못한 노총각들은 싼값에 아내를 살 수 있었다. 여기저기에서 가격을 흥정하는 소리가 들렸다. 거칠게 끌려가는 아녀자들의 울음소리가 그치지 않았다. 아비규환의 지옥도…. 인간이 이런 끔찍한 일을 저지를 수 있나, 우성은 그 한가운데에서 그런 생각을 하고 있었다.

그때, 한 왜인 노파가 이쪽으로 왔다. 말금의 초췌하고 파리한 모습을 보면서, 할머니는 울부짖었다.

"하늘이 무심하시기도 하셔라. 이렇게 어린 아이가 무슨 죄가 있다고 이역만리까지 와서 이렇게 고생해야 하나. 태합(太閤: 도요토미 히데요시를 말함)이시여, 하늘이 두렵지도 않사옵니까."

왜인 노파는 자기도 기근으로 어린 손주들을 잃은 터라, 말금의 휑한 눈을 보고는 슬픔이 물밀 듯 밀려 든 것이었다. 노파는 허리춤에서 연잎에 싼 주먹밥을 꺼내어, 말금의 손에 꼭 쥐어주었다. 그리고 말금의 티 없는 얼굴을 한없이 쓰다듬었다.

"지장보살이시여, 이 아이를 보살펴 주시옵소서. 이 아이를 보살펴 주시옵소서."

칸페에는 이 장면을 보면서, 자기의 노모가 생각나서 코끝이 찡해오는 것을 느꼈다. 전쟁이란 것이 무엇인가. 이걸로 득을 보는 사람은 과연 누구란 말인가. 결국 이긴 쪽도 진 쪽도 고통만이 남는 것이 아닐까. 칸페에는 마음이 아팠다.

왜인 장수도 나머지 아이들의 매매를 끝냈는지, 곧 이 셋 쪽으로 왔다. 그는 우성과 말금에게 손짓했다.

"너, 그리고 너, 둘은 다이묘께 가게 될 것이다. 다이묘께서 전쟁에서 귀환하는 즉시 너희 둘은 그분께 가게 된다. 그 전까지 내 집에서 식객으로 함께 있을 것이다."

우성은 판석을 가리키며 왜인 장수에게 말했다.

"저 동생도 함께 가게 해 주시면 안 되겠습니까."

장수는 날이 갈수록 부쩍부쩍 느는 우성의 일본어 실력에 놀라면서도, 기선을 제압하려는 듯 눈을 부릅떴다.

"쟤는 이번 전쟁에서 나를 보필한 저 칸페에에게 하사할 것이다. 칸페에가 저 아이를 살린 것을 잊지 않았겠지. 그것에 노동으로 보답을 해야 할 것이다. 칸페에는 이 근처에서 사니 너희들은 다시 만날 수 있을 것이다. 이제 군소리 말고 나를 따르라."

판석은 무슨 말이 오가는지 궁금하여 그저 눈을 동그랗게 뜨고 꿀 먹은 벙어리 같은 표정을 하고 있었다. 우성이 판석을 보며 미소 지으며 고개를 끄덕이는 것을 보고서야, 서로 아주 멀어지는 것은 아니라는 걸 어렴풋이 짐작할 수 있을 따름이었다.

이들은 이렇게, 노예 생활의 첫발을 내딛게 되었다.

판석은 울면서 우성에게 외쳤다.

"형님, 곧 다시 봬요! 건강하시오, 건강하시오!"

우성은 애써 웃으며, 얼른 고개를 돌렸다. 그의 뺨에도 조용히 눈물이 흐르고 있었다.

七 ——————————— 그 왜인 장수의 이름은 마에다였다. 하급무사로서, 호소카와 타다오키(細川 忠興)를 주군으로 모시고 있었다. 그의 성은 아담한 규모였지만, 그 식구들이 살기에는 충분히 컸다. 그곳에 부인과 어린 딸, 아들의 남매, 그리고 노모를 모시고, 십여 명의 가신들을 거느리고 있었다.

무장이 성의 정문에 들어서자, 머리를 위로 묶고 유카타를 입은 어린 딸이 소리를 지르며 뛰어 나왔다.

"파파! 파파!"

딸은 마에다의 철갑에 매달려서 재롱을 떨었다. 마에다는 너털웃음을 지었다.

"아이고, 우리 딸이 이렇게 컸구나, 이렇게 컸어! 이제 시집가도 되겠다."

어린 아들은 엄마 뒤에 숨어 엄마의 치마를 꼭 쥐고 있다가, 등을 떠밀자 그때서야 아버지에게로 갔다.

"요시노부야, 잘 있었느냐, 자, 이리 온, 아빠에게 안겨야지!"

아들은 아빠에게 안겼다.

"아버지, 아버지께서 뭔가 쇠비린내가 나요!"

마에다는 눈살을 찌푸렸다. 지금까지 적의 수급을 몇이나 베었던가. 피비린내가 몸에 밴 것이다. 아들은 신이 나서 아버지한테 질문을 쏟아내었다.

"조선에서 적의 머리를 많이 베셨다면서요? 황금도 많이 가져오셨
나요?"

마에다는 아들의 질문에 그저 미소로 대답하고는, 부인에게로 향했
다. 둘은 두 손을 맞잡았다.

"부인, 그동안 고생 많으셨지요. 이렇게 살아 돌아왔소. 부인이 해주
는 밥을 먹고 부인이 빚은 사케를 정말 마시고 싶었소."

"주인님, 이렇게 몸 성히 오신 것만으로 저는 천지신명께 감사드려
요. 밥은 이미 차려두었답니다. 이리로 오르시옵소서."

마에다는 자신의 투구와 철갑을 끌러 사동에게 넘겼다.

"아 참, 이 녀석 둘은 조선인 포로요. 주군께 진상하려고 잡아왔다
오. 이 녀석은 말에 대한 감각이 있고, 한자를 제법 안다오. 조선은 문
인의 나라라고 하더니 이렇게 어린 녀석도 벌써 학문에 대한 조예가 깊
습디다. 주군께 모셔 가기 전에 요시노부의 글월 교육이라도 시킬 참이
오. 그리고 이 얼굴이 허연 계집 같은 녀석은, 피리 부는 솜씨가 보통이
아니라오. 부인도 시간 될 때 한 번 들어보시오. 이 아이도 주군께 진상
하기 전에 우리 딸 하나에게 음악을 가르치게 하면 될 것 같소."

부인은 알겠다는 듯이 두 아이에게 미소를 지으며 부드럽게 고개를
끄덕였다. 마에다는 집안의 식솔들에게 큰 소리로 외쳤다.

"여기 두 아이는 재능이 있는 아이들로, 노예로 부리기 위해 데려온
녀석들이 아니다. 그리고 주군께 진상하는 진상품이니, 절대 다치거나
하면 안 되느니라. 내 말 명심해라."

일동은 일사불란하게 허리를 굽히고 일제히 "네! 주인 어르신!" 하고

복창하였다.

八 ──────────── 칸페에는 줄에 묶여 따라오는 판석을 흘금 흘금 쳐다보았다. 그래도 든든한 녀석이긴 하네. 이제 또 병역에 불려 갈지도 모르는데, 그렇게 되면 나를 대신해서 노모도 돌보고 경작도 할 수 있겠지. 녀석에게 경작하는 법을 잘 가르쳐서 쓸모 있는 농군이 되도록 만들어야지, 그런 생각을 하고 있었다.

칸페에는 자기도 이제 색시를 맞이할 때가 되었는데, 조선 여자라도 구해올 걸, 후회가 막심했다. 조선 여자들만큼 예쁘고 당찬 여자들이 없었다. 그는 강간의 위기에 몰려서도 자신의 절개를 지키는 당당한 조선 여인들을 보고 존경심이 일 정도였다. 하지만 조선 여자는 일을 잘하여 비싼 가격에 팔렸기 때문에, 자신으로서는 감히 넘볼 수조차 없었다. 칸페에는 가슴을 쳤다.

칸페에는 한 누옥(陋屋)의 사립문을 발로 걷어차고 들어갔다.

"엄니! 나 왔소!"

칸페에의 노모는 작고 왜소한 몸집에, 눈매가 아래로 처져서 늘 웃는 듯 보이는, 유쾌하고 귀엽게 생긴 할머니였다. 그녀는 맨발로 마당으로 뛰어나왔다.

"야아, 칸페이! 왔냐, 내 아들!"

그녀는 요란하게 손을 흔드는 일본 전통 축제 춤을 추면서 칸페에에게 달려오더니, 그의 등에 업혔다.

"어이 칸페에! 살아 돌아왔구나, 업혀 보니 우리 칸페에, 우리 칸페에가 맞구나! 자 어서 춤 춰 보려무나!"

칸페에는 어머니를 등에 업고, 신나게 뛰면서 뒤뚱뒤뚱 춤을 추었다. 판석은 이런 두 모자를 보면서 자기도 모르게 피식 웃어 버렸다.

"칸페에! 이 꼬마 녀석은 무엇인고?"

"응, 어무니, 이 아이 조선에서 잡아온 녀석인데, 완전히 힘이 장사야. 농사에 도움이 될 거 같아서."

할머니는 짓궂은 표정을 지으며 판석에게 말했다.

"썩 이리 오지 못할까!"

판석은 쭈뼛거렸다. 나이 많은 할머니가 오라고 손짓으로 부르니 판석은 엉거주춤 그녀에게로 갈 수밖에 없었다.

그녀는 판석의 다리를 만지고, 어깨를 만지다가, 갑자기 불알을 움켜쥐었다.

"우왓! 그 녀석 실하다!"

할머니는 얼굴이 빨개진 판석을 두고 자지러지게 웃었다. 실로 유쾌한 할머니로, 신기하게도 그런 장난이 별로 불쾌하지가 않았다.

"자, 먼 길 오느라 힘들었을 텐데, 밥이나 먹자꾸나."

누추한 다다미방 가운데에 정사각형으로 움푹 파인 장소에, 모래가 깔려 있었고, 천장으로부터 긴 고리가 내려와, 그것에 솥을 걸 수 있게 되어 있었다.

노모는 그것에다가 어죽을 끓여 놓았다. 그녀는 아들에게 그릇 한 가득 죽을 담아주고, 판석에게도 똑같이 한 가득 죽을 담아 주었다. 판석은 마파람에 게 눈 감추듯 죽을 들이켰다. 뜨거워서 어쩔 줄 모르는 판석을 두고 노모는 까르르 웃었다.

"저거 저거, 바보 아니야? 농사에 쓸 수나 있을까! 농사에 못 쓰면 화투나 가르쳐야겠구나! 너 이름이 뭐냐, 이름이?"

"네?"

"나, 마, 에(이름)?"

판석은 대충 할머니의 제스처를 이해한 듯, 자기 가슴을 엄지로 가리키며 당당하게 이야기했다.

"김, 판, 석"

"키무, 판, 소쿠? 어렵다 어려워. 그냥 '한조'로 하자. 한조! 어때?"

"한조? 뭐 그러시던지."

판석은 깨끗이 비운 대접을 다시 할머니에게 내밀었다.

"그래, 많이 먹어라. 칸페에도 지지 말고!"

판석은 할머니 가즈코가 자신에게도 아들과 똑같이 밥을 주고 인간적으로 대해 주는 것이 너무나 고마웠다. 자기 집은 자식이 여덟로 늘 바글바글해서, 부모는 자신의 이름조차 제대로 맞게 부른 적이 없었다. 바깥에 나가면 가죽 벗기는 집 자식이라고 무시당하기 일쑤였고, 길 가다 별 이유 없이 양반들한테 걷어차이기 십상이었다. 그래도 여기서는 밥은 충분히 먹을 수 있구나, 싶어서, 조선에 있을 형제자매들에게 면목이 없을 정도였다.

칸페에는 농번기에 들어서자 열심히 일을 하였다. 판석도 워낙 체격이 좋고 견실하여, 다른 사람의 두 배 몫을 해낼 수 있었다. 칸페에는 농사를 한 번도 해본 적이 없는 판석에게 여러 가지 일하는 요령을 가르쳐 주었다.

칸페에는 할머니의 3남 중 막내로, 터울이 많이 지는 앞의 두 형은 전쟁 난리 통에 서로 적이 되어 창을 겨눴다고 한다. 그러다가 결국 장남은 동생의 창에 찔려 죽고, 차남은 하극상으로 상관의 명을 받아 할복하였다. 삼남인 칸페에는 형 둘과 나이 차이가 많이 나, 싸움에 휘말리지 않을 수 있었다.

할머니는 두 아들의 죽음으로 정신을 놓을 뻔했지만, 전쟁의 비참함을 풍자하는 닌교조루리(인형극)를 직접 만들어서 시장터에서 공연하는 것을 통하여 자신의 한을 달랬다.

칸페에는 한 달에 한 번 수레에 할머니와 인형들 일습을 챙겨 태우고 장터로 향했다. 그리고 어머니가 공연하는 것을 도와주었다. 그 인형극은 형제 둘이 각각 다른 다이묘에게 충성을 바쳐서 싸우다가 결국 죽음을 맞이하는, 비극적인 내용이었다. 그러나 할머니는 워낙 입담이 뛰어나서, 중간중간 블랙 유머를 섞어 청중을 울리고 웃겼다. 이 동네 사람들은 할머니의 조루리를 워낙 좋아하여 그것만 기다리는 팬이 있을 정도였다.

어느 장날에 할머니가 판석을 불렀다.

"어이, 한조야, 집에만 있으니 심심하지 않느냐. 다 같이 장터에 가서 공연 하나 하고 당고(떡꼬치)나 먹고 오자꾸나. 잠깐, 그 전에 이것 좀 챙기고."

할머니는 공연 도중에 청중석의 아이들에게 뿌릴 별사탕을 한 움큼 보자기에 싸서, 길을 나섰다. 칸페에와 판석이 수레를 번갈아 끌었다.

장터에 도착하였다. 칸페에는 인형극의 무대가 되는 가로 세로 약 60-70센티미터의 나무틀을 설치하고, 할머니가 직접 그린 두루마리 배경을 그 뒤로 배치하였다. 할머니는 나무 상자를 열고, 줄이 달려 있는 정교한 모양의 꼭두각시를 조금 움직여 보았다.

준비가 끝나자, 칸페에가 나무토막을 '딱!' 하고 맞부딪히며 공연이 5분 뒤에 시작함을 알렸다. 관객이 삼삼오오 모여들었고, 할머니는 어린 아이들을 안쪽에 앉히고, 별사탕을 나누어주었다. 아이들은 환호성을 질렀다. 어른들도 뒤에 쭉 늘어서서 눈을 반짝이고 있었다. 판석도 맨 앞에 앉아서 그 인형극을 기다렸다.

판석은 인형극을 보면서 신세계를 느꼈다. 인형의 움직임이 정교하기 그지없어서, 마치 살아 움직이는 것 같았다. 이야기가 진행됨에 따라서, 칸페에는 신속하게 한쪽의 두루마리를 말아 다른 배경이 나타나도록 만들었다. 판석은 일본어를 몰랐지만, 하도 인형의 움직임이 구체적이어서 어떤 장면이 무엇을 의미하는지 알 수 있었다. 형제 둘이 어머니한테 작별을 고하는 장면에서 관객은 모두 눈물을 흘렸다. 그러나 중간에 두 형제가 미친 개에게 쫓기다가 똥통에 빠지는 장면 등은 관객의 배꼽을 잡게 만들기도 하였다. 가즈코 할머니는 관객을 들었다 났다 자유자재였다. 판석이도 어느새 몰입하여 그 결말을 기다렸다.

동생이 형을 찔러 죽이는 장면, 인형이 창을 푹 찔러 넣자, 어떻게 했는지, 실제로 검붉은 피가 무대로 뿜어져 나왔다. 아이들은 비명을 질러댔다. 동생은 형을 찌르고 난 뒤 창을 놓고, 오열한다. 할머니의 절규가 관객석으로 퍼져나갔다. 청중 모두 울고 있었다. 그리고 무대의 막이 내렸다.

이렇게 공연이 끝나자, 어느새 석양 무렵이었다.

판석과 칸페에는 무대를 정리하여 수레에 실었다. 판석이 수레를 끌고, 칸페에는 노모를 엎고 집을 향해 나섰다. 할머니는 슬픔에 잠겨 칸페에의 등에 얼굴을 묻고 조용히 흐느끼고 있었다.

"어머니, 우리 어머니, 오늘 공연 정말 뭉클했어요. 형님들 생각이 나데요. 우리 엄니, 힘내구랴!"

칸페에는 노모를 업은 채로 뒤뚱뒤뚱 춤을 추었다. 노모는 눈물을 훔치고 판석을 돌아보며 이야기했다.

"한조야, 한조도 마음에 들었니?"

한조는 활짝 웃으며 고개를 끄덕였다.

"봤지? 한조도 마음에 든단다. 하하 얼쑤!"

노모는 허리춤에서 당고를 꺼내어 하나는 자기 아들의 입에 넣어주고 하나는 판석에게 건넸다.

九 ——————— "그게 도대체 무슨 글자더냐?"

가신들의 대화를 열심히 받아 적는 우성에게, 마에다가 물었다.

"예, 어르신, 이건 한글, 언문이라고 하는 우리의 고유 문자입니다. 세종대왕께서 창제하신 글자로, 이 세상 온갖 음을 적기에 아주 편한 글자입니다."

"호오, 그것 참 신기하구나. 하긴 한자로 일본어를 그대로 적기에는 무리가 있지. 그래서 우리도 오십음도를 만든 것이니라."

"네, 일본어는 한 글자가 한 음을 나타낼 수 있지요. 그런데 조선어는 세 개의 음소가 뭉쳐야 비로소 하나의 음이 된답니다. 세종께서는 이러한 방식이 중국의 것과도, 일본의 것과도 다름을 아셨지요."

마에다는, 속으로 조선의 저력을 알 만하다, 처음에는 일본이 파죽지세로 조선을 점령해 나갔지만 의병이 들고 일어나서 끝까지 저항한다는 소식을 듣고, 그럴 만하다는 생각을 하기 시작했다. 이 전쟁은 분명히 일본이 승리하기 힘들 것이다. 그렇다면 오히려 이 강우성과 같은 인재를 일본으로 빼오는 것이 훨씬 이득일 수도 있었다. 마에다는 이미 주군에게 이런 인재 빼오기 전략을 서한으로 적극 당부하고 있었다. 실제로 호소카와는 이러한 진언 때문에, 무차별로 조선의 도공을 납치하고 있었다.

"그런데 네가 이렇게 일본어 대화를 열심히 받아 적는 이유는 있는가?"

"지금은 일본과 우리나라가 이렇게 전쟁을 벌이고 있지만, 우리가 다시 선린우호의 관계로 돌아가지 말란 법이 없습니다. 전쟁은 서로에게 상흔만을 입힐 뿐입니다. 만약 일본과 조선이 대등한 관계에서 서로에게 부족한 물자나 인재, 기술을 교환한다면, 저 포르투갈이나 스페인보다 강성해질지 어떻게 알겠습니까. 그런 미래를 위해서, 저는 일본어 회화를 열심히 채록하고 그것을 조선어로 번역하고 있는 것입니다."

"참으로 장하네. 강우성이. 자네는 내 주군이 매우 좋아할 거라고 장담하네."

"그분은 어떤 분이십니까."

"참으로 호인이시지. 굉장한 미남에 못하시는 게 없는 팔방미인이라네. 무구도 직접 지으셨는데 그 생김이 얼마나 세련됐는지 모른다네. 물론 시문도 상당하신 분이니 자네와 자유자재로 필담을 나눌 수도 있을 걸세. 다도에 대해서도 일가견이 있어, 심지어 그분의 분파가 따로 있을 정도라네. 그리고 그분의 아내 분도 상당한 미녀이시지. 정말 두 분이 함께 계신 걸 보면 하늘이 내려 준 연분이라는 것을 단박에 알 수 있을 정도이지. 자네는 총명하니 우리 주군에게 상당한 도움이 될 수 있을 것이네."

마에다는 '하지만, 그분의 심기를 건드렸다가는 금방 목이 달아날 걸세. 특히 그분의 부인을 절대 보지 말도록 하게.'라는 말을, 차마 꺼내지는 못했다. 그는 대신 자기 아들의 공부 이야기를 꺼냈다.

"그건 그렇고, 요시노부의 학업은 좀 진척이 있는가?"

"네, 어르신, 요시노부는 아무래도 칼싸움의 무도를 가르치는 것보다는 글에 훨씬 소질이 있는 것 같습니다. 이제 일본도 전국(戰局)이 수습되면 문치의 시대가 올 것입니다. 어르신께서는 멀리 보시어 아드님께 문치나 외교의 중요성을 일깨우십시오."

"고맙네. 말금이는 요새 잘 지내고 있는가?"

"네, 말금이는 여성스럽고 섬세하기 그지없어서, 따님이신 하나의 음악 수업을 해주고 있는 것 외에, 사모님께 꽃꽂이를 배워 그 수준이 상당해졌다고 합니다."

"호오, 피리를 그렇게 잘 불 때부터 알아봤다네. 얼마 전에 우리 안사람이 말금이를 여장시켰더니 딱 그만 계집애라고, 시종들도 감탄했다하네. 조선에는 그런 풍습이 있나 모르겠지만 이곳 일본에선 남자를 여장하여 연극에 출연시키곤 한다네. 나중에 말금이를 데리고 일본의 전통 연극인 교겐이라도 같이 보러 가세. 자네 일본어 수업에도 도움이 될 걸세. 교겐은 완전히 대화로 되어 있거든."

솔직히, 말금은 한창 신이 나 있었다. 계집 같다고 만날 아버지한테 두드려 맞던 말금이었다. 씨름터에서 열심히 피리를 불어봤자 소리에 귀를 기울여주는 사람도 없었다. 그런데 이 귀부인은? 글쎄, 내 피리를 듣고 울먹이기 까지 하는 것이다. 말금은 죄스러웠다. 그는 조선보다 일본이 좋았다. '이 나라, 나를 납치한 놈들이 사는 곳이다!'라고 자꾸 자신에게 되뇌어도, 자기는 일본이 좋았다. 이런 내심을, 존경하는 우성이 형에게 언뜻 내비친 적이 있다. 우성이 형이 그렇게 화를 내는 것을 본 일이 없다.

"이 녀석! 너는 누가 뭐라 해도 조선인이다. 이 왜놈들은 너의 그 기예를 보고 신기하게 여겨 너를 그저 애완용 원숭이 취급하고 있는 것이다. 그건 나도 마찬가지다. 나도 쓸모가 없어지면 언젠가 버림받고 말 것이다. 그것을 명심해야 한다. 네가 늙고 기예가 쇠하면 너는 챙겨줄 이 하나 없는 이역 땅에서 비명횡사하게 될 것이다."

말금은 '조선에서는 어쨌거나 기예가 채 꽃피기도 전에 죽고 말 걸요. 저는 천출이니까. 형님은 그래도 평민 이상은 되니까 살 수는 있겠지만.' 이렇게 목구멍까지 차오른 말을 간신히 도로 삼켰다. 사실 말금은 우성을 지극히 존경하고 사랑하였다. 말금은 우성이 항상 일본인 앞에서도 기죽지 않고 당당하게 할 말을 다하는 것을 보고 깊은 감명을 받았다. 강우성은 꽉 막힌 구석이 있었지만, 어쨌든 건장한 조선의 남아였다. 말금은 '내가 여자였으면 우성에게 시집갔을 거야.'라고 생각하며, 곧 혼자서 얼굴을 붉히곤 하는 것이었다. 어떨 때는 그저, '내가 여자였으면….' 하는 소망이 일기도 했다. 사실 말금은 어렸을 때부터 자신이 남자라는 사실을 받아들이기 힘들어 했다.

어느 날 이 집 안주인 키요가 우성과 말금을 안채로 불렀다.

"우리 요시노부와 하나가 얼마 전에 동네 친구들한테 들었는데, 장터에서 한 달에 한 번 정말 재밌는 조루리를 한다네요. 마침 내일이라, 아이들이 구경 가고 싶어 해요. 우성은 일본어에 관심이 많고, 말금이는 연극을 좋아하니까 같이 가는 게 어때요?"

이렇게 하여 집안의 아이들과 사동들을 데리고 우성과 말금은 조루리를 보러 가게 되었다. 장터가 붐비는 것을 보고 우성과 말금은 상당히 놀랐다. 우성은, 일본은 상업이 발달하여 있어서 이렇게 장터가 활기를 띠고 온갖 물산이 풍부한 것을 보고, 조선도 상인을 천박히 여기는 악습은 고쳐야 할 것이라는 생각을 하였다. 실제로 상인들은 세상 이치에 밝고 다른 사람과의 약속을 천금처럼 여기는 기질이 있기에, 나라의 발전에 상당한 도움이 될 것이었다.

　　우성은 이런 생각을 하며 옆에서 해맑게 웃고 있는 말금의 얼굴을 보았다. 오늘도 안주인 키요가 입술에 옅게 연지를 발랐는데, 우성은 그것이 못내 불쾌하였다. 사내아이가 이렇게 계집애처럼 자라서야 이 험한 세상을 어떻게 헤쳐 나갈지 걱정이 앞섰기 때문이다.

　　말금은 이런 우성의 속도 모르고 시장 이곳저곳을 폴짝폴짝 뛰어 다니며 감탄을 연발하고 있었다. 특히 사탕 가게 앞에서 그 알록달록한 것들을 보며 침을 꼴딱꼴딱 삼키는 모습을 보면, 영락없는 어린애라는 것이 새삼 느껴져 또 미소가 번지는 것이었다. 키요는 말금이 그렇게 사탕을 탐하는 것을 보고는 웃음을 터뜨렸다.

　　"이 사탕은 포르투갈 상인들이 들여온 것을 일본인들이 자기 입맛에 맞게 만든 거란다. 이 매실 사탕 한 번 먹어보렴. 제일 맛있단다."

　　키요는 사탕값을 치르고 아이들에게 하나씩 나눠주기 시작했다. 그때, '따악!' 하고 장터 어딘가에서 막대기를 부딪치는 소리가 났다.

　　"얘들아, 이제 공연이 시작하나 보다. 보러 가자꾸나."

　　인형극이 시작되었다. 일본의 전통동화 모모타로의 공연이었다. 정교한 꼭두각시의 춤을 보며 아이들은 탄성을 내질렀다. 이 연극의 무대 뒤에서는 온몸에 검은 옷을 두르고 연극의 무대 배경 등을 관리하는, 구로코라고 하는 조수가 자기 일을 묵묵히 하고 있었다. 그는 바로 판석이었다.

판석은 열심히 두루마리를 돌리고 있었다. 이제 동화가 막판으로 치닫고 있었다. 모모타로가 도깨비를 물리치러 오니가시마로 떠나는 장면이었다. 판석은 두루마리를 돌리면서 관객석을 흘긋 보았다. 어디선가 많이 본 듯한 여자아이. 그리고 그 옆에서 연극은 보지 않고 무언가를 열심히 받아 적고 있는 소년. 우성과 말금. 분명히 꿈에서도 그리던 나의 형제들이었다.

"모모타로는 오니가시마로 떠났습니다."

판석은 우성과 말금을 쳐다보느라고 할머니의 대사를 놓쳤다. 할머니는 다시, 목소리를 높여 또박또박 말했다.

"모모타로는, 오니가시마로, 떠났습니다,"

판석은 넋을 놓고 형제들을 바라보았다. 말금은 고생을 하다가 삶을 마감하고 결국 선녀로 환생한 건가? 더 아름다워진 것 같았다.

"모모타로가 오니가시마로 떠나려고 하는데, 구로코가 졸고 있습니다."

관중석에서 폭소가 터졌다. 할머니는 잠깐 인형극을 멈추고 판석에게 꿀밤을 날렸다.

"욘석!"

관객석의 폭소가 더욱 커졌다. 판석은 당황하여 무대 배경의 두루마리를 빨리 돌렸다. 말금도 해맑게 웃으며 손뼉을 치고 있었다. 어찌나 예쁜지.

공연이 끝났다. 검은 옷을 입은 판석이 할머니에게, 아는 조선인이 있다고 잠깐만 인사를 하고 오겠다고 그러자 할머니는 함박웃음을 지었다.

"어서 다녀오너라."

거구의 구로코가 우성과 말금 앞에 섰다. 말금은 우성의 뒤로 숨었다.

커다란 체구, 온통 검은 옷을 입고 있으니 적잖이 두려웠는지, 우성의 목소리가 떨렸다. 조선어가 튀어나왔다.

"왜…. 왜 그러시오?"

판석은 일부러 목소리를 깔며 말했다.

"오늘 공연이 어땠소이까?"

"아니…. 조…. 조선인이오?"

판석은 검은 두건을 벗었다. 이제 거뭇거뭇 수염이 나기 시작한 판석을 보고, 우성과 말금은 소리를 질렀다.

"하하하, 우성이 형아, 말금이 동생아, 나 판석이오!"

✝ ──────────── 셋은 서로 얼싸 안고 기쁨의 눈물을 흘렸다. 어떻게 살아왔는지 왁자지껄 이야기하느라 시간 가는 줄을 몰랐다. 서로 전란에 대한 정보를 교환하기도 하였다. 일진일퇴를 거듭하는 전쟁과, 의주로 피난을 간 임금의 이야기, 그리고 조선의 수군을 이끄는 이순신이라는 장군이 선전을 하고 있다는 소식 등을 나눴다. 이렇게 짤막한 만남의 시간이 끝나고, 안주인 키요의 볼일이 끝나 셋은 헤어질 수밖에 없었다.

"그래, 판석이는 앞으로 어떻게 지낼 생각이냐?"

"형이 지난번에 말씀하셨듯이 뭔가 저도 기예가 있어야 할 것 같은데,

나는 무식하게 힘만 세지 아무것도 할 줄 아는 게 없잖아요. 어디 힘쓰는 일이라도 없을까 늘 찾아다니는데 얼마 전에 이 장터에서 우리나라 씨름과 비슷한 무슨 경기가 있는 걸 봤습니다, 형님. 도전해 보려고요. 형님께선 어떻게 하실 겁니까?"

"우리 둘은 조금 있으면 지금 주인의 상관인 다이묘 호소카와 씨의 집으로 들어갈 거 같구나. 다이묘의 신망을 얻으면 조선으로 돌아갈 길이 열릴지도 모른다. 그리고 혹시 일꾼이 더 필요하면 주인을 설득하여 판석이 너를 데려올 수도 있을 거다. 그러니 항상 몸조심하고 있거라."

"판석이 형, 저 말금이도 기다리고 있을게요."

셋은 눈물을 흘리며 이별의 인사를 나눴다. 이 장면을 바라보는 칸페에의 노모 역시 눈시울을 붉히고 있었다.

다시 마에다의 저택으로 돌아온 우성은 불안감에 시달리기 시작했다. 인간이라면 불확실한 미래에 두려움을 느끼는 것이 당연하다. 이제 어쩔 수 없이 모시게 될 새로운 주인 호소카와 타다오키는 호인이지만, 그만큼 다혈질이기도 한 모양이었다. 특히 안주인 호소카와 가라샤에 대한 애정이 지나쳐 집착에 가까울 정도라고 하였다. 지금의 주인인 마에다는, 절대로 그 부인인 가라샤를 쳐다보면 안 된다고 두 번 세 번 강조하였다. 일전에 그 집 정원사가 가라샤와 꽃에 대하여 대화를 나누는 것을 보고, 호소카와 타다오키는 그 자리에서 칼을 빼어 들어 정원사를 베어버렸다고 한다.

그의 부인 가라샤(Gracia의 일본어 발음)는 보통 인물이 아닌 것 같았다. 그녀는 전국시대 최고의 무장이라 일컬어지던 오다 노부나가에게 반란을 일으킨 아케치 미츠히데의 3녀로, 전란의 틈바구니에서 실로 신산한 삶을 살아온 여인이었다. 그녀는 자기 아버지의 반란 때문에 남편과 시아버지를 곤경에 처하게 하였다. 결국은 도요토미 히데요시가 용서를 해 유폐에서 풀려났지만, 이렇듯 자기 의지와 상관없이 전란의 틈바구니에서 한 여성으로 이용당하는 것에 큰 상처를 받았다. 그래서 그녀는 남편이 1587년 규슈 정벌을 나선 틈을 봐 천주교로 개종하였다. 남편인 타다오키는 주군 히데요시가 금지한 천주교를 부인이 받아들인 것에 대해 격노하였다. 당시 다이묘의 시녀들 사이에서 '인간은 모두 평등하다'는 천주교가 유행이었는데, 타다오키의 생각엔 아내가 천주교에 '오염'된 것은 바로 이 시녀들의 몫이 컸다. 이러한 이유로 타다오키는 천주교 시녀들의 코와 귀를 베는 등의 만행을 서슴지 않고, 부인의 목에 단도를 들이대며 당장 종교를 버리라고 종용했지만, 그럼에도 가라샤는 자신의 신념을 버리지 않았다고 한다.

그러니 우성은 앞으로 다혈질인 자신의 주인과 서역의 낯선 종교를 신봉하는 안주인 사이에서 생존을 도모하기 위해서 살얼음을 걷듯 신중하게 처신하지 않으면 안 되었다.

우성은 우선 충분한 학식을 지녀야 한다고 생각하여, 마에다가 가지고 있는 거의 모든 서적을 독파하였다. 그는 일본에 온 지 3년이 채 되지 않아 일본어를 완벽하게 구사할 수 있었다. 그리고 한문 실력도 상당하여 자유자재로 필담을 나눌 정도였다. 그러나 우성은 이 정도로는 안심할 수 없었다. 그는 마테오 리치가 1584년 간행한 《천주실록》 등도 구하여 읽어보았다. 이 책에는 천주교가 유교적 용어로 설명되어 있었지만, 우성에게는 천주라는 초월적 존재를 인정하는 이 이역의 종교가 마뜩치 않았다. 우성은 조선의 유교적 사상 이외의 진리란 존재할 수 없다고 생각하였다.

우성과 말금이 일본에 잡혀온 지 3년이 되던 1595년, 드디어 이 호소카와가(細川家) 당주의 집으로 들어가게 되었다. 그러나 시기가 좋지 않았다. 도요토미 히데요시가 자신의 조카인 도요토미 히데츠구와 관련된 일로 타다오키에게 근신을 명하였기 때문이다.

도요토미 히데츠구의 별명은 살생관백(殺生關白)으로, 한마디로 졸렬한 혼군이었다. 그는 히데요시의 조카로서, 아무런 실력 없이 관백의 위치로 올랐으며, 따라서 거저 주어진 자신의 권력을 무람없이 사용하는 데에 익숙했다. 심지어 그는 밤마다 마을에 나가 아무 이유 없이 지나가는 사람을 베어 죽였다. 그렇게 직접 죽인 백성만 하여도 수백에 이르렀으니, 그 비행을 알 만하였다. 이러한 악행에, 히데츠구는 자신의 숙부인 히데요시의 허락 없이 조정에 멋대로 막대한 헌금을 하였다. 히데요시는 이것을 모반의 증거로 보았다. 이 일로 히데츠구는 고야산으로 추방당한 후 할복을 명령받고, 그 처첩과 자식들도 산죠우 강변에서 모두 죽임을 당하였다. 히데요시의 징벌은 참으로 가혹한 것이었다. 히데츠구의 잘린 목을 장식해 놓고, 어머니들 앞에서 아이를 베어 죽인후, 곧 그 어머니들도 베어 죽였다 한다.

그런데 이 히데츠구에게 호소카와 타다오키도 돈을 빌려주어, 히데요시에게 모반의 의심을 받게 되었던 것이다.

우성과 말금은 이렇듯 그 운명이 바람 앞에 놓인 촛불과 같은, 어수선한 분위기일 때 그 다이묘 집안으로 들어가게 되었다.

十一 ——————————— 우성과 말금은 호소카와 타다오키의 저

택에 들어가서도 하인들이 묵는 곳에서 한 달 가량을 보내야 했다. 우성은 그간 저잣거리에 나가서 일본어를 조선어로 채록해 두고, 한문으로 그 뜻을 번역하는 작업을 계속하였다. 이제 그러한 회화집의 초록은 상당한 양이 되어 있었다. 우성은 호소카와의 하인들에게도 열심히 일본어를 물었다. 하인들은 그런 그를 이상하게 여겨, '조선인 언어술사'라는 별명을 붙여주었다. 강우성은 이 별명이 아주 마음에 들었다. 하인들에게 하도 일본어 단어나 문장의 뜻을 물어대는 통에 슬슬 하인들은 그를 멀리하기 시작했다. 강우성은 꾀를 내어, 하사받은 물건들을 아껴 두었다가 그들이 말을 가르쳐주면 보상으로 그것을 내주기도 하였다. 자연히 하인들은 우성을 매우 따르게 되었다.

말금은 말금대로, 고운 얼굴, 아직 성징이 나타나지 않아 아이와 같은 용모와 목소리, 선량한 성품과 놀라운 음악적 소양으로 사람들에게 사랑을 받았다.

조선의 포로들에게는 추석과 설날 딱 두 번, 조선인 간의 회합이 허락되었다. 이때는 조선 사람들끼리 모여 서로 위로를 하고 술도 마시고 춤을 추며 회한을 달랬다. 말금은 그 맑은 목소리로 민요도 부르고, 피리도 불었으며 동자춤도 선보였다. 조선인 사이에서 말금은 이미 스타였다.

이렇게 우성도 말금도, 이 일본 사회와 조선인 포로 사회에서 나름의 실력을 바탕으로 자리를 잡아가고 있었다.

이 둘이 하인 숙소에서 주인과의 만남을 대기하고 있을 때, 가끔 저 본채에서 우렁찬 주인의 호통 소리가 들리곤 하였다. 지금 이 집의 당주는 생사의 갈림길에 있었다. 어떻게 해서든 도요토미 히데요시의 신임을 다시 얻어야 했다. 그는 자신의 딸을 히데요시에게 인질로 보내기로 했다. 부인인 가라샤는 통곡을 하며 안 된다고 말렸지만, 이미 당주의 마음은 굳어 있었다. 히데요시는 또한 가혹하게도, 히데츠구에게 빌려준 황금 100매를 갚으라고도 하였다.

이러한 상황이니, 호소카와 타다오키는 매우 심한 스트레스를 받고 있었다. 당연히 주인은 조선인 포로에 신경을 쓸 겨를이 없었다. 그러나 운명은 우연한 만남까지 막지는 못했다.

안주인 가라샤가 어느 날, 정원을 산책하며 꽃구경을 하고 있었는데, 그때 말금이 정원 돌길을 빗자루로 쓸고 있었다. 가라샤는 처음 보는 아이인 데다가, 일본식으로 머리를 잘라 위로 묶지 않고, 길게 늘여 땋은 것을 보고 흥미로워 하면서 옆의 시녀에게 물었다.

"저 아이는 대체 누구인고?"

"마님, 저 아이는 부장 마에다가 조선에서 귀환할 때 데려온 포로입니다."

"저렇게 고운 아이인데…. 그래, 내 시녀로 삼고 싶구나. 일본어는 제대로 하느냐?"

"일본어를 조금은 할 줄은 압니다. 그런데…."

뭔가를 주저하는 듯한 시녀를 가라샤가 다그쳤다.

"왜 그러느냐?"

"네, 마님, 다름이 아니오라, 저 아이는 사내이옵니다."

"사내아이가 어떻게 저리 고우냐. 조선 남아들은 모두 씩씩하고 사내답게 생기고, 키가 크다고 하던데."

"그것도 다 사람마다 차이가 있지 않겠습니까. 어쨌든 저 아이는 피리도 잘 불고, 노래와 춤, 연기도 잘하고, 대단한 기예를 가지고 있답니다."

"마에다 부장이 사람 보는 눈이 있구나."

가라샤는 한눈에 말금이 마음에 들었다. 조선에서 잡혀 온 이 아름다운 어린아이. 얼마나 힘들까. 그는 자신도 이렇게 호소카와 가문에 볼모로 잡혀 있는 신세라는 것을 떠올리고, 아이에게 동병상련의 정을 느꼈다. 가라샤는 자신의 시녀를 가까이로 불러, 귀에 대고 소곤소곤 말을 하였다.

"아챠야, 저 아이에게 여자의 옷을 입혀 내 시녀로 옆에 두고 싶구나."

"마님, 안 될 말씀입니다. 저 아이는 이제 곧 사춘기가 되어 수염이 나고 목소리가 굵어질 것입니다."

"아까 저 아이가 연기를 잘 한다고 하지 않았느냐. 수염이야 나면 깎으면 될 거고. 너희들이 입단속만 잘하면 이 아이를 곁에 두고 시녀 연기를 잘 시키면 문제될 일은 없을 것이야. 당장 저 아이를 내 처소에 들여 일을 시켜라. 그리고 시녀들에게 이런 사실을 조금이라도 발설할 때에는 내가 직접 단도로 목을 벨 것이라고 고하라. 알겠느냐."

시녀인 아챠는 안주인이 한 번 뱉은 말은 반드시 지키는 여성이고, 또 절대 자신의 신념을 굽히지 않는 사람임을 알고 있었기에, 그 말을 따르는 수밖에 없었다.

다음 날, 말금은 수석 시녀라 할 수 있는 아챠에게 불려갔다. 아챠는 말금에게 상황을 설명하였다. 어처구니가 없기는 말금도 마찬가지였다. 그러나 자기에게 결정권이 없다는 것도 잘 알고 있는 말금이었다.

말금은 아챠의 대기실로 들어갔다. 아챠는 말금에게 화장을 해주기 시작하였다. 하얀 분을 칠하고, 붉은 연지를 바르는 것만으로도 벌써 여성의 태가 났다.

"아이고, 진짜 여자보다 더 예쁘네, 인형 같다. 이 거울 좀 봐."

말금은 신이 났다. 거울을 보니 자기가 꿈에 그리던 모습을 하고 있었다. 말금은 갑자기 펑펑 울기 시작했다. 아챠는 당황했다.

"왜 그러니 말금아, 왜 울어?"

"저 거울 속의 모습처럼 제가 여자였으면 얼마나 좋을까 생각했어요."

"하늘이 점지해주는 성을 어떻게 바꿀 수 있겠니. 이런 게 다 운명이란다. 너도 이제 곧 목소리가 굵어지고 음부에 털이 나기 시작할 거야. 그러면 들킬 수가 있으니 정말 하루하루 조심해야 한단다."

말금은 이렇게 이상야릇한 상황에 처해야 한다는 것 때문에 너무나 가슴이 아팠다. 일본으로 잡혀온 것도 모자라서 여장을 해야 하고, 게다가 들키면 목숨이 날아가는 삶을 살아야 하다니.

아챠는 어두운 말금의 얼굴을 보니, 자신도 마음이 저려 옴을 느꼈다. 이 조선인의 우수 어린 얼굴은 사람의 보호 본능을 자극하였다.

"말금아, 그럼 우리 이 여자 기모노도 입어보자. 얼마나 잘 어울릴까."

순진하게도 다시 해맑게 웃는 말금이었다.

가라샤는 말금을 지나칠 정도로 아꼈다. 말금에게 자기 어렸을 때의 동요를 가르쳐 주었다. 말금은 한 번 가르쳐주면 그대로 외워 따라 부를 수 있었고, 흥이 나면 조선식으로 불렀다. 일본의 노래는 조용한 연못에 피어나는 한 떨기 연꽃과 같은 흥취를 중요시하였다. 그러나 조선의 그것은 불꽃의 파도와 같았다. 가슴 속의 응어리를 어떤 때는 당차게 쏟아 내고, 어떨 때는 애끓는 정조로 뱉어 내었다. 가라샤는 말금의 고운 목소리를 듣고 눈물을 흘린 적이 한두 번이 아니었다.

가라샤는 어느 날, 자신의 처소로 비밀스럽게 말금을 비롯한 시녀 몇을 불렀다.

이날 가라샤의 아름다운 얼굴은 숭고한 성자의 그것처럼 빛이 비추는 듯하였다. 가라샤는 엄숙하게 말하였다.

"천주께서는 말씀하셨다. 이 세상 모든 이는 천주 앞에서 평등하다. 그대들은 비록 이 풍진 세상에 태어나 설움을 겪어왔으나, 천주를 믿음으로써 천국에 가게 될 것이다. 지상의 행복은 덧없이 사라져 버리지만, 이 천국에서는 영원히 행복할 것이다."

말금은 하고 싶은 말이 목구멍까지 올라왔으나, 눈치가 보여 아무 말도 못하였다. 가라샤는 말금의 표정을 보고는, 말금에게 말을 해도 된다는 눈짓을 주었다.

"가라샤님, 저는 조선인입니다. 조선인도 천국에 갈 수 있을까요? 그리고 저는 포로인데도요?"

"말금아, 너처럼 핍박 받는 사람일수록 천국에 가기가 쉬우니라. 열심히 천주를 믿고, 성심성의를 다해 천주를 모신다면 말이다. 나는 너에게 이 천주를 믿기를 강요하지 않는다. 너의 마음이 따르지 않는다면 이는 다 소용없는 일이란다."

이렇게 말하고 가라샤는 조용히 성가를 부르기 시작하였다. 단순 소박한 선율의 이국적인 성가는, 마치 이 지상의 음악이 아닌 것 같았다. 시녀들도 따라 부르기 시작했고, 어느새 말금도 이를 따라 부르고 있는 자신을 발견했다. 눈물이 뺨을 갈랐다.

다음 날, 가라샤와 말금은 함께 산책을 했다.

말금이 가라샤에게 나직이 속삭였다.

"가라샤님, 저도 세례를 받고 싶습니다."

十二 ───────── 타다오키는 히데요시가 명령한 황금 100매를 간신히 갚을 수 있었다. 그 돈을 누가 빌려주었느냐. 바로 희대의 풍운아, 도쿠가와 이에야스였다. 이때, 타다오키는 감사의 마음이 사무쳐, 이에야스에게 충성을 맹세하였다.

이제 한 차례 고난이 지나가고, 호소카와 타다오키는 일상의 업무로 돌아갈 수 있었다. 자신의 봉토를 관리하고, 수행하는 무사들의 녹봉 등을 챙기고, 무구의 관리, 다도 등 평소의 취미도 즐길 수 있게 되었다. 바로 이때, 조선인 포로들과의 접견이 이루어졌다. 그 중에서도 학식이 월등히 뛰어난 강우성은 곧 타다오키의 눈에 띠었다.

"우성, 그대는 조선에서 왔으니 유교의 성리학에 경도되어 있을 것이오. 그러나 문과 예만을 숭상하는 그러한 철학이 이 난세에 효과가 있겠는가? 나는 불교의 선종에 깊이 심취하여 있다네. 무사의 덕은, 죽음을 두려워하지 않는 것이지. 이 난세는, 바로 지금 이 방에 닌자가 침입하여 내 가슴에 비수를 꽂을 수도 있는 시대라네. 순간을 사는 것. 순간 속에서 삶을 보고, 영원을 배척하는 것이야말로 무사의 도이지."

타다오키는 우성과 몇 마디 나눈 것만으로도 이 사람의 학식을 알아보고, 거의 가신 급으로 우대하였다. 숙소도 일반 하인의 숙소와는 별개의, 좋은 방을 내주었다. 따라서 우성과 말금은 서로 가까이에서 볼 기회가 점점 사라져갔다. 우성은 또한 자기가 생각하는 바를 예를 갖추어 정중하게 말하였으므로, 타다오키는 이 강우성을 신뢰하고 있었다.

"당주 어르신, 그러나 이 난세가 영원히 계속 가라는 법이 없습니다. 제가 알기로는 경세의 철학으로서 으뜸은 유학입니다. 난세에는 경세를, 경세에는 난세를 예비해두어야 합니다. 지금 우리나라 조선이 200년 태평성대를 누려 난을 대비하지 못하여 곤경에 처한 것을 보면 알 수 있듯이, 평화 시에는 오히려 방비를 든든히 해 두어야 합니다. 같은 이치로, 이 난세를 뚫고 나갈 자는 묵묵하게 미래를 준비하는 자일 것입니다. 어르신께서도 이를 염두에 두셔야 합니다. 제가 볼 때 당주께 돈을 빌려주신 도쿠가와 이에야스는 저 미래를 내다보고 있습니다. 언젠가 일본의 천하를 통일할 때를 대비하여 인망을 얻어 두려는 것이겠지요. 저 임진왜란 때에도 도쿠가와는 온갖 핑계를 대고 조선에 출병을 하지 않았지요. 그 오롯이 남은 8만여의 군사가 지금 그에게 얼마나 큰 도움이 되고 있습니까. 이런 혜안은 순간의 철학이 아니라, 치세의 철학을 품은 자에게서 나오는 것입니다."

타다오키는 너털웃음을 지었다.

"내가 한 방 먹었구려. 자네는 정말로 대단하이. 자네는 앞으로 무엇을 하고 싶은가?"

"저는 역관이 되어 조선과 일본의 선린우호를 진작시키는 사람이 되고 싶습니다. 그래서 요새 일본어의 회화를 이렇게 조선어로 음을 달아두고, 그 대화의 뜻은 한문으로 번역해두고 있습니다."

타다오키는 마음이 어두워졌다. 지금 전쟁이 길어지면서, 전쟁은 일본에 불리하게 전개되고 있었다. 히데요시는 일본군이 한양만 접수하면 전쟁이 끝날 것으로 생각했다. 일본에서는 영주의 성이 함락되면 그

영주는 항복하거나, 할복하거나 하는 것이 상례이기 때문이다. 그러나 조선군은 민간인, 승병을 비롯한 민초들의 저항이 거세었다. 가난과 기근, 탐관오리의 핍박에 그렇게 시달리면서도 자기 나라를 사랑할 수 있다는 것. 조선 민중은 그 저력이 대단하였다. 이런 말을 우성에게 하자, 우성이 웃으면서 이야기했다.

"그것이 일본과 조선의 차이겠지요. 조선에는 춘향전이라는 이야기가 있습니다. 기생인 춘향에게 변 사또가 수청을 들라고 명령하지요. 춘향이는 변 사또의 청을 거절합니다. 어르신이 변 사또라면 춘향을 어떻게 하시겠습니까?"

"여부가 있겠나. 바로 베어 버리겠지."

"조선은 다릅니다. 변 사또는 춘향이를 죽일 권한이 없습니다. 그래서 기껏 옥에 가두어 놓지요. 그럼 당주께서 춘향의 연인이라고 해봅시다. 춘향을 가둔 자를 어찌 하시겠습니까."

"아 그야 당연히 칼을 차고 관아를 습격해서 변 사또라는 자의 목을 베어 버려야지."

"하하하. 조선에서는 이 연인인 이몽룡이라는 자가 어떻게 하는지 아십니까. 저 서울로 가서 과거 시험을 보고 암행어사가 됩니다. 이렇게 관료가 되어 다시 내려와서 법을 통하여 변 사또에게 복수를 하지요. 이렇듯 조선은 임금을 중심으로 한 질서와 조화가 확실하고 견고합니다. 그러니 조선인에게는 일본이 쳐들어와도 이는 어떤 개인을 보호하기 위한 전쟁이 아니라, '우리나라'를 지키려는 전쟁이라는 인식이 확실한 것이지요."

"호오, 우성이, 그것 참 알기 쉬운 설명이오. 내가 자네에게 뭘 들을 때마다 견문이 넓어지는 것 같구만. 그런데 우성이, 내가 또 하나 걱정이 있다네. 자네 의견을 좀 듣고 싶다네."

"무엇이옵니까."

"나의 봉토 내의 백성들이 요새 너나 할 것 없이 저 서역의 천주교라는 것을 믿고 있다네. 태합께서도 그 세가 퍼지는 것을 염려하여 아주 엄한 금령을 내렸는데, 역설적이게도 우리 아내가 열렬한 신도라네. 앞으로 내가 어떠한 자세를 견지하는 것이 낫겠나?"

우성은 다소 엄한 얼굴이 되어 말했다.

"이 서역의 천주교라는 것에 대해서는 저도 이마두(마테오 리치)의 책을 통하여 알게 되었습니다. 이 세상 모든 사람이 평등하고, 선한 일을 한 사람은 죽어서 천당에 간다고 합니다. 악한 일을 한 사람은 지옥에 떨어진다고 하고요. 이는 모두 황당무계한 말입니다. 공자께서는 자로가 죽음에 대해서 묻자, 삶도 모르는데 어찌 죽음에 대해서 이야기하고, 사람을 섬기기도 모자란데 어찌 귀신을 섬기느냐고 질타하였습니다. 이 천주교는 사람은 원래 죄를 짊어지고 태어나고, 그것은 천주에 대한 믿음을 통해서 씻을 수 있다고 하였습니다. 저는 그 믿음의 기준이 교회에 가고 권위가 있는 사제에 의하여 이루어질 수 있다는 말에 충격을 받았습니다. 아마 이러한 종교적 권위에 의존하는 것, 임금보다 천상에 더 위대한 천제가 있다는 사상이 태합을 격분케 했을 것입니다."

"자네의 말이 맞네, 나도 요새 내 아내가 점점 세례명을 더 많이 사용하는 것이 매우 거슬린다네."

이런 상황이었다. 우성은 조선의 중인 출신으로서 유교적 질서 이외의 것에 대해서는 일절 거부 반응을 보였다. 이는 영내에서 자신의 권위가 줄어들까 봐 걱정하는 타다오키의 생각과 잘 맞아 떨어졌다. 타다오키는 이렇듯 같은 생각을 가진 우성을 갈수록 아끼게 되었다.

이런 상황에서 말금이 비밀리에 세례를 받은 것이다. 세례명은 일부러 여성의 것인 에스더라고 지었다. 가라샤는 이런 말금이 기특하여 밤낮으로 자신의 옆에 데리고 다녔다. 자연히 점점 말금, 아니 에스더의 존재가 눈에 띄게 되었다.

어느 날은 타다오키가 히데요시에게 인질로 잡혀간 딸에게서 온 편지를 받아들고 신이 나서 가라샤의 처소로 뛰어 들어갔다. 가라샤는 마침 에스더, 즉 말금과 이야기를 나누고 있었다.

"여보, 우리 딸 편지가 왔소. 같이 읽어 봅시다 그려."

에스더는 그 자리를 벗어나려고 하였다. 타다오키는 처음 본 시녀의 모습과 거동이 일본인의 그것과 다름을 즉시 알아보았다. 그리고 이제 막 튀어나오기 시작하는 말금의 목젖을 눈여겨보았다. 타다오키는 말금의 손목을 거칠게 붙잡고 무릎을 꿇렸다.

"여보, 이게 뭐하는 짓이에요?"

"이 아이 언제 들였소?"

"얼마 전이에요. 이 아이는 조선 포로예요."

"왜 나한테 말을 안 했소?"

"제가 제 시녀 하나 뽑는 것도 제 마음대로 못 하나요?"

타다오키는 이 자리에서 더 이상 실랑이 하는 것도 소용없겠다 싶어, 뚫어져라 말금의 눈이며 가슴, 몸매, 옷차림 등을 살피더니 손목을 놔주었다.

"그래, 시녀야 누구든 당신 마음대로 삼을 수 있지. 나는 이만 가겠소. 딸아이의 편지를 읽을 흥이 달아나 버렸구려."

타다오키는 안채를 나오면서 생각했다.

'아무래도 저 년은 수상해. 여자애가 아닐지도 몰라. 게다가 몰래 가슴 속에 십자가를 품고 있잖은가.'

十三 ──────── 타다오키는 자신의 심복이자 정보통인 닌자 다이고로를 몰래 불렀다.

"우리 집 시녀 중에 조선인이 한 명 있다. 그 녀석에 대해서 조사해 봐라. 아무도 모르게 말이다. 확실한 정보를 알기 전에 괜히 집안을 시끄럽게 하고 싶지 않아서다."

다이고로는 일본 최고의 정보통이기도 하였다. 그는 주변의 조선인을 고문하면서까지 말금의 정보를 알아냈다. 일본은, 이렇게 주군의 말이라면 언제든 과잉 충성을 보이는 이들이 존재해 왔다. 특히 사소한 정보가 생사를 가르는 이 난세에는 더욱.

다이고로는 손말금의 내력 – 그가 조선인이고, 사내아이이고, 포르투갈 상인에게 팔려갈 뻔했으며, 여항에 판석이라는 조선인 친구가 있고, 강우성을 흠모한다는 것을 보고하였다. 그리고 가라샤가 말금에게 천주교를 소개해 주었으며, 얼마 전 프로이스라는 양인 신부에게 세례를 받았는데 에스더라는 여성의 이름으로 받았다는 것을 알렸다.

타다오키는 진노하였다. 아내가, 금남(禁男)의 오처(奧處)에 조선인 사내아이를 들이고, 게다가 세례를 주었다니. 이 사실이 알려지면 자신의 입지가 난처하게 될 판이었다. 하지만 타다오키는 이 사건을 조용히 처

우화(羽化)의 시대 • 255

리하여 나중에 오해의 여지를 남기기보다는, 공개적으로 엄벌을 주어 자신의 반-천주교의 입장을 확실히 공포하는 계기로 삼는 것이 좋겠다고 마음을 먹었다. 게다가 상대는 어차피 아무렇게나 다루어도 되는 조선인 포로가 아니던가.

타다오키는 잔혹하게 이 일을 처리하기로 결정하였다. 우선 그의 집 마당에, 아내 가라샤를 비롯한 모든 가로(家老)와 신하, 시녀, 식객들과 노예들을 모두 집합시켰다.

타다오키는 검은 색 아홉 원, 집안 전통 구요 문양의 몬츠키하카마(무늬가 들어가 있는 일본 남성 예복)를 입고 엄숙하게 단 위에 섰다.

"우리 집안은 주군인 태합 도요토미 히데요시의 명에 따라, 집안과 영지에서 천주교를 엄금하여 왔다. 이번에 사악한 조선인 하나가, 자신의 성을 속이고 여장을 하여 금남의 장소에 숨어들어간 것도 모자라, 양놈의 꼬임에 넘어가 세례까지 받았다는 소문이 있다."

웅성웅성하는 소리가 들렸다. 타다오키는 아내 가라샤의 얼굴이 창백해지는 것을 보며, 속으로 쾌재를 불렀다. 말금은 영문을 몰라 어리둥절할 뿐이었다.

"나는 조사 결과 이것이 순전히 이 버러지 같은 조선인 녀석 개인의 일탈인 것을 알았다. 이에 녀석에게 남자답게 할복을 할 것을 명하도록 하겠다."

가라샤는 그 자리에 털썩 주저앉고 말았다. 자신이 아끼는 에스더를 살려달라고 하면, 그 스스로 천주교도임을 만인 앞에 재차 공인하는 것이 될 터였다. 지금까지 그렇게 박대를 받아왔건만, 이 자리에서 또 자신의 종교를 공인한다면 그녀는 이제 파문될 터였다. 그러면 그녀는 기생으로 팔려갈 것이다. 가라샤는 털썩 주저앉은 채 눈물을 삼킬 수밖에 없었다.

말금은 자신 때문에 큰 사달이 난 줄은 알았지만, 할복이라는 일본어를 잘 알아듣지 못하여 얼마나 위급한 상황에 놓여 있는지 몰랐다. 그는 의아한 눈으로 강우성의 표정만을 살피고 있었다. 강우성의 표정이 심하게 일그러지는 것을 보고야 자신이 얼마나 위험한지 알게 되었다. 강우성은 마당으로 나와, 타다오키 앞에 무릎을 꿇고 이마를 바닥에 바싹 붙이고 석고대죄의 자세를 취하였다.

"주군이시여, 저 아이는 조선에서 천인으로 태어나 기예가 뛰어날 뿐 그 외의 것들은 아무것도 모르는 아이입니다. 저 녀석이 천주교에 빠진 것은 사특한 양인이 사탕발림으로 천국이 있다고 유혹하고, 또 실제로 이것저것 사람의 눈을 현혹하는 물건들을 주었기 때문입니다. 그저 어린아이의 치기일 뿐으로, 목숨만은 거두어 주시옵소서."

"이보게 강우성이, 자네 동포라서 그런 것 다 아네. 자네도 천주교에 대해서 많은 비판을 하지 않았나."

"그렇습니다. 하오나 자기와 다른 종교를 가지고 있다고 하여 사람을 죽이는 것은 다른 문제이옵니다. 만약 이것으로 주군이 조선인 포로를 죽였다고 하는 것이 밝혀지면 조선인뿐만 아니라 일본인 하인들도 어르신을 두려워하게 될 것입니다. 두려움은 잠시 사람을 따르게 만들 수 있어도 진심으로 주군을 섬길 수는 없게 합니다. 그러한 행위는 자칫 큰 소문으로 비화할 수 있습니다. 이것은 나중에 당주 어르신이 이 천하를 통일하였을 때 하등 도움이 되지 못할 것으로 사료됩니다."

타다오키는 '천하통일'이라는 말에 마음이 동하였다. 이 조선인 청년은 지금 열다섯의 나이인데 이렇듯 의젓하고 조리 있게 말을 잘 하는구나. 그는 강우성의 기지에 탄복하면서도, 일부러 엄한 어조로 이야기하였다.

"이 조선인 녀석! 함부로 혀를 놀리다니, 너도 죽고 싶은 게냐! 무사는 한 번 뱉은 말을 주워 담지 않는다. 그러나 만약 저 녀석이 여자애라면, 할복만큼은 면하게 해주마. 할복은 사내만이 할 수 있는 것이 법도이니까. 자, 조선인, 마당으로 내려오라."

말금은 휘청휘청 마루로부터 계단을 내려오다가, 철퍽하고 넘어지고 말았다.

"이 녀석, 바로 서라. 자, 이제 이실직고하라. 너는 사내아이냐, 계집아이냐."

말금은 보기에도 애처로울 정도로 벌벌 떨고 있었다. 말금은 아무 말도 못했다.

"하는 꼬라지를 보면 영락없는 계집애로구나. 어이, 신페이!"

타다오키는 자신의 주치의이자 다도가인 승려 출신의 신페이를 불렀다. 신페이가 앞으로 나와 머리를 조아렸다.

"장막 안으로 가서 녀석의 성별을 확인하라."

말금은 신페이에게 질질 끌려갔다. 가라샤는 고개를 숙이고 계속 눈물을 흘리고 있을 뿐이었다. 우성도 머리를 조아린 채, 속으로, 이제 말금을 구하기는 틀렸구나, 라고 자포자기했다.

신페이가 장막을 걷고 나와, 헐떡거리며 주군에게로 달려갔다.

"왜 그러느냐!"

"네…. 도노사마(전하)…. 이 아이는…. 계집아이이옵니다."

"무엇이라!"

이때 타다오키는 부인 가라샤가 소스라치게 놀라는 모습을 눈여겨 봐 두었다. 그리고 짐짓 아무것도 아닌 얼굴로 다시 신페이에게 물었다.

"정말 계집아이냐! 거짓이면 네 목이 달아날 것이다!"

"제가 어찌 거짓을 말하겠습니까요. 사실입니다. 이 아이는 계집입 니다."

"알았다."

사실 이것은 일종의 쇼였다. 타다오키와 신페이 모두 말금이 남자아 이인 것을 알고 있었다. 다만 타다오키는 말금이 혹시 가라샤와 침실에 서 놀아난 것은 아닌지 의심하고 있었기에, 이 사실을 확인해 보고자 하는 마음에 가라샤를 떠보기로 한 것이다. 이 부부는 서로 간의 이런 심리 게임을 하루 이틀 해온 것이 아니었다.

만약 가라샤가 말금과 성적인 유희를 벌였다면, 말금의 몸이 사내아 이인 것을 확실히 알고 있었을 것이다. 따라서 이 상황에서 말금이 계 집아이라고 거짓으로 밝힌다면 가라샤는 타다오키를 증오의 눈길로 쳐 다볼 것이 뻔했다. 가라샤는 '타다오키가 자신에게 상처를 주려고 일부 러 이렇게 장난을 치는구나'라고 생각할 것이기 때문이었다. 그러나 가 라샤가 말금과 몸을 섞지 않았다면, 그의 성을 확실히 알지는 못할 것 이기에, "사실은 계집이다!"라고 밝힌다면 일단은 소스라치게 놀랄 것 이었다.

타다오키는 이렇듯 자기 아내의 부정(不貞) 여부를 시험해 보고 싶었 던 것이다. 다행히도 아내는 부정을 저지르지 않았다. 그렇다면 아이를 죽일 필요는 없을 것이다. 하지만….

여기에서 타다오키의 그 격한 성격과 짓궂음이 결합한 잔인한 생각이 떠올랐다.

'그래, 저 아이를 진짜 여자아이로 만들어서 가라샤, 너한테 주마.'

타다오키는 좌중을 돌아보며 호쾌하게 웃었다.

"하하, 내가 의심이 심했구먼. 이 아이, 생긴 것처럼 진짜 여자아이 였어! 다만, 아까 신페이가 네놈이 십자가를 가지고 있는 걸 봤다고 그랬다. 우리 집에서 천주교는 금지다! 네 종교를 박탈하며, 너한테 30일 간의 근신과 그 기간 동안 가장 천한 업무를 하도록 명하겠다. 자, 다들 해산하시오! 신페이, 저 아이를 내 방으로 데려오시오,"

타다오키는 자신의 집무실로 신페이와 닌자 다이고로를 불렀다. 말금은 방 한구석에서 오들오들 떨고 있었다.

"신페이, 다이고로, 나는 저 녀석을 다시 부인께 내주려고 하오."

"어르신, 그러나 금남의 구역인 규방에 남자아이를 들인다는 것은 법도에 어긋납니다. 저 아이를 그냥 죽여 버리시옵소서."

"아니다, 규방에 남자아이를 들이지 못한다면, 여자아이를 들이면 될 것이 아니냐. 아니면 적어도 남자가 아닌 녀석으로라도."

신페이는 그 이야기를 이해하지 못했다. 하지만 닌자 다이고로는 그 뜻을 알아들었는지, 잔인한 미소를 입가에 드리웠다.

"흠, 신페이, 다이고로. 너희들한테 시킬 일이 있다."

"명을 성심으로 받들겠나이다."

타다오키는 엄한 어조로 명령하였다.

"저 녀석의 불을 발라라."

十四 ──────────── 판석은 농한기에는 체력 단련을 열심히
하였다. 장터에서 벌어지는 스모에 참가해 보기 위해서였다. 이제 막
열다섯이 된 판석은 넘치는 힘을 주체하지 못했다. 이것을 스모를 통하
여 방출하고 싶었다. 일본인들은 스모에 열광하였다. 스모는 천출이 가
장 빨리 상류 사회로 올라갈 수 있는 거의 유일한 길이었다. 이렇게 명
예를 얻게 되면 우성과 말금을 다시 만나게 될 수 있을 것이었다. 말금
이…. 판석은 날마다 꿈에서 말금을 만났고, 그 속에서 말금의 그늘이
되고 말금의 우산이 되었다.

판석은 할머니를 도와 인형극을 보러 갈 때마다 장터에서 열리는 스
모를 눈여겨보았다. 스모는 씨름과 다르게, 떨어져서 시합을 시작한
다. 시합이 시작되면 격렬히 부딪히고, 손으로 상대를 금줄 밖으로 밀
어내거나, 때로는 씨름처럼 붙어서 여러 기술을 통해 승리를 따내야 한
다. 판석은 아버지가 영남 일대의 알아주는 씨름 장사였기 때문에, 어
렸을 때 곧잘 자기 아버지에게 씨름에 대한 이야기를 듣곤 했다. 힘이
전부가 아니라는 것, 진짜 역사(力士)는 상대의 힘을 역이용해야 한다는
것 등등….

판석은 이제 열다섯 살도 되어 힘도 붙었겠다, 이 일본식 씨름에 한
번 도전해 보고 싶었다. 그는 할머니와 칸페에게, 그 의사를 밝혔다.
칸페에는 이런 판석을 비웃었다.

"열다섯밖에 안 된 네가, 씨름 대회에 나가겠다고? 거기 참가하는 사
람들은 전쟁터 패잔병들이나, 방랑 무사 같은 무시무시한 놈들이라고!
그런 거친 놈들을 상대로 네가 이길 수 있을 듯싶으냐. 우선 네가 나를
이길 정도는 돼야 할 거다."

할머니는 이 이야기를 들으며 좋은 생각이 났는지 손뼉을 쳤다.

"야, 우리 이 마당에서 한번 해보자꾸나. 칸페에와 한조, 함 붙어보려무나. 이 할머니는 어렸을 때부터 스모의 열렬한 팬이었다. 내가 심판 봐줄게."

"그래, 한조. 오랜만에 나도 몸 좀 풀어볼까. 한 번 붙어보는 게 어때. 내가 규칙을 가르쳐주마."

이렇게 칸페에는 대충 판석에게 일본식 씨름인 스모를 가르쳐 주었다. 그리고 둘은 시합을 시작했다. 스모는 씨름꾼 둘이 두 주먹을 바닥에 맞대면서 시작한다. 그리고서는 곧 격렬히 부딪히는데, 이것을 피하는 것은 사내다운 일이 아니라 하여 금기시되어 있었다. 칸페에는 일부러 온힘을 다하여 판석에게 부딪혔다. 임진왜란 싸움터에서 잔뼈가 굵은 칸페에였다. 힘 좀 쓰는 일에 대해서는 칸페에도 자신이 있었다. 칸페에는 한 방에 판석이 나가떨어질 거라고 생각했다. 그런데 이게 웬일인가. 칸페에는 판석과 맞부딪히는 순간, 마치 커다란 바윗덩어리에 자신의 몸을 부딪히는 것 같았다. 칸페에는 순간 휘청였다. 그 순간을 놓치지 않고 판석은 칸페에의 다리를 걸고, 허리춤에 무게를 실어 칸페에의 허리를 튕겨내며 뒤집어엎었다. 판석의 승리였다. 판석도 믿기지 않는 듯했다.

"아니, 이 녀석, 무슨 몸이 돌덩어리 같네! 아우 성질 나, 다시 한 판 붙자!"

이번에는 칸페에가 거센 오시다시(일본 스모에서 손으로 상대를 밀치는 기술)로 밀고 들어왔다. 판석은 맷집이 좋아 이 폭풍우 같은 손바닥 공격을 뚫어냈고, 바로 상대의 오른쪽으로 파고들어 왼쪽 오금을 잡고,

중심을 낮추어 칸페에의 오른쪽 다리를 걸어 밀어 넘어뜨렸다.

칸페에는 보기 좋게 져서 또 체면을 구겼다. 그러나 칸페에는 무사도를 동경하는 사람이었다. 그는 자기의 패배를 깨끗이 인정하였다. 그는 옷에 묻은 흙을 털어내며 일어났다.

"음, 완전한 나의 패배로군. 어이, 판석. 그러나 실제 역사들은 나보다 몇 배나 힘이 세고 체구도 크다. 그 사람들은 챵코나베라고, 엄청난 전골 요리를 매일 먹어서 몸이 태산만 하다. 아마 너 정도의 몸집으로는 그들을 엄지 하나 거리만큼도 움직이지 못할 것이다. 그러니 장터에 가서 정식 시합을 하지 말고, 청년들이 하는 비전문적인 시합들이 있으니 먼저 거기에 나가 보아라."

"그럼 시합 출전을 허락하는 겁니까. 고맙습니다, 칸페에 어른!"

칸페에는 흐뭇한 웃음을 지었다. 그는 표현하지 않았지만, 판석이 있어서 든든하였다.

칸페에도 고민이 많았다. 노모는 자꾸 색시를 얻어 살림을 차리라고 독촉하였지만, 판석은 곧 다시 있을 조선 출병 때문에, 혼인을 망설이고 있었다. 이놈의 전란이 언제 끝날지…. 칸페에는 자신과 같은 촌무지렁이는 자기 삶의 선택권이 전혀 없다는 사실을 어렸을 때부터 익히 알고 있었다. 소작인으로 살다가, 무공을 세워 한 뙈기의 밭을 하사 받고 겨우 입에 풀칠을 하게 되었구나 하는 순간, 히데요시가 임진왜란을 일으켜 나 같은 농사꾼도 전쟁에 나가게 되었다. 예전에는 전쟁이란 전문 무사 계급끼리 치고받고 하는 것이었다. 그러나 전란은 이 모든 규칙을 엉망진창으로 만들었다.

이렇게 한치 앞의 미래를 모르기 때문에, 미래에 대한 계획은 전혀 소

용이 없었다. 지금 당장 보쌈하듯 여인을 데려와 신접살림을 시작할 수
도 있었다. 전란으로 남자가 많이 죽어 여초 현상이 심하던 때였으니
까. 그러나 결혼을 한들 뾰족한 수가 있을 리 없었다. 이 전란의 시기
에, 언제 또 출병을 할지 모르는데 아내를 얻어 행복한 가정을 꾸릴 수
있겠는가. 그의 첫째 형수는 연좌되어 아이가 보는 앞에서 목을 베였
다. 둘째 형수는 얼굴이 반반하여 유곽에 팔려가 창녀가 되었는데, 포
르투갈 상인에게 몸을 팔아 매독에 걸려 비참하게 죽었다. 이런 상황에
서 여자를 데려온다는 건, 자기의 운명을 넘어 한 사람의 운명을 망칠
수도 있는 일이었다. 동네 친구들은 왜 그런 복잡한 셈을 하냐고, 넌 젊
은 총각이 아니냐, 그 성적인 욕구를 풀기 위해서라도 결혼을 해야 하
지 않겠냐면서 참 멍청하다고 그랬지만, 칸페에는 그런 결혼을 하고 싶
지는 않았다. 그는 소박한 행복을 바랐다. 주군 마에다님은 단 한 번만
출병하면 앞으로는 군역을 면제해 주겠다고 하셨으니, 그것만 끝나면
안전하게 가정을 돌볼 수 있을 것이다. 그때까지는 혼자서 노모를 모시
고 살기로 마음을 굳힌 상태였다.

　아니, 엄밀히 말하면 혼자가 아니었다. 출병을 하면, 판석이 노모를
돌보아 줄 것이다. 노모는 판석을 아주 아꼈고, 판석도 이런 노모를 마
치 친할머니처럼 공경하였다. 조선인은 유교적 도덕이 몸에 배었다고
하던데, 판석을 보면 정말 노모한테 효도를 하고 자신에게 충성을 다하
였다. 이미 판석과 칸페에, 그리고 노모는 노예와 주인의 관계를 넘어
가족애가 싹터 있었다.

　다음 장날, 칸페에와 판석, 노모는 함께 인형극을 끝내고, 스모 대회
를 보러갔다.

엄청난 관중이 몰려들었다. 관중 가운데는 사무라이 복장을 한 이도 많았다. 상인들도 자신이 후원하는 역사의 경기를 보기 위하여 몰려들었다. 자신이 후원하는 역사가 등장하면 자신의 가게를 홍보하는 깃발을 든 기수들이 경기장을 한 바퀴 돌았다. 등급이 늘어날수록 후원하는 가게는 급격히 늘었다. 암암리에 내기 도박도 성행하는 모양이었다. 태합이 공식적으로, 도박을 하다 걸리면 목을 베어버리겠다고 엄포를 놓아도, 도박은 여전하였다. 이러한 사정으로 인하여, 우리나라 씨름에서 천하장사에 해당하는 요코즈나라는 지위에 오르면 부와 명예를 거머쥐게 된다.

이날의 '미세바(見せ場, 하이라이트)'가 될 시합, 바로 요코즈나 '후지노나미'의 시합이 열리기 직전이었다. 이 자리에서는 관객에 가려 경기장이 보이지도 않았다. 판석은 호기심에 못 이겨 근처의 나무에 기어 올라갔다. 벌써 아이들이 좋은 자리를 잡고 앉아 있었다. 판석도 겨우 나뭇가지 하나에 걸터앉을 수 있었다.

역시 전문 역사는 격이 달랐다. 후지노나미가 차고 나온 마와시(샅바)도 최고급 옷감으로 만들어져 보랏빛으로 빛났다. 그의 덩치는 산만 하였고, 다른 역사처럼 살이 흐물흐물하지도 않고 근육이 단단하게 여물어 있었다. 그는 스모에 입문하기 전 일본 동북 방면의 지배자 다테 마사무네 휘하의 병사였다고 한다. 온몸의 상처가 그의 전력을 말해주고 있었다.

시합이 시작되었다. 후지노나미는 시작부터 일방적으로 밀렸다. 원으로 되어 있는 경기장 금줄까지 밀려, 발로 간신히 그 금줄을 디딘 채로 버티고 있었다. 상대는 이제 승리가 자신의 손에 있다고 확신하여 방심한 듯, 밀치기의 위력이 점점 줄어들기 시작하였다. 이때를 놓치지 않고, 후지노나미는 반격을 개시하였다. 상대의 손바닥 밀치기에 맞서 자신도 손바닥으로 상대의 얼굴을 치기 시작했다. 한 방, 두 방, 세 방, 네 방….

순식간이었다. 네 방에 상대는 기절해 버렸다. 거구의 상대는 힘없이 후지노나미 앞에 무릎을 꿇고, 상체를 후지노나미의 다리에 기대었다. 후지노나미가 다리를 치우자, 그대로 상대는 고꾸라졌다. 요코즈나의 완벽한 승리였다.

관중은 환호하였다. 판석도 온몸에 전율이 일었다. 이렇게 박진감 넘치는 경기를 하는 이 후지노나미는 얼마나 대단한 역사인가. 판석의 몸에서 피가 끓었다.

판석은 집에 돌아와서, 산에서 한 아름이나 되는 거대한 통나무를 가져와 마당에 박아놓고 연습을 시작하였다. 스모는 씨름과 달라서, 생각보다 타격기가 많았다. 아마 밀치기를 면전에서 당한다면 상당한 공포감이 들 터였다. 따라서 이를 버텨낼 수 있는 맷집을 키워야 했다. 이러한 맷집에 더하여, 우리나라 씨름에서 상대방의 힘을 역이용하는 기술을 이용하면 자신에게도 승산이 있을 것 같았다. 상대방의 힘을 역이용하려면 몸에 유연성이 있어야 했다. 또 몸의 중심을 잘 잡고, 상대의 무게 중심을 무너뜨리는 법을 알아야 했다. 판석은 고민하다가, 옛날 조선의 장터에서 본 줄타기 광대놀음을 생각해 냈다. 그렇다! 이 줄타기 놀음이야말로 최고의 연습방법이다! 판석은 바로 마당에 밧줄을 설치하여 그 위에서 균형을 잡는 연습을 했다.

칸페에와 노모는 판석의 열정에 혀를 내둘렀다.

"저 녀석은 좋은 가문에 태어났더라면 훌륭한 장수가 되었을 거야."

"그러게요, 어머니. 제가 출병해도 한조가 있어서 든든합니다."

어머니의 표정이 어두워졌다.

"요새 저잣거리에 흘러 다니는 말로는, 이제 잠깐 전쟁이 멈추고 명과 조선, 일본이 서로 강화 협상에 들어갔다고 하더구나. 이것이 결렬되면 또 전쟁에 불려나가야 할 터…. 그런 일이 없기만을 지장보살님께 빌고 있단다."

"네, 어머니. 전쟁에 나가도 또 이번처럼 살아나올 자신이 있으니 걱정하지 마셔요. 그나저나 다음에는 저 한조를 시합에 출전시켜봐야겠어요."

그렇게 하여 판석은 열여섯 미만의 청소년들이 참여하는 비전문 역사의 시합에 참여하게 되었다. 막상 뚜껑을 열어보니 결과는 시시했다. 그 누구도 판석을 당해낼 재간이 없었다. 판석은 장수로 치면, 용장(勇將)보다는 지장(智將)에 가까웠다. 아이들은 그저 상대를 무작정 밀어내는 데에 정신이 팔려 있었다. 힘이 어떻게 전달되고, 상대방에게 어떠한 영향을 미치는지, 상대방의 무게중심을 어떻게 무너뜨려야 하는지 등에는 관심이 없었다. 그러니 판석에게 꼼짝없이 당할 수밖에 없었다. 판석은 실로 교묘하여, 자신의 힘은 최소한으로 하면서 상대방의 힘을 역이용하여 그 상대를 넘어뜨렸다.

얼마 지나지 않아, 청소년부에서는 판석을 당해낼 자가 없게 되었다. 이쯤 되니 판석을 눈여겨보는 사람들이 하나둘 나타나기 시작했다. 당시 사무라이 집안에서는 자기 가문의 홍보를 위하여 역사들을 후원하는 이들이 많았다. 사무라이 집안은 심지어 전문 스카우터까지 고용하여, 전국의 역사를 모집하였다. 그들은 훈련소를 만들어 집중적으로 역사를 양성하였다. 판석을 눈여겨본 이는 이시다 미츠나리라는 다이묘에 소속되어 있는 스카우터였다. 이 스카우터는 칸페에에게 제안을 하나 하였다.

"저 녀석을 농한기 스모 시즌에만 좀 빌려주게. 몸집을 불리고 스모의 전문 기술을 익히려면 합숙을 하면서 훈련을 해야 한다네. 다이묘께서는 훈련생에게 70문을 지불하겠다고 했다네."

칸페에는 눈이 휘둥그레졌다. 자신이 한 번도 만져본 적이 없는 큰돈이었다. 칸페에는 그 제안을 수락하였지만, 후환이 두려워 진실을 말하기로 하였다.

"저기…. 그런데 이 아이는 조선인 포로 출신입니다요. 미리 말씀 드려야겠다 싶어서…."

"그런 것은 상관없다네. 스모 실력만 있으면 그게 조선인이든, 포르투갈인이든 무슨 상관인가. 걱정 말게나. 우선 한 달 간 합숙하고 승격 시험까지 합격시켜 놓은 다음 자네 집으로 기별을 넣겠네."

이렇게 해서 칸페에는 그 자리에서 70문을 받아 챙겼고, 판석은 스모 훈련소에 들어가게 되었다.

十五 ──────── "에스더야!"

가라샤는 말금을 품에 안고 기쁨의 눈물을 흘렸다.

"살아 있었구나. 미안하다, 미안하다…."

말금은 힘없이 주군 타다오키가 가라샤에게 전달하라고 한 편지를 내밀었다. 가라샤는 그 편지를 펴 보았다.

'여기 시녀 하나를 선물로 보내오. 화해의 표시로써 말이오. 계집은 아니지만, 그렇다고 사내도 아니오.'

편지를 든 가라샤의 손이 떨리고 있었다. 가라샤는 분노와 체념의 감정을 동시에 느꼈다. 자신은 귀족이었지만 여성으로 태어났다는 이유 하나만으로, 한 번도 자신의 의지대로 삶을 꾸려본 적이 없었다. 그녀는 천주교에 귀의하지 않았더라면 몇 번이라도 자결했을 것이라는 생각을 했다. 자기가 살아 있는 이유는 오직 하나, 천주는 자살자를 용서하지 않기 때문이었다.

가라샤는 말금에게 물었다.

"그래, 몸은 좀 어떻느냐?"

"가라샤님, 제가 거세된 첫날, 극도의 고통 속에서 천사를 보았어요. 천사는 가라샤님의 얼굴과 똑같았답니다."

가라샤는 눈물을 흘리며 말금을 더욱 꼬옥 끌어안았다.

"이제는 내 처소에 들어왔으니 너는 떳떳한 내 사람이다. 이제 아무도 너를 해치지 못하게 할 것이야. 우리 같이 기도하자꾸나."

시녀들도 말금이 다시 안채로 들어온 것을 환영했다. 그들은 모두 천주교라는 끈끈한 종교적 유대로 결합되어 있었다. 그들은 말금의 귀환을 축하하며 예배를 올렸다.

"그나저나 그때 우성이라는 친구의 용기가 참 가상하더라. 남들은 우리 주인의 서슬 퍼런 위협에 꼼짝 못하던데 그 아이는 용감하게 할 말을 다 하더구나."

말금의 얼굴이 붉어졌다. 말금은 자신의 심정을 가라샤에게 허심탄회하게 말했다.

"가라샤님, 저는 솔직히 말해서 주군께서 내리신, 제 남성을 거세한 일을 벌이라 생각지 않습니다."

"그게 무슨 말이냐, 너에게는 엄청난 고난이었을 것을."

"아닙니다. 저는 늘 제가 다른 존재였으면 하고 바랐답니다. 그러면 아까 말한 우성님에 대한 내 연모가 정당한 권리를 가질 수 있을 거라 생각했거든요."

가라샤는 놀랐다. 이 에스더가 우성에 대해 품은 감정의 깊이를 알게 되었기 때문이다.

"우성도 이를 알고 있는가?"

"아닙니다. 전혀 모릅니다. 만약 제가 제 마음을 우성님께 고백한다면 다시는 저를 보지 않으려고 할 것입니다."

가라샤는 에스더에 대한 연민이 하도 깊어, 어떤 말을 해야 할지 몰라서 그저 고개를 떨굴 뿐이었다.

"가라샤님. 저는 가라샤님과 같은 아름다운 여인이고 싶었습니다. 하지만 이제 저는 남성도 여성도 아닌 존재가 되었습니다. 하지만 제가 끙끙거리며 열에 들떠 앓고 있을 때, 천주님께서는 저에게 가라샤님을 닮은 천사를 보내주셨습니다. 그분은 제게 '하나님은 너를 사랑하신다'라고 말씀하셨지요. 저는, '저는 하나님께서 보내주신 성을 잃은 괴물이 되었습니다. 이런 저를 하나님께서 진정 사랑해 주실까요?'라고 되물었습니다. 천사는 말했지요. '에스더야, 사람이 괴물이 될 때는 오직 자기가 자신을 괴물이라고 여길 때뿐이란다.'"

가라샤는 에스더가 자기처럼 신실한 천주교도가 된 것에 큰 감동을 받아, 묵주를 쥐고 기도를 올렸다.

"그래, 에스더, 너는 남자나 여자이기 이전에, 한 인간이란다. 우리는 이 풍진 세상에 묶여 있는 몸이지만, 영혼만큼은 자유로워야 한다."

말금은 여운이 있는 속 깊은 미소를 짓는 것으로 대답을 대신하였다.

우성의 학식에 대한 소문이 날로 퍼져나가, 우성과 대담을 하려는 유학자들과 향토사를 연구하는 학사들, 승려 등의 발길이 끊이지 않았다. 호소카와 타다오키는 이러한 객들이 반가웠다. 교양을 사랑하는 문화영주라는 것은 가문의 큰 홍보가 되기 때문이었다.

손님들도 우성과 대담을 하고, 글씨를 받아가는 것을 큰 영광으로 알았고, 그들도 결코 빈손으로 오지는 않았다. 사슴 가죽이며 보석, 맛있는 간식거리 등을 챙겨왔다. 우성은 단 것들과 좋은 옷감을 골라 시녀를 통하여 말금에게 보냈다. 말금은 우성이 자기를 챙겨주는 것이 너무나 고마웠다. 말금에게는 가라샤를 모시게 된 것은 정말 행복했지만, 딱 하나 서운한 것이, 바로 이 우성을 자주 볼 수 없다는 것이었다.

우성은 말금이 궁형(宮刑)이라는 치욕적인 벌을 받았다는 것을 나중에야 알았다. 남성으로서 가장 큰 치욕을 선사한 타다오키에게 우성은 매우 화가 났다. 그래서 주군인데도 그의 부름에 응하지 않기도 하였다. 이는 목숨을 건 행위였다. 타다오키는 이런 우성의 대응을 대수롭지 않게 넘겼다. 우성은 조선의 양반 기질을 가지고 있으나, 문약하여 절대 반란을 꾀할 인물이 못된다고 판단했기 때문이다.

우성은 말금이 그런 형을 받고 상당히 변하였다는 소문을 들었다. 말금은 이제 거의 완전히 여성화되어 변성(變聲)이 오지 않았고, 성장이 멈추어서 어린아이처럼 왜소한 체구로 살 수밖에 없었다. 말금은 말을 거의 하지 않았다. 그토록 즐겼던 피리나 노래 등도 즐기지 않았고, 바깥으로 울려나오는 소리를 억제하고자 하였다. 대신 어디에서나 말없이 기도를 올렸고, 영적인 상태에 빠져 명상을 하곤 하였다.

이제 말금은 기예에 관해서는, 오로지 조용히 절제된 춤을 추는 것에 그쳤다. 그 춤은 가히 '동자춤'이라 부를 만한 것으로, 순진한 어린아이가 추는 춤에 가까웠다. 순수하고, 뭔가 어색하고 뻣뻣하고, 때로는 유머러스하고, 때로는 한을 담고 있는 듯이 보였다. 이러한 춤은 일본에도 조선에도 없는 아주 특이한 춤이었다.

우성은 어느 날 경내를 산책하다가 말금이 혼자 정원에서 꽃들에 둘러 싸여 이 춤을 추고 있는 것을 보았다. 말금은 우리나라의 갓과 같은 형태의, 그러나 알록달록한 특이한 색으로 칠해진 갓을 쓰고 있었다. 옷도 알록달록했는데, 자세히 보니 이 모자와 옷 모두 우성이 준 옷감들을 기워 만든 것이었다.

보면 볼수록 참으로 특이한 외양의 이상한 춤이었다. 이 세상의 것처럼 보이지 않는 춤…. 우성은 말금의 이 춤을 보고 감탄을 금할 수 없었다. 우성은 말금을 부르고 싶었다. 그러나 말금은 춤 삼매에 빠져 있었고, 표정은 너무나 슬퍼 보였다.

우성은 발걸음을 되돌렸다.

十六 ——————————— "한조의 승승장구는 누구도 못 말려요."
화롯가에서 손을 후후 불며 칸페에가 노모에게 말했다.
"그러게나 말이다, 나도 소문은 들었다. 이렇게 겨울에도 훈련을 하고 있으니, 적어도 내년 봄에는 세키토리(프로 스모에 정식 입문한 선수)가

될 수 있겠구나. 나도 보러가고 싶은데….”

"그럼요, 한조는 잘 해낼 거예요.”

칸페에는 아무렇지도 않은 듯 대꾸했지만, 사실 노모의 건강이 최근 들어 지극히 나빠진 상태라 걱정이 이만저만이 아니었다. 조선에서의 정전회담은, 명나라와 일본 간 사신들이 서로 거짓 약조를 하고, 또 그것이 거짓임이 들통 나서 연기되고, 이런 식으로 질질 끌려가고 있었다. 히데요시는 이 전란으로 막대한 피해를 입고 있으면서, 전쟁에 아직도 미련을 버리지 못하고 있었다.

판석은 한 달에 한 번 도장을 나와 칸페에와 노모가 기다리는 집으로 휴가를 갈 수 있었다. 판석에게 합숙 훈련은 그다지 힘들지 않았다. 힘든 것은 같은 도장 사람들의 차별이었다. 판석의 물품이 없어지기 일쑤였는데, 툭하면 마와시가 사라졌다. 시합 때는 일부러 대진표가 자신에게 불리하게 짜였으며, 승리를 하면 질시를 받고, 패배를 하면 구타를 당했다.

판석은 이 모든 것을 묵묵히 견디고 있었다. 자신은 요코즈나(천하장사)가 되어 돈을 억수로 벌어 은퇴하고, 칸페에와 할머니께 집과 농토, 그리고 인형극에 필요한 재료들을 사드리고, 나는 나대로 우성과 말금을 데리고 으리으리한 집에서 살 것이다. 그러면 아무도 우리를 조선인이라고 얕보지 않겠지. 판석은 이러한 미래를 상상만 해도 즐거웠다. 이러한 희망이 판석을 일본인의 차별 대우로부터 지켜주는 유일한 보호막이었다.

판석이 휴가를 나올 때마다, 판석은 점점 안 좋아지는 칸페에의 노모를 보면서 깊은 슬픔에 잠겼다. 노모는 일부러 "한조, 요새 여자애들한테 인기가 장난 아니던데 재미 좀 보고 다니냐."면서 놀렸다. 판석도 "아이고 제가 맘만 먹으면 일본 계집 다 후릴 수 있는데 어디 조선 여자만 해야지요."라고 농으로 받아쳤다. 노모는 칸페에가 잠깐 나가자 판석의 손을 붙들고 당부했다. "한조야, 나는 아무래도 오래 살지 못할 거 같다. 내가 죽으면 칸페에도 홀가분해지겠지. 칸페에는 내가 죽으면 너를 자유민으로 풀어줄 생각인 것 같다. 나도 대찬성이다. 한조야. 다만 내가 죽으면 칸페에는 너무나 외로워 할 것 같구나. 네가 꼭 곁에서 말벗이라도 해주기 바란다. 내 소원은 그것뿐이다."

판석은 눈물을 흘리며 노모의 손을 붙잡고 애원했다.

"할머니, 왜 그런 말씀을 하세요. 오래오래 백 살 이백 살까지 사셔야죠. 이제 좀 있으면 제가 스모로 돈을 벌어올 텐데, 그러면 할머니 호강시켜 드릴 테니 그런 말씀 하시지 마세요. 이제 몇 달 있으면 저의 정식 스모 경기가 시작되니까 훌훌 자리 털고 꼭 보러 오세요."

그때, 칸페에가 꿀 바른 당고 몇 개를 들고 들어왔다.

"어머니, 이것 좀 드세요. 어머니 당고 좋아하시잖아요."

노모는 당고를 하나 먹고,

"아아, 달다."

그러면서 또 나머지는 칸페에와 판석에게 나눠주는 것이었다.

칸페에는 판석을 배웅했다.

"한조야, 부탁이 있다. 아무래도 몇 개월 뒤에 다시 조선으로 출병하게 될 것 같구나. 내가 돌아올 때까지 우리 어머니 좀 보살펴 다오. 한창 스모에 신경 써야 할 텐데 미안하구나."

"아니에요, 칸페에 어른. 그럴 일은 없겠지만 칸페에상이 출병하면 스모고 뭐고 집에 와서 할머니 보살펴 드릴게요. 걱정 마셔요."

"그래, 네가 있어서 든든하다."

칸페에는 하늘을 보며 이야기했다.

"눈이 올 것 같구나."

十七 ————————— 1597년 8월, 정전회담의 결렬로 정유재란이 일어났다. 칸페에는 이제 치매로 제정신이 아닌 노모를 집에 두고 출병하게 되었다. 차라리 치매에 걸린 것이 다행이었다. 노모는 적어도 자식의 출병으로 인한 걱정은 덜 테니까.

판석은 칸페에의 출병 직전까지 훈련을 하다가, 전갈을 받고 바로 칸페에의 집으로 왔다.

"그래, 스모는 어떻게 하고? 집에 와도 되는 건가?"

"그럼요. 지금 조선 출병 때문에 난리 났어요. 선수들 중에도 출병을 하는 이가 꽤 있어서 스모 시합이며 연습은 당분간 중지될 것 같아요. 칸페에상은 이번에도 마에다님 휘하에 나가시는 건가요?"

"그렇다. 이번에 가면 또 언제 오게 될지…. 지금 다시 출병하는 장수들은 전쟁보다도 조선에 가서 포로를 데려오는 것에 더욱 신경을 쓰는 것처럼 보인다."

칸페에는 수심에 잠긴 판석을 보고 아차 싶었다.

"아, 판석아 미안하구나. 나는 이번에는 몸을 사릴 것이니라."

판석은 칸페에의 손을 꼬옥 잡았다.

"칸페에 어른. 이것 하나만 약속해 주십시오. 많은 것을 바라지 않습니다. 아녀자와 아이들만은 죽이지 말아주십시오."

"내 약속함세. 판석이, 우리 어머니 잘 보살펴 주게. 만약 내가 오기 전에 돌아가시면…."

칸페에는 눈물을 글썽였다.

"돌아가시면…. 불교식으로 화장해주고 저 뒷산 묘지에 예를 다해 안치해주게나. 더 바라는 것도 없다네. 이것이 모두 끝나면 자네는 자유민일세. 자, 여기."

판석은 칸페에가 건넨 서류를 받아 들었다. 그것에는 할머니의 화장이 끝나고 그것이 확인되는 대로 판석은 자유로운 사람이 된다는 내용이 적혀 있고, 칸페에의 수결이 찍혀 있었다. 판석은 칸페에를 와락 껴안고 말했다.

"칸페에상, 아니, 형님. 꼭 살아 돌아오셔야 합니다."

칸페에는 곤하게 자고 있는 노모를 향해 눈물을 흘리며 말했다.

"어머니, 어머니, 이제 못 보게 될지도 모르겠네요. 어머니 아들로 태어난 것이 제 인생의 가장 큰 행복이었어요. 극락왕생하소서. 저 세상에서 다시 만나요."

노모의 입술이 조금 움직이는 것 같았으나, 소리는 들리지 않았다.

또 한 차례의 전쟁은, 인도주의라고는 찾아볼 수 없는 참혹한 것이었다. 히데요시의 광기는 극에 치달아, 조선인의 코를 베어온 것으로 전공을 셈하겠다고 하는 망령된 지시를 내렸다. 또한 노예를 무차별적으로 납치해 오라는 하달이 떨어졌다. 일본군은 조선 각지에 왜성을 축조하고는 방어전에 돌입하면서, 노략질과 납치를 일삼았다.

칸페에의 노모는 아들이 출병하고 곧 지나지 않아 돌아가셨다. 판석은 예를 다해 불교식으로 화장을 하고, 유골은 뒷산 묘지에 안장하였다.

이제 판석은 자유민이 된 것이다. 그러나 자유민이라는 것이 뭐란 말인가. 조선인 포로는 특별한 기예가 없으면 일본에서 할 수 있는 일이 한정되어 있었다. 자유민은 허울뿐이고, 다시 어떤 집안에 노비로 들어가는 것만이 할 수 있는 유일한 일이었다.

판석은 스모에 자신의 모든 인생을 걸기로 하였다. 판석은 다시 합숙소를 찾았다. 그런데 합숙소는 썰렁하였다. 얼마 남지 않은 스모 선수들. 한 선배는 전쟁이 끝나면 많은 패잔병이 직업을 찾지 못하여 스모판으로 몰려들 것이라며, 미리 단련을 해두어야 한다고 하며 판석을 거의 반죽음이 될 때까지 훈련시켰다.

밤이면 숙소에서 바로 골아 떨어졌는데, 어느 날 그의 사타구니를 만지는 어떠한 손이 느껴졌다. 판석은 꿈인 줄 알고 그 손길을 즐기고 있다가, 갑자기 도가 지나치다는 생각이 들어 일어섰다.

"이게 뭐하는 짓이오!"

"쉬잇, 아이, 역사님. 외로워서 그래요. 남편도 전쟁에 나가고…. 역사님도 심심하지 않으세요? 제가 달래드릴게요."

전란이라 남자가 없어, 졸지에 독수공방 신세가 된 여성들이 하루가 멀다 하고 숙소로 슬그머니 넘어와서 역사들의 몸을 탐하였다. 판석도 이제 어엿한 사내로 숙소에 들어오는 여성은 마다하지 않았다. 같은 여자가 두세 번 들어오는지 아닌지, 매번 새로운 여자인지도 모르고, 훈련 때문에 피곤한 몸으로 거의 비몽사몽 하는 가운데 여성들과 성관계를 나누었다. 판석은 일본의 유부녀들이 이를 검게 물들이는 것이 매우 역겹다고 생각해서, 날이 밝을 때는 음욕 자체가 싹 달아나 버렸다. 그러나 밤에는 어차피 보이지도 않으니, 이불로 기어들어오는 계집을 마다하지 않게 된 것이다.

이런 생활을 하니 기력이 빠져 집중이 제대로 될 턱이 없었다. 선배들은 자기들도 그런 생활을 즐기면서, 판석이 욕정을 조절 못한다고 매일매일 구타를 서슴지 않았다.

판석도 이런 생활을 능동적으로 즐긴다기보다는 이 생활에 수동적으로 의존하는 경향이 더 컸다. 최근 그의 마음에는 무상감이 자리 잡고 있었다. 자기를 아껴 주었던 칸페에의 노모는 돌아가시고, 형처럼 든든했던 칸페에는 전쟁터에서 죽었는지 살았는지도 모른다. 연모하는 말금이, 존경하는 우성이 형님을 못 본 지도 꽤 되었다. 이런 허무감을 난잡한 성관계를 통해 잠시나마 잊는 것이었다.

하루는 이러한 일도 있었다. 그녀는 교토 유명 유곽의 가미상(여자 주인)으로, 남자들이 전쟁에 끌려가는 통에 장사가 안 되자, 자신들이 모시는 남근상을 더욱 영험한 것으로 교체할 필요가 있다고 생각했다. 스모는 일본의 전통 신앙인 신도와 연결되어 있다. 그 유곽의 여주인은 영험한 사내인 스모 선수의 남근상을 모형으로 본떠 오자는 발칙한 생각을 해낸 것이다.

여주인은 판석에게 자기가 데려온 이 모든 여자를 취할 수 있게 해줄 테니, 잠깐 남근을 세워달라고 부탁하였다. 판석은 껄껄 웃으며, 뭐 이런 미친년이 다 있나, 그러면서도, 알았다, 들어오게, 그러면서 천막 안으로 들어갔다. 한 창녀가 구강성교를 통하여 판석의 남근을 불끈 세웠다. 그때 여주인이 다가와서 석고와 진흙을 섞은 덩어리를 판석의 성기에 붙이고, 그 자리에 누워 잠깐 굳을 때까지 기다리라고 하였다. 판석은 너무나 피곤하여 그 자리에서 곯아 떨어졌다.

판석이 깨고 보니 진흙 덩어리는 그대로 판석의 거기에 달라붙어 있었다. 선배들이, 그 계집들 네가 잠들어 있을 때 쫓아 버렸다고, 그거 떼어 버리려면 고생 좀 할 거다, 그러면서 자지러지게 웃는 것이었다.

판석은 이런 자신이 너무나 비참하고 한심하였다. 이런 우스꽝스런 생활을 언제까지 할 수는 없었다. 판석은 자기도 자유민이니, 우성과 말금을 찾아가 보자 마음을 먹었다. 이런 생각을 하자 판석은 자기도 모르게 마음이 설레 옴을 느꼈다. 그는 신나서 펄쩍 뛰어 올랐다. 그러자 거시기에 붙어있던 그 석고 모형이 떨어져버렸다. 판석은 그것을 들고 혼잣말을 했다.

"그것 참…."

十八 ——————— 말금의 아름답고 기묘한 동자춤은 이제 행사가 있을 때마다 선보이는 호소카와가의 명물이 되어 있었다. 우성도 열일곱의 나이에 벌써 그 학식과 언어 실력이 널리 알려져 지식인들이 호소카와를 찾아오면 반드시 대동할 정도가 되었다.

판석은 으리으리한 호소카와 저택 앞에서 쭈뼛쭈뼛 마당 안쪽을 들여다보고 있었다. 쓰름매미 소리가 귀에서 지글지글 끓었다. 무덥고 짜증나는 오후였다. 경호무사가 판석에게 위협하는 어조로 물었다.

"자네는 누구인데 예서 얼쩡거리는 건가. 이리 와 보게!"

"아, 저는 조선인 자유민입니다. 저기…. 이 댁에 계신 조선인 강우성 씨를 만나 뵈러 왔습니다."

무사 둘은 서로를 쳐다보며 비웃는 어조로 속닥속닥 말을 주고받더니,

"주군께서 출병하셔서 외부인은 받을 수 없다네." 한다.

"아…. 그럼 제 전갈을 강우성 씨에게 좀 전달해 주실 수 있으신가요. 사례금을 드리겠습니다."

두 병사는 서로 쳐다보며 어깨를 으쓱하였다.

"그러죠. 이리 와 보시오."

판석은 그들 가까이 갔다. 판석이 가까워 오자, 경호 무사 중 한 명이 곤봉으로 판석의 정강이를 때렸다. 판석은 비명을 지르며 바닥에 데굴 데굴 굴렀다.

"조센진 녀석이 짜증나게 감히 여기가 어디라고! 뭐라고? 조선인 자유민이라고? 어디서 조선인이 자신을 자유민이라 소개하는 건가? 네주인이 너를 놔줬다고 해서 네가 자유민이 될 거 같은가? 네 몸뚱아리를 새로운 검이 잘 드는지 시험용으로 쓰고 시신은 잘게 잘라 개한테나던져 줘야겠구나."

경호 무사는 와키자시를 꺼내 들고, 판석을 향해 휘둘렀다. 이는 단순한 위협이 아니라, 노기등등한, 살기가 어린 칼부림이었다. 판석은 가까스로 칼을 피했다.

"왜 그러시오? 이러다 사람 죽겠소."

"조선인이 어디 사람이더냐. 네 녀석들 때문에 전란에서 우리 형제들이 죽고, 우리 집은 풍비박산이 났다. 어디서 감히!"

판석에게 칼이 날아들어, 이제 죽겠구나 싶었을 때, 판석의 앞을 막아서는 어린아이가 하나 있었다. 무사는 칼질을 멈추었다.

"이런…. 키리시탄(그리스도교) 잡종년 아냐! 썩 꺼져!"

판석은 자신 앞에 서서 팔을 벌리고 있는 작은 계집 하나를 보았다.

말금이와 비슷하게 생기긴 했는데, 확신할 수 없어 그저 아무 말도 못하고 그녀를 쳐다보고 있었다.

곧 행렬이 이쪽으로 다가왔다. 꽃으로 장식한 가마가 막 경내로 진입하려고 하고 있었다. 가마의 발을 걷자, 아름다운 여인의 모습이 보였다. 가라샤는 경호 무사에게 말했다.

"왜들 그러세요. 이 사내는 누구입니까?"

"네, 안주인 마님. 이 녀석은 조선인으로, 강우성이라는 조선인을 보러 왔다고 하여 쫓아내려고 하고 있었습니다."

"에스더야, 너는 이 사내를 아느냐."

"네, 알고 있습니다. 일전에 말씀드린, 물에 빠진 저를 구해준 은인입니다."

"그렇다면 문전박대를 할 수는 없는 일이구나. 마당에 차일을 치고 차를 대접하라."

가라샤는 시종들에게 말했다. 겸연쩍어진 무사들이 불평을 했다.

"그러나 마님, 주군께서 출병하시며 외부인은 그 누구도 집안으로 들이지 말라 하셨습니다."

"그러니까 집안으로 들이지 않고 사방이 뚫린 마당에서 보고자 하는 것이 아니더냐. 잔말 말고 들이게."

"하오나 마님…."

가라샤는 의미심장한 미소를 띠었다.

"이보게 사무라이님. 여기서 이렇게 당신과 실랑이를 오래 하고 있으면 많은 사람들이 우리 사이에 뭐가 있다는 듯 쑤군댈 걸세. 자, 저 뒤에 우리를 감시하는 닌자 다이고로가 보이지? 난 자네 목을 친다는 걸정이 들어 있는 우리 주군의 편지를 받아보기는 싫다네.”

경호 무사는 두려움에 떨며 결국 자리를 비켰다.

가라샤는 말금이만 옆에 데리고, 차일을 친 마당에서 판석과 다도회를 열었다.

판석은 예전과 전혀 변하지 않은, 그러나 어떻게 보면 완전히 달라진 말금 앞에서 무슨 말을 해야 할지 망설였다. 말금이 낯설었다. 이 변하지 않는 체구는 무엇이고, 더 여성스러워진 것은 무슨 까닭이란 말인가. 또 말금의 그 풍부했던 표정은 어디 가고, 마치 이 세상 사람의 것이 아닌 듯한 미소를 짓는 이유는 무엇 때문인가.

판석은 이 호소카와의 아름답기 그지없는 안주인을 살폈다. 기품 있는 행동과 천주교에 대한 열렬한 헌신. 그녀는 아까부터 천주교 이야기만 하고 있다. 그렇다. 바로 이 사람이 말금을 바꿔버린 원흉일지도 모른다. 아름다운 찔레꽃이 가시를 지니고 있듯이, 저 아름다운 얼굴 뒤에 강렬한 집착이 있다. 그녀가 말금을 망쳐버렸다. 이런 생각을 하자 판석은 등줄기가 싸늘해져 옴을 느꼈다. 가라샤는 판석에게 자기는 낮잠을 자러 간다고 하고, 말금과 판석, 둘만 남기고 안채로 향했다.

“그래, 우성이 형님께서는 그럼 규슈의 호소카와 영지에 갔다는 말이군.”

“네, 그렇습니다.”

말금은 굳은 얼굴로 말을 이었다.

“판석 오라버님, 이제 우리 집에는 찾아오지 마셔요. 우리 주인은 잔인한 분이라서 절대 다른 조선인을 집에 들이는 것을 용서하지 않을 것이어요.”

"알았다. 그게 너희를 곤혹스럽게 만든다면 내 오지 않으마. 그런데 내가 너한테 하나 묻고 싶은 게 있다."

판석의 목소리가 떨리고 있었다. 그러나 말금의 목소리는 냉정하리만치 차분하였다.

"말금아…. 여기서 도망쳐서 나랑 같이 살지 않겠느냐?"

그 말을 듣고 말금은 조용히 미소를 지을 뿐이었다.

"저는 세례를 받고 가라샤님을 모시고 있어요. 안주인은 저에게 새로운 생명을 주셨어요. 앞으로 우리 안주인을 성심을 다해 모시고 싶어요. 그러니 그런 말씀 마옵소서."

판석은 말을 듣다 보니 화가 나기 시작하였다. 그는 말금을 다그쳤다.

"아까 네가 나를 오라버니라고 부르는 것을 보고, 또 네가 이렇게 성장이 멈춘 것 등을 보니 여기서 무슨 일이 있었는지 알 만하다. 내가 시장에서 조선인들한테 들었던 풍문이 맞는 게로구나. 너희 안주인이 너를 기리시탄으로 끌어들이는 것도 모자라 너를 파멸로 이끌었는데도 너는 이렇게 그 왜놈들을 두둔하고 있구나. 나는 너를 이렇게 만든 사람들에게 반드시 복수하고 말 거다. 말금이, 너도 정신 차려라. 이 사람들은 절대 너를 자신과 동등한 존재로 여기지 않는단다."

"아니에요 오라버니, 우리는 하나님 앞에서 평등하답니다. 그들에 대한 증오는 결국 자신의 영혼을 파멸시킬 뿐이에요. 하나님은 우리의 영혼을 보지 외면을 보지 않는답니다."

"하나님이란 게 어디 붙어 있는 귀신인데 그런 해괴망측한 말을 하는 거냐. 좋아, 나는 다시는 너를 보러 오지 않겠다."

판석은 씩씩거리며 호소카와가를 나섰다. 그래도 마음 한 구석이 찐

하게 저려왔다. 말금은 내가 자기를 연모하는 정 따위는 전혀 알지도 못하고 있구나. 참 가슴 아픈 일이었다.

그나저나 이 호소카와 가문 사람들은 잔인하기 그지없구나. 말금의 몸을 지배하는 것을 넘어서 영혼까지 사로잡고 마치 꼭두각시처럼 조종하고 있잖은가. 내가 반드시 말금을 저 유령의 집으로부터 **빼내와야겠**다. 이제 나는 목표가 생겼다.

일단 스모의 최고 지위, 요코즈나의 자리까지 가는 것이다!

十九 ─────── 도요토미 히데요시가 죽고, 드디어 전란이 끝났다. 1598년 12월이었다.

그 해 설날, 조선인 동포들은 다 같이 모여서, 전쟁 승리를 축하하는 노래를 불렀다. 그것은 왜장 가토 기요마사(加藤淸正)가 조선 반도에서 패퇴하는 모습을 그린 노래였다. 일본인들은 조선인들이 모여 마시고 떠드는 게 못마땅했다. 그러나 그들도 전쟁이 끝나고 출병했던 가족들이 돌아온 것이 기쁘기는 매한가지였다. 물론 조선에서 전사하여 자신의 아들, 남편, 아버지가 돌아오지 않은 집안은 이루 말할 수 없는 비통에 잠겨 있었지만.

설날 조선인 잔치 때 판석은 혹시 말금이나 우성을 볼까 싶어 다리에 나가 보았지만, 역시 찾을 수 없었다. 사람이 너무 많은 탓인가. 판석은 못내 서운하였다.

판석도 그날은 동포가 빚어온 막걸리를 마시고 실컷 취했다. 판석은 동포들과 어깨동무를 하고 승전 축하의 노래를 목이 터져라 불렀다.

"쾌재(快哉)라 청정(加藤淸正)이 나네!('신나라, 기요마사 나가네'라는 뜻)"

이것을 시작으로, 조선인 동포는 후렴으로는 각자가 경험한 신산한 삶의 여정을 노래했다.

"쾌재라 청정이 나네! 왜놈들에 잡혀 와서, 쾌재라 청정이 나네! 왜놈 땅을 밟았다네, 쾌재라 청정이 나네! 만날 두드려 맞으면서도, 쾌재라 청정이 나네! 고향을 향해 절을 했다네, 쾌재라 칭칭 나네! 이순신 장군이 나서, 쾌지나 칭칭 나네! 왜놈들을 막았다네, 쾌지나 칭칭 나네!"

판석은 전쟁의 패잔병들이 이제 농번기까지는 할 일이 없어 스모판에 유입되는 것을 지켜보았다. 그 중 마에다 휘하에서 복무한 병사가 있어서 판석은 칸페에에 대해 물어보았다. 판석은 칸페에가 울산성 전투에서 전염병으로 죽은 것을 알았다. 그 병사는 죽은 칸페에의 염주를 돌려주었다. 판석은 칸페에의 노모 묘소 옆에 이 염주를 묻고 불공을 드렸다.

본격적인 스모 시즌은 1599년 여름부터 시작되었다. 몇 년여에 걸쳐 맹연습을 해온 판석을 당할 수 있는 선수는 그리 많지 않았다. 판석은 꾸준히 성적을 올려, 조선인 최초로 오오제키(요코즈나 바로 아래의 신분)에 올랐고, 유명 인사가 되었다.

그는 조선인 포로들의 희망이었다. 그의 시합이 있을 때는 조선인 포로들이 파업을 일으킬 정도였다. 이러한 소문이 다이묘의 귀에 들어가지 않을 리 없었다. 특히 도요토미 히데요시가 죽은 후, 그의 심복으로서 치안을 유지할 의무가 있었던 이시다 미츠나리(石田 三成)는 조선인 포로들의 동향을 유심히 살폈다. 그는 자신의 휘하 부대에 조선인 대포 부대와 화약 기술자를 거느리고, 그들에게 특별대우를 해줄 정도로 조선인에 대한 관심이 많았다. 이시다는 언젠가 이 조선인을 보러 가야겠다고 마음을 먹고 있었다.

1600년 봄 시즌, 드디어 당대 최고의 역사인 요코즈나 후지노나미와 단기간에 오오제키라는 자리에 오른 조선인 도전자 판석의 시합이 있는 날이었다. 이는 일본인과 조선인의 대결이라는 이례적인 시합이라 엄청난 화제를 몰고 왔다. 임진왜란, 정유재란이 끝나고 잠깐 한숨을 돌리게 된 다이묘들이 이 시합을 구경하러 몰려들었다. 그러나 다이묘들의 분위기가 심상치 않았다. 그들은 히데요시의 적통을 주장하는 이시다 미츠나리를 중심으로 한 서군파, 도쿠가와 이에야스를 중심으로 천하통일을 이루고자 하는 동군파로 나뉘어 있었다. 그들은 히데요시의 오사카성을 중심으로 그 주변에 모여 살고 있었다. 그들은 구경하는 자리도 동쪽과 서쪽으로 갈라 앉아, 서로 죽일 듯이 노려보고 있었다. 하지만 일심으로 응원하는 한 가지가 있기는 하였다. 바로 일본인 후지노나미가 이 건방진 조선인 '발해산(渤海山: 예명처럼 붙인 김판석의 선수 이름)'을 혼내 주는 것!

챔피언 후지노나미가 등장하였다. 그는 빛나는 보라색 비단으로 만든 마와시에 화려하게 올린 오이초(은행잎 모양의 머리모양)를 자랑하고 있었다. 그가 등장하자 땅이 울리고 공기가 떨릴 정도의 함성이 울려 퍼졌다. 체신을 지켜야 하는 다이묘들조차도 흥분에 겨워 소리를 질렀다. 수많은 아녀자들 역시 열광하였다. 후지노나미가 도효(씨름판)의 상태를 세심하게 살피는 동안, 그를 후원하는 점포들에서 기수가 한 명씩 나와 가게를 홍보하는 깃발을 들고 씨름판을 한 번 휘돌고 나갔는데, 그 행렬이 끝도 없이 이어질 정도였다.

반면 도전자 발해산, 즉 판석의 등장은 초라하였다. 그는 조선에서 가져온 옷감으로 만든 하얀 삼베 마와시를 찼고, 오이초가 아니라 상투를 틀었다. 후지노나미의 체격에 비하면 발해산은 왜소해 보였다. 그러나 후지노나미의 근육이 다소 처져 있다면, 발해산은 한창 물오른 젊은이의 근육답게 자글자글 차지게 뭉쳐 있었다. 후지노나미의 주특기는 오시다시라는 기술로, 손바닥으로 상대를 쳐서 경기장 밖으로 몰아내는 기술이었다. 발해산은 한국의 씨름 기술, 그 중에서도 등배지기 기술을 응용한 동작이 전매특허였다. 발해산은 이 기술로 수많은 역전 명승부를 만들어냈기 때문에, 많은 사람들이 발해산이 전적으로 불리하지만은 않다고 평가하고 있었다.

발해산이 등장하자, 일본인들이 야유를 보냈다. 그러나 집에서 하던 일을 관두고 뛰쳐나온 수많은 조선인 동포들이 열광적으로 발해산을 응원하였다.

"저 조선인들 정말 목소리 하나 우렁차구만. 이건 그들한테도 좋은 구경거리가 되겠어."

이시다 미츠나리가 말했다. 그는 발해산을 눈여겨보았다. 이 청년은 뭔가 담력도 있어 보이고, 매우 탐이 났다. 이시다 미츠나리는 근성이 있는 사내를 매우 좋아하고 아꼈다. 그 자신이 용기가 남다른 사람이었기 때문이다. 미츠나리는 어렸을 때, 히데요시가 사냥을 마치고 어느 절에 잠깐 쉬러 왔을 때 그곳에서 시동 일을 하고 있었다. 히데요시는 이 시동에게 목이 마르니 물을 떠오라고 하였다. 시동은 처음에는 다완에 7-8할의 미지근한 물을 떠왔다. 히데요시는 물을 쭉 들이켜고 한 잔을 더 달라고 하였다. 미츠나리는 이번엔 5할의 뜨거운 물을 가져왔다.

히데요시는 이 역시 다 마시고 한 잔 더 달라고 하였다. 이번에는 약 2할 정도의, 입을 델 수 없을 만큼 뜨거운 물이었다. 히데요시는 생각했다. '이 녀석을 죽여? 아니면 데려가?' 결국 히데요시는 이 아이를 거두어 자기 밑에서 키웠다. 그렇게 하여 이시다 미츠나리는 히데요시의 심복이 된 것이다.

이제 시합이 시작되려 하고 있었다.

후지노나미와 발해산은 각각 소금을 한 움큼씩 쥐고 도효에 뿌렸다. 씨름판을 정화시키는 의식이었다. 이제 모든 의식이 끝났다. 그 수많은 청중의 떠드는 소리가 뚝하고 끊기고, 고요한 정적이 흘렀다. 여기저기서 꼴딱꼴딱 침 넘어가는 소리가 들릴 뿐이었다.

"시작!"

심판의 구령으로 시합이 시작되었다.

둘은 씨름판 한가운데에서 정면으로 부딪혔다. 발해산은 부딪히는 순간 잠깐 비틀거렸다. 머리를 세게 부딪쳐 번쩍하고 빛이 보였다. 후지노나미는 손바닥으로 발해산을 연속으로 때렸다. 한 방, 두 방, 세 방…. 보통 이 정도쯤에 대개의 선수들은 고꾸라졌다. 네 방, 다섯 방, 여섯 방…. 그래도 발해산은 쓰러지지 않았다. 후지노나미는 당황했다. 그는 타격의 세기를 높였다. 일곱, 여덟…. 발해산의 목이 뒤로 꺾이며 몸이 휘청하였다. 됐구나, 싶어 후지노나미는 기세를 올렸다. 아홉, 열…. 이제 발해산은 경기장 끝까지 몰렸다. 발해산은 경기장의 경계를 표시하는 동그란 원환의 금줄에 발바닥을 고정시키고 버티고 있었다. 후지노나미의 오시다시가 약해지고 있었다. 발해산은 이 틈을 놓치지 않고, 후지노나미와 똑같은 기술인 밀어치기를 시도하였다. 청중은 놀랐다. 똑같은 기술로 승부를 보려는 이 청년의 오기가 너무나 무모해 보였기 때문이다. 한 방, 두 방, 세 방, 네 방…. 후지노나미도 버텼다. 다섯 방, 여섯 방, 일곱 방…. 후지노나미가 비틀거리기 시작하였다. 여덟 방에 후지노나미가 갑자기 몸을 숙이고 발해산의 허리 밑으로 들어와 샅바를 잡았다.

관중석 사이에서 함성이 터져 나왔다. 후지노나미가 이렇게 자신의 주특기를 포기하고 다른 기술을 시도했다는 것 자체가 있을 수 없는 일이었다. 샅바를 잡힌 발해산은, 이제 조선 씨름의 방식으로 자신에게 유리하게 경기를 전개해 나갈 수 있다는 자신감이 붙기 시작했다. 발해산은 침착하게 자신의 무게 중심을 낮추었고, 엄청난 악력으로 상대의 샅바를 움켜쥐었다. 후지노나미는 신장 차이를 이용하기로 마음을 먹었다. 그는 발해산을 들어올리려고 하였지만, 발해산이 무게중심을 낮게 유지하고 있으므로 만만치가 않았다. 그는 무지막지한 완력을 사용하여 샅바를 쥔 상태에서 발해산을 점점 바깥쪽으로 밀어내고 있었다. 이렇게 또다시 판석은 조금씩 밀리고 있었다. 그러나 이것은 발해산의 의도된 작전이었다. 그는 이렇게 배수진을 친 후, 금줄에 발을 걸고, 상대방의 무게 중심을 이동시켜 등배지기로 후지노나미를 뒤엎어 버릴 생각이었다. 이런 작전을 알 턱이 없는 후지노나미는 열심히 발해산을 떠밀고 있었다. 발해산은 이제 금줄의 끝까지 도착했다. 후지노나미는 단 한 가지에만 정신이 팔려 있었다.. 이 녀석을 들어 떼밀어 버리자! 이렇게 후지노나미가 샅바를 잡고 발해산을 떠밀자, 다리에 힘을 주고 있는 발해산의 등이 활처럼 바깥으로 굽기 시작했다. 이제 다 됐다! 후지노나미는 발해산을 더 떠밀려고 하는 과정에서, 무게중심이 상당히 위로 올라갔다. 바로 이때, 발해산은 자신의 허벅지를 상대의 허벅지에 밀착시키고 그 반작용으로 거구의 후지노나미가 들어오는 오른쪽 방향으로 그 몸을 회전시켰다. 후지노나미는 아차, 당했구나 싶었지만, 그대로 몸무게로 찍어 누르기로 했다. 하지만 발해산의 뒤집어엎는 동작이 조금 더 빨랐다. 이렇게 둘은 거의 동시에 어깨가 땅바닥에 부딪혔다. 간만의 차이였지만, 분명 후지노나미의 어깨가 땅에 조금 더 빨리 닿았다. 발해산의 승리였다. 발해산은 흥분했고, 조선인들은 함성을 질렀다. 하지만 스모는 절대로 감정을 드러내서는 안 되는 경기였다.

선수들은 다시 정위치로 가서 마와시를 정돈하고, 심판의 판결을 기다렸다. 심판이 판결을 내렸다.

"승자, 후지노나미!"

일본인들은 환호성을 질렀고, 조선인은 심판에게 야유를 보냈다. 다이묘들은 이런 신체 움직임에 대하여 눈이 예리한 사람들이었다. 그들은 누가 보아도 이것이 발해산의 승리인 것을 알았다. 하지만 대부분의 다이묘들도 이 판정에 대하여 수긍하는 분위기였다.

그렇게 경기가 끝났다. 발해산은 분해서 눈물이 나왔다. 그러나 그 정도는 예상을 했어야 했다. 압도적으로 이기지 않는다면 일본인이 그의 승리를 인정하지 않을 것이라는 사실을.

발해산은 분루를 삼키며, 이 경기를 끝으로 스모 시즌도 끝났으니 이제 집에 돌아가려고 숙소에 들어가 옷가지며 짐을 챙기려고 하였다. 그때 숙소 안으로 어떤 사무라이가 들어왔다.

"발해산, 자네의 경기 잘 보았네. 우리 다이묘께서 잠깐 자네를 보자

그러시네. 자네한테 상을 내리려 하는 것이니 의심 말고 따라오시게.”

이렇게 발해산은 사무라이에 이끌려 어떠한 천막 앞에 당도하였다. 그 천막에는 ‘대일대만대길(大一大万大吉)’이라는 문장이 그려져 있었다. 판석은 다이묘는 모두 우락부락하게 생겼을 것이라고 생각하였다. 그러나 이 다이묘는 무언가 섬세하고 지적인 면, 그리고 고집이 있어 보였다. 그는 바로 이시다 미츠나리였다.

“음, 발해산. 나는 이번 승리가 자네 것이라 여긴다네.”

판석은 놀랐다. 아, 나의 승리를 일본인, 나아가 다이묘가 인정하다니.

“자네에게 줄 것이 있네.”

“황송하옵니다. 그게 무엇입니까?”

“들어오게.”

어떤 사람이 벌벌 떨며 천막 안으로 들어왔다. 아까 경기의 심판이었다. 이시다 미츠나리는 조용하고 엄숙하게 심판에게 말했다.

“꿇어앉게.”

“저…. 전하…. 무슨 일이옵니까?”

이시다 미츠나리는 부하한테 이야기했다.

“삼베 천과 단도를 가져오게. 심판, 자네는 윗도리를 벗게.”

심판이 머뭇머뭇거렸다.

“실랑이하기 싫네. 부하를 시키기 전에 명예롭게 자신이 윗도리를 벗게.”

심판은 벌벌 떨며 윗도리를 벗었다. 부하들이 그의 배에 삼베 천을 감았다. 그리고 그에게 단도를 쥐어 주었다. 이시다 미츠나리가 엄숙하게 말했다.

"할복하게."

심판은 자신이 경기를 잘못 판정했다는 것을 누구보다 제일 잘 알고 있었다. 그는 비굴하게 이시다 미츠나리의 발밑에 납작 엎드렸다.

"정말 죄송합니다, 나리. 제가 제 직분을 어겼습니다. 그래도 목숨을 빼앗지는 말아 주시옵소서. 이렇게 비나이다."

그는 오열하면서 판석을 애처로운 눈길로 쳐다보았다. 자기를 구원해 달라는 무언의 목소리였다.

"이시다 나으리, 이 사람을 방면해 주시지요. 이 자도 처자가 있을 몸인데 죽일 것까지야 없지 않겠습니까."

이시다 미츠나리는 자신의 수염 끝을 말면서 판석을 보았다.

"자네는 억울하지도 않은가. 사내라면 이런 놈은 직접 죽이겠다고 나서야지."

"생사의 문제는 더욱 큰일을 가려 따져야 할 줄 압니다. 저는 이깟 경기의 승패 따위는 아무래도 좋습니다."

이시다 미츠나리는 큰 소리로 웃음을 터뜨렸다.

"그거 참 자네는 호인이로구만. 좋소. 내 이 사람의 상투를 자르고 심판직을 박탈하는 것으로 끝내겠소. 다만 조건이 있네."

"무엇입니까?"

"그래, 발해산, 자신의 본명이 무엇인가."

"판석이라고 하옵니다."

"그래, 판석. 단도직입적으로 말하겠네. 지금 일본은 다이묘 간의 분열이 극에 달해 있지. 나는 조선에서 잡아온 우수한 대포 부대 병사들과 화약 기술자를 데리고 있다네. 그런데 그들이 일본인들과 말이 통하지 않아 곤란을 겪고 있다네. 자네가 그들의 부대장이 되어주게. 고액의 연봉과 함께, 집과 논을 하사하겠네."

판석은 이 놀라운 제의에 눈이 휘둥그레졌다. 일본은 천출도 실력만 있다면 신분 상승이 가능하다고 하는데, 진짜 전란이 그렇게 만드는가 보구나 싶어 놀라면서도, 문득 하나의 궁금증이 가슴에 이는 것을 느꼈다.

"나으리, 하나만 여쭤도 되겠습니까."

"그래, 말하라."

"나으리께서는 호소카와의 적입니까, 동지입니까?"

"글쎄, 어려운 질문이군. 솔직히 말하면, 적일세. 그런데, 적으로 돌리고 싶지 않은 적일세."

판석은 생각했다. 한 가지만 더 충족된다면, 이 일을 못할 것이 없었다.

"나으리께 하나만 부탁드려도 되겠습니까. 이 부탁만 들어주시면 저는 이시다님의 휘하로 들어가겠습니다."

"그래, 무엇이더냐."

"만약 호소카와가를 습격할 일이 있거나 하면, 저를 반드시 선봉으로 기용해 주십시오. 이것만 보장된다면 나으리를 충성을 다해 모시겠습니다."

"알았네. 내 약조하지."

二十 ───────── 우성은 호소카와와 함께 교토의 다나베 성에서 머물고 있었다. 전란의 기운이 또다시 감돌고 있었다. 도쿠가

와 이에야스파(동군)와 이시다 미츠나리파(서군)가 일본 천하를 두고 대결을 벌이려 하고 있었다. 우성은 호소카와를 따라 에도의 도쿠가와 이에야스를 접견한 적도 있었다. 그는 벌써부터 천하통일 이후를 대비하고 있었다. 이에야스는 한 번도 조선에 출병을 한 적이 없기 때문에, 자신이 천하통일을 하면 조선과 우호적인 교류를 재개할 수 있을 것이라고 생각하고 있었다. 우성은 도쿠가와 이에야스의 자신만만한 태도를 보면서, 향후 선린우호의 기대와 함께, 두려움을 느꼈다. 이 사람은 조선과 교역을 하는 것이, 매우 이문이 남는 일이라는 것을 알고 있었다. 즉 겉으로는 성신(誠信)의 외교를 표방하면서도, 안으로는 실리를 챙기려는 것이었다. 강우성은 혀를 내둘렀다. 앞으로 동군과 서군이 붙는다면, 서군은 이 도쿠가와를 당해낼 수 없으리라.

이렇게 도쿠가와 이에야스는 지와 덕을 갖춘 데다가, 인내심까지 가지고 있었다. 이에야스의 천하통일을 위한 물밑 작업이 결실을 맺기 시작하였다. 호소카와는 이에츠구 사건으로 이에야스에게 커다란 은혜를 입은 바 있다. 임진왜란 제1선봉장이었던 맹장 가토 기요마사는 공적을 위조한 것을 탄핵한 이시다 미츠나리에게 원한을 품어 동군에 가담하였다. 동북 지방의 맹주 다테 마사무네도 이에야스 편이었다. 이 외에도 전쟁 중 작은 상처 하나조차 입지 않았다는 맹장 혼다 타다카츠, 살인귀 용장이라 불리던 이이 나오마사도 있었다.

서군에는 이시다 미츠나리를 필두로, 역시 임진왜란에 참여한 고니시 유키나가가 있었다. 대마도주인 소 요시토시는 고니시 유키나가의 사위였기 때문에 자동으로 서군에 편입되었다. 이시다 미츠나리는 실력 있는 다이묘인 모리 테루모토를 총대장으로 삼았다. 서군에도 용장으로 알아주는 시마 사콘이나 시마즈 요시히로 등이 있었다.

 이렇게 동군과 서군은 서로 비슷한 군세를 동원할 수 있었지만, 둘은 결정적인 차이가 있었다. 우선 동군은 총대장인 도쿠가와 이에야스에 대한 충성과 결속력이 강하였다는 데에 비하여, 서군은 그렇지 않았다는 것이었다. 서군의 실세였던 이시다 미츠나리는 옳고 그름, 좋고 싫음을 분명히 따지는 성격이었다. 따라서 적이 많았다. 게다가 20만 석의 낮은 녹봉을 받는 위치이기 때문에, 많은 서군의 장수들이 은연중 이시다를 무시하고 있었다. 서군의 또 다른 문제점은, 남몰래 도쿠가와 이에야스와 내통하는 다이묘들이 많았다는 것이다.

 똘똘 뭉친 동군과 오합지졸의 서군, 이미 승부는 결정된 것과 다름이 없었다. 이렇듯 싸움이 시작되기 전에 이미 판을 짜놓는 도쿠가와 이에야스는 역시 뛰어난 선견지명의 소유자였다.

 이러한 상황에서, 서군의 이시다 미츠나리는 초조함에 마음이 타들어 갔다. 어떻게 해서든 동군의 장수를 한 명이라도 자신의 편으로 끌어들여야 했다. 이시다 미츠나리는, 많은 다이묘들을 물색하다가, 우선 호소카와 타다오키를 자신의 편으로 끌어들이기로 결정하였다. 호소카와에게는 약점이 있었기 때문이다. 바로 그의 부인 가라샤라는.

 지금 호소카와 타다오키는 다나베성으로 출타 중이었다. 그러나 그의 부인 호소카와 가라샤는 오사카성 밑의 저택에 거주하고 있었다. 죽은 도요토미 히데요시는 자신의 다이묘들이 자신을 모반하는 것을 막기 위하여 이렇듯 다이묘들의 식구들은 오사카성 주위의 저택에 머물도록 강제하였던 것이다.

이시다 미츠나리는 호소카와 가라샤를 납치하기로 결정하였다. 가라샤를 납치하면, 그녀를 끔찍이 사랑하는 호소카와 타다오키는 자연히 서군으로 넘어올 것이다.

이시다 미츠나리는 이러한 결정을 극비에 붙이고, 자신이 믿을 수 있는 최고의 심복을 불렀다. 닌자인 아카미미를 비롯한 몇 명의 사무라이와, 호소카와가를 습격할 때 선봉으로 끼워주기로 약속했던 판석도 그 중에 있었다.

이시다 미츠나리는 자신의 계획을 그들에게 말하였다.

"이번 계획은 호소카와 가라샤를 무사히 납치해오는 것이다. 가라샤 이외의 사람들은, 방해가 되면 죽여도 좋다. 그러나 가라샤는 절대로 죽이면 안 된다. 절대적 침묵 속에 침투하여, 우리가 습격했다는 사실조차 모르게 들어갔다가 나오는 것이 최상책이니라. 다시 한 번 말한다. 이번 습격의 목적은 가라샤를 목숨이 붙어 있는 채로 데려오는 것이다. 알겠느냐."

"네!"

일동은 복창하였다.

사실 가라샤는 이러한 습격이 언젠가 일어날 것으로 어렴풋이 예측하고 있었다. 가라샤는 동물적인 직감력이 있는 여인이었다. 그녀는 이런 일을 대비하여 침소를 옮겼다. 그리고 그 원래 침소에는 경호 사무라이들을 배치하여, 습격이 일어날 경우 화약에 불을 붙여 습격이 이루어졌음을 알리라고 명령하였다.

가라샤는 최후의 경우 절대로 잡히지 않고 자신의 목숨을 끊기로 마음을 먹어둔 상태였다. 그것도 혼자서 죽을 생각이 아니었다. 자기를 습격한 사무라이들과 함께 폭사할 수 있도록, 화약을 집안 곳곳에 가득 쟁여 두었다. 그녀는 말금에게 최악의 상황이 온다면 자신을 찔러달라고 부탁하며, 단도를 건넸다.

"에스더야, 나는 기리시탄이기 때문에 절대로 자살을 할 수 없단다. 나는 사랑하는 네가 나의 목숨을 거두어줬으면 좋겠구나. 자, 이 단도를 받아라."

말금은 울면서 그 부탁을 거절하였다.

"가라샤님, 가라샤님은 너무하십니다. 살 생각을 먼저 하셔야지 왜 죽을 생각을 하십니까."

"에스더야, 내가 여기서 탈출한다고 해도, 이 오사카는 서군들의 천지란다. 이시다나 모리한테 잡히면 살 수는 있겠지만, 내 부군이 곤란에 처하게 될 것이다. 그 밖의 서군들은 짐승들이니, 그자들에게 잡히면 더 말할 것도 없겠지. 그러니 최악의 경우가 오면 나를 끝내다오."

"가라샤님께서는 부군을 지금 이곳으로 부르실 수 있음에도 왜 그렇게 하지 않으십니까."

"부군은 지금 동군의 규합과 전쟁 준비로 분주하느니라. 아녀자가 부군의 행동을 제약하는 것은 악덕이니라."

"가라샤님, 어쨌든 난리가 나면 저는 가라샤님을 뫼시고 도망칠 것입니다. 절대로 단도 따위는 쓰지 않을 것입니다."

가라샤는, 더 이상의 논쟁은 피곤하다는 듯이 말금을 보며 씨익 웃었다. 말금은 이 미소를 보고 드디어 진실을 깨달을 수 있었다. 가라샤님께서는 삶에 완전히 지치신 것이다, 그녀는 이미 이 세상에 미련이 없다, 이미 삶의 끈을 놓았다는 것을 알게 되었다. 그녀는 순교를 바라고 있었던 것이다.

"그래, 에스더야, 나를 죽이라 명하는 것은 너에게 지나치게 가혹한 일인 것 같구나. 에스더야, 이리 오너라, 우리 기도를 하자꾸나."

가라샤는 천주교도인 시녀들을 불러 모아 기도를 나누었다.

1600년 음력 7월 17일, 낮에 달아오른 대지가 아직까지 열을 뿜는 더운 여름날 밤이었다.

판석을 비롯한 몇 명의 낭인들이, 발소리를 죽이며 호소카와의 저택으로 향하였다. 닌자인 아카미미는 이미 가라샤가 자신의 침소를 다른 곳으로 옮겼다는 사실을 알아냈다. 작전 구상은 끝나 있었고, 예행연습도 몇 번이나 하였다. 실패할 여지는 전혀 없었다.

그러나 판석은 작전의 성공 여부에는 전혀 관심이 없었다. 판석의 마음은 딴 데 있었다. 어떻게든 말큼을 빼내어 대피시키는 것. 바로 그것이 그의 목표였다.

판석은 이 작전의 선봉에 섰다. 함께하는 사무라이들이 눈에 띄는 족족 시녀들을 죽일 것이기 때문에, 자기가 먼저 말큼을 발견해야 했다.

호소카와가 저택의 대문은 두 명의 사무라이가 지키고 있었다. 닌자 아카미미와 이쪽 사무라이 하나가 그 둘을 제압하였다. 그리고 조용히 가라샤가 옮겼다는 별채의 침소로 침입하였다.

그때였다. 펑! 하는 소리와 함께 바깥의 창고가 불타올랐다. 누군가 화약에 불을 놓은 것이다. 엄청난 굉음에 침입자들도 귀를 싸매고 고통스러워하였다. 창고의 불 때문에 열어 놓은 문으로 빛이 비추어 들었다. 아카미미는 귀부인의 얼굴을 살폈다. 가라샤가 아니었다. 아카미미는 이제 조용한 침입은 물 건너갔다는 것을 알았다. 다이고로는 소리를 질렀다.

"이 여자는 가라샤가 아니다. 본채로 건너가자!"

본채에서는 가라샤가 하얀 소복을 입고 정좌하고 있었다. 가라샤 옆에는 심지가 꽂혀 있는 상자 하나가 놓여 있었고, 말금은 횃불을 들고 있었다.

바깥에서는 침입자들이 가라샤를 찾는 소리, 비명 소리 등이 화약 불빛에 섞여 들어, 지옥도를 방불케 했다. 이 와중에도 가라샤는 침착하였다. 가라샤는 사세구(辭世句: 죽을 때 읊는 시)를 조용히 읊었다.

"져야 할 때를 알아야 비로소 세상의 꽃도 꽃이 되고 사람도 사람이 된다(散りぬべき 時知りてこそ 世の中の 花も花なれ 人も人なれ)".

그녀는 가신인 오가사와라 히데키요에게 조용히 눈짓을 보냈다. 가신은 긴 창으로 가라샤의 가슴을 찔렀다. 가라샤의 하얀 소복에 붉은 피가 버짐처럼 피었다. 그녀는 그렇게 숨을 거두었다. 말금은 자신의 횃불을 가신에게 넘겨준 후, 가라샤의 몸에 평소 안주인이 좋아하였던 제비꽃 자수가 놓인 천을 정성스레 덮어 주었다. 그리고 다시 횃불을 넘겨받았다.

그때, 침입자들이 문을 차고 들어왔다.

"가라샤를 내놓아라!"

가신인 오가사와라가 껄껄 웃으며 기백 있게 소리쳤다.

"하하하, 이미 늦었소이다. 안주인께서는 돌아가셨소. 당신들은 그 누구도 납치하지 못할 것이오, 자, 내 여러분께 선물을 드리리다!"

말금은 횃불을 들고, 그것을 옆에 있는 상자에 꽂혀 있는 심지로 가져갔다. 그때 판석이 소리를 질렀다.

"말금아! 그만 둬라!"

조선어였다. 말금은 깜짝 놀라 이 사내를 바라보았다. 판석이었다. 판석은 도대체 왜 여기 있는 거지?

"말금아, 뭐하니, 나랑 같이 도망가자. 너는 이 일과 아무런 상관도 없지 않느냐."

말금은 판석의 얼굴을 보며 씨익 웃었다. 그러나 뺨에는 소리 없이 눈물이 흐르고 있었다.

"오빠, 저승에서 만나요, 미안해요."

침입자들은 말금이 화약심지에 불을 붙이는 모습을 보고 다퉈가며 도망쳤다. 그 와중에 어떤 이는 다리가 걸려 넘어지고, 어떤 이는 벽에 머리를 박아 그 자리에서 기절하기도 했다.

심지가 타들어가고 있었다.

판석은 말금을 향해 몸을 날렸다.

二十一 ──────── 호소카와 타다오키는 아내의 사망 소식을 듣고, 미치광이처럼 울부짖었다. 전쟁의 틈바구니 속에서 실로 고난의 삶을 살아온 여인이었다. 이제 조금만 더 있으면 자신의 세상이 올 것이고, 그녀를 행복하게 해줄 수 있었다. 향년 37세, 아직 너무나 젊은 나이였다.

호소카와는 집에 있는 기물을 부수고, 가신들을 때리고, 발광을 하였다.

"이시다 미츠나리 이놈! 내가 너를 갈가리 찢어 그 시신을 개에게 먹이고 난 그 개를 잡아먹을 것이다. 너의 구족을 멸하고 너의 집터에는 소금과 회를 뿌릴 것이다!"

가라샤의 죽음은 이시다 미츠나리도 원하는 바가 아니었다. 그는 당황하였다. 당장 인질 납치 전술을 멈추었다. 이시다 미츠나리도 자신의 심복 아카미미를 잃고, 조선인 부대장인 판석을 잃었다. 그리고 호소카와를 완전히 적으로 돌려 버렸다. 이시다 미츠나리는 호소카와에게 자신이 가라샤를 죽일 의도가 없었음을 알렸으나, 이것은 호소카와의 화를 더욱 돋울 뿐이었다.

이제 동군과 서군이 전쟁에 돌입하는 것은 시간 문제였다. 우성 역시 호소카와가 습격 소식을 듣고 말금의 생사를 알고 싶었으나, 그 사건 현장인 호소카와 저택은 지금 서양 선교사들이 와서 시신을 수습하고 있다고 했다. 가라샤는 천주교식의 장례를 이미 치렀다고 했으나, 다른 사람들의 생사는 아직 알기가 어려웠다.

동군은 수많은 첩자를 보내어 서군의 다이묘들을 서로 이간질시키는 작전도 펼치고 있었다. 그러나 고지식한 이시다 미츠나리는 도요토미에 대한 충절을 지키는 자신에게 서군이 결국은 복종할 것이라는 순진한 생각을 지니고 있었다.

이렇게 하여 1600년 음력 9월 15일, 가을이 한창 무르익을 무렵, 이 두 세력은 격돌하게 되었다. 그 격돌의 무대는 미노노쿠니의 세키가하라였다.

호소카와는 출정 전에 우성에게 당부를 하였다.

"우성, 나는 자네에게 이 결전의 경위에 대한 묘사와 분석을 부탁하고 싶네. 자네는 저 후방의 도쿠가와 이에야스님의 본진에서 안전하게 이 전쟁을 차분히 관전하고 있으시게."

"호소카와님, 저는 안전하게 전쟁을 관망만 하고 싶지는 않습니다. 저도 호소카와군 측에 참전하게 해주십시오."

"우리 군은 우익 최전선에서 싸울 것이라네. 자네는 참전해 본 적이 없으니 이 전쟁이라는 게 얼마나 치열하고 끔찍한지 모를 것이네. 자네가 종군하면 이 전쟁의 틈바구니에서 자네를 보호하는 데에 신경을 쓸 수 없을 거네. 한 마디로 목숨을 보장하지 못한다는 말일세. 그래도 종군하겠는가?"

"네, 꼭 최전선에 서게 해 주십시오. 기록은 틈틈이 하겠습니다."

"좋네. 사내라면 그 정도 배포가 있어야지. 그럼 내 옆에 꼭 붙어 있게."

강우성은 용맹한 호소카와의 부대가 싸우는 모습을 바로 옆에서 목격할 수 있었다. 그러나 서군도 만만치 않았다. 장창 부대는 기다란 창을 거꾸로 잡고 위 아래로 흔들어 상대의 머리를 찍었다. 그리고 나중에는 창끝을 손바닥으로 밀어 될 수 있는 한 창의 길이를 최대로 하여 적을 찔렀다. 사무라이들은 일본도로 상대를 닥치는 대로 베었다. 칼날이 한 번 번쩍 빛나면 상대의 팔이 잘려 나갔고, 목을 베면 피가 분수처럼 솟아져 나왔다. 얼마나 칼이 날카로운지, 칼을 휘두르는 소리만 들릴 뿐, 살이 베이는 소리는 들리지 않았다. 조총 부대는 대나무 장막 안에 숨어서, 삼교대로 장전하고 총을 쏘았다. 조총 앞에서 보병들은 벼를 베는 것처럼 쓰러져 나갔다. 피가 강이 되어 흘렀다. 실로 끔찍한 광경이었다. 어떤 사무라이는 자신의 잘린 팔을 들고 도망가기 시작했다. 저 걸 어디다 쓸꼬.

서군과 동군의 백중세가 무너진 것은, 서군의 다이묘 중 하나인 코바 야카와 히데아키의 배신 때문이었다. 이 코바야카와는 이미 동군의 도 쿠가와 이에야스와 내통하여, 배신하기로 약속해 둔 상태였다. 그러나 막상 전투가 시작되니 코바야카와는 고민이 되었다. 이러다 서군이 이 기면 나는 어떻게 될 것인가…. 코바야카와는 갈팡질팡하였다. 어떻게 해야 되지, 어떻게 해야 하나….

그때 저 뒤에서 총알들이 날아왔다. 도쿠가와 이에야스가 화가 나서, 조총부대에 지시하여 자신에게 총을 쏘고 있는 것이다. 빨리 동군에 붙 으라는 무언의 종용이었다. 코바야카와는, 에라 모르겠다, 하고 서군 을 향해 공격을 시작했다. 이제 동군이 우세해진 것이다.

동군은 계곡 아래에 있었고, 서군은 계곡 위를 선점한 데다가 동군 을 포위하는 실로 유리한 위치에 있었지만, 이렇듯 서로의 내분과 배신 으로 인하여 일곱 시간 만에 동군에게 완패하였다. 결국 서군의 이시다 미츠나리를 비롯한 여러 장수가 붙잡혔다. 그들은 조리돌림 당하다가 결국 효수될 것이었다.

동군의 완벽한 승리였다. 이제 일본은 도쿠가와 이에야스의 손에 들 어갔다. 호소카와 군도 승리의 함성을 질렀다.

二十二 ——————— 저 수평선 어름에 일렁이듯 흔들리는 육지가 보이기 시작했다. 부산포, 꿈에 그리던 조국이다. 강우성은 기 쁨의 눈물을 흘렸다. 호소카와는 우성이 고향으로 가기를 원하자 고민

끝에 그것을 허락하였다. 호소카와는 조선의 선비는 두 군주를 섬기지 않는 충신불사이군(忠臣不事二君)의 이념이 철저한 것을 알고 있었다. 호소카와는 일본에서 영원히 살기로 맹세한 조선인들을 예로 들면서 이 총명한 청년이 자신의 곁에 있어주기를 바랐다. 실제로 일본에는 조선으로 돌아가고 싶어 하지 않는 포로들도 많았다. 천민들은 조선으로 돌아가 봤자 천한 대우를 받을 것이고, 여자들은 더럽혀진 몸이라 하여 괄시를 받을 것이다. 기술자들은 오히려 일본에서 대우를 받고 있었기 때문에 돌아가기가 싫었고, 또 많은 이들은 이 일본에서 가정을 꾸려 정착했기에 다시 조선으로 돌아가는 것이 오히려 모험이었다.

이런 사정을 알고 있는 호소카와는 이 아까운 인재인 우성을 붙잡아 두기 위해 봉토와 녹봉에, 조선인 하인들을 하사하겠다고 유혹하였지만, 그에게는 아무것도 통하지 않았다. 우성은 자신이 수집한 일본어 회화문을 바탕으로, 조선과 일본의 선린우호에 도움이 될 만한 학습서를 만들려는 꿈을 가지고 있었다. 호소카와는 우성의 이러한 생각을 존중하였기에, 온갖 귀한 일본의 특산물을 챙겨서 우성을 돌려보내게 되었다. 마침 1601년 조선 조정에서 쇄환사를 보내왔다. 도쿠가와 이에야스는 이제 조선과 평화를 유지할 필요가 절실하였기 때문에, 포로 송환에 최선을 다하고자, 다이묘들에게 될 수 있으면 많은 포로를 조선으로 돌려보내라고 명령하였다.

이렇게 하여 강우성은 드디어 꿈에 그리던 조선 땅을 밟게 된 것이다. 우성이 부산포 근처에 다다르자, 어린 소년 시절 판석이 자신의 목숨을 구해준 일, 말금이 피리를 불던 일이 떠올랐다. 우성은 판석과 말금을 다시 조선으로 데려가려고, 백방으로 그들의 행방을 수소문하였다.

그러나 판석은 예전에 스모판에 뛰어든다고 했던 때로부터 전혀 연락이 닿지 않았었고, 말금은 집이 불타 버려 그 시신조차 찾을 수 없었다. 우성은 결국 이 둘을 찾는 것을 포기하였다.

강우성은 부산포에 내렸다. 수많은 군중이 모여 있었고, 관아에서 관리들도 나와 있었다.

오랜만에 조선어를 쓰려니 목이 메어 왔다. 무슨 말을 해야 할지 몰랐다. 저 구경하는 동포들이 말이라도 건네주면 좋으련만. 그러나 군중의 표정은 싸늘하였다. 왜 그러지. 왜 저들은 저리 못마땅한 표정을 짓고 있나. 군중 사이의 어떤 사람이 갑자기 욕을 하기 시작했다.

"아니 저 왜놈의 잡종들은 잡혀갔으면 자기 목숨을 끊든가 하지 구차하게 일본에 빌붙어 살다가 전쟁이 끝나니 이제야 돌아오는구먼. 저 아랫마을 송 진사는 자기 목숨을 걸고 몇 년 전에 필사적으로 도망쳐 나왔는데, 저네들은 무슨 개선장군처럼 꽃가마를 타고 오지 않나, 아주 한 보따리씩 챙겨 가지구 말야, 참 세상 더럽구만."

구경꾼들 사이에서 옳소, 옳소 하는 소리가 터져 나왔다. 어떤 노파가 한 마디 거들었다.

"저 년들은 왜놈들 품에 안겨 놀고 즐기며 자기 목숨 부지하다가, 전란이 끝나니 그 더러운 몸뚱어리를 또 잘도 모시고 돌아왔구먼. 아니 염치도 없지, 하늘이 무섭지도 않나. 우리 며느리는 왜란 때 은장도로 자기 가슴을 찔러 몸을 더럽히지 않고 깨끗이 죽었는데 말이우. 아주 낯짝도 두껍구먼. 저런 년들이 또 순진한 우리 총각들 꼬드겨서 또 그 드러운 피를 섞겠지."

이렇게 말하고 조선인 포로 여성들에게 침을 뱉었다.

햇빛에 그을려 새까만 조선의 아이들도 일본식으로 머리를 위로 묶은 포로 아이들에게 돌을 던지며 욕을 했다.

"이 튀기들아, 우리는 너희랑 안 논다! 일본으로 돌아가!"

강우성은 관중 앞으로 나서서 근엄하게 그들을 제지하였다.

"10년 전, 내가 일본으로 잡혀 갈 때, 왜놈들은 한 소녀의 코를 베고 배 밖으로 던져버렸소. 나 또한 죽을 위기를 숱하게 넘겼소이다. 여기 조선 사람들 중에는, 일본에서의 최고 예우도 거절하고 온 사람들도 많소. 동포들이여, 그러지 마시게. 그러지 마시게."

강우성의 눈에 눈물이 글썽였다.

관리들은 이러한 관중을 그다지 제지하지 않았다. 그들은 귀환한 포로들을 조사해야겠다며 거칠게 관아로 끌고 갔다.

보아하니, 임금은 쇄환된 포로 중에서 첩자가 있을 것이라고 의심하였던 모양이다. 왜란 때 수도를 버리고 도망간 그 임금, 선조는 부산의 관리에게, 어떻게 해서든 포로 사이에 섞인 첩자를 잡으라고 명령해두었다. 따라서 관리들은 어떻게든 첩자를 색출해야 했다. 없으면 만들어서라도.

관리들은 포로들의 짐을 수색했다. 값져 보이는 물건은 관리들이 모조리 다 챙겼다. 우성 역시 검문을 당해야 했다. 관리들이 우성의 짐을 수색하자, 선물로 받은 값진 일본 특산물과 함께, 무슨 종이 쪼가리들이 한 아름 나왔다. 그 종이들은 우성이 10여 년에 걸쳐 수집해둔 대화 문으로, 값을 따질 수 없을 만큼 귀중한 자료였다. 그러나 무식한 관리들이 이것을 알 까닭이 없었다.

"이 문서는 왜놈말로 되어 있구나. 너는 나중에 일본과 밀통하려고 이렇듯 왜어의 문서를 가지고 온 것이냐?"

"이것은 내가 일본에 포로로 있을 때 수집해 둔 일본어 자료들이오. 언젠가 일본과 선린우호를 할 날이 올지도 몰라 틈틈이 일본어를 연구해 왔소이다. 이 자료들이 미래에 필시 우리나라를 구할 것이오."

관리는 우성에게 호통을 쳤다.

"이 놈이 감히 왜와 선린우호를 논하다니! 왜는 같은 하늘을 이고 살아갈 수 없는 우리의 적이다! 이 따위 종이쪼가리가 우리나라를 구한다고? 소가 웃을 일이로다. 너는 수상한 놈이다. 혹시 왜의 첩자가 아니더냐? 너를 심문해야겠다. 심문이 끝날 때까지 이 문서는 압수하겠다."

우성은 어이가 없었다. 조선으로 돌아오기 전 한 조선인한테서, 조국에 도착하면 포로 심문이 있을 것이라는 이야기를 듣고 코웃음을 친 적이 있었다. 그 조선인은, 포로였던 한 양반이 첩자로 오인 받아 고문 끝에 죽었다는 소문을 전했더랬다. 지금 우성이 이런 일을 당하고 보니, 그 소문이 거짓이 아닐 것이라는 생각이 들었다.

우성은 감옥에 일주일 간 감금되어 있었다. 우성은 일본에 있을 때 같은 포로 신세였던 양반가의 선비들에게 서신을 보내기 위하여 옥졸들에게 지필묵을 요청했지만 무시당하였다. 우성은 자신의 안위보다, 수집해 놓은 일본어 대화집 초록의 보존 여부가 훨씬 걱정이 되었다. 이 무식한 옥졸들이 그 귀중한 자료를 훼손한 것이 아닐까 하는 걱정으로 옥중에서도 잠을 이루지 못하였다.

결국 우성은 일본에서 만난 한 조선인 포로와 접선이 되었다. 그 지인이 사헌부에 언질을 넣고, 그렇게 임금에게까지 보고된 후, 임금의 윤허로 인하여 겨우 풀려날 수 있었다. 우성은 석방되자마자 자신의 짐을 빼앗았던 한 옥졸에게로 달려갔다.

"지난번에 압수한 그 문서를 빨리 돌려주시오."

그 옥졸은 한참 창고를 뒤졌다. 그리고서는 겸연쩍은 얼굴로 나왔다.

"그 종이쪼가리, 어제 당번이 군불 때는 데에 썼다고 그립디다."

우성은 기가 막혔다. 10년 동안 일본의 시장이며 영주의 성을 돌아다니며 발품을 팔며 모은, 보석보다 훨씬 중요한 자료였다. 우성은 옥졸의 멱살을 잡고 호통을 쳤다.

"너희들이 무슨 짓을 했는지 아느냐! 너희들의 그런 무작함이 이 땅에 왜란을 또 불러올 수 있단 말이다!"

"아니 이 녀석이 미쳤나! 여기가 어디라고!"

옥졸들이 우성을 둘러싸고, 몽둥이찜질을 시작했다. 우성은 몸부림치면서 오열하였다. 이는 육체의 고통 때문이라기보다는, 10년 간 자신의 노력이 물거품이 된 것에서 나오는 허탈감 때문이었다.

二十三 ———————— 조선으로의 귀환 이후 우성의 나날은 고군분투의 삶이라고 말할 수밖에 없을 정도로 치열했다.

그는 때로 먹는 것도 잊고, 일본에서의 대화들을 떠올려 보려고 하였다. 실로 엄청난 집중력이 필요한 작업이었다. 우성은 그러한 대화들을 추상적으로 떠올리면 아무것도 생각이 나지 않는다는 사실을 발견했다. 그 대화 상황들을 마치 연극을 보는 것처럼, 장소와 분위기, 인물 등의 화용론적 상황과 연관시켜야 비로소 대화가 기억이 났다.

우성은 임진년에 자신이 포로로 잡힌 때부터, 조선으로 귀환하는 여정을 머릿속에 떠올려가며 다시 그 대화들을 정리하였다.

'정말 끔찍한 경험들을 했었지. 판석이가 아니었으면 나는 죽었을 거야. 어여쁜 말금이도 얼마나 많은 고생을 했던가. 정말 죽는 것이 나은 삶이었을 수도 있지만, 일본말을 잘 알아와 조국에 보탬에 되겠다는 일념 하나로 살 수 있었지.'

우성은 이렇게 일본말을 생각해내려고 하면, 깊은 곳에 있는 마음의 상처를 뒤적이지 않으면 안 되었다. 이런 고통스러운 작업이 계속되자 우성은 갈수록 몸과 정신이 쇠약해져갔다. 아마 그가 이러한 작업을 조금만 더 계속하였더라면 목숨을 잃었을지도 모른다.

강우성은 이렇게 하여 '첩해신어(捷解新語)'라는 대화집의 초록을 완성할 수 있었다. '일본어를 빠르게 배우는 회화집'이라는 뜻의 첩해신어는, 앞으로 일본으로 파견되는 통신사의 역관들의 일본어 학습서로 몇 세기를 이어가는 고전이 될 운명이었다.

강우성은 이 회화집이 완성된 후, 그것을 비단 보따리에 묶어 집의 비밀 장소에 고이 모셔놓았다.

강우성은 1609년 광해군 1년에 역과의 왜학에 합격하여 역관이 되었다. 강우성만큼 일본의 속사정을 잘 알고 있는 일본통이 없었던 것이다.

그 무렵 일본은 전국 통일을 앞두고 있었다. 천하의 주인은 바로 도쿠가와 이에야스였다. 그는 일찍이 조선과의 국교를 재개하지 않으면 자신의 입지는 물론, 일본의 경제까지 큰 타격을 입을 것을 알고 있었다. 도쿠가와 이에야스는 조선에 파병을 하지 않았으므로, 조선 조정에게도 떳떳할 수 있었다. 조선과 일본의 국교가 재개될 가능성은 충분히 있었던 것이다. 그리고 이러한 평화의 시대는 조선과 일본 양측의 번영을 이끌 수 있었다. 무역의 활성화와 문화의 교류는 분명 전쟁이라는 극악한 수단보다 훨씬 두 국가의 발전에 도움이 될 것이었다.

1615년, 오사카 전투로 인하여 드디어 도쿠가와 이에야스가 명실상부 일본 천하를 통일하였다. 그간의 '쇄환 겸 회답사'라는 포로 송환 목적의 외교에서, '통신사'라는 대등한 성신의 외교가 펼쳐지려 하고 있었다. 이런 중요한 때, 강우성은 역관으로서 1617년 다시 일본에 가게 되었다.

강우성은 시모노세키의 좌·우안에 몰려든 일본인 인파를 보고 상전 벽해의 놀라움을 느꼈다. 일본인들이 해안 절벽에 빼곡히 들어차 통신사 일행을 구경하고 있었는데, 바구니에 꽃잎을 따와서 그것을 통신사 일행을 향해 뿌리고 있었다.

통신사가 육지에 올라 행진을 하면, 동자들이 붓글씨 하나라도 얻기 위하여 종이를 들고 당나귀를 탄 통신사 행렬로 접근하였다. 일본인 경호원들은 이런 동자들을 나무 막대기로 내리쳐서 쫓아냈다.

일본인들은 조선인 곡예사의 마상재에 열광하였다. 마상재를 하는 곡예사는 말 위에서 두 발로 서거나 물구나무를 서서 관중들에게 박수갈채를 받았다.

통신사 일행은 가는 곳마다 화려한 연회에 초대되었다. 조선인은 사슴 고기와 꿩 요리, 내장 요리, 독한 술 등을 좋아한다는 소문을 듣고, 일본인 요리사들이 조리법을 미리 입수하여 진수성찬을 내놓았다.

강우성은 18년 전 납치되어 배 위에서 이틀에 한 번 주먹밥을 먹던 때를 생각하였다. 이렇게 세상은 변하고, 인간의 운명은 알 수 없는 것이구나, 하는 생각이 들어서 감개무량하였다.

우성은 통신사 일행이 오사카에 들렀을 때, 상관에게 보고하고 자신의 지인들을 찾아 다녔다. 우성은 호소카와 가문에 근무하였던 시녀나 시종들을 만날 수 있었다. 우성은 그들에게 가라샤의 시녀였던 말금에 대하여 물어보았다. 그들은 그때 저택이 폭발하여 시신을 찾지 못한 인원이 꽤 있고, 말금도 그 중 하나라고 하였다. 그들은 호소카와 타다오키가 규슈에 고쿠라 성을 쌓고 30만석의 녹봉을 받는 최고 수준의 다이묘가 되었다는 소식을 전했다. 어렸을 때 호소카와가에서 함께 고생한 그들과 헤어질 때에는 언제 다시 만날지 기약을 하지 못한다는 것을 알고 서로 눈물을 흘리며 작별을 했다.

우성은 판석의 행방도 궁금하였다. 그는 오사카 저잣거리에서 조선인 역사에 대한 소문을 들었다. 서군 쪽에 가담하여, 호소카와 저택에 잠입하였는데 그 이후로 행방불명이라는 이야기였다.

우성은 도쿠가와 이에야스가 세운 새로운 도읍 에도까지 가서 통신사의 공무를 보고, 다시 조선으로 발걸음을 돌렸다. 통신사 일행은 초봄에 조선을 떠났지만, 어느덧 초겨울에 접어들고 있었다. 조선의 통신사는 오사카에서 배를 타고 세토 내해를 항해하다가, 악천후를 만났다. 그래서 우시마도(牛窓)라는 항구에 잠시 정박할 수밖에 없었다.

예정에 없는 일정에, 우시마도의 영수는 적잖이 당황하였다. 그는 주변의 통신사 접대 지역들의 영수들에게 전갈을 보내어, 통신사 접대의 방법을 알아보고, 다른 지역 못지않은 예를 갖추고자 하였다. 그래서 겨울 날씨인데도 불구하고 찾아보기 힘든 귀한 음식들이 나왔고, 악대등도 불러 제법 연회 분위기가 났다.

강우성은 과례(過禮)는 비례(非禮)라는 생각이 들어서, 마음이 썩 편치 않았다.

식사가 끝나고, 주연(酒宴)이 시작되었다. 우시마도의 영수는 조선의 양반들은 일본의 청주보다 증류주인 강주를 좋아하는 것을 알고 그것을 내왔다.

술이 들어가고, 거나하게 취한 조선과 일본의 관리들이 싸리눈이 오는 항구를 바라보며 감상에 젖어 시문답을 시작했다. 시문답 도중에, 우시마도의 영수는 사동들에게 명령하여 마당에 돗자리를 깔게 하였다.

"통신사 여러분, 우시마도의 명물 가라코 오도리를 보여 드리겠습니다. 가라코 오도리는 조선어로 하자면 동자춤입니다. 이것은 이승의 것이 아닌, 선경의 춤으로, 우리 동네의 최고 자랑거리입니다."

이 추운 날씨에, 어린아이가 벌벌 떨며 마당으로 끌려 나왔다. 하얗게 분을 칠한 여자아이였다. 이 아이는 일본 복장이 아니라, 조선의 갓을 쓴 모습을 하고 있었으며, 알록달록한 화려한 색동옷을 입고 있었다.

강우성은 그 자리에서 벌떡 일어섰다. 어디에선가 분명히 본 모습이었다. 그러나 기억이 가물가물하였다.

"자, 아이야, 춤을 추어라. 악대들은 반주를 시작하라."

수령이 명령을 하자, 아이가 춤을 추기 시작하였다. 이 세상의 것이 아닌 듯한 그 춤. 호소카와 저택에서 자기가 준 옷감을 정성껏 기워 옷을 만들어 동자춤을 추던 말금이. 그래, 말금의 춤이었다. 강우성은 버선발로 마루를 내려와 아이에게로 뛰어갔다.

"말금아!"

강우성은 무릎을 꿇고 아이의 어깨를 잡았다. 그리고 아이의 얼굴을 쳐다보았다. 어린 여자아이, 그러나 말금은 아니었다. 아이는 추워서 벌벌 떨고 있었다. 여자아이의 코에서 콧물이 흘렀다. 강우성은 도포의 소매로 아이의 코를 닦고, 아이를 꼬옥 안아 주었다.

"얘야, 너무 춥지. 우리가 잘못했다. 자, 마루에 올라가서 화롯불을 쬐자꾸나."

강우성은 아이를 마루 위로 데리고 올라가 화로 옆에 앉아서 불을 쬐였다. 우성은 아이가 불쌍하여, 귤을 직접 까서 먹여주었다. 새콤달콤한 것이 들어가고 아이가 어느 정도 몸을 녹이자, 아이의 표정이 밝아졌다. 우성이 물었다.

"그래, 그 춤은 누구한테 배운 거니?"

"네, 에스더님께 배웠어요."

에스더라, 우성은 이 서양식 이름이 낯설지 않았다.

"에스더님이라면, 천주교인인가?"

"네, 에스더님은 천주교인이신데 몇 년 전에 이곳에 오셨어요."

"그 에스더라는 사람을 만나려면 어디로 가야 하느냐?"

"에스더님은 천주교인이시라, 늘 이 세토 내해의 섬 어딘가로 거처를 옮겨 다니며 숨어 사세요. 이에야스님이 천주교를 엄금해서, 걸리면 그 즉시 십자가형이거든요."

"혹시 그 에스더라는 사람이 어떻게 생겼더냐?"

"네, 그분은 코가 문드러지셨고, 한쪽 손이 녹아서 그쪽 손가락이 다 붙어 버리셨어요. 큰 화상 때문에 그렇다는 말도 있고, 문둥병에 걸려 그랬다는 소문도 있고요. 하여튼 그분은 서양 선교사들과 숨어 사시면서 나병 환자들을 돌보기도 하고, 가끔 시장으로 나오셔서 아픈 사람들에게 약을 나눠 주시기도 하지요. 우리 쪽에서 뵙고 싶어도 뵐 수가 없습니다. 다만 가끔 공동묘지에서 그분을 뵈었다는 이야기가 들리곤 한답니다."

二十四 ——————————— 우성은 그날 밤 잠을 설쳤다.

우성은 아이가 말해 준 공동묘지를 찾았다. 일본인 무덤과 함께, 조선인의 무덤도 많았다. 도공을 비롯하여 이곳에 정착한 사람들도 꽤 많은 모양이었다.

우성은 조선인 묘지의 이름을 하나하나씩 살펴보았다. 뭔가 서늘한 예감이 들었기 때문이다. 저 한 구석 푸른 소나무 그늘 아래에, 비석 하나가 외롭게 놓여 있었다. 보아하니 유골이 없기 때문인지 매우 간소하게 조성되어 있었다.

묘지의 주인은 '김판석'이었다. 비석에는 진주 사람 김판석이라고 새겨져 있었다. 생몰년대까지 일치하였다. 임진란에 잡혀가고, 세키가하라 전투 직전에 죽은 그 김판석이 분명하였다.

우성은 돗자리를 펴고, 사동에게 술과 말린 생선 등을 사오도록 하였다. 우성은 절을 하며 정성스레 제사를 지냈다.

우성은 그 자리에 털썩 주저앉아 약주를 마셨다. 옛일을 생각하면 눈물만 나올 뿐이었다.

'그 칼 이리 주소.'

왜인 병사로부터 자신을 지켜준 판석이. 반드시 함께 조선에 돌아가자고 판석과 말금에게 약조하였지만, 결국 조선에 돌아온 것은 자신뿐이었다. 이제 소원은, 말금을 한 번이라도 만나는 것뿐이었다.

날이 잔잔해졌다. 이제 출항일이 바짝 다가왔다.

가랑눈이 부슬부슬 내리고 있는 밤이었다.

우성은 잠을 이루지 못하였다. 꼭 누군가가 자신을 찾아올 것이라는 예감이 들었기 때문이다.

이렇게 누군가를 기다리다가 우성은 얼핏 잠이 들었다.

우성은 꿈속에서 말금이 자신이 준 옷감을 기워 만든 색동옷을 입고 그 신묘한 춤을 추고 있는 장면을 보았다. 그리고 당시에는 보지 못하였던 말금의 눈, 그 눈을 보았다. 우성은 지금에서야 그 눈빛의 의미를 알았다.

우성은 잠에서 깨었다. 그는 마음이 답답하여, 눈 오는 광경이라도 보려고 방문을 열었다. 그는 아이처럼 작은 발자국이 마당을 가로질러 자신의 방 앞까지 이어져 있는 것을 보았다. 또한 그 발자국이 다시 뒤로 돌아나가는 것도.

우성은 대문 바깥까지 뛰쳐나갔다. 오십 보도 안 가 발자국은 눈으로 덮여 지워져 있었다.

다음날, 통신사 일행은 배를 띄우고, 조선으로의 항해를 재개하였다.

배가 앞으로 나아갈수록, 우측 해안에 우뚝 솟은 니츠카(二塚)산이 다가왔다가는, 멀어져갔다.

우성은 보지 못하였지만, 그 니츠카산 정상에, 얼굴과 팔을 천으로 가리고 삿갓을 쓴 한 소녀가 서 있었다.

그 소녀는 떠나가는 배를 보며, 성호를 긋고 두 손을 모았다.

에뮤, 대머리독수리의 펠릿을 뱉다

·

1 ─────────── 푸르고 강한 세 갈래의 발, 두꺼운 발톱. 이 새의 발은 공룡의 그것처럼 생겼다.

얼마 전 그녀와 함께 이곳 동물원에 왔을 때 이 이상한 새는 자기 짝꿍, 대머리독수리와 함께 살고 있었다. 그러나 이제는 혼자다.

내가 그녀 없이 여기 혼자 선 것처럼.

그녀와 함께 읽었던 저 기괴한 새에 대한 설명문은 아직도 사육사 유리창 한구석에 붙어 있었다.

'타조처럼 생긴 이 새는 호주에 사는 에뮤라는 새입니다. 날지는 못하지만 지상에서 무려 50km 이상의 속도로 달릴 수 있습니다. 한때 호주에서 이 새가 번성하여 농작물을 마구 먹어치워 이 새들을 없애려고 호주 군에서 기관총을 사용하여 사냥을 한 일도 있습니다. 그러나 워낙 빨라 몇 마리 잡지 못하였습니다.'

그 아래에 있던 또 하나의 부연 설명서는 지금은 떼어내고 없었다. 난 그 내용을 선명히 기억한다.

'이 에뮤 두 마리가 대머리독수리와 함께 살고 있는 이유가 있읍니다. 이 셋은 각각 어미를 잃은 새들로, 어렸을 때 함께 자랐답니다. 그래서 셋은 딱 붙어 다니며, 서로 떨어지면 안 되는 존재가 되었읍니다. 셋은 함께 먹이도 먹고 사이좋게 지내는, 우리 동물원의 명물 볼거리입니다.'

이 설명문을 읽고 그녀가 경악해하던 모습이 아직도 눈에 선하다. 그녀는 나를 붙잡고 이렇게 불만을 터뜨렸다.

"근엽 씨, 이 설명이 말이 된다고 생각해? 저 불쌍한 에뮤라는 새를 봐봐. 두려움에 벌벌 떨고 있잖아."

"그런가? 나는 잘 모르겠는데. 독수리는 저 타조처럼 생긴 애들을 별 신경 안 쓰는 듯 보이는구만."

"깃털 바르르 떠는 거 안 보여? 이건 학대야. 가만두고 볼 수 없어."

그때였다. 저 위 커다란 횃대에 걸쳐 앉은 대머리독수리가 쿨럭쿨럭거리더니, 하얀색과 갈색이 뒤범벅된 덩어리를 칵 하고 뱉어 놓는 것이었다.

나중에서야 알게 된 거지만, 그것은 맹금류가 먹이인 설치류의 뼈 등을 소화시키지 못하고 내뱉는 '펠릿'이라는 일종의 배설물이었다. 이 펠릿을, 한 에뮤가 두려운 듯 다가서더니 그대로 집어삼키는 것이었다.

"그래, 자세히 보니 정말 네 말대로 뭔가 이상하긴 하네. 예전에 책에서 그런 걸 읽은 적이 있어. 고등어회를 먹기 위해서는 그것을 살아있는 신선한 상태로 데려와야 하는데, 고등어는 성질이 급해서 일찍 죽는대. 그런데 천적인 상어 한 마리를 수조에 넣어 놓으면 고등어가 잡아먹히지 않으려고 긴장하기 때문에, 살아서 연안까지 온다는 거야. 이 에뮤도 저 독수리랑 그런 관계인 건 아닐까."

"그딴 건 아무래도 좋아. 난 꼭 항의해야겠어."

그녀는 동물원 직원을 향해서 이 동물들을 따로 떼어놓으라고 고래고래 소리를 지르기 시작했다. 그녀가 분노를 하면 말릴 수가 없었다. 그 분노는 도가 지나친 것이었다. 지금 미리 말해 두지만, 그녀는 이런 쪽으로 정신 장애가 있었다.

경비원이 그녀를 제지했고, 우리는 실내 조류 사육사에서 쫓겨나듯 나올 수밖에 없었다.

하지만 지금 이렇게 내가 다시 찾아오니 대머리독수리와 수컷 에뮤는 없었다. 혼자 있는 암컷 에뮤를 보니, 결국은 그녀의 말이 맞았다는 것을 알 수 있었다. 이 에뮤는 이제는 자유를 찾아 숨이 트였다는 듯, 여유가 넘쳐 보였다.

나는 상념에 잠겼다. 그녀는 지금의 에뮤를 보면 아이처럼 기뻐했을 것이다. 그녀는 약한 것들에 대한 한없는 연민을 지니고 있는 여인이었다.

나는 벌써 그녀가 그립다.

나는 그녀가 보고 싶다.

그러나 그럴 수가 없다.

아까 그녀의 목을 졸랐기 때문이다.

2 ——————————— 황해도에서 월남한 피란민의 자식으로, 찢어지게 가난한 소년기를 보냈다.

점심시간에 수돗물로 배를 채우는 날이 이어지다가, 영양실조로 병원에 실려 가기도 했다.

그래도 난 꿈이 있었다. 대학에서 농학을 배워서 자그마한 나의 농장을 가지고 싶었다. 그래서 소년시절부터 열심히 공부하였다. 대학 등록금을 집에서 마련해줄 턱이 만무하기에, 반드시 입학 장학금을 받아야만 하였다.

고2 때였다. 하굣길에, 우리 학교에서 제일 불량한 패거리들에게 또다시 붙잡혔다.

강단열. 그 아이가 그 패의 짱이었다. 그 애 아버지는 경찰서장이었다. 당시 경찰서장은 무소불위의 권력을 지니고 있어서, 선생님조차도 그를 건드리지 못하였다. 나는 동전 하나 없으니, 그저 맞거나 숙제를 대신 해주거나 할 수밖에 없었다. 오늘도 몇 대 맞고, 또 숙제를 해줘야겠지.

그런데 그 녀석이 오늘은 할 말이 있다며 따라오라는 것이었다. 그는 커다란 마당이 딸린, 셰퍼드가 짖어대는 어떤 으리으리한 집으로 나를 이끌었다. 대문이 자동으로 열렸다. 난 그런 최첨단 시설을 본 일이 없다. 입을 떠억 벌리고 있었다. 단열은 내 엉덩이를 걷어찼다.

"빨리 들어가지 못해!"

집 안도 휘황찬란했다. 이곳이 경찰서장 나으리가 사는 집인가.

나는 다만 얼떨떨할 따름이었다. 단열의 어머니처럼 보이는, 세련된 차림의 귀부인이 나왔다.

"네가 근엽이로구나. 그렇게 공부를 열심히 잘 한다면서. 우리 단열이도 이제 공부를 좀 해야 할 것 같아서. 네가 좀 같이 다니며 공부를 도와줬으면 좋겠구나."

나는 뭐가 뭔지 도저히 알 수가 없었다. 그러나 생각할 겨를이 없었다. 거절하면 또 쥐어터질 테니.

그렇게 나는 마지못해 그 녀석의 개인 가정교사가 되었다.

3 ────────── 단열이 나를 택한 것은 나름의 이유가 있는 듯하였다. 내가 내성적이고, 어리숙하고 우유부단한 놈이라서, 언제든 나를 이용해서 부모님을 속이고 놀러 다니려는 속셈이었다. 하지만 그의 부모도 보통내기가 아니었다. 어느 날 학교가 파하고 집에 가고 있는데, 웬 사복 경찰 두 명이 나한테 접근했다.

"네가 근엽이지. 서까지 같이 가자. 서장님이 보자신다."

"저 잘못한 거 없는데요?"

"그냥 따라와 보면 알아. 따박따박 말대꾸냐 어린 것이."

꿀밤 한 대 쥐어 맞고, 경찰차에 실려 나는 서장 앞으로 끌려갔다.

백발을 힘주어 올백으로 넘긴 경찰서장은 키도 몸집도 작달막하였다. 그러나 표정은 호탕하고 너그러워 보였다.

"자네가 우리 단열이 도와주겠다는 그 모범 학생인가."

"저는 모범 학생은 아니고요, 그냥 대학 가려고 공부를 열심히 하고 있습니다."

"좋네. 자네 나이에는 꿈이 있어야 하는 거야."

나는 흘긋 주위를 살펴보았다. 벽에는 미군 고위 간부처럼 보이는 누군가와 함께 찍은 사진도 걸려 있었고, '그분'의 초상화, 그리고 반공 구호가 적힌 포스터도 붙어 있었다. 책상에는 자그마한 예수상도 있었다. 서장은 말을 이었다.

"자네 아버지 대한제분 다니시지?"

속으로 두려운 마음이 일었다. 우리 아버지 직장은 어떻게 아는 걸까? 혹시 아버지를 잡아가려는 것은 아닐까?

"음, 아버지 황해도에서 내려오셨다지. 나도 월남한 사람이네."

그의 태도가 친근해 보여 나는 다소 마음을 놓았다.

"내가 자네에게 부탁하고 싶은 것은, 단열이 공부를 도와주는 것뿐만이 아니라, 걔 품행도 좀 단속해 달라는 것이네. 힘에 부치는 일이란 건알고 있네. 그냥 엇나가는 행동이 보이면 여기로 연락하면 되네."

그러면서 서장은 나에게 쪽지 하나를 쥐어 주었다.

"가정 형편 어려운 것은 알고 있네. 배도 고플 테지. 여섯이나 되는네 형제들도 돌봐야 할 테고. 내가 최소한 자네 생활고는 면할 정도로지원해 주겠네. 그리고 대학에 붙으면 한 학기 등록금을 지원해 주겠네. 명심하게. 나는 단열이가 무사히 졸업만 하면 된다네. 무슨 말인지알겠는가."

4 ——————— 이렇게 하여 선생님도 손을 든 초불량학생과의 기묘한 관계가 시작되었다. 나는 그의 가정교사이면서, 그의 감시역이면서, 또한 그의 노예였다. 그 아버지인 서장에 대해서도, 나는 그에게 고용된 스파이이면서, 그 아들의 가정교사이면서, 그의 노예였다.

마음이 산란하여 잠을 이룰 수가 없었다. 어떻게 처신하든 누군가의 꼭지를 돌게 할 수 있는, 실로 살얼음을 걷는 생활이 펼쳐질 터였다. 두려움에 마음이 죄어 왔다.

그만 둔다고 할까. 그랬다간 우리 아버지가 해코지 당할지도 모른다. 안 된다. 안 돼. 나는 머리를 쥐어뜯다 간신히 잠이 들었다.

다음날 쉬는 시간 책을 읽고 있는데 단열이 왔다. 책 위에 엉덩이를 깔고 앉으며,

"야, 내일 과외는 우리 집이 아니라 신포동 롤러장에서 하는 거다. 장소는 적당히 얼버무려서 네가 집에다 알려라. 자슥 잘 부탁한다!"

시련은 이렇게 일찍도 찾아왔다.

아들 되는 녀석이 제 부모 속이기를, 나에게 부탁, 아니 명령하고 있었다. 나는 판단을 해야 했다. 이 위기를 어떻게 타개할 것인가. 나는 교복 안쪽에 넣어둔 쪽지를 펴보았다. 그냥 평범한 전화번호였다. 이 번호는 어디로 연결되는 것일까. 분명 서장의 심복 형사나 그런 쪽으로 연결되는 거겠지.

나는 손익을 계산해야 했다. 단열을 도와서 학교생활을 편하게 할 것인가. 아니면 서장을 도와서 앞날의 행복을 도모할 것인가.

두 마리 토끼를 다 잡을 수 있는 방법이 있을 듯도 싶었다. 어쨌든 단열의 부모는 단열이 무사히 졸업하는 것만을 바란다. 졸업만 무사히 한다면 그 후에는 단열의 아버지가 그를 경찰관으로 데려갈 것이 분명했다. 바람을 피워도 상대가 바람을 피우는 것을 알아채지 못하면 바람이 아니라는 말도 있지 않은가. 단열의 부모는 단열의 비행이 어느 정도 용납할 수준이기만 하면 만족할 터였다.

단열은 단열대로, 부모의 감시 눈길을 피해 자기 마음대로 실컷 놀고 싶은 것뿐이다. 그는 아무 생각이 없었다. 그리고 지금까지 그래왔듯이, 그는 부모가 하지 말라는 일은 더욱 열심히 하는 청개구리였다. 그렇다. 이제 대충 둘의 심중 지형도를 읽었으니, 이제 작전을 짜 실행하기만 하면 된다.

나는 우선 단열의 행동을 시시콜콜한 것까지 낱낱이 보고하기로 마음을 먹었다. 그러면 단열의 비행이 어디까지 허용되는지 그 상한과 하한을 알 수 있을 것이었다. 게다가 만약 이 번호가 실제로 서장의 심복에게 연결되는 것이라면, 그들도 업무가 있을 터이기에, 결국은 사소한 보고는 귀찮아하게 될 가능성이 높았다.

문제는 단열이었다. 이 녀석은 숫제 멍청한 놈이라, 부모님의 감시를 효율적으로 잘 피하기 위해서는 전략이 필요하다는 것을 이해하지 못할 가능성이 높았다. 그래도 한 번 도박은 해볼 필요가 있었다. 나는 그 다음 날 점심시간, 실외 화장실 뒤편에서 제 멤버들이랑 담배를 피우고 있는 단열에게로 갔다.

"단열아, 나 내일 너랑 롤러장에서 만나기로 한 거 네 부모님께 다 말할 거야."

단열은 씩 웃으며 담배를 툭 뱉고 나서, 나에게로 다가오더니 멱살을 잡았다.

"이 자식이 이거 미쳤나. 너 우리 아버지 짭새 노릇하는 거 내가 모를 줄 알고."

"난 네 편이야. 내 말 좀 들어봐."

"새끼, 뾰족한 수 없으면 죽은 줄 알아라."

나는 단열한테 계획을 설명했다. 쪽지를 보여주며, 이 사람이 네 아버지의 심복인 것 같다, 이 사람한테 롤러장에서 보기로 했다고, 아무래도 단열이 네가 거기서 놀려고 하는 것 같다고, 나는 어찌해야 하냐고 그 심복에게 물어볼 것이다, 그리고 실제로 롤러장에서 만나는 거다, 그러면 아무래도 과외 첫날이기도 하고 그러니, 그 심복이 시찰을 나올 것이다, 우리는 일단 그 롤러장 카페에서 만나서 공부하는 척이라도 하고 있자, 첫 번째의 이 고통만 넘기면, 아마 신뢰를 얻어서 다음에는 더 편하게 그들을 속이고 놀 수 있을 것이다, 이런 설명을 했다.

"음, 그럼 그냥 집에서 과외할 수도 있는 거잖아." 단열이 조금 누그러진 기세로 말했다.

"안 돼, 너는 그날 롤러장 근처 빵집에서 나랑 공부를 한 다음, 롤러장에 가는 거야."

"왜지?"

"생각해 봐, 네가 그냥 집에서 조용히 공부를 했다고 하면, 아버지가 믿겠니? 아마 그날 수업이 끝난 뒤 네가 어디로 가는지 감시할 가능성이 더 높겠지. 그런데 그날 우리가 공부하는 척하는 모습을 보이고 네가 그대로 롤러장에 놀러 가면, 네 아버지는 네가 그래도 할 일은 다 하고 놀았다 생각해서 앞으로는 감시를 느슨히 할 가능성이 높아. 그렇지 않아?"

"그거 그럴 듯하네, 짜식, 머리 쓸 만한데." 단열은 주변 친구들을 돌아보며 말했다.

"봤냐? 얘처럼 이렇게 머리가 좋아야 쓸 만하지. 기생충 같은 놈들 같으니. 나 따라다니며 콩고물 얻어먹는 이런 병신들보다 네가 백 배 낫구만."

나는 약간은 으쓱해졌다. 그리고 마지막 당부를 덧붙였다.

"대신 롤러장만 가고 곧바로 집으로 돌아와야 해. 그렇지 않으면 모든 게 수포로 돌아가니까."

그렇게 해서 나는 나도 모르게 불량학생이 되었다.

5 ──────── 과외를 하는 것이 아니라, 이제 내가 그의 영향을 받게 되었다. 나는 그의 심복이 되었고, 생전 피우지 않던 담배도 피우게 되고, 당구장에도 다니고, 같은 지역 여고생들을 희롱하러 신나게 돌아다녔다.

서장 심복들에게 하도 시시콜콜하게 거짓 보고를 해서(물론 심각한 비행은 절대로 보고하지 않았지만), 그들은 업무에 방해가 된다고, 이제 제발 전화 좀 그만하라고 신신당부할 정도였다. 서장은 서장대로 자기 아들이 허용되는 선까지 ─ 여기서 말해두지만 서장이 허용하는 선은 당구장이나 롤러장 정도였다. 술을 마시거나 계집질을 하는 것은 절대로 용서하지 못하였다 ─ 비행을 저지르고 다니니 마음이 상당히 홀가분하였던 모양이다. 서장은 나를 자기 집으로 자주 초대해 고기도 실컷 먹여주었다. 그리고 단열의 어머니는 찢어지게 가난한 우리 집 사정을 알고 내가 집에 갈 때는 쌀이며 반찬을 한가득 싸주기도 하였다.

그것이 얼마나 고마웠는지 모른다. 당시 열 살 난 막내 여동생이 폐병으로 죽어가고 있었다. 나는 어두컴컴한 다락에 올라가 옥자의 물수건을 갈아주고, 직접 죽을 떠먹여 주기도 하였다. 갈수록 앙상해가는 그녀의 몸, 홍조가 도는 뺨, 점점 커지며, 마치 물 깊은 호수처럼 그윽해져 가는 눈. 역시 소설에서 읽은 대로, 폐병은 죽음을 아름답게 화장(化粧)해 나가고 있었던 것이다. 그녀는 가끔 나의 손을 잡고, 나직이, 조금만 더 살면 좋겠다고 말했다.

그런 날은 심란해져서 단열과 함께 술을 마시러 나섰다. 배다리에 있는 방석집에서 마담을 끼고 양주를 마셔도, 우리는 공짜로 나올 수 있었다. 그렇게 나는 고3인데도 술에 절어 살았다. 나는 당시 집에 들어가기가 싫었다. 집에 들어가 보면, 집에서 가장 젊은 꽃이 가장 먼저 시들고 있었다. 우리 부모님은 그런 아이를 무력하게 바라만 보고 있었다.

결국 옥자는 하늘나라로 갔다.

빈소에는 대한제분의 거친 일꾼들 몇과 비루한 친척 몇이 소주 댓 병을 사와 시끄럽게 웃고 떠들어 대며 술을 마셨다. 어머니만 옆에서 조용히 울고 계셨다. 아무도 옥자에 대해서는 말하지 않았다. 그녀에 대해 뭔가를 아는 사람이 아무도 없었기 때문이다.

6 ─────────── 옥자가 죽고 나자 마음 붙일 곳이 공부밖에 없었다. 이제는 술을 줄이고, 대학 입시 공부도 열심히 하였다. 단열과 나는 이제 완전한 신뢰 관계가 형성되어 있었다. 그건 서장과도 마찬가지였다. 그 녀석의 복잡하고 시끄러운 연애 관계나 아버지와의 불화 같은 사소한 갈등들이 어떤 식으로든 나의 손을 거쳐서 해결되었다.

나는 서울의 명문 사학 농대에 합격하게 되었다. 단열은 물론 대학에 가지 못할 정도로 형편없는 점수를 받았지만, 벌써 어느 파출소의 경관으로 취직이 결정되어 있었다. 다 그 아버지의 백 덕분이었다.

나는 서울의 산동네에 하숙방을 얻고, 열심히 공부를 하였다. 한 학기 등록금은 단열의 아버지가 내주었지만, 그 다음부터는 자력갱생해야 했다. 집에서 등록금을 내주기 만무하므로, 틈이 날 때마다 노동판에서 막일을 하여 돈을 모았다. 단열도 서울의 내 하숙방 근처에서 자취를 하고 있었다. 단열은 자기 자취방에 들어오라고 계속 권유하였지만, 나는 내 개인 생활을 빼앗길 것이 두려워 그 제안을 완곡히 거절하였다. 거듭 거절을 하자 그 건에 대해서 단열은 더 이상 아무 말도 하지 않았다.

그러던 어느 날이었다. 단열이 다짜고짜 하숙집으로 전화를 걸어 왔다. 수화기 저쪽에서 씨근거리는 소리가 들렸다.

"야, 근엽! 너 K대학 다니지, 잠깐 나 좀 보자. 30분 뒤에 저기 물다방으로 나와라."

그의 매우 화난 목소리에 걱정이 앞섰다. 대체 무슨 일이지?

물다방에 나가니, 단열은 팔짱을 끼고 안절부절 못하고 있었다. 매우 화가 날 때 자신을 주체하지 못하여 하는 행동이었다. 나는 두려웠다.

"단열, 무슨 일이야."

"야, 어제 우리 아버지가 쇼크로 쓰러지셨다."

나는 숨이 턱 막혔다.

"괜찮으셔? 어느 병원에 계시니?"

"병원이고 뭐고 그런 문제가 아니다, 이걸 봐라."

그는 비장한 표정으로 한 시사 잡지를 꺼냈다. 나는 그가 짚은 기사를 읽어 내려갔다.

"○○시 경찰서장, 친일 경력 밝혀지다. ○○서장은 지난 1936년부터 황해도 ○○지방의 경찰로 근무하며 친일 행각을 벌였다. 당시 황해도에서 활동하는 독립투사들 사이에 프락치를 심고, 검거된 독립투사들에게 가혹한 고문을 가하여 자백을 받아내었다. 운운⋯."

나는 아, 서장이 이 정도의 전문가였으면 내가 단열을 위해 벌인 짓들은 실로 유치한 어린애 장난이었겠구나, 그의 아버지는 우리의 모든 비행을 알았겠구나 싶어서 아차, 하였다.

하지만 단열의 분노는 그것 때문이 아니었다.

"누가 감히 우리 아버지더러 친일파라 하는 거야. 자, 봐봐, 이거를 쓴 이 개새끼가 누군지를."

그 기고문의 작성자는 내가 다니는 대학의 역사학과 교수인 S였다. 단열은 분노로 제정신이 아닌 상태였다. 그는 내게 마분지로 꽁꽁 쌓인 상자 하나를 건넸다.

"넌 K대 다니니까 그 새끼 연구실이 어딘지 대충 알 거 아냐. 이거 그 새끼 연구실 앞에 두고 와."

난 적잖이 걱정이 되었다. 혹시 폭탄은 아닐까.

"걱정하지 마, 폭탄 같은 거 아니야. 그냥 좀 놀래켜 주려는 것뿐이니까. 이래도 또 그딴 글을 쓰면 그땐 진짜 폭탄을 던질 거야."

나는 어쩔 수 없이 그 마분지 상자를, 밤에 교내에 몰래 들어가 S 교수의 연구실 앞에 놓고 나왔다.

7 ──────────── S 교수는 연구실 앞에 웬 상자가 놓여 있는 것을 보고 처음엔 기뻐했다. 아, 드디어 내가 부탁한 자료가 도착했구나. 그런데 주소도 쓰여 있지 않고, 내용물도 생각보다는 비교적 가벼워서 의아했다. 이게 뭐지?

그는 절뚝거리며 교수실로 들어가 칼로 정성스럽게 포장을 뜯었다. 그 안에는 웬 신발 상자 같은 종이 박스가 있었다. 이상한 냄새가 났다. 그는 꺼림칙함을 느끼며 상자를 열었다. 비명이 터져 나왔다.

상자 안에는 목이 잘린 고양이가 들어 있었다. 이것이 일종의 경고임을 S 교수도 잘 알고 있었다. 친일 관련 기고 때문에 들어오는 협박이구나…. 그러나 이 정도는 각오한 일이었다.

이 테러 사건은 학내에 큰 충격을 불러 일으켰다. 이 만행에 대하여 학생들도 분노를 금치 못하였다. 나도 엄청난 충격에 빠졌다. 단열이 이 녀석이 도대체 무슨 짓을 벌인 건가….

그러나 S 교수는 그 충격을 우아하게 넘겼다. 학생들이 모인 자리에서 희생된 고양이를 위해 위령제를 열고, 직접 제문을 읽으며 고양이 시체를 학교 앞 동산에 정성껏 묻어주었다. 이러한 일련의 사건들이 학교 신문에 대문짝하게 실렸다.

그 기사 옆에는, S 교수가 활짝 웃으며 짚신을 머리에 이고 있는 사진이 실렸다. 이것이 무엇을 의미하는 건지 나는 도저히 알 수 없었다.

단열은 사진을 보면서 말했다.

"이 미친 녀석이 내 선물을 받고 실성했나, 왜 입을 헤벌리고 웃고 있는 거지? 정신 덜 차린 건가? 아니면 우리한테 도발하는 건가?"

나는 '우리'라는 말에서 토할 것만 같은 혐오감을 느꼈다. 나는 이 테러 행위에 동참하려 한 적이 없다. 단열은 내가 당연히 그의 편이라는 것을 확신하는 듯했다. 단열이 나한테 물었다.

"머리 위에 짚신 올린 거 이거 무슨 뜻인지 알아?"

"잘 모르겠는데…."

"모르면 가서 알아와, 이 새끼야."

그는 이렇게 나를 S 교수에게로 떠밀었다.

8 ──────────── S 교수의 연구실은 책 때문에 발 디딜 틈이
없었다.

나는 신문을 손에 들고, 마치 순전한 호기심으로 그 사건을 묻는 어리
숙한 신입생으로 내 자신을 가장하기로 했다. S 교수는 인자한 미소를
머금고 있는, 정말 조선시대 선비처럼 생긴 분이었다.

"교수님 욕보신 이야기 듣고 참 충격을 받았습니다."

교수는 정성껏 우려낸 차를 나에게 들이밀었다.

"자, 마시게. 일본에서 유학할 때 많이 마신 차라네. 향기가 그윽하
니 좋지."

"교수님, 사실은 이것 때문에…."

나는 기사문을 펴고 선생님의 사진을 보여드렸다. 그분은 껄껄 웃으
셨다.

"그래, 참 잘 나왔지? 웃는 게 조금 어색하긴 하다마는…."

"교수님, 이게 무슨 뜻이 있으신 거 같아서요. 저는 아무리 생각해도
잘 몰라서, 직접 여쭈러 왔습니다. 죄송합니다, 괜히. 바쁘실 텐데."

"아닐세. 사실 뜻하는 바가 있기는 하다네."

나는 교수의 말을 기다리면서 꿀꺽 침이 자동으로 넘어가는 것을 느
꼈다. 뭔가 흥미진진한 이야기가 펼쳐질 거 같았다.

"옛날 중국에 남전(南泉)이라는 한 승려가 있었다네. 그가 주지로 있

을 때, 그 절의 경내로 새끼 고양이 한 마리가 들어왔지. 동자승들이 두 패로 나뉘어 서로 자기가 고양이를 가지겠다고 싸웠던 모양이네. 주지인 남전은 동자승들을 모아놓고 이야기했다네. '너희들이 이치에 합당한 이야기를 하면 이 고양이를 살려주고, 그렇지 못하다면 이 고양이를 베어 버리겠다.' 승들이 아무 말도 못하자 주지는 그 고양이를 베었지. 나중에 남전의 제자 조주라는 이가 와서 이 이야기를 듣고는 머리에 짚신을 이고 그 자리에서 나가버렸다네. 그러자 남전은 '저 사람이 그때 있었다면 고양이를 살릴 수 있을 텐데.'라고 말했다네."

나는 머리가 알쏭달쏭했다.

"교수님, 그럼 이번에 교수님께서 머리에 짚신을 이신 것은 고양이를 살렸으면 좋았겠다는 뜻이 있으셨기 때문인가요?"

"글쎄 모든 것을 다 이야기한다면 재미가 없겠지. 이 사진을 보고 그 고양이를 베어 나에게 보낸 녀석이 좀 깨닫는 바가 있으면 할 따름이네."

나는 단열을 떠올리며, 그는 절대 그럴 리가 없다는 것을 생각하며 쓴웃음을 지었다.

"자네, 저녁 안 먹었지? 우리 집 가서 꼬막 무침에 소주나 한 잔 하세."

나는 이 인자한 교수의 제안을 거절할 수 없었다.

9 ——————————— S 교수의 집은 낡고 초라했다. 역시 그의 방은 책으로 꽉 차 있었다. 그날은 비가 와서 천정에서 물이 새었고, 사모는 열심히 양동이에 찬 빗물을 비우고 있었다. 그녀의 딸도 있다는데, 거동이 불편하여 방 밖으로 나올 수 없다고 하였다. 나는 그래도 사회적 지위가 있는 교수라는 양반이 이런 집에서 사는 것이 참으로 서글펐다.

S 교수와 나는 술을 마시면서 이런 저런 이야기를 나눴다. S 교수는 일제 강점기에 아버지가 일본으로 강제 징용을 가는 바람에, 일가 모두 일본으로 옮겨 갔다고 한다. S 교수는 그곳에서의 괴로운 생활, 그리고 지금의 아내 마사코를 만나게 된 경위까지 소탈하게 털어놓았다. 이분은 어린 학생인 나를 아주 다정하게, 하나의 인격체로 대해주셨다. 어른에게 이런 대접을 받아본 적이 없는 나는 점점 이분에게 존경심을 느끼게 되었다. 술이 얼큰하게 취할 무렵, S 교수는 나에게 이런 질문을 하였다.

"일본이 어떻게 패망하게 됐는지 아는가?"

"네, 원자탄 때문이 아닌가요?"

"원자탄이 터졌을 때 우리 국민의 마음은 어땠을까?"

"통쾌했겠지요. 우리가 당한 만큼 갚았으니."

S 교수는 소주 한 잔을 확 들이부었다. 그는 자신의 카세트테이프 레코드에 한 테이프를 넣고 틀었다. 구슬픈 현악기의 멜로디가 흘러나오기 시작했다. 교수는 침통한 얼굴로 이야기했다.

"이 곡은 메타모르포젠이라는 곡이라네. 리하르트 슈트라우스라는 작곡가가 드레스덴 폭격이 일어났을 때 비탄에 젖어 쓴 곡이지. 이보게, 근엽 군. 이 세상에서 제일 운이 나쁘면서 가장 운이 좋은 사람이 누구인 줄 아는가?"

"잘 모르겠습니다."

"그건 바로 나라네. 나는 원폭이 히로시마에 터질 때 그 중심으로부터 3킬로미터 떨어진 곳에 있었다네."

나는 충격에 입을 다물 수 없었다.

"끔찍하셨겠네요."

"그 이상이었지. 가도를 따라서 완전히 타버린 시체들이 늘어서 있었고, 몸에서 진물을 흘리는 사람들이 끊임없이 물을 좀 달라고 고함을 쳤다네. 의사들은 그 사람들에게 물을 주어서는 안 된다고 했지. 그래서 그렇게 갈증으로 죽어가는 사람들이 내지르는 고함의 아비규환으로, 완전히 생지옥을 보는 듯했다네. 나는 이왕 죽는 거 갈증이라도 풀고 가라고, 내 수통의 물을 그들에게 나누어주었지. 그 수통을 서로 빼앗으려고 난리였다네. 어떤 이가 내 수통을 쥐려고 옆 아이의 손을 뿌리치자 그 아이의 손가락이 툭 하고 땅에 떨어졌지….

그때 나도 피폭이 되어 장기가 망가지고, 이렇게 한쪽 다리가 부풀어 올라 지금도 잘 걸어 다닐 수가 없다네."

교수는 또 소주를 한 잔 들이켜고 말을 이었다.

"하지만 이게 끝이 아니라네. 난 바보같이 피란 경로를 나가사키로 잡았다네. 며칠 지나지 않아 나가사키에 도착했는데 그때는 그래도 원폭 중심지로부터 멀리 떨어져 있어서 나의 피해는 심하지 않았다네. 오히려 그때는 피어오르는 버섯구름을 보며 참 장대하고 아름답다는 생각을 했지. 멀리서 보면 그렇지만, 또 그 안으로 들어가면 사람들이 증발해서 사라지고, 피부가 벗겨져 피를 철철 흘리는 귀신같은 사람들이 거리를 가득 메우고 있는 건 히로시마와 똑같았지…. 과학의 힘을 절감하는 순간이었다네. 하지만 인간성이란 건 그 어디에서도 찾아볼 수 없었네. 어쨌든 나는 두 번 원폭을 맞을 만큼 운이 엄청 나쁜 놈이지만, 또 두 번 모두 살아날 만큼 운이 엄청 좋은 놈이었지."

교수는 천진한 표정으로 웃었다. 레코더에서는 아름다운 현악기 선율이 울려나오고 있었다.

나는 취기 때문인지 음악 때문인지 모르지만, 어느새 눈물을 흘리고 있었다.

"일본은 엄청난 죄악을 저질렀다네. 우리나라의 위안부나 중국의 난징대학살을 생각하면 치가 떨린다네. 하지만 민간인들이 무슨 잘못이 있겠나. 죄 없는 한국인 7만 명도 원폭에 희생당했다네. 그런데 가장 용서할 수 없는 것은, 후세대한테 끼친 재앙이라네. 내 딸은 그저 손상된 유전자 때문에, 천형을 짊어지고 태어났다네. 몸이 불구인 데다 정신도 오락가락하지…. 내가 죽으면 딸은 어떻게 될지…."

나는 흐르는 눈물을 주체 못하면서 말했다.

"선생님, 죄송합니다. 제가 그만…."

선생님은 내 등을 토닥거리면서 말했다.

"괜찮네. 그리고 그 사람한테는 내가 다 용서한다고 전해주게."

10 ──────────── 아직도 비가 세차게 내리고 있었다. 선생님께 폐를 끼치지 않으려고 댁을 나왔지만 조금 있으면 통금 시간이었다. 나는 어쩔 수 없이 그곳에서 가까운 단열의 집에라도 가지 않으면 안 되었다.

나는 빗속에서 오열하고 있었다.

생각해 보면, 선생님이 짚신을 이고 웃는 사진을 실은 건 다 이유가 있었기 때문이다. 자기가 연구하는 분야에서의 진실을 밝힐 것은 밝히고, 그 당사자들이 충분히 과거를 사죄하고 다 같이 평화를 향해 나아가자는 소박한 제스처일 뿐이었다. 그것엔 어떠한 조롱의 의미도 없었다.

그런데 이것을 완악하기 그지없는 단열에게 어떻게 설명한단 말인가. 나는 그렇게 단열이 싫으면서도 그의 집으로 자동적으로 발걸음이 향하는 나 자신에 대해 깊은 혐오감을 느꼈다. 나는 전신주에 토를 하고, 결국, 단열의 집에 가는 비열한 짓은 포기하기로 하였다.

바로 앞에 파출소가 보였다. 나는 그곳으로 들어갔다.

부랑자 몇이 있었다. 나도 통금 해제 시간까지 거기서 머무르겠다고 경찰관들에게 말했다. 그때였다.

"교대하러 왔습니다."

"응, 강 순경 왔는가."

제길, 단열이었다. 그가 이 파출소에 근무할 줄은 꿈에도 몰랐다.

"어, 넌 어쩐 일이야."

"응, 그냥 술 좀 마셨는데 늦어서 못 들어가서."

몇 년을 봐온 사이였다. 그는 내 표정에 담긴 의미를 모두 읽어낼 수 있었다. 그는 조용히 나를 구석의 벤치로 이끌었다.

"갔다 왔지? 뭐라 그러던?"

나는 순간 버럭 화가 나 소리를 질렀다.

"내가 그 노친네한테 다시 그러면 내 손으로 죽이겠다고 그랬다, 이 씨발 놈아. 이제 시원하냐?"

"뭐? 이 새끼가 단단히 취했구만. 감히 어디서 개겨 개기길."

단열은 허리에 찬 곤봉을 꺼내서 그 손잡이 부분으로 내 배를 세게 가격했다. 고통으로 숨이 멎을 것 같았다.

"그럼 그 사람이 다시 그따위 기사 쓰면 이번엔 네 목을 자르면 되겠네. 개새끼가 어디서 지랄이야."

나는 살면서 이렇게 힘이 없는 것을 원망해본 적이 없었다.

11 ──────────── 그 이후에도 S 교수의 집 유리창에 벽돌이 날아든다든지, 딸이 병원에 갈 때 필요한 휠체어가 망가진다든지 하는 테러가 자주 있었던 모양이다. 다만 단열도 이제 그쪽 부탁은 나를 통해서 하지는 않아, 나는 사후 다른 소식통을 통해서 그러한 사실을 얻어 들을 수 있을 뿐이었다.

나는 힘을 얻고 싶은 생각이 간절하였다. 내 스스로 힘을 얻는다면 가장 좋겠지만, 그것은 요원한 길이었다. 그래서 차선으로 학생 운동에 투신하기로 하였다. 조직을 이끌 정도의 위치에 올라가면 아무도 나를 얕보지 못하겠지. 심지어 단열도. 하지만 그건 착각이었다.

사회 제 문제에 대한 열띤 토론과 혁명에 대한 뜨거운 갈구, 이러한 것들은 나의 이상주의적 성향과 잘 맞았다. 그러나 우리나라가 미국의 괴뢰 정권이고, 따라서 북한이 더욱 주체적이고 정의롭다, 고 강조하는 노선에 대해서는 회의가 일었다. 이는 S 교수님의 영향 때문이기도 했다.

어느 날 S 교수님의 연구실에서 차를 마신 적이 있었다. S 교수님은 폭넓은 독서광이셨고, 일본에서 유학을 하였기 때문에 희귀한 외서를 많이 보유하고 있었다.

나는 또래들과 토론할 때와는 전혀 다른 기분으로 교수님과의 토론에 임하였다. 또래들은 적은 경험을 들끓는 열정을 통하여 상쇄하려고 하였다. 그들은 차분한 논리로 상대를 이기려고 하기보다는, 반대 진영에 대한 깊은 증오를 뿜으며 서로 모욕을 주고받는 것에 몰두하고 있었다. 그러나 S 교수는 세계정세를 꿰뚫고 있는, 이지적인 분이었다. 많은 운동권에서 공산주의를 찬양할 때, 그는 그 정권의 실상을 정확하게 바라보고 있었다. 죽의 장막으로 불리는 중국에서 벌어지고 있었던 문화대혁명에 대해서도 그 사정을 자세하게 알고 계시는 몇 안 되는 분이었다. 일본 유학 시절에 만난 많은 중국의 지식인들이 이제는 시장에서 조리돌림 당하고 있다고, 한탄하며 말씀하셨다.

이제 S 교수님에 대한 직접적 테러는 잦아들었지만, 그분은 세계에 만연한 폭력 때문에 완전히 지쳐 버리신 것 같았다. 선생님은 방사능 피폭 후유증에 더하여 스트레스가 겹쳐 결국 드러눕게 되셨다.

나 역시 학생 운동의 노선 차이로 운동권 내에서 많은 갈등을 겪게 되었다. 특히 상대편의 대장이었던 여학생 P는 사사건건 나와 대립하면서, 나를 수정주의자라느니 비겁자라느니 닦아세우기 시작했다. P는 온건한 S 교수 또한 극히 혐오하여, 그의 연구실 문에 비난이 담긴 벽보를 붙이기도 하였다. 나는 그러한 소모적 논쟁, 그리고 논쟁을 넘은 어떤 혐오의 세례를 견딜 수 없었다. 나는 침을 뱉고 이 세계를 떠났다.

하지만 그간 학생 운동에 투신하면서 수많은 사회과학 서적을 독파하고 시위를 쫓아다니느라 학과 수업에 소홀하여 결국 장학금을 받지 못하게 되었다. 결국 한 학기를 휴학하고 일단 공장에 취직할 수밖에 없었다. 그렇게 막일꾼으로 노동판에서 땀을 흘리고 있는 어느 날 저녁, 하숙집으로 한 통의 전화가 왔다. 수화기 너머에서 어색한 한국어 억양으로 말하는 목소리가 흘러나왔다. 그 목소리는 차분했지만, 깊은 슬픔이 배어 있었다.

"저기, 홍근엽 씨입니까? 저는 S 교수님의 아내 되는 마사코입니다."

나는 순간 나쁜 예감이 들어 가슴이 철렁 내려앉았지만, 마음을 추스르고 안부 인사를 드렸다.

　　"네, 사모님, 안녕하시지요. 선생님께서도 평안하신지요? 제가 요새 찾아뵙지도 못하고 송구스럽습니다."

　　잠깐의 침묵 후, 기운 없는 목소리가 들려왔다.

　　"그게, 저희 주인께서 엊그제 영면하셨습니다. 주인께서는 근엽 씨 앞으로 유언을 남기셨어요. 자기 책 중에서 마음에 드는 것을 얼마든 가져가라고, 줄 것은 그것밖에 없어서 미안하다고 하셨어요. 그러니 언제든 연구실이나 집에 오셔서 책을 챙겨 가세요. 나머지는 제가 주인께서 재직하셨던 학교의 도서관에 기부하겠습니다."

　　나는 울먹이는 목소리로 말했다.

　　"삼가 고인의 명복을 빕니다. 발인은 언제이지요?"

　　"주인께서 아무도 부르지 말고 조용히 화장해 달라고 유언하셨어요."

　　"사모님께서는 어떻게 하실 예정이신지요?"

　　"저는 딸을 데리고 일본에 가서 그곳 원폭 병원에 아이를 등록하려고 하고 있어요. 신경 써주셔서 감사합니다."

　　나는 전화를 끊고 나서, 그 자리에 무릎을 꿇고 어깨가 시리도록 펑펑 울었다.

　12 ──────── 나는 사모님께 열쇠를 받아 S 교수님의 연구실에 갔다. 그 수많은 컬렉션 중에서 어떤 책이 좋은 책인지, 나의 짧은 지식으로는 도저히 알 길이 없었다. 다만 옛 추억을 더듬으며, 선생님이 어떠한 작가를 언급했는지를 상기하여 보고 있었다. 가장 기억에

남는 것은 아무래도 앙드레 지드의 《지상의 양식》이다. 술을 드시면 자주 그 중 어떤 구절을 즐거운 표정으로 암송해주셨기 때문이다. 그의 《소련 기행》도 자주 이야기하셨다. 이븐 할둔의 서설에 대해서도 이야기해주셨고, 뫼르소가 나오는 《이방인》이라는 소설도 극찬하셨던 것 같다. 오마르 하이얌의 시도 읊어 주셨던 기억이 났다. 그리고 오에 겐자부로던가? 지금 일본의 떠오르는 작가로 그의 작품을 읽어보라고 한 기억이 났다. 그 중 상당수가 한국어가 아닌 일본어와 영어로 된 책들이었다. 나는 제2외국어로 일본어를 하여 나름 일본어에 자신이 있었기 때문에 그 책들도 가져가기로 하였다.

당장 생각나는 것들을 중심으로 챙겼는데도 책이 리어카로 한가득은 나올 것 같았다. 어쩔 수 없이 시간 날 때마다 조금씩 책을 하숙집으로 가져다 놓기로 하고, 연구실 복도 한쪽 구석에 책을 쌓아놓기 시작하였다. 그때 P가 왔다.

"죽어버린 수정주의자의 폐품을 긁어가려는 가짜 운동권이 여기 있네."

나는 눈을 찌푸렸지만, 상대하기가 싫어 조용히 있었다. 그녀는 날카로운 목소리로 말했다.

"이 중 90%는 부르주아가 쓴 쓰레기들이로구만. 이런 것들은 다 불태워버려야지. 그래도 이런 건 쓸 만하네. 이건 내가 가져가야지."

그녀가 책을 집으려 하자, 나는 그녀의 손등을 종이 뭉치로 내리쳤다.

"아악, 미쳤어?"

"어디에 손을 대! 썩 꺼져. 수정주의자 나부랭이의 책이 네게 무슨 소용이 있다고! 이건 고인이 남긴 유품이야. 예의라는 게 있지! 목록에 책이름 다 써놓았으니 한 권이라도 없어지면 알아서 해."

"이 책들 중 상당수는 검열에 걸리는 금서들이야. 이런 거 감추어왔 다는 거 알면 아마 죽은 반동분자 S 교수의 명예도 모두 실추되고 말 거 다. 내가 다 불어버릴 테니 넌 각오하고 있어."

"언제든 불어버려! 너도 무사하지 못할 걸."

자신 있는 척하긴 했지만 내심 불안하긴 하였다. 지금은 엄혹한 군사 정권 시절이니까. 하지만 나를 분다면 자기도 무사하지 못할 터. 난 그 책들을 안 보이게 일단 방수포로 잘 덮어 놓았다.

13 ──────────── 형사들이 집에 들이닥쳤고, 나는 책들을 압수당했다.

불었구나. P, 이 비겁한 년.

그래도 뾰족한 증거가 있을 리 만무했다.

나는 취조실로 끌려갔다.

"맞습니다. 그런데 이제 다 손 씻었습니다. 물어보십시오."

소용이 없었다. 그들은 나를 잠재우지 않고 며칠간 닦달하였다.

난 운동권의 유명 인사도 아니었고, 책도 군사정권에서 정하는 그런 류의 금서는 아니었다. 앙드레 지드의 《소련 기행》을 보고 이게 무슨 책 이냐고 물을 정도로 무식한 경찰들이었다. 나는 그것이 소련에 가서 환 멸감을 느낀 앙드레 지드의 책으로, 공산주의를 찬양하는 책이 아니라 비판하는 책이라고 하였다. 그들은 일본어로 쓰인 그 책을 휘휘 넘기며 반신반의하는 눈치였다. 그런데 눈치를 보니, 어차피 나한테는 그다지 커다란 관심이 없는 듯하였다. 경찰관들은 대충 자기 실적만 채우고,

나를 군대에 보내 버리거나 할 생각임이 분명했다.

그때였다. 단열이 들어왔다. 미리 이 경찰들에게 그 아버지가 손을 써둔 듯했다.

"야, 나가자."

단열은 나를 근처의 술집으로 데려갔다.

"근무 시간 아니냐? 오랜만이다."

"이 자슥, 무슨 학생 운동한다더니 거물이 된 것도 아니고, 어째 하는 게 다 그 모양이냐. 남자가 되면 무라도 베어야지, 넌 단무지 하나 못 베냐, 이 등신아."

나는 픽 웃었다.

"그래, 웃음이 나오지? 너 이 새끼 결국 GOP로 끌려가서 죽도록 얻어맞고 의문사 처리되고 느그 아버지는 네 시체도 못 받을 텐데, 그래, 웃음이 나오지?"

그렇다. 군대에 가면 어떻게 될지 모르는 것은 맞았다. 대학생이라고만 해도 갈굼을 당한다던데, 운동권에 있었다는 게 밝혀진다면? 상황은 보기보다 심각했다.

"야, 그러니까 내 계획을 잘 들어 봐."

아아, 내 인생은 왜 이렇게 질질 끌려다닌단 말인가. 내가 스스로 주체적으로 뭔가를 할 수 있겠구나 싶을 때 바로 이러한 덫이 나를 옭아매는 것이다. 도대체 이게 무슨 인생인가. 속으로 분노를 삼키며 그에게 물었다.

"그래, 뭘 하면 되는데?"

단열은 이제야 이야기가 통한다는 듯, 몸을 젖혀 의자에 등을 기대고 거만한 자세로 말을 시작했다.

"우선 우리 아버지가 네가 필요하다니까 그 밑에 청원 경찰이나 의무 경찰 같은 걸로 들어가라. 그러면 군대 문제가 해결되지. 거기서 넌 아버지가 시키는 일만 하면 돼."

솔직히 솔깃한 이야기이긴 했다. 단열이 아버지는 이제 지방 경찰서의 서장이 아니라 서울의 지역 경찰서장이었다. 그는 더 높은 자리로의 승진을 바라고 있었다. 내가 그에게 도움이 될 턱이 없었지만, 그는 나한테 어마어마한 도움이 될 수 있을 터였다. 막강한 파워의 경찰서장 우산 밑에 있으니 적어도 비명횡사할 일은 없었다.

내 얼굴에 벌써 승낙의 표정이 드리워 있었나 보다. 단열은 자기는 그리 호락호락하지 않다는 듯이, 엄한 얼굴로 나를 노려보았다.

"이게 끝이 아니다."

그럼 그렇지, 녀석이 절대 나한테 뭔가를 베풀기만 할 녀석이 아니다. 또 뭔가 족쇄를 채우려는 거겠지. 단열은 새끼손가락을 쳐들었다.

"이게 뭔지 알지?"

"뭔데?"

"깔이다. 내 깔을 네가 좀 데리고 있어야겠다. 너한테 방 두 개짜리 자취집을 줄 테니, 이 여자를 데리고 있어라."

이게 무슨 황당한 이야기란 말인가.

"음···. 이 여자는 나한테 너무나 중요하다. 그러니 데리고 있고, 몸이 좀 안 좋으니 네가 가끔 들여다보기만 좀 해주면 된다."

"대체 어떤 여자인데 내가 데리고 있어야 하는 건데?"

"너도 알잖아, 우리 아버지가 보면, 죽여 버릴 그럴 여자다, 그리고 이 여자는 가족도 없고 연고도 없으니, 진짜 우리 아버지가 마음만 먹으면 쥐도 새도 모르게 간단히 없앨 수 있지."

단열이 여자 문제 때문에 부모와 싸운 적은 한두 번이 아니었지만, 늘 단열은 그리 심각하게 생각하지는 않았다. 단열은 그 여자들을 그냥 고깃덩어리로 취급했으니까. 그런데 이렇게 방까지 마련하여 돌봐줄 생각을 한다는 것, 이런 있을 수 없는 일이 벌어지고 있는 건, 바로 '그가 그녀를 사랑하고 있어서이다', 이렇게밖에 생각할 수 없었다. 나는 그런 개인적인 애정 관계에는 상관하기 싫었다. 그냥 나는 자취방을 구해준다고 하니 그것만으로도 나쁠 것이 없었다. 경찰 일하고 돈 벌고, 또 집에 와서 책을 읽고 공부할 수 있는 그런 생활이면 그다지 나쁘지 않을 듯했다.

결국 나는 그 제안에 응하고 말았다.

14 ──────────── 그녀는 재앙이었다.

다리를 절며 들어온 그녀는, 진한 화장에 새빨간 원피스에 검은 스카프를 두르고 있었다. 얼굴은 약간 비대칭으로, 예쁘다고는 하기 힘들지만 기묘한 매력이 있었다. 뇌쇄적이랄까. 그 관능성은 그녀의 풍부한 표정으로부터 나오는 것 같았다. 세상 더 바랄 것 없이 행복해 보이는 순수한 표정. 인간의 것이라기보다는, 동물의 그것.

그녀는 교태롭게 손끝을 내밀었고, 나는 병신같이 무슨 공작부인 대하는 것 마냥 그 손끝을 잡고 인사를 했다. 그녀는 나한테 반말로 자기를 '미사'라고 불렀으면 좋겠다고 했다. 그러고서는 내가 보는 앞에서 단열에게 빨리 떡을 치러 가자고 졸랐다. 그녀는 곧 단열과 방으로 들어갔다. 슬쩍 그녀의 치마 밑을 보니, 왼쪽 다리에 무슨 커다란 석고 깁스를 하고 있었다.

들어가면서도 까르르거리는 그녀. 그 사람은 실로 기묘한 흥분 상태에 있었다.

'약을 하는 여자구나. 그럼 그렇지.'

나는 그녀가 가져온 짐들을 살펴보았다. 이불은 단열이 짐꾼에게 들고 오게 하였고, 그녀가 가져온 짐은 옷가지가 든 가방과 목발이 전부인 것 같았다. 여행객도 이보다는 간소할 것 같지 않은 짐이었다.

나는 그것을 그녀 방 앞의 마루에 올려놓았다. 방 안에서는 음탕한 신음이 뒤섞여 울려 퍼져 나오고 있었다. 이 민망한 나날이 언제까지 계속될 것인가. 나는 이런 식으로는 단 하루도 견디지 못할 것 같았다. 그냥 조용히 서장에게 일러 버릴까. 그러면 나는 단열에게 맞아 죽겠지.

그때였다. 방문이 열리고, 갑자기 단열이 소리를 질렀다.

"야, 이리 와봐 좀!"

전라의 그녀가 흰 눈을 까뒤집은 채로 몸을 떨고 있었다. 발작이었다. 참 가지가지하는구나.

"빨리 응급차 불러야지. 무슨 약을 했길래 이러는 거야?"

"아냐, 약 한 거 아니야. 이거 무슨 간질 발작 같은 건데 조금 있으면 멈춰. 전에도 발작 일으켰는데 좀 있으니 좋아지더라고. 그냥 가서 뭔가 입에 물릴 것 좀 찾아와."

나는 어두운 내 방 옷장 서랍에서, 짚이는 대로 손수건을 하나 꺼내 왔다. 그동안 단열은 옷을 주워 입고, 앉아서 무릎으로 그녀의 머리를 받치고 있었다. 그녀는 이제 몸을 떨지는 않았지만, 맑은 침을 주룩주

룩 흘리고 있었다. 나는 손수건으로 입가의 침을 조금 닦은 뒤에 그것을 말아서 그녀의 입에 물렸다. 발작이 잦아들었다. 이불로 그녀의 몸을 덮었다.

"저렇게 몇 시간이라도 자더라고. 야, 가서 소주 좀 사와."

나는 식은땀을 훔치며, 비루하게 그 명령에 응했다.

"안주는 뭘로 사올까?"

15 ——————— 단열도 그녀를 만난 지는 약 보름 정도밖에 안 된 듯하였다. 나는 그녀가 어떤 사람인지 그런 건 알고 싶지 않았다. 같이 사는 것도 상관이 없었다. 나한테 피해만 주지 않는다면. 그러나 지금 이 꼴을 보건대, 나는 앞으로 그녀의 노리개가 되거나 심부름꾼, 최악의 경우엔 간병인이 될 수도 있었다. 아아, 정말 지긋지긋했다. 나는 새삼 단열에 대한 증오가 끓어올랐다.

술이 들어가자 단열은 미주알고주알 그녀에 대해 털어놓기 시작했다.

단열은 그 미사라는 여자를 길거리에서 처음 봤다고 한다. 어떤 역 앞에서 그 빨간 옷을 입고 진한 화장을 하고, 불편해 보이는 몸으로 남성들을 유혹하고 있었다고 한다. 때마침 근무가 끝나고 경찰복을 벗고 있었던 단열은 괜스레 그녀에게 농을 건네고 싶었단다.

"어이, 이쪽 사람 아닌 거 같은데. 얼마요?"

"아이, 오빠. 그냥 나 술 한 잔 사주고 하룻밤만 어디 숙소에서 재워주면 안 될까?"

그렇게 해서 단열은 그녀와 함께 통닭에 맥주를 마시러 갔단다. 그녀가 선천성 기형으로 다리가 불편하고, 얼마 전에 가족이 뿔뿔이 흩어지

고 자기는 요양 병원에 강제로 입원할 뻔했는데 끝내 가출에 성공했다
고, 자기의 행운이 끝이 없는 모양인가 보다, 하고 계속 유쾌한 농지거
리를 따발총처럼 쏟아내는 이야기를 듣다가, 그녀를 좋아하게 됐다고,
단열은 수줍게 말하는 것이다. 단열은 혀가 꼬여서,

"그리고 무엇보다 중요한 건! 미사는 '그 기술'이 환상적이라는 거다!
또 '거기'도 판타스틱하다! 내가 많은 여자를 상대했지만 지체 불편한 이
런 병신이 나한테 그런 쾌감을 줄 거라고는 상상조차 못했다. 뭐랄까,
그녀는 다양한 차원의 블랙홀을 가지고 있지!"라고 선언하는 것이었다.

넌 장애인에게 성적 쾌감을 느끼는 변태일 뿐이야, 하고 말하려고 했
지만, 무슨 소용이 있겠는가. 저도 잘 알고 있고, 내가 뭐라든 상관도
안 할 텐데. 나는 그냥 피곤하였다. 단열을 옆방으로 건네 보내든지,
자기 집으로 보내 버리든지, 아니면 내가 나가 버리고 싶었다. 이런 생
각을 하고 있는데 단열이 그 자리에 고꾸라져 코를 골기 시작했다.

나는 그녀가 기운을 차렸는지 확인하고, 물을 좀 떠다주고 자야겠다
고 생각했다. 옆방으로 건너가니, 미사는 이제 정신을 차리고, 부스스
한 머리로 당황해 하며 말했다. 그 태도는 발작 전과는 영 딴판이었다.

"여기가 어디지요? 단열 씨 집인가요?"

"네, 그런 거 비슷합니다. 여기 물하고 빵 좀 가져 왔으니 드세요."

그녀는 어색한 듯 방을 조금 둘러보더니,

"단열 씨 친구 분이라 하셨죠? 아까는 너무 정신없어서…. 성함 다시
한 번 알려 주실래요?"

"네, 저는 근엽이라고 합니다. 홍근엽이요."

"네, 근엽 씨 정말 고마워요. 그리고 이거…."

그녀는 손에 꼭 말아 쥐고 있던 손수건을 나한테 건넸다.

"이거 근엽 씨 거죠? 이상한 일이에요. 꿈에서 어떤 애들이 겁에 질려 울고 있었어요. 무슨 선실인 거 같았는데, 물이 차오르고 있었어요. 아이들은 어떤 기계장치를 꺼내어 누군가에게 무슨 메시지를 보내고 있는 것 같았어요. 애들이 울부짖어요. 물은 계속 차올라요. 멀리서 노란 리본이 나부껴요. 깨어나니 나도 모르게 울고 있었어요."

섬뜩하네, 이상한 이야기만 하고. 나는 빨리 이 으스스한 곳을 벗어나고 싶어 서둘렀다.

"그럼 안녕히 주무세요."

나는 대답도 듣지 않고 급히 방으로 왔다. 단열은 내 속을 아는지 모르는지 심하게 코를 골아대고 있었다. 미운 녀석. 나는 이불을 펴고 손수건을 책상에 툭 던지고 전등을 끄려고 했다. 그녀에게 다시 받은 손수건, 그건 내가 옥자를 간호할 때 늘 물을 적셔 이마에 올려주던 그 손수건이었다.

16 ——————— 수상했다. 너무나 수상했다.

미사는 어디에서 왔으며, 무엇을 하던 사람이고, 도대체 어째서 저런 정신머리를 지녔는가. 경계심과 함께 호기심이 일었다. 솔직히 후자 쪽이 너무나 커서, 나는 그녀와 대화를 나눌 기회만을 엿보고 있었다. 하지만 여전히 상당한 조증 상태에 있었기 때문에, 나로서는 접근하기가 매우 힘들었다. 그녀는 큰 소리로 라디오에서 나오는 성악곡을 따라 부르거나, 불편한 다리로 어딘가를 돌아다니다가 술을 사서 돌아오기도 하였다. 이런 상태에서는 그녀와 이야기를 나누기가 거의 불가능하였다. 그녀는 마치 신이 들린 듯 부산하게 몸을 놀렸으며, 산만하고 이야기도 두서가 없었다.

그러다가 때로 발작을 하고는 리셋. 그리고 더욱 심해지는 조증.

이 시기 단열은 저녁만 되면 집에 와서 그녀를 취하였다. 그런데 조증이 갈수록 심해지자, 단열도 갈수록 미사를 다루기가 힘들어졌다. 단열은 처음에는 발작이 진행되면 그녀를 지켜보다가 돌아갔지만, 그것이 심해지자 전조 증상이 나타날 쯤에는 꽁무니를 빼는 것이었다. 점점 더 심해지는 그녀의 발작을 보면서, 나는 죄책감을 느끼기 시작했다. 그리고 발작이 있을 때마다, 그녀를 병원에 데려가야 하는 건 아닌지, 깊은 고민을 하게 되었다. 그러나 그녀는 만약 자기를 병원에 보낸다면 우리를 다 죽여 버리고 자신도 자살하겠다고 위협하는 것이었다.

이대로라면 큰 사달이 날 것 같았다. 이 난국을 타개하기 위하여, 나는 어떻게 해서든 그녀에 대하여 알아봐야겠다고 마음을 먹었다.

미사와 동거한 지 한 달쯤 되었던 때였던 것 같다. 출근하여 서류 작업을 하고 있는데, 서장이 나를 불렀다. 서장은 절대 자기의 속마음을 완전히 내비치지 않는 사람이었다. 하지만 그 자리에서 서장은 분명히 무엇인가 불쾌한 기색을 드러내고 있었다. 나는 속으로, '아, 난 끝났구나.'라는 생각이 들었다. 그는 단열과 나의 이 모의—서장에게는 음모처럼 보이겠지만—에 대해, 자기 부하를 통해 모두 알게 된 것임이 분명했다. 순간, 거짓말을 한다면 엄벌이 돌아올 것이라는 직감이 들었다. 나는 그의 찌푸린 얼굴을 보며, 모든 것을 이실직고하겠다고 결심했다.

"음, 홍 군. 내가 점찍어둔 집안과 요새 단열이의 혼담이 오가고 있다네. 알고 있는가?"

나는 허를 찌르는 이 질문에 크게 당황하였다.

"아, 서장님. 잘 몰랐습니다. 잘 됐네요. 그 예전 판사하셨다던 분 따님이신가요?"

"그건 알 것 없고. 한 가지 부탁이 있네."

나도 모르게 마른침을 꿀꺽 삼켰다. 서장은 나에게 가까이 다가오더니, 꽤 오랜 시간 침묵하다가 입을 열었다.

"단열이에게, 자네 집에 다시는 가지 말라고 단단히 일러두었네."

나는 서장의 눈빛에 어린 살기를 보고 몸을 떨었다.

"자네, 그 집은 그냥 자네가 살도록 해주겠네. 허지만 자네도 이제 자네 앞날을 신경 써야지."

서장은 숨을 한번 고르고 말을 이었다.

"음···. 그 여자는 쫓아내게. 힘들면 나한테 꼭 이야기하고. 그리고 이 이야기는 단열이한테 굳이 할 필요는 없겠지."

서장실을 나오니, 다리가 후들거렸다. 서장의 표정을 봐서는 당장이라도 그 여자를 죽일 것 같았다. 일제 강점기 고문 경찰이었다고 하니, 연고도 없는 그녀쯤이야 이 땅에서 사라져 버리게 만들고도 남을 사람이었다.

나는 조퇴 신청을 하였다. 당장 그녀를 쫓아내기 위해서였다. 아니, 대피시키기 위해서라는 말이 맞을 것이다. 서를 나오니 비가 세차게 내리고 있었다.

골목 어귀쯤에 이르고 집이 가까워오자, 이상하게도 가슴 한구석이 진하게 저려왔다.

17 ─────────── 마당 빨랫줄에 다채로운 만국기가 세 줄
로 걸려 있었다. 작은 종이로 만들어져 있고. 실에 꿰어 있는, 실내 장
식용 만국기. 비 오는 날에 웬 만국기인가, 또 미사가 일을 저질렀나.

이 만국기는 미사의 방으로 연결되어 있었고, 그 방에서는 요사스러
운 아랍 음악 – 아니, 인도 음악일지도 몰랐다 –, 그 이국적인 선율과
리듬이 마당으로 쏟아져 나오고 있었다. 남자를 데려온 건가. 단열이라
도 왔나.

나는 미심쩍어 하며 만국기를 쫓아 미사의 방으로 들어갔다. 다른 이
는 없었다.

미사는 춤을 추고 있었다. 이국적인 아랍의 춤을, 절뚝거리면서.

섬뜩했지만, 아름답기도 했다. 시바신이 저런 춤을 추지는 않을는지.

그녀는 만국기를 허리춤에 친친 감고 있었다. 천천히 한 방향으로 돌
아서인지, 마치 실패처럼 정연하게 감겨 있었다. 그녀는 나를 보고 환
한 웃음을 지었다.

그녀는 나의 손을 잡아끌었다. 그리고 뻣뻣이 굳어 있는 내 손을 잡고
요염한 춤을 추기 시작했다. 그리고 그녀의 나머지 손으로 내 남은 손
을 잡아 자신의 허리로 이끌었다. 그녀는 나에게 자기의 허리를 반시계
방향으로 돌리도록 부드럽게 유도했다.

"오라, 와서 잔을 채워라. 봄의 열기 속에. 회한의 겨울옷일랑 벗어 던
져라. 세월의 새는 오래 날 수 없거늘, 어느새 두 날개를 펴고 있구나."

그녀는 허리의 만국기가 자연스럽게 풀리도록 조심히 돌면서, 이런 가사로 노래를 불렀다. 왠지 모르게 낯익은 가사였다. 그녀가 피워놓은 향 때문에 어질어질했다.

그녀는 만국기를 다 풀고, 천천히 방에 드러누웠다. 나는 이리저리 흩어진 만국기의 근원을 눈으로 쫓았다. 그것은 그녀의 치마 안에서 흘러나오고 있었다.

그녀는 다리를 벌리고, 그 상태에서 치마를 말아 올렸다.

"자, 이것이 세계의 자궁이야! 근엽 씨, 자세히 봐."

너무나 기이하고, 또 음탕한 상황이었지만, 호기심이 앞섰다. 맹세하건대, 그 호기심은 성적 호기심이라기보다는, 그녀가 왜 그런 말을 하는지를 알고 싶은, 이성적인 것에 가까웠다.

나는 만국기가 출발하는 세계의 기원, 그녀의 성기를 향해 다가갔다.

그녀는 외음부를 벌렸다.

그리고 나는 소스라치게 놀라 뒤로 나자빠졌다.

그녀는 큰소리로 웃었다.

웃음소리가 갈수록 커지고, 거칠어졌다. 그녀는 몸을 떨었다.

배가 파도치듯 꿀럭꿀럭거리기 시작했다. 발작의 전조였다.

그녀는 이제껏 본 적이 없는, 무서운 발작을 일으켰다.

나는 수건을 가지러 내 방으로 갔다. 그리고 그녀의 입에 수건을 물리고, 그녀의 손을 꼬옥 붙잡았다. 경련은 10분 이상 지속되었다. 큰 발작, 아니, '깊은' 발작이었다.

나는 그녀의 땀을 닦다가 섬광처럼 하나의 기억이 지나감을 느꼈다.

"그래, '루바이야트', 오마르 하이얌의 시였어. 그녀가 불렀던 노래

가사는."

18 ———————————— 지금까지 내가 봐온 미사의 발작이 알바트로스의 발작, 봉황의 발작, 붕(鵬)의 발작, 즉 날아오르는 발작이었다면, 이번 것은 이카로스의 발작, 끝도 없는 추락의 발작이었다.

무시무시한 우울증이 시작되었다. 그녀는 일주일 동안 단 한 걸음도 밖으로 나갈 수 없었다. 씻는 것은 물론이고, 대소변도 방 안에서 해결해야 했다. 나는 이런 그녀를 두고 도저히 외출할 수가 없어서 병가를 냈다. 단열에게 이런 소식을 알려도 그는 무덤덤하게 전화를 받고는, 아무 말 없이 전화를 끊었다. 그리고 한 번도 찾아오지 않았다. 대신 며칠 뒤 우편이 왔다. 봉투 안에는 수표 한 장이 들어 있었다.

미사는 처음에는 좋아질 기미가 보이지 않았다. 나는 우울증이 이렇게 끔찍한 것인지 전에는 결코 알지 못했다. 먹고 마시지 못하여 비쩍 말라갔으며, 거의 하루 종일 잠만 잤다. 그녀의 모습은 살아있는 시체, 바로 그것이었다. 어떨 때는 정신을 차리고, 가슴을 쥐어짜며 통곡을 하기도 하였다.

그녀에게는 미안하지만, 정신병원에 집어넣는 것이 상책일 듯싶었다. 하지만 그때마다 완강하게 저항하던 미사의 모습이 떠올라 주저하게 되었다. 그녀가 그렇듯 완강한 저항을 하는 것은 분명 이유가 있을 터였다. 또한 그녀를 정신 병원에 보내면 나 역시 그녀를 버렸다는 무거운 죄책감을 느끼게 될 것 같았다.

나는 그냥 내가 할 수 있는 일을 하기로 하였다. 그녀를 열심히 간호하는 것이었다. 단열의 수표는 큰 도움이 됐다. 나는 그것을 현금으로 바꾸어, 삼계탕이나 보신탕처럼 보양에 도움이 될 음식들을 사서 먹었다. 처음에는 한사코 거절하던 미사도 내가 집요하게 그런 음식들을 권하자 마지못해 한두 술 뜨기 시작하였다.

그렇게 미사는 최악의 고비는 넘긴 듯싶었다. 그녀는 이제 마루턱에 겨우 걸터앉을 수 있을 정도로 증상이 호전되었다. 나는 어떻게든 삶을 붙들려는 이런 미사가 가여우면서도 기특했다.

나는 미사가 걱정되었지만 더 이상 병가를 낼 수도 없는 노릇이어서 다시 출근을 시작했다. 서장실로 불려갔다. 엄청난 질책을 각오하고 있었지만 서장은 예상과 달리 미소를 머금고 있었다.

"내 아들이 혼담이 오가는 그쪽 여자에게 홀딱 빠져 이제는 정신 차렸으니, 나도 이제는 마음을 놓을 수 있겠네. 단열이는 조만간 결혼할 것 같아. 자네도 괜히 인생 허비하지 말고 빨리 그 여자 내쫓도록 하게. 나는 이제 그쪽에 대한 관심은 거둘 테니 자네가 알아서 하는 거겠지만. 정 힘들면 최 형사에게 말하게. 깨끗하게 처리해줄 걸세."

나는 그저 서장이 이제 더 이상 이쪽에 대한 시찰은 안 하겠다고 말하는 것만으로도 이상하게 마음이 후련해졌다. 나를 억누르던 굴레가 벗겨지는 것 같았다.

퇴근하고 집에 돌아오자, 미사가 마루에 앉아 성한 한쪽 다리를 앞뒤로 흔들며 마당을 보고 있었다. 그녀는 옅은 화장을 하고 있었다. 나는 그녀가 생의 의지를 다시 찾은 것이 너무나 고맙고 기뻤다. 나는 체면을 차리지 않고 그녀에게 다가가서 덥석 그녀를 안았다.

"미사야…. 잘 됐어, 잘 했어…."

그녀의 부드러운 머리카락이 뺨에 닿았다.

"근엽 씨, 나 고양이 한 마리만 사 주면 안 될까?"

19 ———————— 나는 직장 동료에게 수소문해 시장에 가서 새끼 고양이 한 마리를 샀다. 미샤는 고양이를 받고, 오랜만에 해맑게 웃었다. 그녀는 고양이를 품에서 놓지 않았다. 그녀는 고양이 이름을 츠토무라는 이름으로 지었다.

"왜 하필 그런 일본 이름이야?"

"응, 나 열 살 때까지 일본 살았거든. 그때 키운 고양이 이름이 츠토무(彊)였어."

그녀는 일본어도 능숙했다. 그저 그런 집안에서 자란 여자가 아님이 틀림없었다. 그런 그녀가 왜 이런 지경에까지 처하게 됐을까. 나는 이런 과거사를 그녀에게 먼저 묻는다는 것은 괜한 오지랖이라 생각해서 더 이상 질문을 하지 않았다. 우울증이 더 악화될 수도 있으니, 그녀의 정신을 평온하게 유지시켜 주는 것이 중요했다. 미샤도 나의 그런 배려를 아는지, 점점 마음을 열기 시작하였다.

이 시기 나는 활기가 넘쳤다. 행복했다고 말해도 좋으리라. 오늘 저녁은 그녀를 위해서 어떠한 요리를 할까? 오늘은 꽃이라도 사 갈까? 그녀가 좋아할 것을 생각하면 벌써부터 마음이 설레고 뿌듯하였다. 그녀는 아름다움을 아름답다고 말할 줄 아는 여자였다. 그리고 우울증이 완쾌되지 않았음에도 보여주는 그 다채롭고 풍요로운 표정은, 그녀의 마음에 형형색색의 보석이 묻혀 있다는 징표였다. 그런 그녀에게 신은 신체의 기형과 정신의 질병이라는 가혹한 시련을 선물했던 것이다. 나는 신이 있다면 그 머리에 총알을 박아 넣고 싶었다.

어느 날, 퇴근하고 집에 돌아오자, 그녀가 마당에 나와 있었다. 산동네라서, 석양이 잘 보였다. 그녀는 취한 것 같았다. 나른한 저녁의 대기가 싱그러웠다. 날이 차츰 어두워지며 라일락향기가 짙어지기 시작했다. 향수에 푹 적신 총채를 흔드는 것 같았다. 그 향기 분자 하나하나가 부드러운 트릴을 연주하는 팀파니 북채가 되어 비강을 두드렸다.

미사의 기분이 좋아 보였다. 그녀는 이제 날도 더워질 테고, 다리를 둘러싸고 있는 단단하고 무거운 깁스가 거추장스럽다고 말했다. 그녀는 나에게 이것을 좀 깨부수어 달라고 부탁하였다.

"미사, 다리 부러진 건 그럼 괜찮은 거야?"

"나 다리 부러진 적 없는데."

"그럼 깁스는 왜 하고 있었어? 다리를 삐었던 건가?"

"아니야 오빠. 나는 선천적으로 다리가 안 좋아. 혹시 집에 망치 같은 거 있어?"

나는 망치를 찾아왔다. 그녀는 그것으로 다리의 깁스를 내리치려고 했다.

"야야, 그러다가 다치면 어쩌려고 그래?"

"나 태어나면서부터 다리에 감각이 없어. 그래서 통증도 못 느껴. 이 석고는 단단해서 이 망치로 깨야 돼. 오빠 내 다리 보고 놀라지 않을 거지?"

그녀는 망치로 그 깁스를 두드려 깨기 시작했다. 아무래도 위태위태해 보여서 내가 대신 그것을 깨려 했지만, 아무래도 그녀가 다칠까 두려워 과감하게 망치를 두드리지는 못했다. 나는 이웃집에서 톱과 드라이버를 빌려서 시간을 들여 천천히 그 깁스를 조금씩 벗겨 내었다.

실로 충격적인 모습이었다. 무릎 아래쪽으로, 바싹 말린 인삼처럼 쭈글쭈글한, 다리라고 부르기도 뭐한 건조한 조직이 달라붙어 있었다. 엄지발가락은 반쯤 잘려 있었고, 그 나머지 발가락은 없었다. 끔찍하였다.

"오빠, 미안해. 보기 힘들지."

"아니야. 너야말로 정말 힘들었겠다."

"나 유성펜 좀 갖다 줄래?"

그녀는 자기의 무릎 아래를 가리켰다.

"오빠, 여기 봐봐. 저 발목 위부터 희미하게 표시가 있지? 내가 큰 발작이 있을 때마다 표시해 놓은 거야. 점점 올라오는 게 보이지? 나는 이렇게 큰 발작하면 허물벗기를 한 번씩 해. 갑각류 인간인가 봐."

그녀는 쓴웃음을 지으며 가져다 준 유성펜으로 죽은 세포와 그렇지 않은 세포 사이의 경계에 표시를 하였다. 이제는 그 표시가 무릎까지 침범하였다.

"오빠한테 말해줄 게 있어. 오빠 나는 원폭 희생자의 딸이야. 그래서 태어날 때부터 뇌와 신체 장기, 그리고 발에 선천적 장애가 있었어."

나는 숨이 막혀 왔다. S 교수님 댁에 가끔 놀러 갈 때마다 한쪽 골방에서 칩거하고 있던 소녀. 설마. 하지만 나는 그것을 물어볼 엄두가 나지 않았다.

"오빠, 저번에 내 거시기를 봤을 때 놀랐지? 처음 들어봤을 거야, 이거 중복 자궁이라는 기형이야. 난 돌연변이로 자궁이 세 개나 있어. 원시 포유류 중에 중복 자궁을 가진 동물들이 많대. 원자 폭탄이 나를 저원시 시대의 생물로 퇴화시켜 놓은 거지. 자궁 때문에 한쪽 신장이 떠밀려 제 기능을 못해서 그 한쪽은 수술로 떼어 버렸어."

원폭 피해자 2세대의 참상을 눈앞에서 직접 보니 정말로 끔찍하였다. 이것은 내 상상을 초월하는 광경이었다.

"그럼 다리도 태어나면서부터 그랬던 거야?"

"아니, 원래는 멀쩡했어. 발쪽의 문제는 사실 뇌의 문제래. 태어났을 때부터 이쪽 발에는 감각이 없었어. 뇌에 선천적으로 결함이 있대. 발은 멀쩡하지만 그 발을 책임지는 신경세포가 없어서 이쪽 발은 운동도 하지 못하고, 또 감각도 없는 거지. 소학교 들어오면서, 나는 통증도 못 느끼고 아무런 감각도 없는 내 발이 이물질처럼 느껴지기 시작했어. 마치 달려 있으면 안 되는 어떤 고깃덩어리가 내 허락도 없이 멋대로 매달려 있는 느낌이었지. 그래서 엄마 아빠 몰래 칼로 발가락도 자르고, 뜨거운 물에도 담그고, 그렇게 이 발을 학대하고 떼어내려 했어. 나는 아빠한테 제발 이 발 좀 잘라달라고, 못 견디겠다고 울부짖었어. 의사는 결국 발을 보지 않도록 하는 게 최선이라고, 이렇게 깁스로 친친 감아버렸지."

내가 무슨 말을 할 수 있었겠는가. 그녀의 고통은 내가 추측할 수 있는 차원을 넘어서 있었다. 나는 조용히 눈물을 흘렸다. 이것은 동정의 눈물이라기보다는, 근원적인 존재의 고통, 그 절대적인 힘 앞에서 느끼는 공포의 눈물이었다.

우리는 한참을 조용히 앉아, 이제 막 떠오르는 달을 바라보고 있었다.

"정신적인 문제는 더욱 심각해. 내 뇌는 폭풍우 몰아치는 바다에 떠 있는 조각배와 같아. 내 자아는 그 조각배 위에서 위태롭게 균형을 잡아야만 하지. 조증일 때는 모든 게 좋아. 조증은 마치 밝게 빛나는 금빛 알을 품는 것과 같아. 조증이 찾아올 때 그것은 나의 자아를 확대시켜 주고, 나는 마치 여신이 된 것과 같은 희열감을 느껴. 이 세상의 모든 것이 경계를 잃어버리고 뒤섞이기 시작해. 그때 내 손을 쳐다보면, 그것은 손이 아니고 마치 무수한 먼지처럼 되어, 주변의 공간과 뒤섞여 버려. 그래서 더 이상 손은 손이 아니게 돼. 그때 나는 이 우주와 뒤섞여서 그 모든 삼라만상을 느낄 수 있어. 난 그 안에서 지극히 큰 희열에 잠기고 우주-내 몸의 결합체-를 사랑하게 돼. 이렇게 계속 고조되다가 금빛 알이 깨지고, 그 곳에서 강한 폭발이 일어나. 나는 피어오르는 버섯구름을 보게 되는데, 그 버섯구름이 뱃속으로부터 내 세포 하나하나를 차례로 진동시키고, 그것은 파도처럼 내 온몸으로 퍼져 나가기 시작해. 그렇게 발작이 일어나는 거지."

그녀의 눈은 감동에 젖어 있었다. 그녀의 뇌의 이상은, 그녀로 하여금 우주적 체험을 하게 만들었다. 나는 그녀의 표정이 조증의 상태에서 그토록 빛나는 이유를 알게 되었다. 그녀의 그 표정은, 모든 것들이 사랑스러워서 견딜 수 없다는, 그런 표정이었다. 아마 단열도 그 표정을 보고 그녀를 좋아하게 되었으리라. 단열은 자기한테 그런 표정을 짓는 그 어떤 여자도 보지 못하였을 테니.

그녀는 이제는 고통스러운 이야기를 해야 한다는 듯, 잠깐 물을 마시고 숨을 골랐다. 미사는 가르랑거리는 츠토무를 품에 꼭 끌어안고 말을 시작했다.

"울증은 달라. 울증은 나에게서 사랑을 앗아 가. 차라리 분노와 같은 나쁜 감정, 그 조각이라도 있으면 좋겠는데, 울증은 그것조차 나한테서 빼앗지. 울증은 차가운 빛이 도는 푸른 알과 같아. 그것도 폭발하지만,

모든 걸 빨아들이는 블랙홀이라는 게 다르지.

조증은 항상 그 위가 있어. 저번의 조증보다 이번의 조증이 훨씬 좋아. 그리고 다음의 조증은 훨씬 좋아질 거라는 기대가 있어. 하지만 울증의 바닥은 늘 똑같아. 그래서 낙하로 인한 상처는 매번 더욱 심해져. 아마, 난 다음 번 낙하 때에 죽게 될지도 모르겠어."

그녀는 희미한 미소를 지었다. 역시 그녀는 병원에 가봐야 했다. 그런데 그녀는 왜 그렇게 병원을 싫어하다 못해 혐오하는 걸까? 그것을 먼저 묻기는 어려웠다. 그 대답을 들으려면, 역시 그녀의 상황이 더 좋아질 때를 기약해야 했다.

20 ──────────── 출근을 하니, 경찰서 분위기가 뒤숭숭하였다. 사람들이 목소리를 낮추어 뭔가 소곤소곤 말하는 것이, 도무지 심상치가 않았다. 계원인 미스 리에게 자초지종을 물었다.

"요새 소문 못 들었어요? 서장님이 저번에 시위 진압 잘 못했다고 '그분'한테 찍혀서, 문책을 심하게 당했대요. 인사 발령이 있을 거란 소문이 있어요."

나는 속으로, 여기엔 더 커다란 어둠의 맥락이 얽혀 있을 것이란 사실을 직감하였다. 서장이 줄을 댄 인사는 중앙정보부장인 K였다. 그가 실각하자, 그 라인에 대한 사실상의 '숙청'이 시작된 것이다.

하지만 그들이 내세우는 표면적인 이유는 그것이 아니었다. 권력자들의 입장에서는 '숙청'을 '숙청'이라고 부를 수가 없을 터였다. 그래서 그들은 서장의 과거 행적을 문제 삼았다. S 교수의 기고문 등을 뒤져서, 서장의 친일 행각을 전면에 부각시키게 된 것이다. 권위 있는 어용 일간지들에서 연일 서장의 과거 행적에 대한 보도를 쏟아내었다.

서장도 서장 나름대로, 기자 회견을 통하여 입장 발표 등을 하며 방어에 진력을 다했다. 단열은 이즈음 거의 공황 상태에 빠져 있었다. 그는 나를 불러내어 예의 그 살벌한 분노를 쏟아내었다.

"그 S란 작자 부관참시라도 해야 하는 건데. 내 손으로 죽이지 못한 게 정말 한이다."

역시 단열은 이번 사건에 어떤 맥락이 있다는 고도의 사고는 하지 못하였다. 그는 자기 아버지의 위기가 오로지 S 교수의 기고문 때문이라는 고정관념에 사로잡혀 있었다. 그리고 내가 이런저런 맥락이 있다고 설명해도, 그는 그 진실을 받아들이지 않을 게 뻔했다. 부전자전이라고, 그는 강자에게 약하고 약자에게는 강했다.

"그나저나 단열, 결혼 준비는 잘 되고 있나?"

"결혼? 그쪽에서 울 아버지 상황 보더니 재빨리 파혼 요청하더라. 쌍놈의 자식들. 하여튼 지들이 엘리트 집안이라고 뻐길 때부터 마음에 들지 않아. 차라리 잘 됐지."

나는 단열과 있는 것이 짜증이 나서, 빨리 자리를 털고 일어날 기회만 엿보고 있었다. 그때 단열이 말했다.

"미사는 잘 있나?"

나는 속으로 흠칫하였다. 그녀가 다시 미사한테 관심을 가지는 것이 왠지 꺼림칙하였다.

"요새도 지독한 우울증에 시달리고 있어. 아무래도 병원에 가봐야 할 것 같아."

"미사 그런데 걔는 고향이 어디래? 지금 와서 보니까 그 여자 배경에 대해서는 한 번도 관심을 가져본 적이 없네. 네가 걔 뒷조사해보고 나한테 보고 좀 해.”

“새삼 무슨. 그냥 천애고아인 것 같더라고. 신경 쓰지 마.”

“아니야. 아무래도 이상해. 서에서 실종 신고 들어온 것 있나 좀 뒤져봐…. 아냐, 됐다, 네가 바쁜 거 같으니 내가 직접 해야겠다.”

나는 가슴이 서늘해져 옴을 느꼈다. 단열은 머리가 없는 만큼, 촉은 좋은 아이였다. 설마 그녀에 대한 기록이 있을까? 만약 있다면 그녀에 대한 가족사항이 기록되어 있지는 않을까? 내가 단열보다 더 서둘러야 한다. 나는 술값을 계산하고, 다시 서로 향했다.

21 ——————— 아무리 실종자 신고 목록을 뒤져보아도 미사의 이름은 없었다.

나는 서둘러 집으로 갔다. 이제는 그녀의 미궁, 그 안에 도사린 미노타우로스를 만날 때였다.

미사는 울고 있었다. 아뿔싸.

“미사야, 무슨 일이야?”

“단열 씨가 왔다 갔어. 술에 취해서는, 나더러 어디서 왔냐고, 아비가 뭐하는 놈이고, 넌 뭐하는 년이냐고 계속 추궁해서 나는 겁에 질려서…. 발작이 시작되고 기절한 것 같은데, 일어나 보니 이렇게….”

가슴이 찢어질 듯 비참한 심정이었다. 찢긴 블라우스가, 그녀에게 어떤 일이 있었는지 말해주고 있었다. 그녀는 서럽게 울며 말했다.

“일어나 보니 츠토무가 온데간데없이 사라졌어.”

크나큰 고통과 분노로 저 마음 깊은 곳에서 악다구니가 짖어 울리는 소리가 들렸다. 용서 못해. 이 개자식.

나는 일단 미사를 안전한 장소로 대피시켜야 한다는 생각이 들었다. 단열이 또 찾아와서 무슨 짓을 할지 모르니까.

"미사야, 내가 츠토무 찾아올 테니까, 미사는 잠깐 저 아랫동네 여관에 가 있자. 오빠가 대충 미사 짐 싸놓을게. 나를 믿고 그 여관에서 좀 쉬고 있어. 미사야."

나는 미사를 부축하여 여관에 데려다 놓고, 무작정 단열의 집으로 향했다. 이 끓어오르는 분노를 어떻게 해야 할지 몰랐다. 단열에게 거세게 항거하다가 얻어터질지도 몰랐다. 방어용으로, 서에 가서 1911 피스톨이라도 챙겨 갈까. 회칼이라도 어디 구해 갈까, 온갖 생각이 다 들었다. 하지만 이럴 때일수록 침착해야 했다. 단열이 그녀를 포기하게 만드는 것. 그리고 츠토무를 무사히 데려오는 것. 이 두 가지가 급선무다. 이렇게 마음을 먹었다. 언제나 그랬던 것처럼, 단열이를 구슬리자. 그렇게 마음을 먹고 그의 자취방으로 향했다.

단열은 외출하고 없었다. 나는 대문 밖에서 혹시 고양이 소리가 들리지 않나 한참을 서서 귀를 기울였다. 아무런 기척이 없었다. 단열은 어디에 간 걸까.

나중에 안 사실이지만, 이때 단열은 황급히 병원으로 가고 있었다. 그의 아버지가 서장직에서 파면되었다. 서장은 안기부에서 심문을 빙자한 고문이 진행될 것을 알고, 지하실에서 목을 맨 것이다.

나는 여관으로 돌아와서, 미사에게 물었다.

"미사야, 지금 위급 상황이니까 단도직입적으로 물을게. 혹시 S모 교수님이라고 아니?"

미사는 당황한 표정을 지었다.

"오빠 어떻게 알았어? 우리 양아버지셔."

"양아버지? 그럼 미사는 수양딸이라는 거야?"

"그런데 내가 S 교수님 딸인 거는 어떻게 알았어?"

나는 미사에게 자초지종을 다 설명하였다. 내가 어떻게 S 교수님을 알게 되었고, 단열이 그분께 어떤 짓을 했고, 어떻게 단열이가 미사를 의심하게 됐는지를. 하지만 아직 단열은 미사에 대해서 그다지 정확히 모르니까, 우리는 어떻게든 단열의 시야에서 벗어나야 한다고 말했다.

"미사, 이제 솔직하게 말해 줄래. 미사는 그럼 왜 어머니 따라서 일본으로 가지 않은 거야?"

"응, 우리 양어머니는 사실 나를 늘 버거워하셨어. 아버지 때문에 나를 억지로 입양했지만, 그것 때문에 늘 아버지와 갈등이 심하셨지. 그걸 알고 나는 병원도 탈출하고, 가출한 적도 많아. 그때마다 어떻게든 자살해 보려고 했지만 늘 실패했어. 이번에 양어머니가 나를 일본으로 데려가면 평생 나올 수 없는 원폭 피해자 병원에 가두려고 하셨을 거야. 난 도망칠 수밖에 없었어."

"그래서 양어머니가 너를 신고하지 않은 거야?"

"아니야, 신고했을 거야."

"신고자 명단에 너는 없던데."

"응, 실명을 쓰면 들킬까봐, 미사라는 가명을 썼어. 내 진짜 이름은 은아야."

"그렇구나. 아버지께서 어떻게 너를 수양딸로 삼게 되셨니?"

"나는 많은 원폭 피해자 자식들이 그랬던 것처럼, 세 살 때쯤 버려졌어. 고아원에 들어갔다가, 신체가 기형인 것을 보고 곧바로 원폭 피해자 병원으로 보내졌나 봐. 병원에 갔을 땐 너무나 무서웠어. 머리가 다 빠지고, 코랑 귀가 녹은 귀신같은 사람들 천지였으니까. 그 광경은 완전히 지옥과 같았어. 하지만 그들은 너무나 선량한 분들이었지. 나는 그분들이 좋아졌어. 원폭 2세대 아이들과도 친형제 자매처럼 지내게 되었는데, 그 중 금아라는 애가 있었어. 그 아이가 우리 양아버지 S 교수님의 친딸이었어. 나는 그애와 매일 찰떡처럼 붙어서 소꿉장난도 하고 즐겁게 지냈지. 그런데 어느 날 감기가 폐렴으로 발전하더니 하늘나라로 떠나 버렸어. 나는 사랑하는 친구를 잃어서 너무나 가슴이 아파서 매일매일 울었지. 그런 모습이 안쓰러운지, S 교수님께서 나를 거두어 주셨어. 그분들은 나를 학교도 보내주시고, 병원에서 몇 번의 수술도 받게 해주셨지."

미사의 눈에 눈물이 고였다.

"그런데 나는 정신이 불안정하니까, 예민하고 섬세하신 성격의 양어머니도 그런 나를 보고 너무나 부담스러워하셨어. 우리 아버지가 드디어 한국의 대학에 정식 교수로 채용되자, 양어머니는 나를 일본의 원폭 병원에 등록시키고 연을 끊기를 바라셨어. 하지만 아버지는 완고하셨지. 나를 끝까지 돌봐야 한다고 하시고선 같이 한국으로 데리고 갔어. 그런데 한국에는 원폭 전문 병원이 없어서, 아버지는 고육지책으로 나를 정신병원에 입원시키셨어. 나는 정신병원의 폐쇄병동에 감금되다시피 했는데, 견딜 수가 없었어. 나는 수없이 자해를 했고, 보다 못한 우리 아버지는 나를 집으로 데려가서 직접 보살피기로 하셨지. 그렇게 나는 아버지의 보호 속에서 살게 되었어. 아버지는 양어머니한테 누를 끼치지 않으려고, 나를 당신 서재로 데려가서 정성껏 간호해 주셨어. 나는 늘 공부하시는 아버지의 등을 보며 누워있었지. 아버지는 공부하시다가 짬이 나면 나한테 당신이 공부하시는 역사적 사건들, 그리고 좋아하는 책의 구절이나 시, 소설 같은 것들을 들려 주셨어. 나는 그 이야기에 푹 빠져서 상상의 나래를 펼쳤지. 오마르 하이얌의 시에 나타난 천국의 광경이나 단테의 소네트, 밀턴의 실낙원, 지드의 지상의 양식 같은 걸 듣고 나는 잠시나마 고통을 잊고, 죽음에 대한 두려움을 극복할 수 있었어."

나도 미사의 이야기를 듣고 S 교수님 생각이 나 또 어깨가 시큰해지며 눈물이 나오기 시작하였다.

"우리 아버지께서 돌아가시고 나서는 어머니와 나를 연결해 주던 유일한 실, '아버지의 존재와 그 고집'이 끊기게 된 거지. 나는 다시 일본으로 가서 병원에 누워 죽음을 기다리는 삶을 살기는 싫었어. 그래서 출국 전 몰래 집을 나와 길거리에서 하루하루를 보내게 된 거야. 그러다 단열 씨를 만나게 된 거고."

이제 미사의 역사를 대충은 알게 되었다. 나는 이제부터 그녀의 안전은 내가 책임지고 싶었다. 이것이 나를 아껴 준 S 교수에 대한 도리인 것 같았다.

"미사야, 오빠가 생각해 봤는데, 오빠랑 같이 잠깐 지방도시에 가서 요양하는 건 어떨까? 단열이 성격 어떤지 아마 이제 미사도 알게 됐을 거야. 그 녀석은 마음에 품은 일은 반드시 해야만 직성이 풀리는 애야. 그 자식은 지금 자기 아버지가 곤경에 처한 게 오로지 S 교수님 때문이라고 생각하고 있어. 내가 볼 때 걔는 S 교수님과 관련된 사람들 모두에게 해코지할 가능성이 높아. 단열이는 경찰 친구들이 꽤 있어서 그런 정보통을 활용하면 미사나 사모님을 찾는 건 시간문제야. 걔가 그런 마음이 식을 때까지 그 시야 바깥에 있자. 나도 이제껏 경찰일이 너무 힘들어서, 사직하고 좀 쉬어야 할 것 같고 말이야. 미사 양어머니는 일본에 계셔서 그나마 안전할 것 같긴 한데, 그래도 혹시 모르니 내가 연락해 둘게."

미사는 말없이 머리를 끄덕였다.

"좋아. 그럼 여기를 정리하고 될 수 있는 한 빨리 떠나자."

"응, 오빠 알았어. 근데 츠토무는 어떻게 됐어? 너무 보고 싶어."

"걱정하지 마. 꼭 찾아올게."

22 ———————— 다음날 나는 신문 부고란을 보고 서장의 죽음을 알게 되었다. 그래도 청년기 때부터 나한테 숱한 도움을 주신 분이었다. 빈소에 가지 않는 것은 도리가 아니었다. 이 애증으로 얽힌 관계. 대체 나는 빈소에 가서 단열을 어떠한 낯빛으로 대해야 한단 말인가.

빈소는 최고 권력 근처에 있었던 사람의 장례라고 보기엔 지나치게 썰렁하였다. 아마 고위 인사들을 비롯한 사람들은 '그분'의 눈치가 보여 빈소를 찾지 못하였을 것이다. 단열은 밤을 새워 빈소를 지켜서인지, 눈이 붉게 물들어 있었다.

영정에 절을 하고 직장 동료들이 모여 있는 식탁으로 갔다. 단열은 나를 장례식장 주차장 한구석으로 불러내었다.

"결국 이렇게 되고 말았다. 세 치 혀가, 거짓으로 쓴 글이 우리 아버지를 죽음으로 내몰았다."

엄청난 분노를 쏟아내는 단열을 진정시키는 것은 무리로 보였다. 나는 그를 떠보기로 하였다.

"단열아, 정말 나도 마음이 아프다. 아버지 좋은 데 가셨을 거야. 너도 이제 모든 걸 잊고 아버지를 이어서 좋은 경찰이 되어야지."

단열은 담배를 꺼내 나에게도 하나 권하였다. 나는 고개를 저었다.

"그걸 어떻게 잊냐. 복수를 해야 돼. 피의 복수를! 네가 나를 좀 도와라. 아무래도 미사가 수상해. 걔 예전에 나랑 사귈 때 자기가 원폭 피해자 2세라고 그랬어. S 교수도 원폭 피해자였잖아. 그리고 딸도 있다고 그랬고. 내가 그 집 가서 그 딸년 휠체어도 부숴뜨린 적이 있었다. 그러니 네가 그년 다그쳐서 S 교수 딸인지 알아 내 봐."

나는 잠시 고민하는 척 고개를 숙이고, 단열이 손에 쥔 담뱃갑에서 담배를 꺼내 불을 붙이고 한 모금을 빨았다.

"알아내면 어찌하려고?"

"죽여버릴 거다."

소름끼치는 말이었다. 나는 서툰 거짓말을 시도했다.

"하…. 그런데 미사가 사라졌어. 어제 너랑 술 마시고 서에서 일 좀 처리하다가 집에 들어갔는데, 누구한테 습격당했는지 옷이 찢긴 채로 버려져 있고 미사는 온데간데없더라고. 고양이도 사라졌고."

단열의 표정이 어두워졌다. 초조한지 담배를 연이어 피워댔다. 그는 혼잣말을 했다.

"젠장… 그냥 해 버릴 걸…"

나는 조심스럽게 말했다.

"무슨 말이야? 혹시…. 어제 우리 집에 왔었어?"

"아니, 아니다, 가기는 무슨. 그년은 내가 찾아보겠다."

나는 고양이를 데리고 가야 한다는 욕심에 단열을 조금 더 추궁하는 실수를 범하고 말았다. 단열이 얼마나 촉이 좋은지를 잠깐 잊는 우를 범한 것이다.

"집에 고양이도 없어졌더라고."

단열의 눈이 날카롭게 빛났다. '이 녀석, 내가 어제 간 거 아는 거 아냐?'라는 눈빛이었다. 나는 아차 싶어서 화제를 돌렸다.

"그래, 참, 그 집 마침 전세 기간도 끝나 가고, 네 아버지가 전세금 대주신 거니 내가 방 뺄 거야. 전세금은 집주인한테 말해서 너한테 주라고 그럴게."

"넌 어디 가 있을 거냐?"

"울 아버지 실직하셨잖냐. 이제 고향 내려가서 집안 챙겨야지."

"오케이. 그럼 네 집으로 연락할 테니, 대기하고 있다가 부르면 퍼뜩 올라와."

23 ——————————— 나는 지금껏 알뜰히 모아놓은 돈으로, 충청도 어느 지방도시 여관에 장기투숙을 하기로 하였다. 이때의 미사는 내가 본 중에서 가장 컨디션이 좋았다. 그러나 차차 조증이 찾아오기 시작하였고, 점점 큰 소리를 지르는 일이 많아져 여관에 투숙하기가 곤란해졌다. 나는 발품을 팔아 자그마한 마당이 딸린 다 쓰러져가는 농가를 하나 찾아내었다. 그곳은 사위가 고요하여, 미사의 안정에 도움이 될 것 같았다. 그 집의 반년 치 월세를 미리 내고 그곳에 살게 되었다.

나는 미사의 손을 잡고 부축하여 매일 산책을 나섰다. 미사는 깁스를 풀고, 농가에 버려져 있는 짚신을 고쳐 그것을 신고 다녔다. 짚신을 신어야 땅의 굴곡을 느낄 수 있고, 또 땅이 자신의 발을 마사지해 주는 것 같다고, 조상의 지혜가 대단하다고 하면서.

미사는 새들이 지저귀는 소리에 귀를 기울였다. 개미 떼가 열을 짓고 열심히 뭔가를 나르는 것을 신기한 듯 쳐다보았다. 길고양이가 지나가면, 혹시 츠토무가 찾아온 것은 아닐까 하며, 섬세한 눈길로 고양이를 쫓았다.

나는 미사와 함께 있는 이 시간 동안, 사랑과 헌신을 배워가고 있었다. 이제는 그녀가 나를 필요로 하는 것보다, 내가 훨씬 그녀를 더 필요로 하였다. 그녀는 나무에서 떨어져 문드러져 가는 살구 하나에도 감동하는 여인이었다. 나는 그녀로 인해서 비루했던 무채색의 세상이 찬란한 유채색으로 변해가는 것을 느꼈다.

그녀는 이렇듯 자기 주변의 모든 것을 사랑하였다. 마치 내일 당장 죽음이 찾아오기라도 할 것처럼, 그렇게 게걸스럽게 이 우주를 자기 내부로 빨아들였다. 그 과도한 흡입으로 인해, 그녀의 마음은 감당 못할 정도로 급하게 팽창하였다. 그녀는 갈수록 들뜨기 시작하였다. 이제 그녀의 정신이 너무 커져서, 몸이 쫓아가기가 버거웠다. 이러한 불균형으로 인해 그녀는 자주 발작을 일으켰다. 나는 발작이 있을 때마다 그녀의 손을 꼭 잡고 이 가혹한 시련이 지나가기만을 바랐다.

어느 날, 그녀는 동물원에 가고 싶다고 하였다. 이렇게 그녀가 먼저 나한테 부탁하는 것은 드문 일이었다. 나는 그것이 너무나 고마웠고, 나 또한 동물을 너무나 좋아하였기에, 흔쾌히 동의하였다. 나는 그녀의 발을 다시 석고 붕대로 조심스럽게 쌌고, 목발을 준비하여 함께 버스를 타고 동물원으로 향하였다. 발작이 일어날까 봐 마우스피스도 준비하였다. 나는 버스 안에서만큼은 발작이 일어나지 않기만을 바라며, 그녀의 손을 꼭 쥐고 있었다. 다행히도 우리는 무사히 동물원에 도착하였다.

그녀는 안쓰러운 얼굴로 우리에 갇힌 동물들을 바라보았다. 그녀가 서서 동물들을 구경하면, 동물들도 그녀를 구경하러 모여들었다. 낙타 한 마리가 그녀에게 다가갔다. 그녀는 다정하게 낙타의 목을 쓰다듬었다.

우리는 실내에 조성되어 있는 조류관(鳥類館)에 들어갔다.

그녀는 에뮤와 대머리독수리가 함께 사육되고 있는 것을 보고 경악을 금치 못했다. 그녀는 직원에게 항의하기 시작했다. 그 흥분은 도가 지나쳤다. 조증의 시작이었고, 발작이 일어날 전조였다. 나는 급히 그녀를 데리고 실내 사육사를 나왔다.

돌아오는 버스 안에서 그녀는 편지 하나를 스윽 내 외투주머니에 넣어주었다. 나중에 혼자 펴 보라고, 싱긋 웃으며 이야기하고는, 내 어깨에 기대어 잠을 청하였다. 나는 그녀의 머리카락 향기를 느끼면서, 나른한 행복감에 빠져 들었다.

24 ──────────── 행복한 나날이었다고, 감히 말하련다.

그녀는 자연을 한껏 들이마셨고, 신체의 건강은 어느 때보다 좋았다. 그러나 그녀의 조증은 계속 진행되고 있었다. 그 진행을 멈출 수는 없었다. 다만 늦출 수 있을 뿐이었다. 언젠가 조증이 꺾이고, 다시 추락하는 때가 올 것이다. 이것에 대한 방비가 필요하였다. 나는 이때처럼 나의 무기력을 느낀 때가 없었다. 그저 앉아서 멍하니 그 '깊은 발작'을 기다려야 한다니. 너무나 심란하여 나도 우울과 불면증에 시달리기 시작하였다.

어느 날, 아버지의 환갑잔치가 있어, 고향에 갈 일이 생겼다. 나는 미사를 두고 가는 것이 못내 마음에 걸렸지만 어쩔 수 없었다. 나는 그녀를 위해 간식거리를 비롯하여 응급 의료 상자 등을 준비해놓고, 고향을 향하여 떠났다. 미사는 불편한 몸을 이끌고 골목 어귀까지 나를 배웅하였다. 목발을 짚고, 예의 그 함박웃음을 띤 채 손을 흔드는 미사를 보니, 나는 코끝이 찡긋 시렸다.

환갑잔치라고 할 것도 없었다. 내가 사온 양념 돼지고기와 소주 한 박스에, 어머니가 만드신 잡채 등의 잔치 음식을 친척 몇과 함께 나누어 먹는 것. 이것이 다였다.

아버지는 평소처럼 말씀이 없으셨고, 친척들은 내게 빨리 자리를 잡고 예쁜 각시를 얻으라고 닦달하였다. 나는 미사 걱정 때문에 그런 이야기들을 귓등으로 그저 흘려들었다.

어머니가 조용히 나한테 말을 건네셨다.

"그래, 단열이는 잘 지내니? 아버지가 그렇게 되셔서 참 안됐다. 정말 우리 집 많이 도와주셨는데."

"요새는 단열이랑 연락 잘 안 해요."

"얼마 전에 단열이한테 전화 왔었어. 네 연락처를 묻는데 내가 뭘 알아야지. 네가 저번에 경엽이한테 보낸 책 소포에 주소 적혀 있어서 그냥 그거 알려줬다."

등골이 오싹했다. 나는 밥을 먹다말고 황급히 일어나서 집을 나섰다.

설마 미사한테 무슨 일이 있는 것은 아니겠지. 집에 전화도 없으니 지금 그녀의 안부를 알 수 없었다. 될 수 있는 대로 빠른 차를 잡아타고 미사에게로 가야 했다.

버스 안에서도 안절부절 못하였다. 무슨 일이 있는 것은 아니겠지. 어머니가 단열에게 주소를 가르쳐 준 지도 꽤 된 것 같은데 아직 찾아온 적이 없으니 아마 우리한테서 관심을 거둔 것일 수도 있을 것이다. 아니야, 어디 집 근처에서 우리를 조용히 감시하고 있을 수도 있어. 그러고도 남을 녀석이야.

정말 오만가지 생각이 다 들었다. 그 녀석을 어떻게 해야 하나. 언젠가 담판을 지어야 하긴 했다. 나는 여러 가지 생각을 하니 몸이 더워 옴을 느꼈다. 외투를 벗어 버스 짐칸에 올려놓으려고 하는데, 편지가 툭 하고 떨어졌다. 그때 동물원에서 올 때 버스 안에서 미사가 건네준 편지였다.

25 ——————— 근엽 오빠에게

이 편지를 받을 때쯤 내 상황이 어떨지 잘 모르겠네. 아마 그 '비행의 발작', 조증이 한창 진행 중이겠지. 나는 어떻게 될까? 착한 우리 오빠는 또 이런 나를 보며 얼마나 괴로워할까. 난 오빠가 힘든 게 싫은데.

이 세상엔 여러 부류의 사람들이 있어. 다른 사람을 판단, 나아가 심판하려는 사람. 이런 사람들은 어떤 사람을 자신의 이해 범주 안에 쑤셔 넣으려고 하지. 최악의 부류야. 단열 씨 같은 사람들이지.

어떤 사람들은 '공감'을 가장하여 다른 사람을 심판하려 하지. '당신에게 공감해주겠다'는 식의 어떤 선심 쓰는 마음으로 남의 말을 듣는 거야. 그들은 결국 어떤 여과지를 통해 상대에게서 '추출'한 자기 감정만을 주워섬겨. 그들은 그 추출한 액체 속에 진실이 들어있다고 믿지만, 진실은 여과지 위에 찌꺼기처럼 눌어붙어 있다가 쓰레기통에 버려지지. 공감이라는 건 정도성의 문제인 것 같아. 누구나 똑같은 상황을 겪을 수도 없고, 동등한 조건에 놓일 수도 없어. 우리 생김도 다르고, 결국은 공감이란 건 일종의 추측에 불과해.

아니면 이것도 그저 심판에 불과할지도 모르지. 20명을 죽인 살인마가 있다고 해봐. 보통 사람들은 '그런 사람들의 마음엔 공감할 필요가 없어.'라고 말한다고. 그건 살인마는 공감할 필요조차 없는 쓰레기라는 것을 미리 단정하고 있는 거지. 사실은 이렇게 말해야 해. '나는 그런 사람들의 마음에 공감할 능력이 없어.'라고.

공감은 능력이야. 나와 같은 상황에 처할 수는 없어. 비슷하게조차도 안 될 거야.

그러니 내게 공감한다고 말하지 말아줘. 나에게 필요한 건 오직 하나. 이해야. 피상적인 이해 말고, 진짜 이해. 내가 처한 상황을 객관적이고 논리적으로 바라보는 혜안. 나는 알 수 있어. 오빠는 그런 능력을 가지고 있는 사람이야. 오빠는 나를 겉보기로 판단한 적이 단 한 번도 없었지. 그러니 내 부탁을 들어줄 수 있을 거야.

오빠, 나는 삶이 얼마 남지 않았음을 느껴. 조증은 나를 갈수록 더 높은 곳으로 이끌고 있어. 그런데 전에 말했던 것처럼 울증의 밑바닥은 늘 똑같은 깊이에 있어. 그래서 주기를 반복하며 떨어질 때마다 상처는 더 깊어져. 이제 다음 한 차례의 비상과, 한 차례의 추락으로 내 정신은 붕괴될 거야. 난 알 수 있어. 오빠, 나는 그런 비참한 상태로 죽고 싶지 않아.

나는 내 손으로 내 삶을 끝내고 싶지만, 그럴 수도 없어. 나는 신이기 때문이야. – 이쯤에서 오빠의 비웃음이 보이는 거 같네. 그런데 오빠, 판단하지 말고 잠깐 들어봐 줘. – 나는 조증 상태에 있을 때, 진짜 내 속의 신성을 느껴. 자기가 신이라는 것이, 착각일지라도, 그것이 나에게 진정한 것으로 느껴진다면, 그 순간만큼은 내게 신성이 깃드는 게 아닐까? 나는 바로 조증이 절정에 달하는 이 순간, 우주와 내가 합일하는 바로 이 순간에 죽고 싶어.

그런데 오빠. 신은 자기를 죽일 수 없어. 신은 자기를 통제 못해. 오직 신은 자신을 죽이라고 명령할 수 있을 뿐이야. 그래서 나는 오빠에게 명령해. 이번 주기 가장 큰 발작이 있을 때, 나를 죽여 줘.

나는 살아갈 의지가 없어서 죽는 것도 아니고, 나에게 주어진 고통 때문에 죽는 것도 아니야. 오빠, 나는 신성을 지닌 채 품위 있게 죽고 싶어. 오빠는 내 마음을 '이해'할 거라고 생각해. 이 '명령'은 오빠가 보기에도 완벽히 합리적이지 않아? 하지만 나는 오빠가 나를 죽임으로써 죄책감을 가지지 않기를 원해. 법적인 처리 같은 것이 문제가 되지 않도록 내가 각서를 써놓든 유서를 써놓든 어쨌든 내가 할 수 있는 일은 다 해 놓을게.

사랑하는 오빠야. 나는 오빠가 나를 기쁜 마음으로 하늘나라로 보내 줄 것이라고 믿어. 그건 나한테 주는 가장 큰 선물일 거야.

오빠, 난 태어나고 싶어서 태어나지 않았고, 고통스러운 삶이었지만, 늘 내 삶을 사랑했어. 하지만 나는 내 삶의 일부인 죽음 역시 사랑해. 이 죽음이 당신으로 인해 축복처럼 나에게 찾아왔으면 좋겠어. 오빠는 천사야. 사랑하는 나의 천사. 나를 당신의 손으로 죽여줘. 꼭.

- 사랑하는 오빠에게, 미사가

추신: 내 눈을 감기지 말아줘. 나는 모든 것을 볼 거야. 삶이 끝난 뒤에도.

그녀의 편지를 쥔 두 손이 떨리고 있었다. 나는 내 자신이 두려웠다. 나는 이 편지의 모든 내용에, 어느새 '공감'하고 있었기 때문이다.

26 ——————————— 버스에서 내리자마자 황급히 택시를 잡아 타고 집으로 향했다.

나는 집으로 뛰쳐 들어갔다.

처참한 광경이 펼쳐져 있었다.

미사의 왼쪽 발이 잘려 있었고, 미사 옆에는 피 묻은 톱이 놓여 있었다. 잘린 그녀의 왼발이 마당 한복판에 있는 어떤 상자 옆에 놓여 있었다.

미사는 귀신처럼 웃고 있었다. 정신이 거의 나가 있는 상태였다. 가까이 가니, 미사가 어떤 편지 같은 것을 나한테 건넸다.

'기다려. 곧 간다.'

단열의 글씨였다.

나는 마당 한가운데 있는 상자 쪽으로 갔다.

그것을 열었다.

목이 잘린 어린 고양이 한 마리. 츠토무였다.

나는 집 구석구석을 정신없이 뒤졌다. 단열의 흔적은 없었다. 그는 아직 집까지 들이닥치지는 않은 듯했다.

나는 피가 흐르는 미사의 발목을 깨끗한 수건을 대어 지압하고, 붕대로 감쌌다. 난 다소 체념어린 어조로, 미사에게 병원에 가자고 하였다. 미사는, 알았다고, 이제 츠토무의 장례만 치르고 가자고, 그 전에는 절대 가지 않겠다고 고집을 부렸다.

석양이 불타오르고 있었다.

미사는 창고에 있는 장작을 가져오라고 하였다.

그녀는 쌓아올린 장작 위에 츠토무의 사체를 정성껏 올려놓았다.

그리고 자신의 잘린 발, 그 바짝 말라비틀어진 조직을 고양이 옆에 놓았다.

미사는 나머지 오른발의 짚신을 벗어 머리에 이고 끈으로 그것을 고정하였다.

미사는 모든 준비가 끝났다는 듯. 머리를 끄덕였다. 나는 장작에 불을 놓았다.

그녀는 말없이 나에게 손을 내밀었다.

그녀는 나의 손에 의지한 채, 인디언처럼, 짚신을 머리에 이고 노래를 부르며 절뚝절뚝 화염 주변을 돌았다. 그녀는 마치 환영을 보는 것처럼, 손을 휘휘 저었다.

"슬프다, 장미꽃 시들면 이 봄도 사라지고

젊음의 향내 짙은 책장도 덮어야지!
나뭇가지 속에서 고이 울던 나이팅게일
어디서 날아와서 어디로 갔나."

날이 어두워지며, 불도 사그라들기 시작했다.
그녀는 손짓을 멈췄다. 그녀의 눈을 바라보니, 동공이 커져가고 있었다.
그녀는 몸을 떨었다. 발작이 시작되려 하고 있었다.
나는 그녀를 바닥에 뉘었다.
그녀의 숨소리가 거칠어지기 시작하였다. 그녀는 미소를 짓고 있었다. 사력을 다하는 웃음이었다. 그녀의 눈은 나에게 이렇게 묻고 있었다.
'오빠, 준비된 거지?'

'깊은' 발작이 시작되었다. 그녀의 몸이 뒤틀리기 시작했다.
나는 그녀의 동공에서, 피어오르는 버섯구름을 본 것 같았다.
바로 그때, 나는 미사의 목을 졸랐다.

27 ──────────── 그녀의 시신을 방으로 안치했다. 손을 가슴팍에서 교차시켰다. 그녀의 눈은 감기지 않은 채로 두었다. 버섯구름은 사라지고, 깊고 그윽한 바이칼 호수가 그 눈에 담겨 있었다. 그녀의 목에 선명한 멍자국이 그려져 있었다. 나는 그녀를 뒷산에 고이 묻어줄 것이다.
그러나 아직 해야 할 일이 남아 있었다.

단열의 집을 찾아갔다. 허리춤에 찬 칼, 그 칼자루의 촉감을 느끼며, 초인종을 눌렀다.

단열은 외출하고 없었다.

나는 한참을 그의 집 앞에 서서 그를 기다렸다. 그러나 단열은 오지 않았다.

기다려도 소용이 없겠다 싶어 이따 밤에 다시 단열의 집을 찾기로 하고, 시간을 때우려고 동물원에 갔다.

홀로 남은 에뮤. 그 에뮤는 활기를 되찾았다. 나는 옆에서 청소를 하고 있는 직원에게 자초지종을 물었다.

"아, 그 대머리독수리 말씀이시군요. 그간 한 번도 그런 일이 없었는데, 수컷 에뮤가 갑자기 그 대머리독수리에게 달려들지 뭐예요. 대머리독수리도 가만히 있지 않고, 그 수컷 에뮤의 등을 타고는 목을 물었어요. 수컷 에뮤는 격렬히 저항하였지만 결국 당하고 말았어요. 수컷은 갈기갈기 찢겨 죽었죠. 대머리독수리는 암컷도 공격하려고 했어요. 우리는 깜짝 놀라 대머리독수리를 마취총으로 기절시키고 다른 사육사로 옮겼지요. 그래서 지금 사육사에 남은 건 저 암컷 에뮤 한 마리뿐이랍니다."

암컷 에뮤는 이제 두려움에서 해방되어, 여유를 되찾은 듯이 보였다. 미사의 말이 맞았던 것이다. 암컷 에뮤는 한참을 쭈그리고 앉아 있었다. 뭔가를 품고 있는 것 같았다. 에뮤가 먹이를 먹으러 가기 위해 일어섰다. 둥지에는 큼지막한, 푸른빛이 도는 알이 두 개 놓여 있었다. 내파(內破)하는 푸른 알…. 블랙홀과 같은….

나는 밤이 될 때까지 거리를 어슬렁거리다 단열의 집을 다시 찾았다.

단열은 여전히 집에 돌아오지 않았다. 나는 밤기차를 타고 어쩔 수 없이 집으로 내려왔다.

28 ─────────── 집에 와서 방의 불을 켰다.

미사의 시신 위로 단열이 엎어져 있었다. 그는 꼼짝 않고 있었다.

나는 그의 경동맥을 짚었다. 맥박이 뛰지 않았다.

그는 오른손에 피스톨을 쥐고 있었다.

나는 단열을 뒤집어서 그의 얼굴을 보았다. 두려움에 질린 표정이었다. 그에게 총상이 있는지 살폈다. 총상은 없었다. 그러나 목이 졸린 듯 목에 멍 자욱이 나 있었다. 나는 미사의 목을 보았다. 미사의 목은 깨끗하였다. 그런데 미사의 이마에 조그맣게 깨끗이 뚫린 총구멍이 있었다. 미사의 손이 풀려 있었다.

나는 단열의 손에서 총을 빼내었다.

큰 소리가 날까봐 두려웠다. 나는 옥자의 손수건을 꺼내 권총 입구를 싸맸다.

그리고 피스톨을 내 관자놀이에 겨누고, 방아쇠를 당겼다.

― fine 2018. 5. 14

바지락의 신

•

──────────────── SBS《생활의 달인》에 해당하는 일
본 교양 프로그램을 본 적이 있다. 그 회차는 60년 동안 도쿄만에서 바
지락을 캐 온 어떤 할머니에 관한 것이었다.

우리가 볼 때 바지락은 그 모양이 그 모양으로 다 비슷해 보이지만,
사실 그 무늬는 지문과 같아 개체마다 다르다고 한다. 그것은 바지락이
대충 나이가 얼마인지, 어떤 곳에서 자랐는지, 섭식과 영양상태가 어떠
한지 등 세세한 정보를 담고 있다.

일본의 취재팀은 그 바지락의 달인에게 여러 가지 짓궂은 장난을 많
이 했다. 커다란 합판에 300여 개의 바지락 껍질을 붙여 놓고 그 중에서
이 지방의 바지락을 골라내라는 문제를 주었다. 달인은 아무렇지도 않
게 다섯 개의 정답을 골라냈다.

이번에는 제작진의 소도구팀이 직접 만든 다섯 개의 바지락 껍질을 골
라내는 미션을 주었다. 할머니는 아무렇지도 않게 다섯 개를 골라냈다.

"할머니, 이 바지락은 어디서 온 건지 아세요?"

"이건 말이 안 돼. 이런 바지락은 있을 수 없어."

제작진은 놀랐다. 그래서 이번에는 300개의 바지락 껍질 중에서 한국의 서해안 갯벌에서 채취한 바지락을 딱 한 개 붙여 놓고 그것을 고르는 문제를 냈다. 할머니는 그것을 바로 골라내고 이렇게 외쳤다.

"아라(あら)! 키레이(きれい)! (어머나! 곱기도 하지!)"

베토벤 현악 사중주 op.135

우리는 웃기 전에 우선 울어야 한다.　　　　　－ 임어당, 《처세론》

"나를 왜 낳으셨나요."

"그래야만 했단다. 그것이 내가 가장 잘한 일이야."

이 글도 나중에 나에게 그렇게 외칠 것 같다. "나를 왜 썼나요."

그러면 나도 그렇게밖에 말할 수 없다. "너를 써야만 했단다. 그리고 그게 그나마 내가 잘한 일이란다."

베토벤의 현악 사중주 op.135는 그의 마지막 작품이다. 나는 그가 이 곡의 악보에 담은 수수께끼와 같은 말을 들여다보며 이 피에로의 고백을 맺고 싶다.

베토벤의 현악 사중주는 다른 후기 사중주에 비하면 아주 짧다. 이 곡은 마지막 악장에 별스러운 베토벤의 자필 메시지가 들어있다.

Der schwer gefasste Entschluss

Grave

Muss es sein?

"힘들게 내린 결심(Der schwer gefasste Entschluss)"이라는 메모 아래로, "그래야만 하는가?(Muss es sein?)"라는 동기가 제시되어 있다. 이 동기는 f단조로서, 비통하기 그지없다. 그러나 이 '그래야만 하는가?'라는 질문의 대답은 깃털처럼 가볍다.

Allegro

Es muss sein! Es muss sein!

이 대답은 발랄한 F장조, "그래야만 한다!", "그래야만 한다!"고, 베토벤은 마치 곤줄박이의 지저귐처럼 경쾌하게 노래하고 있다. 조바꿈과 음표의 전위만으로 분위기는 일변한다.

베토벤은 "그래야만 하는가?"라는 이 의무형의 질문. 이 무거운 실존적 질문. 마치 '죽느냐 사느냐의 문제'로 번민하는 햄릿의 독백과 같은 이 질문에 대해서, 아주 즐겁게 '그래야지, 아무렴.' 하고 즐겁게 대답하고 있는 것이다. 그것도 죽음을 얼마 남겨 놓지 않은 상황에서. 베토벤은 '죽기 전까지는 죽은 게 아니니, 해야만 하는 것을 하며 살라'고 말하고 싶었던 건 아닐까.

이는 카뮈의 《시지프 신화》의 주제와도 일맥상통할 것이다. 부조리한 삶을 살아가야만 하는 것. 베토벤은 이러한 카뮈의 실존적 질문을 스스로 던지고 난 후, 마치 지드의 《지상의 양식》에 나오는 '석류의 노래', '무화과의 노래'처럼 즐겁게 노래한다. 그래야만 한다고.

동지들이여, 나는 프롤로그에서 우울증을 앓으면서, '내가 진정 하고 싶은 것은 무엇인가?'라는 질문을 던졌다고 이야기했다. 그 질문은 비통한 암중모색의 과정에서 내 스스로 던지는 질문이었다. 이 글을 쓰기 전, 잠정적으로 그 대답은 '나는 대체 불가능한 내 경험을 쓰고 싶다'라는 것이었다. 그런데 이 글을 다 쓴 지금의 시점에서 나는, 그 비통한 질문에 대하여 콧노래를 부르며 다음처럼 대답하고 있음을 알았다.

"나는 써야만 했다."

피에로 질르의 고백

초판 1쇄 인쇄일 2018년 11월 20일
초판 1쇄 발행일 2018년 11월 27일

지은이 홍달오
펴낸이 양옥매
디자인 표지혜 송다희

펴낸곳 도서출판 책과나무
출판등록 제2012-000376
주소 서울특별시 마포구 방울내로 79 이노빌딩 302호
대표전화 02.372.1537 **팩스** 02.372.1538
이메일 booknamu2007@naver.com
홈페이지 www.booknamu.com
ISBN 979-11-5776-641-3 (03810)

이 도서의 국립중앙도서관 출판시도서목록(CIP)은 서지정보유통지원 시스템
홈페이지(http://seoji.nl.go.kr)와 국가자료공동목록시스템
(http://www.nl.go.kr/kolisnet)에서 이용하실 수 있습니다.
(CIP제어번호 : CIP2018037136)